TIGER

니시무라 주코* 씨에게

(*일본의 소설가로 미스터리, 재난물, 모험물 등 다양한 장르에서 큰 인기를 끌었다. 2007년에 향년 76세로 세상을 떴다. 주요 저서로는 『멸망의 피리』, 『그대여 분노의 강을 건너라』 등이 있다-옮긴이)

TIGER
구시키 리우 지음
곽범신 옮김
허밍북스

차례

1. 작중에는 간사이 방언 외에도 도호쿠 방언 등이 등장합니다. 이에 대해서는 한국 특정 지역의 방언을 대입하는 대신 표준어로 번역하되 각 인물의 성격에 맞게끔 적절히 구어체를 활용해 번역했습니다.
2. 참고문헌 중 국내에 정식 출간된 서적은 국내 출간명을 따랐습니다.
3. 추가 설명이 필요한 부분은 역주를 추가했습니다.

다섯 살 때, 해럴드 스네들리는 병든 작은 동물을 돌멩이로 때려죽이는 모습을 들키고 말았다.

— 에드워드 고리 『끔찍한 두 사람』

범죄자란 바로 거울에 비친 일그러진 얼굴이다.

— 콜린 윌슨 『인류의 범죄사』

프롤로그

소녀는 학교를 나와 귀갓길에 들고 있었다.

언제나 함께 돌아가던 가나는 오늘 영어 학원에 갔다. 학교 문 앞에서 헤어져 버스를 타고 가버렸다. 그래서 소녀는 홀로 걷고 있다.

소녀는 따로 뭔가를 배우지는 않았다. 학원에 다니지도 않았고, 열심히 하는 운동도 없었다.

유치원에 다니면서 피아노를 시작한 미호, 초등학교 1학년 때부터 주산 학원을 다니는 아이, 농구팀에 들어간 가린이 부러웠다.

하지만 별 수 없는 일이었다.

소녀에게는 학원이나 스포츠클럽에 데려다주고 마중 나와 줄 어머니가 없었다.

어머니는 소녀가 두 살이 되기 전에 세상을 떠났다. 무면허로 운전하던 미니밴에 치인 후 3킬로미터나 끌려갔다고 한다.

"사람을 넝마조각으로 만들어놓고선."

조금이라도 술이 들어가면 소녀의 외할머니는 항상 그렇게 말하며 울었다.

"내가 26년 동안 곱게 키운 딸을…… 귀여운 손주를 낳은 지 얼마 되지도 않은 내 딸을, 얼굴도 몰라 볼 정도로 너덜너덜하게…… 넝마처럼 만들어 놓고선. 그런데 겨우 1년……. 미성년이랍시고 소년원에서 겨우 1년 살다 나오면 끝이라니."

소녀는 어머니의 얼굴을 사진으로밖에 알지 못한다.

앨범과 검은 영정 액자 속에서 웃고 있는 얼굴뿐이다.

다들 소녀를 두고 어머니를 닮았다고 했다. 소녀의 아버지도 그렇게 말했다.

소녀의 아버지는 회사에서 일했다. 무슨 일을 하는지는 잘 몰랐다. 아버지는 아침이면 늘 소녀에게 토스트와 달걀 프라이, 뜨거운 물에 녹인 콘 스프를 먹이고는 8시 정각에 집을 나섰다. 그러다 귀가하는 시간은 밤 9시 아니면 10시였다. 성수기인가 뭔가 하는 시기로 접어들면 날짜가 바뀔 때까지는 돌아오지 않았다.

한창 자랄 나이인 소녀가 빈속으로 9시, 10시까지 버티기란 어려운 일이다. 그래서 소녀는 혼자 저녁밥을 먹고 혼자 목욕을 했다.

전에는 외할머니가 밥을 차려주러 오곤 했다. 하지만 넘어져서 슬개골이 부러진 후로 외출과는 담을 쌓게 되었다. 지금은 날마다 소녀에게 전화를 걸어, "밥은 잘 챙겨먹었지? 목욕은 했고? 숙제는?"하고 확인만 할 뿐이다.

하는 수 없이 아버지는 소녀를 위해 매주 다섯 번씩 배달되는 식사 배달

서비스를 신청했다.

하지만 오늘밤, 소녀는 직접 만든 햄버그를 구워서 먹을 생각이었다.

상상만 했을 뿐인데 마음이 들떴다. 주말 동안 아버지와 둘이 산더미처럼 만들어서 얼려놓은 햄버그였다.

아버지는 한 달에 한 번은 꼭 '햄버그의 날'을 열었다. 소녀와 함께 이야기를 나누며 야채를 썰고, 저민 고기를 빚어서 햄버그 스무 개를 만드는 날이다.

내용물은 저민 고기와 믹서기로 썰어놓은 양파, 당근, 만가닥버섯, 육두구(고기의 누린내를 잡는 데 사용하는 향신료의 일종—옮긴이) 약간에 마늘 잔뜩. 시판되는 빵가루 대신 반드시 식빵을 갈아서 쓴다. 빵은 새우나 카레 가루를 섞기도 했다.

소녀와 아버지는 사이가 좋았다. 주말은 언제나 함께 보냈는데, 빌린 비디오를 보거나 쇼핑몰에서 장을 보기도 했고, 냄비 한 가득 카레나 비프스튜를 끓이기도 했다.

그래서 소녀는 주말이 기다려졌다.

아주 가끔이지만 아버지에게 혼담이 들어온다는 사실을 소녀는 알고 있었다. 그럴 때마다 소녀는 집에 새엄마가 오는 상상을 했다.

'좋아'와 '싫은데' 사이에서 소녀의 가슴 속 바늘은 흔들린다. 하지만 언제나 바늘은 결국 '싫은데'로 기운다.

—엄마가 있는 게 싫은 건 아닌데.

—아빠한테는 새 엄마가 있는 편이 더 좋을 거야. 그치만.

그치만.

소녀는 입술을 깨물며 발치의 돌멩이를 걷어찼다.

짊어진 책가방을 흔든다. 돌바닥을 내려다본다.

돌바닥에는 옅은 회색과 진한 초록색 타일이 교대로 채워져 있다. 이것을 체크무늬라고 부른다는 사실을 소녀는 아직 몰랐다.

회색 바닥만 밟고 가야지. 소녀는 생각했다.

회색은 안전해. 진한 초록색은 위험한 숲이라서 떨어지면 사람을 먹는 호랑이한테 잡아먹히고 말 거야.

—끝까지 회색만 밟고 간다면 내일도 좋은 날.

소녀가 여덟 번째 회색으로 왼발을 내디딘 순간,

"저기, 얘, 미안한데."

부드러운 목소리가 소녀를 불러 세웠다.

목소리를 향해 고개를 돌렸다. 갓길에 세워놓은 승합차 옆에 남자가 서 있었다. 난감하다는 듯 눈썹을 내리깐 채 소녀를 쳐다보고 있다.

남자는 다쳤는지 오른팔에 삼각 붕대가 감겨 있었다.

"거기 꼬마야. 미안한데 좀 도와줄래?"

남자는 승합차 트렁크와 슈퍼마켓의 카트를 왼손으로 번갈아 가리켰다.

카트에는 방금 산 듯한 식료품 봉지 두 개가 들어 있었다. 아무래도 한 손으로는 봉지를 자동차에 싣기 어려운 듯했다.

소녀는 잠시 망설였다.

모르는 사람은 따라가면 안 된다고 선생님은 말했다. 곤경에 빠진 사람을 보거든 도와주라고도 말했다. 이번 경우는 어느 쪽일까.

남자는 눈썹을 팔자로 늘어뜨린 채 다시 한 번 말했다.

“미안해. 혼자서는 힘들어서 그래.”

소녀의 눈이 퍼뜩 대시보드로 향했다.

아하, 소녀는 생각했다.

이 아저씨 집에는 내 또래의 여자애가 있구나. 그 애를 태우고 만날 드라이브를 나가나 봐.

남자의 얼굴을 올려다보며 소녀는 결심했다.

선생님은 “따라가면 안 돼”라고 말했다. 그러니 따라가지만 않으면 될 거야. 짐 싣는 것만 도와줄 뿐이니까. 다 끝나면 바이바이, 하고 집으로 돌아가면 돼.

소녀는 한 걸음 앞으로 내디뎠다.

삼각 붕대에 감긴 남자의 팔이 사실은 멀쩡하다는 사실을 소녀는 아직 모른다.

앞으로의 제 운명도, 아버지나 외할머니가 흘릴 슬픔의 눈물도 모른다.

바로 얼마 전에 산 아디다스 스니커즈가 회색을 벗어나 진한 초록색 타일을 밟는다. 조금 전까지 속으로 되뇌었던 규칙은 소녀의 머릿속에서 깡그리 사라졌다.

제 1 장

1

['기타미노베군 여아 연쇄살인사건'가메이도 사형수 도쿄 구치소에서 병사]

법무성은 7일, 1987년부터 88년에 걸쳐 발생한 기타미노베군 여아 연쇄살인사건에서 살인, 성폭행 및 영리 목적 유괴 등의 죄로 사형이 확정된 가메이도 겐(65)의 사망을 발표했다.

법무성에 따르면 가메이도 사형수는 작년 10월에 건강 이상을 호소했고, 병원 검사 결과 후두암 진단을 받았다. 수술이 필요한 단계였으나 본인이 수술을 원하지 않았고 고통을 완화시키는 등의 조치를 취하고 있었으나 6일 밤, 상태가 악화되면서 수용되어 있던 도쿄 구치소에서 사망했다.

확정판결에 따르면 가메이도 사형수는 자신과 같은 사형수인 이요 준이치(63)와 함께 도치기현 기타미노베군에서 어린 소녀 두 명을 폭행한 후 살해했고, 시체는 산 등에 유기했다.

92년 3월, 도치기 지방재판소는 두 사람에게 사형 판결을 언도했다. 가메이도 사형수는 그 날 바로 항소했지만 고등재판소는 1심 판결을 유지했다. 97년에 최고재판소가 상고를 기각하며 사형이 확정되었다.

한편 공범인 이요 사형수는 여전히 판결에 불복하며 재심을 청구했다.

이로써 수용 중인 사형 확정인은 127명이 되었다.

—5월 8일 간토일보

조간신문의 사회면에 실린 기사를 거듭 읽어보는 호시노 세이지의 목에서 신음이 새어 나왔다.

왼손에 조간신문을 들고 눈으로는 기사를 응시한 채, 오른손을 좌식 테이블에 놓인 찻잔으로 뻗었다.

세이지는 미지근한 차를 벌컥 들이켰다.

맛이 없지는 않다. 하지만 좋지도 않았다. 뜨거운 물에 명목상 색깔만 입힌, 얼굴이 비칠 만큼 묽은 율무차였다.

세이지가 정년을 맞이해 도치기 현경에서 퇴직한 때는 5년 전이다. 위장이 상했다는 의사의 지적에 함께 사는 딸이 술과 카페인을 금지한 것이 2년 전이다. 이후로 그는 입에 달고 살던 커피를 한 번도 마시지 않았다.

하지만 이날 아침만큼은 혀가 타들어갈 것처럼 뜨겁고 새까만 커피를 마시고 싶었다.

—1987년, 기타미노베군 여아 연쇄살인사건.

벌써 30년도 더 된 일이다.

당시 세이지는 형사부 수사 1과에 배속되어 있었다. 특별 수사본부의 수사관으로도 발탁되었다.

다만 그 사건에서 세이지는 이른바 서류 업무 담당이었다. 지장 및 지문 확인 통지서, 각 수사 보고서 및 진술 조서 등의 서류를 작성, 관리하고 정리했다. 탐문수사나 신변조사 임무는 배정되지 않았고, 취조는 베테랑 수사관의 임무였다.

—그런데도 30년 동안, 마음 한 구석에 계속 걸려 있던 사건이다.

사건의 시작은 1987년 초여름이었다.

도치기현 기타미노베군 이우미초에서 초등학교 3학년인 기노시타 리카가 하굣길에 홀연히 자취를 감췄다. 일찍이 어머니를 교통사고로 잃은, 부녀 가정의 외동딸이었다.

그날, 리카의 아버지가 회사에서 돌아온 시간은 저녁 9시가 지나서였다. 집은 어두컴컴했고 리카가 귀가한 흔적은 없었다.

아버지는 먼저 학교에 연락했다.

“기노시타요? 평소처럼 집에 갔죠. 딱히 이상한 점은 없었는데요” 하고 담임은 대답했다.

이어서 같은 반 아이들의 집에 닥치는 대로 전화를 걸었다. 하지만 어느 집이나 어머니들은, “오늘은 놀러 안 왔어요”라고 대답했다.

그제야 아버지는 가장 가까운 경찰서에 전화를 걸었다. 그 시점에서 시각은 이미 10시 반이 지나 있었다.

리카의 집 전화로 몸값을 요구하는 전화가 걸려 온 때는 경찰에 신고하고 25분이 지나서였다.

“사흘 후 오후 1시, 역 앞 공원 옆 전화 부스. 1천만 엔 준비해.”

한껏 숨죽인 듯한 목소리로, 말을 마치자마자 끊겼다고 한다. 아직 수사관이 소집되기 전이어서 녹음도 역탐지도 불가능했다.

사흘 후인 토요일, 리카의 아버지는 돈을 보스턴백에 담아 역 앞 공원 옆 전화 부스로 향했다. 일가친척에게 고개를 조아려서 긁어모은 1천만 엔이었다.

하지만 공중전화는 오후 5시가 되어서도 끝내 울리지 않았다. 새로운 지시는 없었고, 범인으로 보이는 사내도 나타나지 않았다.

리카의 시신이 발견된 것은 실종으로부터 5일이 지난 이른 아침이었다.

버섯을 따러 산으로 들어간 부부로부터 "족제비가 어린아이의 손목을 물고 있었다"는 신고가 들어온 것이다.

곧장 수사관이 출동했고, 신체적 특징이나 혈액형 등을 통해 기노시타 리카 본인임이 확인되었다. 아무래도 얕게 파묻은 탓에 산짐승이 파헤친 듯했다.

검시 결과, 리카의 사망 추정 시각은 유괴로부터 이틀 후로 추정되었다. 즉, 리카의 아버지가 돈을 들고 공원 옆 전화 부스에서 기다리고 있을 때는 이미 사망한 뒤였다는 뜻이다.

위는 거의 텅 비어 있었다. 앞니 여섯 개가 부러져 있었고, 광대뼈와 코뼈, 안와하공이 골절된 상태였다. 비장도 손상되어 있었다. 과도한 구타에 따른 상흔임이 명백했다. 또한 질과 항문의 열상이 심각했고, 양쪽 고관절이 빠져 있었다.

사인은 질식이었다. 하지만 끈이나 손으로 목을 조른 것은 아니었다. 검시관은 후두 안쪽에 가득 찬 흙을 확인했다.

다시 말해 구멍에 내동댕이쳐졌을 때까지는 살아 있었던 리카는 생매장당한 채 천천히 죽었다는 뜻이다. 그 사실을 알게 된 순간, 산전수전을 다 겪은 수사관들도 아연실색해 할 말을 잃고 말았다.

—끔찍한 현장조사 조서였다.

밍밍한 차를 홀짝이며 세이지는 얼굴을 찌푸렸다.

현재 함께 사는 장녀 미카코는 1987년 당시 초등학교 4학년이었다. 장남인 히데히코는 초등학교 6학년. 피해자의 모습에 자식들의 얼굴이 겹쳐지자 견딜 수가 없었다.

만약 내 자식이 변태에게 유괴당해 얼굴도 몰라 볼 정도로 구타당하고 강간당한 끝에 생매장당한 후, 들짐승에게 시신을 뜯어 먹혔다면.

—나였으면 도저히 제정신으로 버틸 자신이 없다.

10년 넘게 형삿밥을 먹어온 세이지조차 그렇게 생각했던 사건이었다.

닦아냈는지 리카의 시신에서는 체액이 검출되지 않았다. 하반신에는 아무것도 걸쳐 있지 않았고 상반신에만 속옷을 입고 있었다. 그 옷깃에 약간의 침이 묻어 있었다.

경찰 본부는 곧바로 '이우미초 여아 유괴 살인 · 시체 유기 사건 특별 수사본부'를 설치해 수사를 개시했다.

하지만 수사는 좀처럼 진척되지 않았다.

요란하게 떠드는 매스컴과는 반대로 시간만이 조용히 지나가고 있었다.

그러다 이듬해인 1988년 초가을, 또다시 하교 중인 소녀가 자취를 감췄다. 마찬가지로 도치기현 기타미노베군의 아미바라마치에서 실종되었다.

수색 신청서의 대상은 야나세 사나에, 초등학교 2학년.

양친은 이혼했으며 사나에는 당시 어머니와 공동주택에서 거주하고 있었다. 초등학교에서 집까지는 걸어서 약 20분 거리였다.

귀가한 어머니의 신고를 받아 관할 경찰서는 경찰관을 동원해 인근을 수색했다. 또한 순찰차로 통학로의 반경 3킬로미터 안을 철저하게 순찰했다.

하지만 수색은 헛수고에 그쳤다.

사나에는 나흘 뒤, 강변의 풀숲에서 시체로 발견되었다.

알몸이었고, 역시나 질과 항문에서 열상이 발견되었다. 몸에 남은 체액은 없었다. 생매장이 아니라 손으로 목을 졸라 살해했다.

하지만 시신은 지난번보다 심하게 훼손되어 있었다.

이목구비를 분간할 수 없을 정도로 구타를 당해 남은 치아는 거의 없었다. 입안은 너덜너덜했다. 한쪽 젖꼭지가 잘려나갔고, 오른뺨에는 날붙이로 쑤신 너비 4.5센티미터의 구멍이 뚫려 있었다. 모든 상처에는 생체 반응이 남아 있었으므로 살아 있을 때 당한 것이 확실했다.

또한 발견된 시점에서 사나에의 두 안구는 까마귀에게 파 먹힌 상태였다. 생일을 한 주 앞둔 일곱 살 아이였다.

수법으로 보아 작년에 발생한 리카 살인사건과 동일범임은 의심할 여지가 없었다. 매스컴은 일련의 사건에 한 발 빠르게 '기타미노베군 여아 연쇄살인사건'이라는 이름을 붙였다.

경찰의 눈은 가장 먼저 인근에 거주하는 성범죄자에게로 향했다.

성범죄는 다른 범죄에 비해 재범률이 높다. 몰래카메라, 치한 등 비교적 약한 수준의 범죄를 제외하면 다음으로 높은 범죄는 '아동 성추행'이었다. 그리고 '강제 성추행', '아동 성폭행'이 이어진다. 형법범의 재범 중에서는 '아동 성추행'이 압도적으로 높다는 통계마저 있을 정도다.

경찰은 기타미노베군 및 인근 일대에서 과거 어린 소녀를 추행한 인물, 성범죄 전과가 있는 인물을 추려냈다.

하지만 수사는 역시나 이렇다 할 진전을 보이지 않았다. 목격 증언은 어느 정도 모였지만 대부분 '결정적 증거가 될 만한 신빙성은 없음'이라는 결론이 내려졌다.

이우미초, 아미바라마치 모두 작고 소박한 동네였다. 하지만 이웃 주민들의 얼굴을 속속들이 꿰고 있을 정도로 시골은 아니었다. 처음 보는 사내가 얼쩡거린다 하더라도 기이한 행동을 보이지 않는 한 사람들의 기억에 강하게 새겨질 리 없었다.

매스컴은 경찰의 한심함을 연일 질타했다.

아침 정보 방송에서도, 주간지에서도 무능하다, 태만하다며 폭풍 같은 비난을 쏟아냈다.

가메이도 겐과 이요 준이치가 수사선상에 떠오르기 시작한 것은 야나세 사나에가 살해되고 약 3개월 뒤의 일이었다.

두 사람은 기타미노베군을 포함한 반경 15킬로미터 안에서 빈집털이나 도둑질 등의 절도 행각을 되풀이하고 있었다. 범행의 90퍼센트가 두 사람이 힘을 합친 범죄였다.

가메이도와 이요는 처음부터 동료였다고 한다. 모 수도공사 업체에서 배관공으로 근무하고 있었던 것이다.

하지만 업체의 사장이 85년에 뇌일혈로 급사했다. 대를 이은 아들이 사업 축소를 결정한 탓에 두 사람은 해고되었다. 한동안은 날품팔이로 생계를 이어나갔지만 곤궁해지자 결국 절도나 빈집털이에 손을 대기 시작했다.

수사관이 봤을 때 리더는 가메이도였고 이요는 아우뻘이었다.

두 사람이 근무했던 수도공사 업체는 감별소(한국의 경우는 소년분류심사원,

비행소년을 대상으로 심리 상담을 실시해 비행의 원인 등을 알아보고 소년들을 분류, 심사하는 기관-옮긴이)와 소년원 출신을 고용하기로 유명한, 이른바 협력 고용주(범죄자 등의 자립 및 사회 복귀에 협력할 목적으로 전과자를 고용하고자 하는 사업주-옮긴이) 제도에 열성적인 업체였다.

가메이도 역시 원래는 불량소년이었다. 14세부터 18세까지 네 번 체포되었고 두 번은 가정재판소로 보내졌다. 다만 이요에게는 이렇다 할 비행을 저지른 이력이 없었다.

특별 수사본부의 탐문수사로 밝혀진 사실이지만 당시 기타미노베군을 중심으로 그 일대에서는 어린 소녀를 희롱하는 사건이 빈발하고 있었다.

피해자 대부분이 참고 넘어갔기 때문에 지역 경찰이 미처 파악하지 못했던 것이다. 하지만 어린 자녀를 둔 주민의 약 70%로부터,

"흉흉한 소문이 자주 들려서 조심하고 있었어요."

"모르는 사람은 따라가지 말라고 작은애한테 틈만 나면 주의를 줬죠. 큰애 때하고는 다르게 세상이 원체 뒤숭숭해서……."

등의 증언이 수집되었다. 피해자 대부분은 유치원생 혹은 초등학교 저학년 여아였다.

사건이 발생하고 5개월 후, 경찰은 가메이도와 이요를 절도 용의로 체포했다.

이들이 체포됨과 동시에 일대에서 다발하던 희롱 사건은 뚝 끊어졌다.

보도 경쟁이 과열되던 가운데, 가메이도 겐이 리카를 살해했노라고 자백했다.

별건으로 구속되고 13일 째의 일이었다.

이어서 이튿날, 이요 준이치가 자백했다.

'기타미노베군 여아 연쇄살인사건 · 용의자 체포되다'

매스컴이 시끄러워졌다.

두 사람 모두 어린 소녀를 무참하게 살해한 범인이었다. 틀림없는 '사회의 적'이었다. 보도는 단숨에 과열되었고, 아침 정보 방송에서는 연일 가메이도와 이요의 이름을 연호했다.

그들의 진술 조서를 받아 확인한 장본인이 바로 호시노 세이지였다. 내용은 지금까지도 똑똑히 기억하고 있다. 조서에 따르면 범행을 주도한 인물은 가메이도였다.

"돈은 없는데 매춘부는 비싸서 엄두가 나지 않았습니다. 대신 어린 여자애를 노리면 되겠다고 생각했습니다."

"벗긴 옷 등은 공원 쓰레기통이나 강에 버렸습니다."

"여자애를 죽인 뒤, 이요와 '몸값을 빼앗자'라고 입을 맞췄습니다. 절도로 벌 수 있는 돈은 뻔하기 때문에 두 사람 모두 불만이 쌓여 있었습니다."

다만 며칠 뒤의 조서에서는 앞서 한 말을 뒤집었다.

"사실 이요와 '돈을 빼앗자'라고 상의했을 때까지 여자애는 살아 있었습니다. 자꾸 울어서 성가시기도 했고, 짜증도 났다 보니 산채로 땅속에 묻었습니다."

"어차피 몸값은 제대로 건네받을 수 없을 거라고 생각했습니다. 공원 주변까지 갔지만 먼발치에서 보고만 있었습니다."

―그때부터 위화감은 있었다.

세이지는 미간을 찌푸렸다.

맛도 느껴지지 않아야 할 밍밍한 차가 이상하게 씁쓸했다.

진술에 일관성이 결여된 범인은 많다. 또한 사형을 피하기 위해 죽였으면서 '죽이지 않았다', 혹은 '사고였다'라고 우기는 경우는 흔한 일이다.

하지만 가메이도는 살의, 계획성 모두 인정했으면서 세부적인 사항만 바꿔댔다. 이래서야 답지를 펴놓고 정답을 맞춰보는 격이다. 유도한 것 같은 낌새가 농후했다.

돈에 쪼들렸음에도 '어차피 제대로 건네받을 수 없을 거라고 생각해서' 몸값을 깔끔하게 포기했다는 말 역시 이상했다. 돈에 쪼들려 절도를 되풀이해온 사내들 치고는 돈에 대한 집착이 지나치게 없었다.

또한 가메이도는 며칠 후 자백한 사나에 살인사건에서도 마찬가지로 진술을 연신 번복했다.

—물론 언동에 모순이 있는 범죄자는 드물지 않다. 하지만.

세이지는 머리를 싸맸다.

대부분의 범죄자는 근시안적이고 찰나적이며 감정적이다. 그렇기 때문에 뒷일을 생각지 않고 범죄를 저지르고 마는 것이다. 세이지 역시 오랫동안 수사에 몸담아오면서 황당할 정도로 얼빠진 범인과 여러 번 맞닥뜨렸다.

하지만 이번 범인은 뭔가 달랐다.

우둔한 탓에 돈을 갈취하지 못했다기보다는 처음부터 '돈을 빼앗을 생각이 없었던' 것처럼 느껴졌다.

들은 말에 따르면 가메이도 겐은 거듭해 범죄를 저지르는, 그야말로 누범자 타입이었다. 다만 여기서 말하는 누범은 절도나 단순 폭행죄 등이다.

불쑥 화가 치밀어서 한 명쯤 죽인 적은 있을지도 모른다. 하지만 연쇄살인을 저지를 타입은 아니다.

한편으로 이요 준이치는 살인은 고사하고 남에게 주먹을 휘두를 수나 있을까 의심스러웠다. 가메이도가 없으면 빈집에 들어갈 배짱도 없어 보였다. 혼자라면 기껏해야 카페 같은 곳에서 남의 물건을 슬쩍하는 것이 고작이리라.

또한 가메이도와 이요는 얼핏 보기에도 꾀죄죄한 데다 말씨나 태도가 거칠었다. 이런 사내들을 어린 소녀가 따라가려 할까? 대답은 '아니오'였다.

"이 녀석들이 두 건이나 살인을 저지를 수 있을까요."

세이지는 수사 1과 과장에게 슬쩍 의문을 털어놓았다.

"가메이도는 평범하고 하찮은 좀도둑이에요. 여자를 덮쳤다 해도 범죄 이력으로 보자면 끽해야 강간이나 성추행이겠죠. 나이도 한참 어린 소녀를 계획적으로 유괴한 것도 모자라 그토록 잔악한 짓을 저지를 남자 같지는 않습니다. 성적 연쇄살인범이 2인 1조로 움직인다는 말도 들어본 적이 없고요."

하지만 하토야마 과장은 세이지의 의문을 일소에 부쳤다.

"무슨 풋내기 경찰 같은 소리야. 평범한 절도범이 어느 날 갑자기 '돌변하는' 경우가 있다는 걸 너도 잘 알 텐데. 게다가 2인 1조로 움직이는 성적 연쇄살인범은 사례가 적을 뿐이지 없는 건 아니라고."

과장은 의기양양하게 코를 실룩였다.

"1950년대 서독에서 말이지, 차 안의 커플이 차례차례 총에 맞아 살해당하는 연쇄살인사건이 벌어졌어. 주범은 베르너 부스트였나 아마 그랬을 걸. 범인은 남성 2인조로, 이번 사건과 마찬가지로 리더와 부하 관계였지. 게다가 부스트는 사살할 때마다 성적인 절정에 달했다고 하는 진짜배기 변태 녀석이었어. 피해자의 나이는 다르지만 가메이도와 같은 부류야."

"하지만—"

"진정해, 시노."

과장은 반박하려던 세이지를 손으로 막아 세웠다.

"너도 알다시피 가메이도와 이요를 자백시킨 건 우리 과의 사카이하고 시모쓰마라고. 설마 녀석들의 실력을 의심하는 건 아니겠지."

"네. 그야 물론……."

세이지는 고개를 숙였다.

사카이와 시모쓰마는 모두 수사 1과 강력범계의 베테랑이었다. 과장은 물론 관리관 등 고위 간부들이 보내는 신임 역시 두터웠다. 겨우 30대 중반인 세이지가 쉽사리 비판할 상대는 아니었다.

하토야마 과장은 세이지의 어깨를 두드리며 "게다가 말이야" 하고 귓가로 입을 가져갔다.

"안심해. 기노시타 리카의 속옷에 묻은 침에서 나온 DNA가 아무래도 가메이도와 일치한 모양이니까."

세이지는 고개를 들었다.

"정말입니까."

"당연하지. 이런 일에 뭣 하러 거짓말을 하겠어."

과장이 쓴웃음을 지었다.

그의 부드러운 표정에 세이지는 진심으로 안도했다. 그때의 감정은 지금까지도 기억하고 있다. 명치 부근에 응어리져 있던 얼음덩어리 같은 불쾌감이 사르르 녹아내렸다.

세이지라 해서 갈등을 빚고 싶은 건 아니었다. 사카이나 시모쓰마에게 따지고 싶지도 않았다. 과장에게 조용히 보고한 이유는 혹시나 모를 사태—어디까지나 만에 하나의 경우 때문이었다.

"그러니까 너무 불안해하지 마."

하토야마 과장은 웃으며 다시 한 번 세이지의 어깨를 두드렸다.

"애당초 누명을 쓰는 일은 그리 쉽게 일어나지 않아. 검찰은 조금이라도 문제나 미비한 점이 있으면 기소를 꺼린다는 거, 너도 잘 알 텐데. 하지만 이번에는 검찰도 잔뜩 벼르고 있는 진범이야. 행여나 우리의 눈이 흐려져 있었다 해도, 법률이란 건 '의심스러운 것은 피고에게 유리하게'가 기본인 물러터진 규칙이잖아. 죄를 깎아줘서 불만일 때는 일상다반사지만 그 반대는 거의 없다고."

허물없이 말하는 과장에게 세이지는 그제야 미소를 보였다.

확실히 일본의 검찰은 지나칠 정도로 신중하다.

하지만 세상의 이목이 집중된 중대 사건에 관해서는 공을 세우려다 조급해지는 경우도 있다—라는 말은 끝내 꺼내지 못했다.

기타미노베군 여아 연쇄살인사건의 공판은 1990년에 시작되었다.

가메이도 겐은 거의 입을 열지 않았다. 고개를 푹 숙인 채 끊임없이 어깨를 움직이고 다리를 떨고 있었다.

전형적인 구금 반응이다. 형무소나 폐쇄병동 등, 일정한 기간 이상 자유로운 행동을 제한받은 사람이 보이는 증상이었다.

가메이도는 아주 가끔씩 변호인이나 검사의 말에 반응했다. 하지만 입에서는 마치 사람을 깔보는 듯한 동문서답만이 튀어나왔다.

딱히 법정을 모욕하려는 의도는 아니었다. 이 또한 간저 증후군이라고 하는 명백한 구금 반응이었다. 가메이도는 오랜 구류 탓에 정신적으로 문제가 생긴 것이 분명했다.

뜻밖에도 아우뻘이라 여겨졌던 이요 준이치가 법정에서는 더 의연했다. 이요는 진술을 번복하며 변호인과 함께 무죄를 주장했다.

하지만 1992년 3월, 도치기 지방재판소는 두 사람에게 사형 판결을 언도했다.

결정적 요인은 역시나 자백과 DNA형 감정 결과였다.

변호 측은 이튿날 항소했다.

하지만 고등재판소는 1심 판결의 손을 들었다. 게다가 최고재판소에서 97년에 상고를 기각하며 가메이도와 이요 두 사람은 사형이 확정되었다.

그날 이후로 세이지는 기타미노베 여아 연쇄살인사건에 대해서는 신경을 끊기로 했다.

끊어낸 줄 알았다.

하지만 여전히 머릿속 한 구석에 눌어붙어 있었던 모양이다.

세이지가 또다시 의혹에 휩싸인 것은 2009년 6월의 일이었다.

1990년에 기타간토에서 발생한 '아시카가 사건'이 유류품의 DNA를 감정한 결과 억울한 누명을 쓴 케이스로 판명된 것이다.

공교롭게도 기타미노베 여아 연쇄살인사건과 마찬가지로 피해자는 어린 여자아이였다. 그리고 이 또한 MCT118형 분석법을 이용한 DNA 감정이었다.

—그날 이후로 혹시나, 하는 생각이 들었다.

세이지는 찻잔을 움켜쥐었다.

혹시나 가메이도와 이요 역시 내가 느꼈던 위화감처럼 억울한 누명을 썼던 건 아닐까. 언젠가 재감정을 받아 두 사람의 무죄가 증명될 날이 오지는 않을까, 하고.

—하지만 주범으로 여겨졌던 가메이도 겐은 죽었다.

후두암으로 옥사했다. 그가 법정에 설 일은 두 번 다시 없다. 그의 입에서 새로운 사실이 밝혀질 일도, 두 발로 구치소에서 나올 일도, 눈부신 카메라 플래시에 둘러싸일 일도 없다. 설령 누명을 썼다 하더라도 모든 기회는 사라졌다.

남겨진 것은 공범인 이요 준이치다.

"겐이 없으면 나는 아무것도 못합니다."

라고 조서에 진술을 남기며,

"지금까지 살면서 나를 신경 써준 사람은 돌아가신 어머니와 겐뿐이었어요."

라고 법정에서 눈물을 흘렸다는, 그 이요가—.

찻잔 바닥에 남은 차를, 세이지는 눈을 감고 모조리 마셔버렸다.

2

"여어, 잘 지냈나."

"아, 오랜만이야."

술집의 포렴을 들추며 호시노 세이지는 한 손을 들었다.

L자 카운터 구석에 앉은 오노데라 기자가 세이지를 향해 술잔을 들어보였다.

동년배일 텐데 백발이 성성한 세이지와는 달리 머리숱이 꽤나 허전했다. 하지만 탄탄한 가슴팍이나 아랫배를 보면 여전히 날렵할 것 같았다.

"기다리기 지루해서 먼저 하고 있었어."

그렇게 말하며 턱으로 가리킨 오노데라의 자리에는 찬술이 담긴 술병과 술잔, 고등어 초절임과 닭 껍질 꼬치 그릇이 놓여 있었다.

"잘 했어."

세이지는 고개를 끄덕이며 카운터 안쪽의 점원에게 말을 걸었다.

"나는 자스민 차 한 잔. 표고버섯 꼬치하고 가지 아게비타시(채소 튀김 따위를 맛국물에 재워두고 먹는 음식-옮긴이)."

"네, 알겠습니다. 자스민 차, 표고버섯, 가지 아게비타시요."

점원의 힘찬 복창이 끝나기도 전에 오노데라가 작게 소곤거렸다.

"뭐야, 초장부터 차라니 김이 팍 새는구만. 설마 벌써부터 건강 챙기는 거야? 기분 잡치게."

"너무 그러지 마."

세이지는 입술을 구부렸다.

"나도 마시고 싶은 마음은 굴뚝같지만 미카코한테 금지당했어. 오늘도 대충 둘러대고 나온 거야. 행여나 술 냄새를 풀풀 풍기면서 돌아갔다간 출입금지는 당연하고 아예 짐 싸서 밖으로 쫓아낼걸."

"나 참. 전직 수사 1과의 에이스 수사관이 지금은 딸 앞에서 고개도 못 든다니. 한심하구만."

"에이스는 무슨. 게다가 남 말할 처지는 아닐 텐데. 말이 좋아 프리 기자지, 니치에이출판을 그만둔 이후로 거의 개점휴업 상태라면서."

"어쭈, 해보자는 거야?"

오노데라는 부자연스럽게 몸을 뒤로 물렸다.

그와 동시에 점원이 자스민 차가 담긴 찻잔을 내왔다.

"부르길래 모처럼 나와줬더니만 말본새가 그게 뭐야? 여전하네, 시노 씨. 여전히 고마운 줄 몰라. 댁은 예전부터 그런 점이—"

"알았어, 알았다고. 자, 건배나 하지. 오늘도 수고했어."

세이지는 찻잔을 오노데라의 술잔에 가볍게 부딪쳤다.

오노데라는 한쪽 눈썹을 치켜 올리는 특유의 표정을 지으며 말했다.

"흠. 뭐, 아게비타시 반만 나눠주면 용서해주고. —그나저나 시노 씨, 불러낸 건 그 사회면 기사 때문인가."

"맞아."

세이지는 짧게 대답했다.

오노데라는 직접 술잔에 술을 따르더니 한숨을 내쉬었다.

"그 기타미노베군 여아 연쇄살인사건이 있은 지 벌써 30년이나 지났다니. 우리도 나이를 먹었다는 말이겠지. 어제 일 같다면 과장이겠지만 끽해야 10년 정도밖에 안 된 것 같은데."

동감이다, 하고 세이지는 생각했다.

30년 전 그날 밤에도 세이지는 이렇게 오노데라와 술집에서 마주앉아

술을 마시고 있었다.

비슷한 싸구려 술집 카운터에서 오노데라는 일본주, 세이지는 맥주를 들이켜고 있었다.

당시 오노데라는 판매부수 전국 2위를 자랑하는 「니치에이신보」의 경찰 담당 기자였다.

경찰 담당은 대개 신참 기자들에게 주어지는 일이었지만,"정치부나 경제부 기자라면 나보다 더 어울리는 녀석들이 있어. 나는 이쪽이 적성에 맞아."라고 뻗대며 부서를 옮길 때까지 경찰 취재반에 눌러앉아 있었다.

참고로 옮겨 간 곳은 대중 주간지인 「주간 니치에이」였다. 사실상 오노데라가 정년까지 뼈를 묻은 부서였다.

"……30년 전 그날 밤, 시노 씨는 참 맛없게 맥주를 마셨었지. 입으로는 기타미노베 사건의 범인들이 무사히 기소됐다, 잘 됐다고 했지만 마시는 폼을 보면 딱 홧술이었어."

"그랬었나."

세이지는 자스민 차를 홀짝였다.

오노데라는 꼬치에서 이로 닭 껍질을 빼내며"그래, 하려는 말이 뭔데. DNA형 감정이란 건 의외로 못 미더운 기술이란 거야?"하고 물었다.

세이지는 고개를 저었다.

"아니, DNA형 감정 자체는 믿고 의지할 만해. 일란성 쌍둥이가 아닌 이상 모든 사람의 DNA는 전부 다르니까. 당시 채택되었던 검사법의 정밀도가 낮았을 뿐이지."

"아시카가 사건에서도 쓰였던 방식이잖아. 나는 검사법이 뭐든 간에

DNA로 가려낼 수만 있다면 100퍼센트 확실하다고 철석같이 믿었다니까."

"솔직히 말하자면 나도 그런 줄 알았어."

세이지는 점원이 가져온 아게비타시 접시를 오노데라를 향해 밀었다.

"MCT118형 검사법은 바로 1988년에 '미량이라도 감정이 가능한 범죄 수사용 검사법'으로 과학경찰연구소에서 실용화한 방식이야. 전국 경찰서에서 DNA형 감정이 순차적으로 실시된 건 4년이 지난 1992년 이후였어. 하지만 그 사건에는 세간의 관심이 쏠려 있었잖아. 마침 여론도 지지하겠다, 전국에서 가장 먼저 감정이 실시된 거지."

"그때는 선전용으로 도입하는 느낌이었는데."

오노데라가 고개를 끄덕였다.

"그 DNA형 감정 검사법으로 가장 먼저 기타미노베 사건의 범인이 체포됐고, 3년 후에는 아시카가 사건의 범인이 확정됐지. 과학의 힘은 굉장하구나, 싶더라니까. 그런데 그 생각이 설마 거의 20년이 지나서야 뒤집어질 줄이야."

"정확히 말하자면, 93년 즈음해서는 이미 정밀도 때문에 말이 많았다고 해."

세이지는 젓가락으로 표고버섯을 이리저리 움직이며 말했다.

"아시카가 사건 피해자의 셔츠에 남아 있던 DNA는 '16-26형'이었어. 혈액형은 B형이었고. 첫 감정에서는 '동일한 DNA형 및 혈액형을 보유한 일본인은 1천 명 중에 1.2명'이라는 결과가 나왔지. 하지만 샘플 데이터가 늘어나면서 분위기가 심상치 않게 흘러가기 시작했어. 93년에 산출한 결과에서는 '동일한 DNA형을 보유한 사람은 1천 명 중에서 35.8명. 동일한

DNA 및 혈액형을 보유한 일본인은 1천 명 중 5.4명'이었지."

"1천 명 중 다섯 명이나 해당한다면 1억 인구를 기준으로 일본 전국에서 50만 명이 피의자가 되고 만다는 뜻인가. 나 참……."

오노데라는 아게비타시를 입에 넣고는 한동안 말없이 우물거렸다.

아시카가 사건은 1990년 5월에 일어난 살인사건이었다. 4세의 어린 소녀가 강가에서 타살 시체로 발견된 것이다.

소녀는 전날 파칭코 주차장에서 목격된 것을 마지막으로 행방불명되었다.

당시 45세였던 남성이 체포된 때는 사건 이듬해였다. MCT118형 검사법을 통해 DNA형이 일치했기 때문에 검찰은 기소를 결정했다.

93년, 지방재판소는 남성에게 무기징역 판결을 내렸다. 피고는 불복하고 항소했지만 96년, 고등재판소에서 항소를 기각했다. 거듭 상고했지만 2000년, 최고재판소의 판단에 따라 1심의 무기징역이 확정되었다. 그 결정적 이유는 역시나 DNA형 감정 결과였다.

이렇게 남성은 체포된 91년부터 무죄가 인정된 2009년까지 약 18년 동안 억울하게 구금되었던 것이다.

오노데라가 술잔을 내려놓으며 탄식했다.

"아시카가 사건 때는 정말 놀랐어. 그렇게 억울한 누명을 쓰는 경우는 5~60년 전에나 일어날 일이라 생각했으니까. 야마나카 사건, 가부토야마 사건이 마지막일 줄 알았지. ……누명을 쓰고 사형수로서 가장 오래 구류된 케이스는 역시나 안다 사건인가?"

"아니, 내가 알기로 안다 사건은 체포되고 34년 6개월. 그리고 시마다 사건이 34년 8개월이었을 거야."

"아, 그러고 보니 시마다 사건도 어린 소녀를 상대로 강간 살인을 저지른 사건이었지. 꽤 됐지만 르포 서적을 읽은 적이 있어."

오노데라는 씁쓸하게 술잔을 비웠다.

"……시마다 사건, 아시카가 사건 모두 아직까지 진범은 잡히지 않았지. 오인 체포였다는 사실이 증명됐을 뿐."

"맞아."

세이지의 목소리가 작아졌다. 자스민 차는 아직 절반 이상이 잔에 남아 있었다.

오노데라는 상스럽게 젓가락을 휘두르며 말했다.

"그래서, 다시 기타미노베 사건으로 돌아가서 말인데. —시노 씨, 난 댁이 참 좋아. 하지만 그렇다고 댁의 말을 그대로 다 받아들이겠다는 건 아냐. 가메이도와 이요가 억울한 누명을 썼을지도 모른다니, 솔직히 말해 긴가민가해. 애당초 댁의 의혹은 두 사람에게서 자백을 받아낸 동료에 대한 의심으로 직결되는 거라고."

그는 한쪽 눈을 찌푸렸다.

"아니면 뭐야. 그 두 사람을 취조한 형사에게 문제라도 있었다는 거야? 이를테면 자백시키려고 고문하다시피 폭력을 휘둘렀다거나—"

"아니, 그건 아냐."

세이지는 일언지하에 부정했다.

사카이, 시모쓰마 모두 그렇게까지 어리석은 수사관은 아니다. 안다 사건이나 시마다 사건에서 문제시되었던 '취조 중에 계속 무릎을 꿇고 있도록 강요하기'나 '손가락 사이에 연필을 끼우고 비틀기', '양 옆에서 옆구리를 걷어차기' 같은 짓을 저지를 리 없다.

하지만 두 사람에게는 분명 경찰의 낡은 체질이 남아 있었다.

"……그런 일은 없어도 취조실에서 무서운 형사들에게 둘러싸여 날마다 들볶인 탓에 피의자가 겁을 집어먹는 경우는 있지. 여기서만 하는 얘기지만 30년 전 수사관들한테 쿡쿡 찔러대고, 고함을 지르고, 의자 다리를 걷어차는 것쯤은 예삿일이었으니까."

"아무리 그래도 그렇지. 살인사건 자백인데?"

오노데라가 말했다.

"게다가 피해자는 두 명이었어. 기소됐다간 사형 아니면 무기징역은 확정이라고. 쉽게 말해 자기들의 생사가 걸린 상황인데 그리 간단히 자백할까?"

"간단하지는 않았겠지. 취조실이란 공간은 보통 해괴한 곳이 아니거든. 영문도 모른 채 끌려온 시점에서 대부분의 피의자는 겁을 먹게 돼 있어. 그런데 여기서 험상궂은 수사관들까지 나타나 질책하고, 호통치고, 혹은 어르고 달래는— 그런 상황이 몇날 며칠 이어지는 거야. 원래는 닳고 닳은 피의자를 굴복시키기 위한 수법이지만 이런 데선 결백한 사람마저 벌벌 떨게 될 걸."

참고로 사카이와 시모쓰마 모두 일찌감치 정년퇴직한 뒤였다.

심지어 시모쓰마는 수년 전에 심장발작으로 세상을 떴다. 장례식에는 세이지도 참석했으니 확실했다. 사카이는 살아 있지만 이미 여든에 가까운 나이일 터였다.

세이지는 자스민 차로 입술을 축였다.

"먼저 무너진 쪽은 가메이도였어. 하지만 공판 때의 모습으로 보건대 녀석은 구금되고 나서 심리적 안정을 잃은 듯해. 한편 공범인 이요의 진술은 아무짝에 쓸모가 없었지. 녀석은 걱정스러울 정도로 심약한 사내였어. 어렸을 때부터 철저하게 괴롭힘을 받아왔고, 성장해서는 껌 딱지처럼 가메이도와 딱 붙어 다녔다더군. 아무리 변호인이 도와줬다지만 공판에서 무죄를 주장할 수 있었다는 게 신기할 정도야."

세이지는 잔을 내려놓았다.

실제로 억울하게 누명을 쓴 피해자의 대부분이,

"재판에서 의혹이 풀릴 줄 알았습니다."

"취조가 너무 괴로워서 그만 끝내고 싶다는 마음에 허위 자백을 하고 말았습니다. 재판이 시작되면 진실이 밝혀질 줄 알았습니다."

라고 말한다. 재판의 공명정대함을 지나치게 신용하는 것이다.

경찰은 말이 통하지 않았다. 하지만 엄정하고도 공명한 재판이라면 위대한 재판관님이 진실을 가려내줄 터—. 그렇게 믿어 의심치 않는다.

필시 이요도 마찬가지였으리라. 믿고 의지하던 가메이도와 헤어진 채 날마다 몇 시간 동안 호통에 시달리던 그가 '그냥 시키는 대로 자백하는 편이 낫겠다'라고 마음먹는 모습이 눈에 선했다.

참고로 가메이도는 그보다 먼저 무너져 내리고 말았다.

"네 친구는 이미 자백했어"라는 수사관의 속삭임에 이요가 절망했으리란 사실은 의심할 여지가 없었다.

오노데라가 팔짱을 끼며 신음했다.

"그럼 시노 씨는 DNA형 감정도, 자백도 믿을 수 없다는 말이로군. 목격 증언이나 물적 증거는 어때.”

“목격 증언은 웬만큼 모였지만 하나같이 불확실해서 채택되지 않았지. 물적 증거는 문제의 침이 묻은 리카의 속옷 정도였어. 질식사와 교살이라 흉기도 없었고 말이야.”

“산속에 묻었을 때 쓴 삽이나 아이들에게서 벗겨낸 옷은 어땠는데.”

“조서에 따르면 삽은 ‘자루를 부러뜨려서 쓰레기로 버렸다’더군. 리카의 옷은 ‘공원 쓰레기통에 버렸다’ 하고, 소지품은 ‘강에 버렸다’라고 했어. 사나에의 옷이나 소지품도 ‘강에 버렸다’라고 했지.”

“발견되지 않은 거야?”

“40명이 팀을 짜서 강을 수색했지만 발견되지 않았어. 쓰레기통은 당연히 일찌감치 회수해 간 뒤였고. 지금과는 다르게 그때는 쓰레기를 버리는 데 돈이 들지 않았잖아. 공원이나 역 앞에 커다란 쓰레기통이 놓여 있었고, 수거도 꼬박꼬박 해갔지.”

“증거품이 없는데도 수사본부는 신경 쓰지 않았다는 건가.”

“그야 자백을 받아냈으니까. DNA형 감정 결과라는 강력한 무기도 있었고. 기소하기에는 그거면 충분했던 거야.”

세이지는 씁쓸한 감정을 억눌렀다.

짧은 침묵이 이어졌다.

소란스러운 술집 안에서 세이지와 오노데라의 주변만이 싹둑 잘라낸 것처럼 고요하고 어슴푸레했다.

잠시 후 오노데라가 다시금 차가운 술잔을 집어 들었다.

자신의 술잔을 기울이며 작게 말했다.

"—그래서, 시노 씨는 어떡하게."

"모르겠어."

고개를 저은 뒤, 세이지는 덧붙였다.

"모르겠지만, 내 나름대로 움직여보려고. ……내가 움직인다고 뭐가 얼마나 달라지겠느냐마는."

"달라지지는 않겠지만 가만히 있지는 못하겠다는 말이로군."

"그런 거지."

세이지는 수긍했다. 오노데라는 술을 홀짝이며"댁은 이미 퇴직한 몸이야. 경찰의 울타리에서 벗어났다고 할 수는 없겠지만 자유의 몸인 건 분명하지. 마음껏 조사해봐."라고 말했다.

"하지만 만에 하나— 어디까지나 만에 하나지만, 진범을 찾아낸다면 어쩔 거야?"

"어쩔 거냐니."

오노데라의 물음에 세이지는 말문이 막혔다.

기자가 눈을 가늘게 떴다.

"댁은 지금 민간인이야. 민간인이 체포할 수 있는 건 현행범뿐이지. 덤으로 시효 문제도 있어. 살인사건의 시효는 2010년에 폐지됐지만 그건 '개정법이 시행되었을 때 시효가 끝나지 않았을 경우 개정법에 따라 시효가 적용된다'라는 내용이야. 즉, 1987년부터 8년에 일어난 기타미노베 사건에는 당시의 시효인 15년이 적용되니 2003년에 이미 시효가 성립된 상태라고."

"나도 알아."

세이지는 눈살을 찌푸리며 표고버섯을 삼켰다.

"그래도, ……그래도 말이야. 아직 이요가 남았잖아."

그는 목소리를 낮췄다.

"아직 도쿄 구치소에 이요 준이치가 남아 있어. 사형이 오늘 집행될지, 내일 집행될지 두려워하며 하루하루를 보내고 있다고. 그 생각을 하면……."

"흥."

오노데라가 콧방귀를 뀌었다.

"요컨대 댁의 목적은 진범을 체포하는 게 아니라 이요의 사형 집행을 정지하는 거로군. 내 생각에 형사라면 먼저 전자를 목표로 삼아야 하지 않을까 싶은데."

"난 이제 수사관이 아냐."

세이지는 낮은 목소리로 말했다.

"하지만 선량한 시민의 일원이긴 하니까. ……죄 없는 사람이 사형에 처해지는 사회는 원하는 바가 아냐. 아니, 오히려 이요와 가메이도의 범행이었다고 확신할 수 있다면 더 반가운 일이지. 그 확신을 얻기 위해서라도 움직여볼 생각이야."

"그렇구만."

오노데라가 맞장구를 쳤다.

세이지는 그의 옆모습을 바라보며 역시나 이 녀석은 남의 말을 이끌어내는 선수다, 라고 생각했다.

이 가게에 오기 전까지는 어렴풋하고 초조하기만 했던 감정이 오노데라의 부추김에 언어화되면서 본의 아니게 형태를 갖추었다.

"문제는 시효 말고도 하나 더 있어. 그것도 아주 큰 문제가."

오노데라가 말했다.

"시노 씨가 용케 잘 움직여서 녀석들의 알리바이든, 무죄의 증거든, 아무튼 입증해냈다 치자고. 하지만 그게 과연 재심, 재감정으로까지 이어질지는 몰라. 새삼 말할 필요도 없지만 이 나라에서 재심으로 가는 문은 좀처럼 열리지 않으니까."

"그렇지."

세이지는 인정했다.

일본의 검찰은 여러 의미에서 굳고 단단하다. 사법이라면 더더욱 그렇다. 재심 청구는 끊이지 않지만 그 청구가 통과되는 사건은 한 해에 고작해야 두세 건이다.

심지어 사형이 확정된 중대 사건의 경우는 전후 약 70년 동안 안다 사건, 시마다 사건, 사이타가와 사건, 마쓰야마 사건까지 겨우 네 건이 재심 결과 무죄로 받아들여졌을 뿐이다.

"재심이 인정되는 경우는…… 우선 새로이 정밀 조사를 실시해야 할 증거가 나왔다고 간주될 때인데 말이지."

"맞아. 이어서 허위 증언, 증거품을 위조하거나 날조했을 때. 사건과 관련된 사법 관료에게 모종의 문제가 있었다고 정식으로 인정되었을 때지. 그리고 당연히 진범이 체포되었을 때."

세이지는 마지막 남은 표고버섯을 입에 넣었다.

"하지만 방금 자네가 말했듯이 나는 지금 일개 시민이야. 설사 사형 집행을 정지시키기에 충분한 새로운 증거를 발견했다손 쳐도 사법에 호소할 방도가 없어. ……이봐, 어떡하면 좋을까?"

"글쎄."

오노데라는 턱을 매만졌다.

"뭐, 현실적인 방법이라면 사형 제도를 반대하는 운동가나 이요의 무죄를 믿는 인권 변호사와 손을 잡는 거겠지."

세이지는 지체 없이 물었다.

"비현실적인 방법도 있다는 건가."

"있지. 거의 불가능에 가깝지만. ―여론을 움직이는 거야."

"여론……."

저도 모르게 앵무새처럼 따라하는 세이지를 보며 오노데라는 히죽 웃었다.

"1981년에 벌어진 로스 의혹사건, 시노 씨도 잊지는 않았겠지. 대놓고 말하긴 그렇지만 나는 아직도 그 '의혹의 총탄'은 역사에 남을 명 기사였다고 생각해. 그도 그럴 게, 한 남자를 아내를 살해한 범인으로 단정 지어서 일본 전국을 히스테리 상태로 몰아넣었으니까."

로스 의혹사건.

이는 1981년, 수입 잡화상이었던 한 남성이 아내와 함께 로스앤젤레스에서 총격을 당하면서 시작된다. 남성은 다리를 맞았고, 아내는 머리를 맞아서 사망했다.

모 주간지가 '의혹의 총탄'이라는 기사를 게재한 것은 3년 후의 일이었다.

남편인 수입 잡화상이 아내에게 거액의 보험금을 달아두었다는 사실을 근거로 그의 범행이 아니었을까 의심하는 내용의 기사였다.

이 기사를 발단으로 매스컴의 보도 경쟁이 시작되었다.

기자는 수입 잡화상의 자택으로 들이닥쳤다. 카메라맨은 담장을 넘어서 침입했고, 사생활까지 침범하며 셔터를 눌러댔다. 그의 일거수일투족이 아침 정보 방송의 소재였다.

검찰은 여론의 기세를 빌려서 수입 잡화상을 기소했다.

지방재판소는 무기징역 판결을 내렸다. 하지만 수입 잡화상은 곧바로 항소했다. 고등재판소에서 증거 불충분이 인정되면서 사태는 역전, 무죄 판결이 내려졌다.

최고재판소 역시 고등재판소의 손을 들어주며 2003년에 비로소 수입 잡화상의 무죄가 확정되었다.

다만 많은 국민들이 이 무죄 판결을 모른 채 지금까지도 수입 잡화상이 범인이었다고 믿고 있다. 최고재판소의 판결은 사건으로부터 22년 후에 내려진 데다 대부분의 매스컴이 보도하지 않은 탓이다.

이후 수입 잡화상은 동일 사건의 용의로 미국령 사이판에서 신병이 구속되었고, 구치소에서 자살했다.

신병이 구속된 이유는 로스앤젤레스에서의 수사가 끝나지 않았기 때문이다. 다만 이 자살에도 '의혹'이 많아 타살이라는 설이 뿌리 깊다.

사망이 확인되었을 당시 수입 잡화상은 만 61세였다. 사건 당시는 34세. 체포된 시점에서는 38세.

하지만 이 사건을 누명을 쓴 케이스로 보는 사람은 적다. 아마도 수입 잡화상이라는 인물상이 '국가 권력의 가련한 피해자'라는 이미지에 부합되지 않았기 때문이리라.

로스 의혹사건 자체의 지명도에 비해 수입 잡화상이 무죄 판결을 받았다는 사실, 그가 외국의 구치소에서 자살했다는 사실은 대부분의 국민이 모른다 해도 과언이 아니다—.

오노데라는 오른손을 들어 점원을 불렀다.

점원에게 두 병째 술과 튀긴 두부를 주문하고는 다시금 세이지에게로 고개를 돌렸다.

“시노 씨. 로스 의혹사건 당시 지방재판소의 판결에 대해 내 마음은 아직까지 둘로 나뉘어 있어. 선량한 일반 시민의 관점에서 보자면 그 지방재판소의 판결은 엉망이었어. 반면에 문제의 기사가 사법마저 움직였다는 사실에는 갈채를 보내고픈 마음도 있지. 불경한 생각이라는 건 알아. 당연히 도의적으로도 문제가 있다 생각하고. 하지만 지방재판소를 움직일 정도로 영향력이 강한 기사였다는 사실에 마음 한 편으로는 무척 부러움을 느끼는 것도 맞아.”

그는 얼마 남지 않은 술을 아쉽다는 듯 홀짝이며 말했다.

“말하자면 이거야. 보도와 여론의 힘은 그만큼 강하다는 뜻이지. 재수사와 병행해서 여론을 움직인다. —시노 씨가 그걸 해낸다면 기타미노베 사건을 재심까지 이끄는 것도 가능할지 몰라.”

“자네가 그 보도를 맡아주겠다는 건가.”

“아니.”

세이지의 물음에 오노데라는 고개를 저었다.

“지금 단계에서 댁을 따를 수는 없지. 아까도 말했지만 나는 기타미노베 사건을 딱히 억울한 누명을 쓴 케이스라고 생각하지 않거든. 다만.”

"다만?"

"나도 기자 나부랭이야. 그 '의혹의 총탄'급 기사를 쓰게 해준다면야— 그 정도로 여론을 움직일 가망성이 있다면야, 시노 씨의 편에 서줄 수도 있지. 어때?"

세이지는 잠시 생각에 잠겼다.

점원이 술병과 두부 튀김이 놓인 쟁반을 들고 다가왔다.

오노데라의 젓가락이 두 개째 두부 튀김에 생강을 얹었을 때, 그제야 세이지는 입을 열었다.

"……미안하네. 아직은 가망이 없어."

"솔직하구만."

"자네 상대로 허세를 부려봐야 소용없으니까. 하지만 만약 가망이 있다고 확신이 생긴다면 사양 않고 연락하겠어. 그건 상관없겠지."

"그럼. 꼭 그래 달라고." 오노데라는 웃었다.

"그래서, 시노 씨는 언제부터 움직일 생각인데."

"가능하다면 내일부터."

"미카코한테는 비밀이겠군."

"당연하지. 그 녀석, 집사람이 죽은 뒤로 여간 깐깐해진 게 아냐. 술도 안 된다, 담배도 안 된다, 커피도 안 된다. 하루에 5분은 꼭 걸어라, 하지만 멀리는 나가지 마라. 외출할 때는 꼭 휴대폰을 들고 가라— 네가 무슨 고릿적 교도관이냐고 말해주고 싶을 지경이야."

"그야 그럴 만도 하지. 연달아 부모를 잃고 싶지 않을 테니까."

그답지 않게 오노데라는 숙연한 말투로 말했다.

"교코 씨가 세상을 뜬 지 벌써 2년 됐나?"

"3년이야."

세이지는 정정했다.

아내인 교코와는 맞선으로 만나 결혼했다. 그가 아직 파출소에서 근무하던 시절에 가정을 꾸리고 약 40년을 함께했다. 그런 것치고는 어이없는 이별이었다.

3년 전 초여름, 우연히 집을 찾은 미카코가 잡초를 뽑다 쓰러진 것으로 보이는 교코를 발견했다.

119를 불렀지만 이미 의식은 없었고, 후송된 병원에서 숨을 거두었다. 사인은 '치사성 부정맥'이었다.

"히데히코는 그…… 아직도 여전하고?"

"그렇지 뭐."

세이지는 고개를 끄덕였다.

교코의 장례식에서 장남 히데히코는 남의 눈도 아랑곳 않고 세이지를 비난했다.

"어머니가 일찍 돌아가신 건 아버지 탓이다."

"아버지가 줄곧 고생시켰기 때문이다."

그렇게 눈물을 글썽이며 매도했다.

세이지는 반론하지 않았다. 가정적인 아버지와는 거리가 먼 반생이었다. 집안일은 하나부터 열까지 교코에게 일임했다. 생일이나 크리스마스는 고사하고 설에도 집에 들르지 않는 아버지였다.

장남인 히데히코는 그런 세이지에게 반발해 부모의 허락도 없이 결혼해

데릴사위로 들어갔다.

다행히 미카코의 남편은 세이지와 죽이 잘 맞아 호시노 성을 따르기로 했다. 하지만 히데히코의 가족과는 여전히 담을 쌓고 있었다.

"뭐…… 나도 시노 씨한테 이러쿵저러쿵할 사람은 못 되지. 비슷한 처지잖아."

오노데라가 카운터 위에서 손을 꼼지락거렸다.

누가 보더라도 담배를 찾는 움직임이다. 세이지와 마찬가지로 그 또한 퇴직 후 담배를 끊었다.

"우리는 자상한 아버지와는 거리가 먼 세대였으니까. 아버지는 악착같이 벌어서 자식에게 듬직한 모습만 보여주면 된다는 핑계로 가정에서 도망치기에 바빴으니……. 자식에게 어떻게 애정표현을 하면 좋은지, 그 방법을 몰랐어."

목구멍 안에 돌멩이가 걸린 듯한 목소리였다.

세이지는 자스민 차를 남김없이 마셨다.

오노데라가 어색하게 웃었다.

"아들놈은 그렇다 치고, 자랑하던 손자는 어때. 듣기로 아사히는 올해 입학했다며? 현에서 제일가는 국립대에 떡하니 현역으로 합격했다니 이런 효도가 또 있겠어. 그야말로 개가 호랑이를 낳은 격이지."

"이봐, 무슨 말이 그래. 그러면 우리 미카코가 개라는 말이 되잖아."

"어이쿠, 이런 실수를. 미카코 말고 할아버지가 개라는 뜻이었는데. 결혼을 일찍 하니 손주의 의젓한 모습도 빨리 볼 수 있어서 좋겠어."

"하핫."

오노데라의 농담에 그제야 세이지도 덩달아 웃음을 보였다.

확실히 손자 아사히는 난 녀석이다. 어디를 보더라도 세이지에게는 아까운 손자였다.

머리도 좋고, 중고등학교 때는 학생회 임원도 맡았고, 성가시기만 할 할아버지에게도 싹싹하고, 모르는 것도 없는—.

"맞아."

저도 모르게 입술에서 새나왔다.

오노데라가 캐물었다.

"응? 방금 뭐라고 했어?"

"아무것도 아냐."

세이지는 고개를 저었다.

하지만 말과는 반대로 그는 맞아, 하고 생각했다.

—맞아, 아사히가 있었지.

할아버지보다 몇 배나 영리하고, 친자식인 히데히코나 미카코와 달리 할아버지의 말을 자기 일처럼 들어주면서 현대 사회의 동향에도 민감한 손자 아사히가.

그 사실을 깨닫자 뿌연 연기에 가려져 있던 시야도 단번에 말끔해진 느낌이었다.

세이지는 텅 빈 잔을 치우며 메뉴판을 집어 들었다.

"갑자기 속이 허해졌어. 오노데라, 더 안 먹을 텐가? 나는 여기 수제 어묵하고 도미 오차즈케(밥 위에 따뜻한 차를 붓고 김가루 등의 고명을 얹어서 먹는 음식-옮긴이)를 주문하려고 하는데, 어때?"

3

호시노 아사히는 자신의 방에서 애용하는 데스크톱 컴퓨터를 마주보고 있었다.

일러스트 작업용 태블릿에 부속된 태블릿 펜을 휘갈긴다.

두 귀에는 와이어리스 이어폰이 꽂혀 있었다.

별 생각 없이 듣고 있던 음악은 무료 동영상 공유 사이트에서 흘러나오는 것이었다. 끊임없이 자동 재생되기 때문에 손대지 않아도 알아서 재생시켜 준다.

참고로 지금 귓가에 울려 퍼지는 노래는 US3의 「Cantaloop」였다.

아사히는 본래 취미가 많았다.

자전거, 사진, 실내 클라이밍, 기타, 요리 등, 흥미만 붙으면 무엇이든 능숙하게 소화해냈다.

하지만 지망했던 대학에 입학한 후로는 오로지 자신의 방에 틀어박혀 디지털 일러스트만 그리고 있었다.

잘게 나눠놓은 레이어에 색을 입힌다. 펜의 불투명도나 붓 크기를 조절하며 두껍게 덧칠해서 살갗이나 머리카락에 입체감을 더해나간다.

원래는 자동차나 오토바이, 로봇 같은 기계를 좋아했다. 도리야마 아키라나 미야자키 하야오가 그린 정밀하면서도 따뜻한 기계 그림을 좋아해서 따라 그리는 사이에 어느새 자신만의 그림을 그리게 되었다.

—하지만 기계만 그려서는 조회 수가 늘어나질 않는단 말이지.

아사히는 오로지 '리에이트'라는 회원제 사이트에만 그림을 올리고 있었다.

회원제라고는 하지만 일러스트나 만화, 소설 투고는 무료, 열람 역시 무료였다.

90퍼센트는 아마추어의 작품인 만큼 옥석이 섞여 있었지만 조회 수나 즐겨찾기 수에 따라 발표되는 데일리 랭킹에서 상위권 단골들은 무척이나 수준이 높았다. '리에이트'를 통해 출판사로 스카우트되어 데뷔한 일러스트레이터는 일찌감치 세 자릿수를 넘었을 터였다.

—그렇다고 딱히 프로가 되고 싶은 건 아니지만.

프로 일러스트레이터가 목표는 아니다. 될 수 있으리라고도 생각지 않았다.

하지만 매일 발표되는 데일리 랭킹에서 몇 위까지 오를 수 있을까, 그것만이 지금 그에게는 삶의 낙이었다.

—나, 다 타버린 걸까.

아사히는 속으로 중얼거렸다.

1지망 대학이었다. 합격 발표에서 자신의 번호를 발견했을 때는 눈물이 날 정도로 기뻤다. 하지만 막상 4월에 접어들어 강의가 시작되고 나니 좀처럼 학업에 매진할 수 없었다.

자전거에도, 클라이밍에도 흥미를 잃었다. 세뱃돈을 모아서 산 기타는 옷장에 처박아버렸다.

강의는 아슬아슬하게 출석일수만 채우고 청강은 IC 레코더의 녹음 기능에 맡겨둔 채 공책에 낙서만 하는 나날이었다.

그 낙서를 스캐너로 스캔하고 집으로 돌아와 각각의 레이어에 색을 입힌다. 색칠이 끝나면 '리에이트'에 올린다.

이러한 생활이 호시노 아사히의 최근 한 달이었다.

펜을 블러로 바꿔서 채색된 부분의 경계를 매끄럽게 다듬어나간다. 레이어를 겹치고 에어브러시로 톤을 조정한다.

기계만 그려서는 조회 수가 오르지 않는다. 역시나 옆에 미소녀를 곁들이지 않으면 사람들은 봐주지 않는다.

오토바이에 걸터앉은 미소녀. 혹은 우락부락한 무기를 든 미소녀. 그도 아니라면 몸의 라인이 노골적으로 드러난 미소녀형 안드로이드나 사이보그.

—뭐, 모바일 게임 폐인이 되느니 2차원 미소녀를 그리는 편이 몇 배는 낫지.

아사히는 그렇게 스스로를 타일렀다.

모바일 게임에만큼은 빠지지 말자고 그는 굳게 다짐하고 있었다. "이번 달에만 70만 엔을 과금했다", "반 년 만에 300만 엔이 나갔다"라며 반쯤은 자랑하듯, 반쯤은 자학하듯 인터넷에 과금액을 올리는 사람들을 볼 때마다 정신이 번쩍 들었다.

경멸은 아니었다. 자신도 언제 저렇게 될지 모른다는 공포였다.

마음은 이해한다. 달리 할 것이 없으니까.

일러스트도 앞으로 언제까지 그릴지 상상이 가지 않는다. 언제 훨씬 간편한 취미로, 모바일 게임이나 온라인 게임으로 손을 뻗칠지 모르는 일이다.

—앞이 깜깜해.

대학 합격이라는 목표를 완수한 탓에 오히려 미래를 잃어버리고 말았다.

이른바 '전형적 모라토리엄'이었다. 내가 생각했던 것보다 나는 훨씬 더 시시한 녀석이었구나—라고 자조한 순간.

등 뒤에서 누군가 어깨에 손을 얹었다.

"우왓!"

반사적으로 의자에서 펄쩍 뛰어 올랐다. 이어폰을 빼고 고개를 돌렸다.

눈앞에는 할아버지가 당황한 얼굴로 서 있었다.

"에이, ……뭐야, 할아버지였잖아. 언제 왔어?"

아사히는 휴, 하고 숨을 토해냈다.

"방금 돌아온 참이다. 미안하구나, 노크는 했는데."

"이어폰을 끼고 있어서 못 들었어. 완전 쫄았네."

태블릿을 내려놓으며 아사히는 의자를 빙글 돌렸다.

상대가 부모님이었다면 "대답도 안 했는데 누가 마음대로 들어오래!" 하고 짜증을 부릴 상황이었다. 하지만 외할아버지인 세이지에게는 그럴 수 없었다.

아사히는 어릴 때부터 이 우직한 할아버지가 좋았다. 수사 1과 형사라는 사실도 자랑스러웠다. 바빠서 좀처럼 만나기 어려워도, 할아버지가 정년퇴직한 뒤로도 아사히의 마음은 변하지 않았다.

곁눈질로 벽시계를 쳐다보았다.

벌써 밤 11시가 다 됐다. 할아버지인 세이지가 '옛 친구를 만나러' 나간 때가 오후 6시경이었으니 꽤나 이야기꽃을 피운 모양이다.

그런 세이지가 컴퓨터 모니터를 힐끔 들여다보더니 "그나저나 언제 봐도 재주가 참 좋아. 프로도 될 수 있겠는걸."하고 감탄하며 말했다.

아사히는 웃었다.

"에이. 세상에는 훨씬 재주 좋은 사람이 차고 넘치는데. 그보다 야한 일러스트가 아니라서 다행이네."

"야한 그림이 뭐 어때서."

"할아버지는 괜찮아도 내가 신경 쓰여. 그런데 뭐야. 무슨 볼일인데?"

아사히의 물음에 세이지는 말문이 막혔다.

"아, 실은 그, 너한테 물어보고 싶은 게 있어서."

"물어보고 싶은 거? 뭔데?"

"그, 있잖니…… 인터넷이라는 건 초보자라도 다 할 수 있다면서? 직접 쓴 글이나 동영상을 발표한다든가, 으음— 그 뭐냐, 전 세계에 퍼뜨릴 수 있는 거냐?"

세이지는 마땅한 말이 떠오르지 않아 어물거리며 말했다.

아사히는 고개를 끄덕였다.

"발표라기보다는 업로드 사이트나 동영상 공유 사이트에 올려두고 그곳을 통해서 봐 달라고 하는 식이야. 그렇다고는 해도 모두가 다 봐주고 읽어준다는 보장은 없지만. 텔레비전하고 다르게 정해진 채널이 있는 게 아니라서 재미가 없으면 아무도 안 보거든."

"그럼, 어떻게 해야 봐주겠니."

"흐음……. 내 일러스트를 예로 들자면 말이야."

아사히는 일러스트 소프트웨어를 최소화한 뒤 브라우저를 켰다.

즐겨찾기에서 '리에이트'에 올린 자신의 작품 페이지를 열고는 과거 데일리 랭킹에서 가장 상위에 오른 일러스트를 선택했다.

"여기 위쪽에 있는 '#메카닉 걸'이라든지 '#오리지널'이라는 글자가 해시태그야. 이걸 쓰면 나처럼 기계나 SF를 좋아하는 사람들이 검색해서 조회할 수 있어. 그러니 모두가 쉽게 검색할 수 있게끔 '#미소녀'나 '#의인화' 같은 인기 키워드를 설정해놓는 거야. 그리고 사람이 많은 야간을 노려서 그림을 올리면 최신 작품란에 올라왔을 때 쉽게 노출되고. 나머지는 섬네일에 좀 더 신경을 쓴다거나, 업로드 간격을 너무 길게 잡지 말고 일정한 페이스를 유지하는 것 정도 아닐까."

"허어……."

세이지는 압도당한 듯 몸을 뒤로 물렸다.

"뭔가 할 게 많구나. 그러면 대체 몇 명이나 봐주는 거니."

"오리지널 작품은 별로 인기가 없으니까 나는 최고 2천 명 정도. 하지만 인기 장르의 패러디일 경우, 인기 작가라면 사흘 만에 조회 수가 10만을 넘기기도 해."

"그림 한 장에 10만이라. 그럼, 글은 어떨까."

"글은 조회 수가 확 떨어지지. 역시 사람들은 동영상을 가장 많이 봐. 1백만 뷰는 흔한 데다 제휴하는 광고 수입으로 먹고 사는 사람까지 있을 정도니까. 물론 그런 경우는 아주 적지만."

"그렇군……."

아사히는 생각에 잠긴 세이지의 얼굴을 힐끔 올려다보았다.

"그런데, 할아버지. 그런 건 왜 묻는데? 뭔가 업로드하고 싶은 거라도 있어? 미리 말해두지만 내 어릴 때 사진 같은 건 올리지 마."

농담처럼 던진 말이었지만 세이지는 웃지 않았다.

"아니, 실은 직접 쓴 글인데 말이다……."

"글? 할아버지, 소설 쓰는 취미가 있었구나."

"그런 건 아니고, 그……."

한동안 고개를 숙인 채 우물거리다 마음을 굳힌 듯 세이지는 고개를 들었다.

"—아사히. 지금으로부터 30년 전, '기타미노베군 여아 연쇄살인사건'이라 불린 사건이 이 부근 일대에서 벌어진 적이 있었다. 알고 있니."

뜬금없이 튀어나온 말이었다.

아사히는 눈을 껌뻑거렸다.

"아, ……으응, 들은 적은 있어. 초등학생 여자아이 두 명이 살해당한 사건이잖아. 하지만 범인은 진작 잡혔다고…… 어? 그러고 보니 범인 중 하나가 죽었다고 얼마 전에 뉴스에서 본 것 같은데."

"그래. 그 사건이야."

세이지는 무거운 한숨을 내쉰 뒤, "앉아도 되겠니" 하고 손자에게 물었다.

"어, 응. 거기 쿠션에 앉아."

"미안하다."

세이지는 벽에 놓인 쿠션에 책상다리로 앉았다.

그 표정에 아사히는 시선을 똑같이 맞춰야겠다는 생각이 들어 의자에서 내려왔다. 쿠션을 잡아끌어서 맞은편에 앉았다.

세이지는 말하기 거북하다는 듯 헛기침을 한 뒤, "경찰의 수치가 될지도 모르는 이야기라 대놓고 말하기는 그렇다만—"하고 서두를 떼며 낮은 목소리로 이야기를 시작했다.

30년 전 '기타미노베군 여아 연쇄살인사건'의 특별 수사본부에서 서류 업무를 맡았다는 사실. 피의자가 진술을 번복하는 경우는 드물지 않지만 검시 결과에 맞춰가듯이 말을 바꾸는 모습에 위화감을 느꼈다는 사실. 평범한 절도범처럼 보이는 두 피의자의 인간성과 잔인한 범행 사이에서 격차를 느꼈다는 사실. 검찰로 송치되는 데 결정적 역할을 한 요인은 자백과 DNA형 감정뿐, 물증이 없었다는 사실. 문제의 DNA형 감정은 나중에 뒤집어진 아시카가 사건과 동일한 MCT118형 검사법으로, 지금은 신빙성이 없는 것이나 마찬가지라는 사실, 오랫동안 알고 지낸 오노데라로부터 '여론을 움직일 수 있다면 힘을 보태주겠다'라는 말을 들은 사실 등등—

아사히는 마지막까지 말없이 듣고 있었다.

할아버지가 입을 닫았을 때 자리에서 일어났다.

방구석에 놓인 아이스박스에서 페트병 두 개를 꺼냈다.

"미안, 그저께 넣어둔 거라 미지근할지도 몰라. 먼저 꺼내줬으면 좋았을 텐데, 설마 이야기가 이렇게 길어질 줄은 몰라서."

"아니다, 나야말로 미안하지. 고맙다."

꼬박 1분 정도, 두 사람은 말없이 페트병에 담긴 차를 마셨다. 세이지는 디카페인 보리차, 아사히는 즐겨 마시는 무가당 홍차였다.

"저기, 있잖아—……"

먼저 침묵을 깬 쪽은 아사히였다.

"할아버지는, 그게 억울한 누명이었다고 얼마나 확신하고 있어?"

"……30퍼센트, 아니, 40퍼센트 정도 되겠지."

"그렇게나?"

아사히는 놀랐다.

기자인 오노데라가 지적했듯 이는 다시 말해 호시노 세이지가 옛 선배와 동료들이 의심스럽다는 말과 직결된다.

할아버지는 의리를 중시하는 옛날 남자였다. 그런 그가 '40퍼센트 정도 의심한다'라는 말을 입에 올렸다면 보통 일은 아니었다.

"하지만 범인을 취조한 건 베테랑 형사라며. 재판 때도 증언이 채택됐을 정도였으니 마구잡이로 취조한 건 아니었을 텐데……."

"당연하지."

세이지는 씁쓸한 얼굴로 고개를 끄덕였다.

"사카이 씨도, 시모쓰마 씨도 믿을 만한 수사관이었다. 하지만, 경찰관도 사람이야. 지레짐작으로 앞서가기도 하고, 여론의 눈치를 보느라 조바심을 내기도 하지. 그런 작은 균열이 실수로 이어지는 경우도— 안타깝지만 없다고는 할 수 없다."

할아버지는 이마를 닦으며, "물론 수사관은 모두 진범을 잡아들이는 데 온힘을 쏟고 있어. 처음부터 누명을 씌우려는 녀석이 어디 있겠니. 하지만 — 하지만, 어쩌다 우연히 수사의 방향성이 틀어지고 마는 경우가 있지. 대개는 도중에 정신을 차리고 바로잡지만 천에 하나, 만에 하나의 확률로 끝까지 밀고 나가버리는 사건도 없지는 않아. 경찰은 조직이니까. 조직이란 건 크면 클수록 방향을 틀기가 어렵지. 그 좋은 예시가 바로 아시카가 사건이란다."하고 낮은 목소리로 말했다.

"크나큰 실태였어. 사형이나 무기징역이 오고가는 중대 사건에서 억울한 누명을 쓰다니, 나 스스로도 먼 옛날에나 일어났을 법한 일이라고만 생각했지. 하지만 그 사건은 관할 밖이었다고는 해도 바로 내가 현역이었을 때 일어난 사건이야. 심지어 MCT118형 검사법을 사용한 감정 때문에 씌워진 누명이었고. 나는…… 나는, 그날을 계기로 매일처럼 악몽을 꾸기 시작했단다. 하지만 가메이도가 병사했다는 걸 알기 전까지 먼저 움직일 생각은 못하고 있었지."

세이지는 단숨에 토해내고는 입을 다물었다.

"비겁하지. —비겁한 할아버지라서 미안하다. 아사히."

아사히는 아무런 말도 하지 않았다.

섣부른 위로 따윈 의미가 없다. 할아버지에 대해서도, 이야기를 들어버린 자신에 대해서도 말만으로는 아무런 의미가 없음을 알고 있었다.

그래서 아사히는 그저, "……그럼, 할아버지는 어떡하려고"라고 물었다.

"오노데라 씨한테 '내일부터 움직이겠다'라고 선언해버렸잖아. 구체적으로 어떡할 건데."

"아. 그랬지."

세이지는 페트병을 내려놓았다.

"우선 가메이도와 이요의 사형에 반대해 재심 청구 운동을 돕던 단체를 만나볼 생각이다. 이요가 어찌 지내는지 궁금하니까. 거기다 변호사도 만나봐야지."

"기타미노베 사건의 공판은 보러 안 갔어?"

"한 번도 가지 못했다. 일 때문이기도 했지만 세간의 주목이 높은 재판이었다 보니 방청은 추첨 방식이었거든. 게다가 증인으로 불려간 적도 없었고."

"그렇구나."

아사히는 고개를 끄덕였다.

십여 초의 침묵 후, 아사히는 입을 열었다.

"……오노데라 씨가 그랬다며. '재수사와 병행해서 여론을 움직인다', '성공한다면 기타미노베 사건을 재심까지 이끄는 것도 가능할지 모른다'라고. 그래서 할아버지는 나한테 인터넷으로 퍼뜨리는 방법을 물어보려 한 거잖아."

"아니, 됐다, 아사히."

세이지가 손사래를 쳤다.

"너와 이야기를 나눠보고 새삼 어렵겠다는 걸 깨달았으니까. 그렇겠지, 텔레비전하고는 경우가 다르겠지. 인터넷에는 수천, 수만 개의 선택지가 있으니 말이야. 거기에 아마추어, 심지어 이런 늙은이의 글을 발표해봐야 그걸 대체 누가 봐줄지—"

"그치. 할아버지의 글로는 어림없어."

아사히가 말을 끊었다.

"글이 아니라 하다못해 동영상으로 올려야지. 그리고 어느 정도 의도적인 선동도 필요해. 가능한 한 많은 사람한테 보여주려면 시선을 잡아 끌 방법을 강구해야지. 영상은 가능한 한 파격적이면서도 보는 사람한테 불쾌감을 주지 않는 내용이어야 해. 어린 소녀가 피해자인 민감한 사건이라 조금이라도 잘못 다뤘다간 비난이 엄청날 테니까. 되도록 담담하게 연출하면서도 대중의 분노를 끌어올릴 수 있게…….”

세이지는 느닷없이 혼잣말을 시작한 손자를 어안이 벙벙해져서 바라보고 있었다.

아사히는 고개를 들었다.

“—할아버지, 나, 데쓰를 만나봐야겠어.”

세이지는 몇 초 동안 아무런 반응이 없었다.

잠시 후, 무슨 말인지 이해했다는 듯 무릎을 쳤다.

“데쓰라면…… 아하, 그 데쓰 말이구나. 이시바시 씨네.”

“응. 그 녀석, 고등학생 때 독립 영화 콘테스트에서 가작으로 입선했거든. 영상이라면 나보다는 그 녀석이 훨씬 나아. 이 일은 데쓰한테도 말해볼게. 걱정 마, 그 녀석이라면 입도 무거우니까. 괜찮지?”

스스로 생각하기에도 말이 빨라지고 있었다.

이시바시 데쓰는 집에서 큰길 하나를 사이에 두고 있는 이시바시 집안의 외아들로, 아사히의 소꿉친구였다. 동갑이었으며 초등학교, 중학교 모두 같은 공립학교를 나왔다.

어린 시절, 아사히는 이시바시 데쓰가 세상에서 가장 똑똑한 아이라고 생각했다.

데쓰의 집은 동네에서 가장 크고 번듯한 집이었다. 그런 저택에서 사는 데쓰는 커다란 책장에 꽂힌 두꺼운 책들에 둘러싸여 있었다.

실제로 데쓰는 모르는 것이 없었다. 아사히가 무엇을 물어보든 술술 대답해주었다.

이제 와서 생각해보면 세상에서 가장 똑똑하다는 말은 과대평가였다. 데쓰 역시 학교에 들어가기 전인 어린아이였으니까. 모르는 것이 없었을 리 없다. 아사히의 물음에 말문이 막힐 때도, 대답하지 못할 때도 있었으리라.

하지만 한 가지는 확실했다.

데쓰는 결코 거짓말을 하거나 대충 얼버무리지 않았다.

두꺼운 책무더기에서 열심히 답을 찾아내려 했고, 대학 교수인 아버지나 고모인 하쓰카에게 매달려 답을 얻고자 했다. 당시 아사히의 눈에 그런 데쓰는 감히 범접할 수 없는 존재처럼 보였다.

세이지는 목소리를 낮췄다.

"……그래, 아직까지 데쓰하고 연락이 되는구나. 데쓰는 지금 뭘 하고 지내니."

"응, 재수생이야."

아사히는 짤막하게 대답했다.

이시바시 데쓰가 어떻게 지내는지, 어떤 열아홉 살이 됐는지 일일이 설명하고 싶지는 않았다.

눈치 빠른 할아버지는 더 캐묻지 않고, "그러냐"라고만 읊조렸다.

아사히는 분위기를 바꾸기 위해 다급히 말했다.

"할아버지는 사형 반대 운동을 한다던 그 단체하고 변호사를 만나고 와. 나는 그 동안 데쓰한테 의견을 들어볼 테니까. 할아버지가 핵심 인물을 만나보는 게 우선이고, 그 다음은 과연 데쓰가 우리가 원하는 대답을 들려줄 것인가. ―뒷일은 그때 가서 생각해보자. 좋아, 이걸로 결정!"

4

2초메에 있는 데쓰의 집은 여전히 깨끗하고 번듯하며 어딘지 모르게 위압적이었다.

약 15년 전만 해도 최신식이었던 주문식 저택은 몇 차례 외벽을 다시 칠해 지금은 흑단처럼 새까맸다. 1년 반 동안 발길을 끊은 사이 대문의 명패는 은색의 반짝이는 금속판으로 바뀌어 있었다.

—하쓰카 씨의 취향인 걸까.

그렇게 생각하며 아사히는 인터폰을 눌렀다.

되돌아온 것은 다름 아닌 이시바시 하쓰카 본인의 목소리였다. 데쓰의 고모다.

"네, 누구세요."

"아, ……안녕하세요, 저예요. 아사히. 저기, 데쓰 있나요?"

다소 과장되게 순진한 소년처럼 말해보았다.

잠시 후, 문이 열렸다. 하쓰카가 하얀 얼굴을 내밀었다.

가는 테 안경. 밤색으로 물들인 쇼트커트. 꾸준히 미용실을 다녀서일까, 아사히는 하쓰카의 머리카락 뿌리가 까매진 것을 본 적이 없었다.

"오랜만이네. 아사히."

다행인지 불행인지, 데쓰의 고모인 하쓰카는 예전부터 아사히를 마음에 들어 했다.

아사히는 소꿉친구의 방에 도달하기 위한 절차로써 우선 거실에서 하쓰카가 끓인 홍차를 마시고 하쓰카가 내준 '어느 고급 가게에서 파는 치즈 수플레'란 것을 먹은 후, 하쓰카의 근황과 자기 자랑에 일절 말대꾸 없이 귀를 기울여야 했다.

약 30분이 지나서야 풀려날 수 있었다.

"맛있었어요. 잘 먹었습니다."

아사히는 살갑게 미소를 지으며 고개를 숙인 후 거실을 나섰다.

소꿉친구의 방으로 향하는 계단을 오르며 휴, 하고 긴 한숨을 내쉬었다.

—내 쓸데없는 사교성은 하쓰카 씨에게 단련된 덕분일지도 몰라.

새삼 그런 생각이 들었다.

아무리 반이 바뀌어도 아사히는 학급 내 카스트의 상위 계층이었다. 상대가 누구든 밝고 쾌활하게, 친근하게 대했다. 운동신경도 좋았으며 무엇보다 성적이 우수했다. 중고등학교를 통틀어 여자친구도 꽤 사귀었다.

운동부 녀석들과도, 질 나쁜 학생들과도 잘 지냈다. 하쓰카에 비하자면 녀석들은 수백 배는 뻔하고 솔직해서 상대하기도 수월했다.

—하쓰카 씨 곁에서 계속 지내다 보면 나처럼 자라나거나, 아니면.

아사히는 2층의 짧은 복도를 걸었다.

이시바시 집안의 2층에는 방이 세 개 있었다. 하나는 아버지의 서재, 다른 하나는 창고처럼 옷장이나 책장 등으로 채워진 방. 마지막이 데쓰의 방이다.

"데쓰, 나야. 아사히."

말을 걸며 문을 두드렸다.

한 박자 늦게 "들어와" 하는 목소리가 먹먹하게 들려왔다.

아사히는 문을 열었다.

가장 먼저 눈에 띈 것은 벽에 놓인 작업용 책상이었다. 컴퓨터 본체가 두 대, 모니터는 네 대. 프리앰프, 파워앰프, 오디오 인터페이스. 휴대용 비디오카메라. SLR 카메라. 좌우에는 커다란 스피커. 20여 개의 케이블이 징그러운 문어발처럼 얽히고설켜 있다.

방의 주인— 이시바시 데쓰는 작업용 책상 앞에 앉아 있었다.

1년 반 만이지만 인상은 거의 달라지지 않았다. 위아래로 회색 운동복 차림에 길게 자란 머리칼을 머리 뒤로 동그랗게 묶었다. 요즘은 중년 아저씨도 쓰지 않을 듯한 굵고 투박한 안경이 코에 얹혀 있다. 그런 코 밑에도, 턱에도 아무렇게나 내버려둔 수염이 드문드문 자라나 있었다.

평균 신장인 아사히보다 8센티미터 정도 크지만 체중은 오히려 4, 5킬로그램 가볍다. 요컨대 키만 큰 말라깽이였다.

"아사히, 대학 합격 축하한다."

데쓰는 맥없는 목소리로 말했다.

아사히는 쓴웃음을 지었다.

"일찍도 말한다. 그래도 고마워."

딱히 허락도 구하지 않은 채 데쓰의 침대에 걸터앉았다.

"상대가 너니까 길게 인사를 늘어놓을 필요는 없겠지. 실은 들어줬으면 하는 얘기가 있어서 왔어."

"응."

데쓰는 고개를 끄덕였다.

언제나 그렇다. 유일한 친구인 아사히의 이야기를 그는 언제나 조건 없이 진지하게 들어준다.

아사히는 몸을 앞으로 내밀며 말했다.

"어젯밤에 할아버지가 내 방에 찾아왔는데 말이야. 너도 알지? 우리 할아버지가 형사였다는 거. 30년도 더 된 사건이라는데—"

할아버지인 세이지로부터 전해들은 이야기를 아사히는 고스란히 들려주었다.

방에 찾아온 세이지가 평소와는 달리 이상하리만치 약해 보였다는 사실, 줄곧 번민으로 가득한 얼굴이었다는 사실, 하지만 무척 진지했다는 사실까지 남김없이 이야기했다.

이야기를 다 듣고 난 데쓰는 한동안 말이 없었다.

그 침묵이 불안해진 아사히는 곧바로 이야기를 덧붙였다.

"느닷없이 혼자 떠들어대서 미안. 당황스러울 만도 하지, 대뜸 이런 이야기를 들었으니까……. 뭐, 나도 진짜 누명인지는 아직 반신반의하고 있어. 애당초 억울한 누명을 쓰는 일은 그리 쉽게 일어나지 않으니까. 일본 경찰은 뛰어나고, 수사도 철저히—"

"아니."

데쓰가 말을 끊었다.

"확실히 당시 경찰은 고지식하게, 치밀하게 수사했을 거야. 하지만 네 할아버지 말씀이 맞아. '처음부터 누명을 씌우려는 녀석은 없다. 하지만 어쩌다 우연히 수사의 방향성이 틀어지고 마는 경우가 있다.' 그 좋은 사례가 누명 사건으로 유명한 히로사키대학 교수 부인 살인사건이야."

소꿉친구의 목소리는 달라져 있었다.

아사히는 고개를 들었다.

데쓰의 미간에 깊은 주름이 새겨졌다.

"히로사키 사건의 목격자는 사건 직후의 경찰 조서에서 '범인의 얼굴은 거의 보지 못했다'라고 진술했어. 하지만 피의자가 체포된 후 검찰 조서에서는 '피의자는 옆얼굴의 윤곽도 완전히 동일하다', '머리 모양도 똑같고, 내가 본 범인과 똑같다'라며 증언을 번복한 상태였지. 물론 의도한 건 아냐. 목격자는 어디까지나 진심으로 범인을 잡기 위해 선의로 증언했어. 선입견의 힘이지. 인간의 판단력이나 기억력은 선입견에 쉽게 좌우되기 마련이거든."

"잘 아네, 데쓰."

"내가 고등학생 때, 하라 가즈오의 「천황의 군대는 진군한다(제2차 세계대전의 책임이 당시 일본의 쇼와 천황에게 있다고 생각해 새총을 발사했던 참전군인 오쿠자키 겐조를 다룬 다큐멘터리-옮긴이)」를 보고 푹 빠졌다는 건 너도 잘 알고 있지?"

데쓰는 낮은 목소리로 대답했다.

"내친 김에 하라 가즈오가 촬영 보조를 맡았던 「복수는 나의 것」까지 보게 됐어. 그건 실제 있었던 사건과 범인을 모델로 한 픽션이잖아. 그 이후로 한동안 국내의 사건사나 재판사에 빠져 지냈던 적이 있었거든. 억울한 누명을 쓴 케이스에 대해서도 열 권 이상은 읽었어."

"역시 데쓰야. 그래서, 아까 말한 히로사키 사건이란 건 억울한 누명으로 확정된 거야? 그, 뭐냐, 정식으로 무죄 판결이 나왔어?"

"나왔지. 지금 정확한 숫자까지 말해줄 수는 없지만 고등재판소에서 유죄 판결을 받고 20년 넘게 지나 재심에서 무죄를 받았을 거야."

"어떻게 20년이나 지났는데 무죄로 뒤집어진 걸까. 새로운 증거라도 나온 건가."

"아니. 진범이 자백했어."

데쓰가 태연하게 말했다.

아사히의 눈이 휘둥그레졌다.

"자백? 설마 경찰에 출두한 거야? 시효가 만료돼서?"

"시효도 이유 중 하나였을지도 모르지. 진범은 그때 다른 강도, 강간죄로 복역 중이었어. 그는 교도소에서 기독교에 귀의하면서 과거의 죄상, 히로사키 사건으로 누명을 쓴 피해자에게 죄책감을 갖기 시작했지. 진범이 교도소에서 슬쩍 털어놓은 '실은 사람을 죽인 적이 있다'라는 말을 계기로 히로사키 사건의 재심 청구 운동이 시작된 거야."

데쓰는 말을 끊더니, "너희 할아버지는 친한 기자한테 상담했다며? 히로사키 사건의 재심 때도 매스컴이 큰 공을 세웠어. 우선 거대 신문사가 '진범이 발견됐다'라며 폭로했고, 다른 신문사들이 여기에 반론하는 기사를 써서 여론을 떠들썩하게 만들었지. 결국 승기는 거대 신문사로 기울었고, 진범의 알리바이 공작에 가담했던 남자가 모두 실토했어. 신문사의 특종에서 재검증이 시작되기까지 1년도 채 걸리지 않은 걸로 기억해."라고 말했다.

아사히는 데쓰를 따라 눈살을 찌푸렸다.

"그럼 역시 여론을 움직이는 게 가장 중요하다는 말이네. 그리고 진범이 발견되는 게 누명을 벗는 가장 빠른 길이고. ―그래서, 히로사키 사건의 진범은 어떻게 됐어?"

"시효는 성립됐으니 딱히 뭐 없었을 거야. 출소 후에 매춘인지 뭔지 시답잖은 죄로 잡혔다고 했던가. 기타미노베 사건도 시효가 성립됐지?"

"응. 2003년에 성립됐다나 봐. 하지만 진범이 발견됐다면 죄를 묻지는 못하더라도 누명을 썼다는 건 증명할 수 있겠지?"

데쓰의 대답을 기다리지 않고 아사히는 재차 물었다.

"그 외에 누명을 쓴 사건에서 진범이 드러난 사례가 또 있을까?"

"있어. 이를테면 시미즈 우체국 사건이 있지. 이쪽은 살인이 아니라 단순한 절도지만 말이야. 우체국에서 수표가 든 서류우편이 도난당했어. 혐의가 씌워진 건 어느 우체국 직원인데, 수표 이서와 장부의 필적 감정을 통해 유죄 판결이 내려졌지. 복역 후 석방된 직원은 경찰에게 의지할 생각을 버리고 자력으로 범인을 찾아냈어."

"뭐야, 혼자 힘으로?"

아사히는 경악했다.

"그런 게 가능하구나."

"드라마 같지. 하지만 실제 사건이야. 결국 범인은 사건 이후 종적을 감춘 가장 수상한 녀석이었어. 참고로 진실이 입증되기까지 네 번의 필적 감정이 실시됐고, 네 번 모두 '피고인과 범인의 필적은 동일하다'는 결과가 나왔어. 아무리 '감정 결과는 절대적이지 않다'지만 이쯤 되면 사기에 가깝지."

데쓰는 어깨를 으쓱였다.

아사히는 청산유수로 이야기를 풀어내는 소꿉친구를 올려다보며 생각했다.

—역시 데쓰는 변하지 않았어.

어렸을 적 아사히는 이시바시 데쓰가 세상에서 가장 영리한 아이라고 생각했다.

데쓰는 유치원에 다니지 않았다. 일찍 세상을 뜬 어머니 대신 고모인 하쓰카가 데쓰를 보살피며 글자를 가르치고, 알파벳을 가르치고, 초등학교 3~4학년이 읽을 법한 책을 사다주었다.

하쓰카는 40대 중반을 넘긴 지금까지도 독신으로 이시바시 집안에서 지내고 있다. 하지만 후회는 없어 보였다. 하쓰카는 진심으로 존경하는 오빠와 그 아들에게 인생을 바치고 있었다.

그런 하쓰카가 '우리 데쓰와 놀아도 좋다'라고 허락한 유일한 아이가 바로 아사히였다.

이유는 모른다. 아사히가 다른 아이보다 예의가 발랐기 때문인지, 아니면 외모가 하쓰카의 눈에 들었기 때문인지, 그도 아니라면 데쓰의 숭배자로 인정받았기 때문인지는 모를 일이다.

아무튼 아사히는 매주 화요일과 목요일이면 유치원에서 돌아오자마자 달려서 데쓰의 집으로 놀러 갔다.

어째서 하쓰카가 화요일과 목요일에만 허가했는지는 아직까지도 모른다. 데쓰는 유치원도, 보육원도 다니지 않았고, 학원도 다니지 않은 채 매일 집에만 있었다. 하지만 그 무렵은 '그런가 보다'라고만 생각하며 의문을 품지 않았다.

—하지만 초등학교에 들어가면서부터 모두 바뀌었다.

이시바시 데쓰는 아사히가 상상했던 우등생이 되지 못했던 것이다.

데쓰는 교과마다 학력에 편차가 너무 심했으며 집단에 대한 협조성이 전혀 없었다. 느긋하고 우아한 태도는 초등학교에서는 '굼벵이', '느림보'로 받아들여졌다.

게다가 데쓰는 아사히 말고 다른 아이들과는 제대로 말도 섞지 못했다.

아이들의 부산스러운 말투와 솔직하고도 잔혹한 표현을 따라갈 수 없었던 것이다. 데쓰는 위축되었고, 1학년이 끝날 무렵에는 반 친구들과 눈도 마주치지 못했다.

반대로 아사히는 무엇을 시키든 능숙히 소화했다.

발이 빨랐다. 타고난 협조성 덕분에 단체 운동도 잘 해냈다. 노래를 잘 불렀고, 그림도 잘 그렸으며, 데쓰와 함께 하쓰카에게 조기교육을 받은 덕분에 공부도 잘했다.

두 사람의 사이에서는 순식간에 차이가 벌어지기 시작했다.

만약 한 번이라도 같은 반이 되었더라면— 아사히는 지금도 그런 생각을 한다. 같은 반이었다면 아사히는 데쓰와 친구들의 사이를 중재할 수 있었으리라. 데쓰가 같은 무리에 녹아들 수 있게끔 어린 나이임에도 온 힘을 다했을 터였다.

하지만 실제로는 초등학교, 중학교 9년 동안 두 사람은 줄곧 다른 반이었다.

아사히가 알기로 데쓰가 딱히 괴롭힘을 당한 적은 없었다. 다만 모두가 그를 무시했다. 데쓰를 상대하지 않았고, 없는 사람처럼 취급하며 원 밖으로 밀어냈다.

—그리고 중학교 1학년 때, 그 일이 일어났다.

아사히는 손깍지를 끼며 "데쓰."하고 낮은 목소리로 말했다.

"괜찮다면— 너만 괜찮다면 말인데, 힘을 빌려주면 안 될까. 할아버지는 인터넷으로 여론을 움직이는 데 걸어보려는 것 같았어. 재생 빈도와 조회 수도 많고 멀리 퍼지는 매체라면 역시 일러스트보다는 동영상이잖아. 하지만 나는 그쪽 분야에는 초짜니까, 니한테 부탁하고 싶어."

"동영상은 누구나 찍을 수 있어."

데쓰는 쌀쌀맞게 대꾸했다.

"SLR 카메라는 5만 엔이면 사. 유튜브에 올라오는 동영상은 90퍼센트가 연출도 허접하고 카메라만 그냥 켜놓은 쇼츠지. 편집 소프트웨어도 조금만 찾아보면 프리웨어를 얼마든지 찾을 수 있고."

"그런 건 나도 알아."

아사히는 고개를 저었다.

"아니까 너한테 부탁하는 거야. —우리의 목적은 이해불명에, 막연하고, 뜬 구름 잡기처럼 추상적이지만 '거대하다'는 것만큼은 확실한, 여론이란 녀석을 움직이는 거니까. 게다가 한 사람의 목숨이 달려 있다고."

"그래서 하는 말이야."

데쓰가 차분한 목소리로 말했다.

"한 사람의 목숨이 달려있기 때문에 쉽게 손댈 수 없다는 거야."

몇 초 동안 아사히와 데쓰는 서로를 바라보았다.

데쓰는 짧게 한숨을 내쉬었다.

"방금 얘기만 들어서는 기타미노베 사건이 진짜로 누명을 쓴 케이스였는지 나로서는 판단할 수 없어. 물론 사건에 대해서는 나도 알아. 사건 개요를 훑어본 적도 있고. 하지만 아무런 의심 없이 대충 읽어봤을 뿐이지."

"그 말은 '거절한다'라는 뜻이야?"

"아니."

데쓰는 부정했다.

"'대답에 유예를 달라'라는 뜻이야. 무슨 대답이든 지금 이 자리에서 쉽게 내릴 수 없다는 건 확실해. ……최소한 열흘은 줘. 기타미노베 사건에 대한 책이나 자료를 웬만큼 다시 읽어보지 않고서는 대답할 수 없어. 나는 너처럼 뭐든 능숙하게 해내는 사람이 못 돼. 만약 사건에 대한 의구심이나 잡념을 남겨둔 채 영상을 찍었다간 틀림없이 완성도에서 차이가 날 거야."

"그럼 무죄라는 확신이 서면 도와주는 거지?"

아사히는 쐐기를 박았다.

하지만 데쓰는 고개를 끄덕이는 대신, "확답은 않겠어"라고 말했다.

"사건의 분위기를 직접 접해본 적도 없는데 활자만 읽어보고 100퍼센트 무죄라는 확신까지 얻을 거라고는 생각지 않아. 다만 눈으로 보고 머리로 판단해서 흑인지 백인지, 회색이라면 얼마나 짙은지 흐린지를 정리하고 싶어. 그 다음에 네게 조건을 제시하려고."

"조건? 그게 뭔데."

아사히의 몸에 힘이 들어갔다. 데쓰는 무표정하게 말했다.

"설사 내가 동영상을 제작하게 된다 하더라도 내용은 꽤나 과격해질 거야. 유튜브나 틱톡에서 원하는 밝고 명랑한 영상은 아니겠지. 너도 알 거야. 생각 없이 무작정 업로드해선 아무리 뛰어난 영상이라 한들 아무도 봐주지 않는다는 걸. 일러스트나 동영상이나 마찬가지야. 아무도 봐주지 않는 작품에는 의미가 없어."

“…… .”

아사히는 시선을 떨궜다.

데쓰의 말이 맞았다.

평소 자신이 그리는 일러스트를 향해 ‘아무도 봐주지 않는 작품에는 의미가 없다’라고 한다면 반감을 느꼈으리라.

하지만 이번 일은 경우가 다르다. 그야말로 ‘아무도 봐주지 않는다면 무의미’한 상황이었다.

데쓰는 말했다.

“협력하기 위한 조건은 세 가지야. 우선 절대적인 조건으로 나 자신이 과연 당시의 수사 및 판결에 의구심을 품을 수 있을 것인가. 두 번째는 내가 동영상을 공개하기에 앞서 최소한 시청자 100명은 확보할 수 있을 것인가.”

“100명!?”

아사히는 새된 목소리로 말했다.

데쓰는 태연히 고개를 끄덕였다.

“전국적으로 입소문을 퍼뜨릴 수 있겠다 싶은 최소 인원이야. 어떻게 확보할지는 네가 스스로 생각해. 그리고 마지막으로.”

안경 너머에서 데쓰는 눈을 가늘게 떴다.

“동영상 제작과 공개에 앞서 피해자 유족의 허가를 받아와줘. 물론 모두의 허가를 받아야 해. 이건 도의적인 문제야. 유족이 한 사람이라도 반대한다면 나는 결코 손을 빌려주지 않겠어.”

*

그는 어슴푸레한 방에 있었다.

방에는 그와 소녀만이 있을 뿐이다.

오늘 저녁, 차에 태워서 끌고 온 작은 여자아이이다.

이 방으로 데려오자마자 그는 소녀를 아프게 했다. 우선 얼굴을 때려서 아프게 하고, 배를 때려서 아프게 하고, 옷을 벗겨서 소녀의 다리 사이나 부드러운 곳을 마음껏 아프게 했다.

소녀는 울고 피를 흘리며 "배 안이 찢어졌어요", "제발 의사 선생님한테 데려가 주세요" 하고 울었다.

"내 말을 들으면 의사 선생님한테 데려다주고, 집에도 보내줄게."

그는 그렇게 말했다.

소녀의 눈에 희망의 불씨가 켜졌다. 이렇게 너덜너덜해지도록 쓰레기 취급을 당했음에도 인간이란 존재는 희망을 느낄 수 있구나, 싶어서 그는 감탄했다.

그는 소녀에게 이런저런 질문을 던졌다.

학교는 재미있니? 친구는 많은 편이야? 공부하고 운동 중에 뭐가 더 좋아? 좋아하는 연예인은 있어? 아빠 엄마는 좋아? 좋아하는 음식은 뭐니? 연애는 해봤니? 장래희망은 뭐야?

소녀는 공포심에 꼬인 혀로 열심히 대답했다.

아빠는 좋아해. 엄마는 돌아가셔서 안 계셔. 사고로 돌아가셨어. 외할머니는 만날 '사람을 넝마조각으로 만들어놓고선'이라고 말해.

좋아하는 음식은 아빠하고 같이 만든 햄버그. 오늘 먹으려고 했어. 아빠가 쉬는 날에 잔뜩 만들어서 얼려놓은 거야. 아빠가 만드는 카레도 좋아해. 볶음국수도 좋아해.

연애는 잘 몰라. 아직 안 해봤을 거야. 나중에 되고 싶은 건 간호사. 병이 나서 아픈 사람을 도와주고 싶으니까.

그는 소녀의 말투가 점차 어리광을 부리듯 혀 짧은 목소리로 변해가는 모습에 기분이 좋아졌다.

아양 떠는 것 봐라, 하고 생각했다.

남자의 말을 얌전히 잘 들어서 환심을 사면 풀려날지도 모른다는 기대감에 있는 힘껏 온몸으로 교태를 부리고 있다.

우스꽝스러웠다. 이 우스꽝스러운 모습이 견딜 수 없게 사랑스러웠다.

그는 소녀의 손을 깨끗하게 해주었다. 그리고 연달아 질문했다.

좋아하는 노래는 있니? 좋아하는 책은 있고? 색깔은? 집에 게임기는 있어? 어떤 게임을 좋아해? 자동차 타는 거 좋아해? 집으로 돌아가면 가장 먼저 하고 싶은 게 뭐야?

그렇게 물어보며 그는 소녀를 때렸다. 때리면서 범했다.

밖이 어두컴컴해지고 공복을 느꼈기에 방에서 나와 저녁을 먹은 후, 돌아와서 다시 질문하며 때렸다.

조금 있으면 날짜가 바뀔 무렵, 그는 소녀의 집에 전화를 걸었다.

소녀 본인으로부터 알아낸 번호였다. 소녀는 입에서 피를 줄줄 흘리며 여전히 애교가 남아 있는 목소리로 대답했다. 앞니가 없어져서 발음이 부정확했기에 몇 번이고 다시 말하게 했다.

"—여보세요, 기노시타입니다."

단번의 남자의 목소리가 들려왔다. 아마도 아이의 아버지이리라.

그의 음성에서는 식은땀이 느껴졌다.

이는 초조함에 흘리는 땀이자, 공포로 인한 땀이었으며, 두려움에 의한 땀이었다. 딸을 잃을지도 모른다, 아니, 어쩌면 이미 잃어버렸을지도 모른다—라는 땀의 늪에 그는 어깨까지 잠겨 있었다.

"사흘 후 오후 1시, 역 앞 공원 옆 전화 부스. 1천만 엔 준비해."

그는 빠르게 그리 말하고는 전화를 끊었다.

하지만 공원 옆 전화 부스에 갈 생각 따윈 없었다. 그저 즐기고 싶었다.

이렇게 말한다면 아버지는 딸이 최소한 사흘은 살 수 있으리라 믿고 희망을 가지리라. 그 헛된 희망을 상상하며 즐기고 싶었다.

그는 다시 소녀에게로 고개를 돌렸다.

소녀의 눈동자 안에서도 가까스로 희망의 빛이 빛나고 있었다. 이내 사라질 빛이었다.

그는 천천히 미소를 지었다.

제 2 장

1

호시노 세이지는 '가타기리 법률 사무소'의 응접실에서 가타기리 변호사와 마주하고 있었다.

예스러운 응접실이었다.

벽에는 풍경화 액자가 걸려 있다. 가죽 소파에 낮은 테이블. 햇볕이 내리쬐는 창가에는 관엽식물 화분이 파랗게 우거져 있다.

가타기리는 70대 초반처럼 보였다. 잘 손질된 백발을 뒤로 빗어 넘겼으며, 호리호리한 몸은 오픈칼라 셔츠와 회색 슬랙스에 감싸여 있다. 간편한 옷차림이었지만 셔츠 가슴팍에는 규정대로 변호사 배지가 반짝이고 있었다.

가타기리는 쾌활하게 웃으며 "기타미노베 사건 때 특별 수사본부에 계셨다고요. 설마 전직 수사관 분께서 연락을 주실 줄은 몰랐습니다"라고 말했다.

"예, 저도 변호사님과 만나 뵙게 될 줄은 생각지도 못했습니다."

세이지는 우직하게 대답했다.

"가메이도는— 가메이도 씨는 안타깝게 됐습니다. 부고는 신문으로 봤습니다. 뭐랄까, 도무지 가만히 있지를 못하겠어서요……. 바쁘실 텐데, 시간 내주셔서 정말 감사합니다."

세이지는 기타미노베 사건 당시 자신이 서류 작업 담당이었던 사실, 수사 단계부터 위화감을 느꼈다는 사실, 상사에게 따졌지만 일소에 부쳐졌던 사실을 더듬더듬 이야기했다.

가타기리는 한동안 말없이 듣고 있었다.

세이지가 말을 마치자 가타기리는 팔짱을 끼며 말했다.

"—기타미노베 사건의 1심에서 가메이도 씨와 이요 씨 두 사람을 변호한 건 국선 변호인이었습니다. 제가 이요 씨의 변호인을 맡게 된 건 항소한 후, '국민 생활 구제 센터'를 통해 의뢰를 받으면서였죠."

"그랬군요."

세이지는 고개를 끄덕였다.

국민 생활 구제 센터란 노동자의 권리나 사회적 자유를 수호하며 누명 사건 등을 지원하는 인권단체였다. 이른바 '국가 권력의 부정에 맞서는' 것이 기치인 단체다. 전직 경찰관인 세이지로서는 그 이름만 듣고도 절로 앉은 자리가 불편해졌다.

가타기리는 시선을 내리깔고는 "이렇게 말하면 안 되겠지만 국선 변호사는 형식적인 변호밖에 하지 않았던 모양이더군요. 법정 기록에 따르면 증인 심문도, 반대 심문도 건성으로 넘어갔고, 심지어 판결은 검찰 조서를 그대로 베껴 썼을 정도로 허술했죠. 범인에 대한 증오심에 여론이 들끓고 있었던 탓도 있겠습니다만…… ."하고 씁쓸한 목소리로 말했다.

검찰이 그린 줄거리는 이러했다.

1987년 6월 17일, 가메이도 겐과 이요 준이치는 하교 중이던 기노시타 리카(당시 8세)에게 '고양이를 보여주겠다'라며 말을 걸고는 납치했다.

가메이도와 이요는 수도공사 업체인 '하다 설비'에서 해고된 후, 일용직으로 먹고살며 같은 공동주택에서 지내고 있었는데, 말이 공동주택이지 일반 단독주택을 개조한, 목욕탕도 없고 화장실은 공용인 50년이 다 된 건물이었다.

방은 네 개였지만 두 사람을 제외한 나머지 입주민은 파키스탄 국적의 남성뿐이었다. 참고로 이 남성은 두 사람이 체포되었을 당시에는 이미 귀국한 뒤였기에 증언은 입수할 수 없었다.

가메이도는 방에 담요를 깔고는 그 위에서 리카를 강간했다. 곧이어 이요가 강간했다.

그들은 리카에게서 아버지가 귀가하는 시간대를 알아낸 후, 날짜가 바뀌기 전에 몸값을 요구하는 전화를 걸었다.

이후 가메이도와 이요는 몸값을 받아낼 계획을 세웠다. 이런저런 의견을 내보았지만 일이 잘 풀리지 않으리란 것을 알게 되자 말다툼이 벌어졌다.

조서에 따르면 가메이도는 "화가 나서 될 대로 되라는 마음에" 성가신 리카를 "처리해버리자"라고 주장했다.

유괴로부터 이틀 후, 살의는 실행으로 옮겨졌다. 가메이도는 당장이라도 숨이 끊어질 듯한 리카를 담요로 만 뒤, 훔친 원동기 자전거의 짐칸에 동여맸다.

원동기 자전거에는 이요가 올라탔다. 그는 집에서 약 20킬로미터 떨어진 산속에 깊이 50센티미터의 구멍을 판 후 리카를 묻었다.

조서에 기록된 진술은 이러했다.

"살아 있었는지 죽었는지는 확인하지 않았기 때문에 모른다. 살았든 죽었든 상관없었다. 빨리 돌아가고 싶었다."

사용한 담요와 삽은 "나중에 쓰레기 버리는 날에 내놓았다"고 한다.

이튿날인 20일은 그들이 전화로 지정했던 몸값을 받으러 가는 날이었다.

"어차피 못 받을 돈이라 생각했지만 일단 공원까지는 보러 갔다"라고 가메이도의 조서에는 나와 있었다.

실제로 이날, 공원 근처에서 가메이도로 추정되는 남자가 인근의 주부에게 목격되었다. 이 목격 증언을 통해 가메이도와 이요가 용의자로 떠올랐던 것이다.

가메이도는 체포된 당일에는 "간 적이 없다"라고 부인했다. 하지만 이튿날에는 공원 주변에 있었음을 시인했다. 다만 직후 진술서에는 "빈집털이를 위해 예비 조사를 하러 갔다"라고 쓰여 있었다. 이후 이 진술은 여러 차례 정정되다 최종적으로, "어차피 못 받을 돈이라 생각했지만 공원 근처까지 보러 갔다."라는 진술로 확정되었다.

검찰 조서에 따르면 가메이도와 이요는 귀가 후 증거 인멸을 꾀했다. 우선 리카의 옷을 공원 쓰레기통에 버렸다. 책가방 등 소지품은 강에 던져버렸다. 그 뒤로 강에 가지 않았으므로 증거품이 어찌 되었는지는 두 사람 모두 "모른다"라고 답했다.

4개월 후, 두 사람은 방랑 생활에 접어들게 된다.

집세가 밀려 집에서 쫓겨난 것이다. 이후 수사진이 두 사람의 집으로 향했지만 리카를 감금하고 폭행한 물증은 딱히 발견되지 않았다.

이듬해인 1988년 9월 22일, 목요일.

가메이도와 이요는 두 번째 범행을 저질렀다.

유괴된 피해자는 마찬가지로 하교 중이었던 야나세 사나에(당시 7세).

소녀는 그 다음 주인 월요일 이른 아침에 시체로 발견되었다.

경찰에 신고한 인물은 강변에서 조깅을 하던 남성이었다. "풀숲에서 아이가 죽어 있다"라는 전화를 받고 통신 사령실은 즉시 수사관을 현장으로 급파했다.

사나에의 시체는 처참한 몰골이었다. 알몸이었으며 목에는 목 졸린 흔적이 뚜렷하게 남아 있었다.

감금 장소는 그날 중으로 판명되었다. 초등학교에서 약 2킬로미터 떨어진 곳에 지어진 건설 업체의 창고였다.

창고 자물쇠는 망치 형태의 공구에 부서져 있었다. 또한 납치 당일, 건설 업체의 직원들은 다른 현으로 작업을 나가 현장에서 바로 귀가했다. 이튿날인 23일은 공휴일, 24일은 토요일이었다.

휴일 근무 따위는 없는 업체였다. 범인은 아무런 걱정 없이 사나에를 나흘에 걸쳐 폭행했다.

이후 이 창고에서는 사나에의 핏자국, 의복 일부, 피부 조직 등이 검출되었다. 하지만 범인의 것으로 추정되는 지문이나 장문(掌紋), 체액은 발견되지 않았다.

들끓는 여론에 특별 수사본부는 주변 일대를 이 잡듯이 수사했다.

그렇게 해서 떠오른 인물이 해당 지역에서 몇 차례 불심 검문을 받았으며 연쇄 절도 혐의로 예의주시하던 가메이도 겐과 이요 준이치였다.

조서에 따르면 동기는, …

"매춘부를 살 돈이 없었다."

"공짜로 하고 싶어서 강간하기로 마음먹었다. 성인 여성은 난리를 치며 반항하기 때문에 어린 아이를 노리기로 했다."

체포로 이어지는 일련의 흐름은 세이지 역시 똑똑히 기억하고 있었다.

건설 업체의 내부사정을 파악하고 있었다는 점 등으로 보아 범인은 어느 정도 해당 지역을 잘 아는 인물로 추정되었다.

그리고 절도범 역시 지역 사정에 밝아야 한다. 집이나 회사를 자주 비우는지, 남의 눈에 잘 띄지 않는 입지인지, 순찰을 잘 돌지 않는 지역인지, 도주 경로는 확보할 수 있을지, 그들은 주민이나 회사원의 생활 패턴을 파악해 위험성을 조금이라도 낮추려 한다.

"시노. 이우미초 사건의 수사 서류를 찾고 있는데. 몸값을 건네기로 했던 장소 주변에서 '수상한 남자를 봤다'라는 주부의 목격 증언이 있었잖아. 그 서류, 어디 있었더라."

"저쪽 파일이요. 아, 잠깐만요, 제가 꺼내겠습니다. 쓰마 씨한테 시켰다간 전부 어질러버릴 테니까—"

그렇게 웃으며 시모쓰마에게 서류를 건넨 인물은 다름 아닌 호시노 세이지였다.

문제의 창고를 소유한 건설 업체와 가메이도, 이요의 연결고리는 금세 밝혀졌다. 그들이 몸담았던 수도공사 업체의 거래처 중 하나였던 것이다.

특별 수사본부는 단숨에 활기를 띠었다.

수사관들은 정황 증거를 확고히 다져나갔다. 가메이도, 이요 모두 돈에 쪼들려 있었으며 일정한 주거지도 없었다. 가메이도는 여러 차례 체포된 이력이 있었다. 리카가 살해당한 사건뿐 아니라 사나에의 사건에서도 가메이도로 보이는 꾀죄죄한 남자를 목격했다는 증언이 있었다.

우선 주부의 증언에 따라 경찰은 두 사람을 다른 죄목으로 체포했다.

아미바라마치에 위치한 주유소 창고에 침입해 절도를 저지른 혐의였다. 1989년 2월 15일의 일이었다.

절도 사건에 대해서는 이요가 먼저 자백했다. 이어서 가메이도가 자백했다.

이 시점에서 두 사람에게는 리카가 살해당한 사건, 사나에가 살해당한 사건 모두에 알리바이가 없다는 사실이 판명되었다. 서로의 알리바이를 입증할 수 있는 사람은 당사자들뿐인 상태였다.

1989년 2월 28일. 가메이도 겐이 리카를 살해했노라 자백했다. 이튿날, 이요가 자백했다.

3월 9일, 가메이도 겐, 이요 준이치 두 사람은 살인과 성폭행 목적의 유괴, 시체 유기 혐의로 다시 체포되었다.

3월 14일, 리카의 셔츠에 남아 있던 침의 DNA형이 가메이도와 일치했다는 특종 기사가 발표되었다.

그 이후로는 국민 대부분이 알고 있는 사실이다.

1심 판결에서 사형. 항소했지만 고등재판소, 최고재판소에서 기각되면서 형이 확정. 가메이도 겐과 이요 준이치는 도쿄 구치소로 이송되어 사형 집행을 기다리는 신세가 되었다.

—가메이도가 병으로 죽음을 맞이하기 전까지는.

세이지는 사무원으로 보이는 여성이 내온 찻잔에 담긴 호지차를 홀짝였다.

잠시 한숨 돌린 후, 가타기리 변호사에게 물었다.

"……기타미노베 사건의 1심 판결은 주범과 종범 모두 사형이었죠. 물론 전례가 없지는 않지만 종범에게까지 사형이 내려지는 건 드문 일 아닙니까?"

일본에서 사형 판결은 그리 쉽게 내려지지 않는다.

소위 '나가야마 기준'이라 불리는 판결 기준이 있다. 연쇄살인마 나가야마 노리오에게 사형을 적용할 때 최고재판소가 제시한 기준이기 때문에 '나가야마'라는 이름이 붙었다.

피해자가 두 명 이상이어야 하며 사회적 영향력의 수준, 연령과 범행 후의 태도 등을 고려해 '극형을 내릴 수밖에 없다'라고 판단될 경우에만 사형 판결이 내려진다—. 대략적으로 말하자면 이런 내용이다.

즉, 피해자가 한 명일 경우 극형이 언도되는 일은 드물다. 사형이 확실시되는 경우는 세 명부터였다.

기타미노베 사건의 경우 피해자는 두 명이었다. 하지만 성폭행 목적의 유괴, 금품 목적의 약취죄까지 더해졌다. 게다가 매스컴이 연일 떠들어댄 사건이었고, 악질적이며 잔혹한 범행이었기에 주범에게 사형이 내려질 것은 당연했다.

—하지만 종범인 이요에게까지 사형이 언도되다니.

가타기리는 고개를 저으며, "그도 그럴 것이 수법이 지나치게 잔혹했으니까요. 피해자는 나이도 무척 어린 소녀였던 데다 심지어 두 명. 계획성도 있었고, 몸값까지 요구했습니다. 더불어서 일관되게 무죄를 주장한 이요 씨의 태도가 '개심할 의지가 없다'라는 뜻으로 간주된 모양입니다. 하다못해 제가 1심부터 변호를 맡았다면 어땠을까 싶어서 안타깝네요."라고 탄식했다.

"그리고 가메이도 씨의 간저 증상은 법정에서 상당히 나쁜 인상을 준 듯합니다. 뭐, 재판관도 사람이니까요. ―실례지만, 간저 증후군에 걸린 용의자를 보신 적은 있으신가요."

"네."

세이지는 고개를 끄덕였다.

"가메이도 씨의 변호는 나카자토 소이치로 선생님께서 맡으셨다더군요."

고명한 인권 변호사다. 아니, 이미 고인이 되었으니 '였다'가 맞을까.

가타기리는 침통하게 고개를 숙였다.

"네. 마찬가지로 구제 센터를 통해서 받은 의뢰였죠. 가메이도 씨는 구금 반응이 심각해 면회 때마다 고역을 치렀다고 하셨습니다."

"그러셨겠죠."

구금 반응 및 간저 증후군.

수사관이 되고 그 증상을 처음으로 접했을 때, 세이지는 적잖이 당황했다. 바보 취급을 당한 건가 싶었고, 화가 치밀었으며, 당황스럽기도 했다.

흔히 '동문서답', '횡설수설'이라 불리는, 앞뒤가 맞지 않는 대답이 이 구금 반응의 특징이었다. 빨간 것을 가리키며 '파랑'이라고 말하거나, 1 더하기 1을 '3'이라고 대답하거나, 심지어는 자신의 이름까지 헷갈리게 된다.

세이지는 찻잔을 내려놓았다.

"취조 단계에서 이미 가메이도 씨는 정상이 아니었던 듯합니다. 처음에는 수사관에게 욕지거리를 내뱉거나 바닥에 침을 뱉으며 반항적인 태도를 보였지만 점차 얼굴에 경련이 일어나더니 느닷없이 기괴한 소리를 지르기 시작했죠. 법정에서도 제대로 된 질의응답이 거의 불가능했다 들었습니다."

"맞습니다."

가타기리는 고개를 끄덕였다.

"1심이 시작될 무렵에는 우울증까지 진행되어 있었거든요. 중간부터는 피고인 질문에도 거의 침묵 상태였죠. 구치소에서 항 우울제가 처방됐지만 증상은 마지막까지 일진일퇴를 거듭할 뿐이었습니다."

"가메이도 씨는 10대 때부터 일탈을 저질렀다더군요. 거칠고 급한 성격 탓에 두 차례 가정재판소로 송치된 적이 있었죠. 하지만 이요 씨는 비행을 저지른 전과가 없다고 들었습니다. 가타기리 선생님이 볼 때, 이요 준이치 씨는 어떤 분입니까?"

"글쎄요, 이렇게 말하긴 좀 실례겠지만……."

가타기리는 잠시 망설였다.

"무척 자존감이 낮은 사람입니다. 일단 성장환경이 좋지 않았어요. 일찍이 모친을 여의었고, 부친은 그 사람을 학교에도 제대로 보내지 않고 일을 돕게 하고선 '솜씨가 형편없다'라며 호되게 꾸짖었던 모양입니다. 그런 탓인지 도피벽이 있어서 편한 쪽으로 흘러가려 하는 경향이 있습니다. 파트너인 가메이도 씨에게 상당히 의존했던 것 같더군요. 가메이도 씨가 먼저 자백했다는 말에 마음이 꺾여버린 것도 이해가 갑니다."

"가메이도에게— 가메이도 씨에게 정신적으로 지배되어 있었다는 건가요."

"아뇨, 그렇게까지 불건전한 관계는 아니었던 듯합니다. 형님과 아우라는 표현이 가장 정확하겠죠. 상하관계이긴 했지만 절대적이진 않았고, 상부상조하는 관계인 것 같았습니다."

가타기리 변호사의 말에 세이지는 잠시 생각에 잠겼다.

그리고는 다시금 입을 열었다.

"형이 확정된 후, 가메이도 씨는 형을 받아들이겠다는 뜻을 전했고, 재심청구 절차를 거부했다던데요. 재심을 청구한 건 이요 씨뿐이었다죠."

"네. 이요 씨는 지금까지 다섯 번 재심을 청구했고, 다섯 번 모두 기각되었습니다. 지금은 즉시항고 신청을 해둔 상태입니다."

"지금 이요 씨의 상태는 어떤가요?"

"의기소침해 있죠. 특히 가메이도 씨의 죽음을 안 뒤로는 부쩍 기운을 잃어버렸습니다. 지금은 항 우울제를 처방 받고 있다더군요. 가메이도 씨가 투약받던 약과 같은 약을요."

"그랬군요……."

세이지의 목소리가 작아졌다.

이요가 미결수일 때 면회를 해둘 걸, 하고 뒤늦게나마 후회했다.

행형법 제9조에는 '사형수의 처우는 미결수에 준한다'라고 나와 있다. 하지만 '63년 통지(1963년에 일본 교정국 국장이 통보한 사형수 접견과 편지 수신에 관한 전달사항으로, 당사자의 신병 확보를 저해하거나 사회에 불안감을 안겨줄 경우, 그 외 시설의 관리 운영에 지장을 줄 경우에는 접견 및 편지 수신이 허가되지 않는다는 것이 기본적인 골자–옮긴이)' 이후로 사형 확정수와 만날 수 있는 사람은 거의 친족과 변호사뿐이라 해도 과언이 아니다.

"이요 씨와 만나기는 어렵겠죠."

거절당하리란 사실을 알면서도 세이지는 물어보았다.

옛 행형법이 개정되면서 사형수에게도 '친구, 지인'의 면회가 허가된 것은 2006년 3월부터였다.

하지만 세이지는 구치소의 현장 상황을 알지 못한다. 윗분의 지시가 어떻게 달라지든 대부분 현장과는 통용되지 않는 법이다. 우습게도 가장 법률과 거리가 멀고 구태의연한 이들은 대개 법의 수호자들이었다.

"이요 씨한테 호시노 씨를 '친족 외 편지 및 면회 희망자'로 신청하게 해 보죠."

가타기리는 말했다.

"호시노 씨도 만나보신다면 분명 이요 씨가 살인 따위를 저지를 만한 사람이 아니란 걸 확신하실 겁니다. 전직 수사관 분께서 같은 편이 되어주신다면 저희로서도 든든하죠. 여섯 번째 재심 청구에도 힘이 될 겁니다."

2

가타기리 변호사는 돌아갈 때 이요와 과거에 면회했을 때 녹음한 데이터를 빌려주었다.

세이지는 데이터를 들고 곧장 아사히의 방으로 향했다.

USB 메모리를 컴퓨터에 꽂아 재생을 선택했다. 원래 테이프로 녹음한 데이터인 만큼 음질은 결코 좋다고는 할 수 없었다.

"수감자와 면회할 때 녹음도 할 수 있는 거야?"

아사히가 물었다.

"변호인이라면 그렇지. 형사소송법 제39조에서 변호인은 입회인 없이 용의자나 피고인과 면회하고 서류 등을 주고받을 수 있다고 정해져 있거든. 미결수를 상대로 녹음기기를 지참하려면 반드시 사전 신청이 필요하지만 사형이 확정된 수감자라면 그럴 필요는 없었을 게다."

세이지는 귀를 기울였다.

스피커에서 가타기리의 목소리가 들려온다. 지금보다 목소리가 꽤나 젊었다.

"—가메이도 씨와는 동료였던 거죠?"

"맞아요……. '하다 설비'라는 회사에서 수도공사 담당으로 일했어요."

상대는 콧물을 훌쩍이며 작게 대답했다.

이요 준이치의 목소리였다.

"나이는 겐이 두 살 위였어두, 딱 한 달이지만 회사에선 제가 선배였어요. 제가 워낙에 느려터졌어야죠. 어딜 가든 괴롭힘을 당했다 보니 하다 설비에 들어가기 전까지는 여기저기를 떠돌아 다녔어요. 그래두, 겐은 만날 저를 감싸줬어요. 약한 사람을 괴롭히는 걸 싫어하는 착한 사람이었지요."

아홉 살까지 나라에서 지냈다는 이요의 말투에는 간사이 말씨가 남아 있었다.

"하다 설비에는 85년까지 있었어요. 관둔 거는 아니구요. 잘린 거예요.

사장이 죽고 아들이 대를 잇자마자 이래저래 변해버렸거든요. 때마침 경기가 확 뜨고 있었으니 그 사람도 지금 수도공사나 하고 있을 때냐 싶었겠지요. 저희가 제일 먼저 잘렸구, 기숙사에서두 쫓겨났어요.

아뇨, 바로 일자리를 구하려구 했지요. 그런데 면접이 문제였어요. 자꾸만 긴장을 하니깐……. 게다가 그때는 공사 쪽 일감이 차고 넘쳤으니 너도 나도 일손이 부족했잖아요. 날품팔이로도 먹구 살 수는 있었으니까 겐도 힘들게 회사에 들어갈 필요 있느냐구 그랬어요."

이요는 적절한 표현을 찾아 더듬거리며 이야기했다.

"처음에는 잘 풀렸어요. 하지만 제가 원체 굼떠야죠. 겐은 빠릿빠릿한데 말이에요. 말도 빠르지만 손도 빨랐거든요. 하지만 저는 아니었어요. 뭔 말을 할 때마다 일단 끊었다가 생각을 해야 하거든요. 그러니 어느 현장에 가든 금세 저를 성가셔했어요.

제가 멍청하단 말을 들을 때마다 겐이 대신 화를 내주다 보니 결국 둘이서 합숙소를 뛰쳐나오게 됐어요. 그런 일이 한두 번이 아니니까 점점 알선업자들도 저희를 싫어하게 됐구, 일도 못 구하게 됐구…….

네. 어디나 손이 부족했으니까 일이 아주 없지는 않았어요. 그런데 알선업자가 우리를 싫어한다는 게 알음알음 현장 인부들한테 전해졌어요. 그러니까 아무도 우리하고는 어울리려고 하지 않더라구요. 조금씩 남들 눈치를 보게 됐지요. 그래서 현장에도, 일을 구하러 가기도 힘들어졌어요."

"이요 씨뿐만 아니라 가메이도 씨도 일하기가 어려워졌다?"

"네. 우리는 단짝이었으니까."

이요는 어린아이 같은 말투로 대답했다.

이 대화는 1992년에 녹음된 것이니 당시 이요는 37세였을 터였다. 하지만 그런 것치고는 앳된 말투다. 변호사라는 직함을 지닌 가타기리에게 겁을 먹었는지 심기를 살피듯 군데군데 말이 끊기는 구간이 있었다.

"처음에는 합숙소와 가까운 싸구려 여관에서 묵었지만 이러저러하는 사이에 돈이 떨어졌어요. 한잔 걸치고 돌아갈 때마다 근처 공원에 드러눕다 보니 점점 노숙도 아무렇지 않게 됐지요. 노숙자라고 하나요. 그런 사람들도 무지 많았거든요. 뭐랄까, 우리 같은 사람이 또 있구나, 싶어서 마음이 편했어요.

도둑질 같은 거, 처음에는 할 생각이 없었어요. 비가 오는데 우연히 근처 창고 셔터가 올라가 있길래…… 비나 좀 피하려구 들어갔던 거예요. 그런데 창고에 쌓여 있던 상자가 살짝 열려서 내용물이 보이더라구요. 그게 컵라면 박스였어요. ……그때 우리는 이틀 정도 아무것도 못 먹었거든요."

그래서 상자 째로 훔쳤다고 이요는 부끄럽다는 듯 인정했다.

"뜨거운 물은 어떻게 했느냐구요? 그, 은행에 가면요, 기다리는 동안 앉아 있는 의자 근처에 공짜로 차 마시라고 전기 포트가 있잖아요. 그걸 받아다 썼죠. 네, 찻물로 컵라면을 끓였어요."

"은행원이 아무 말도 안 하던가요?"

가타기리가 물었다.

"보고도 못 본 척하더라구요."

이요의 목소리에는 쓴웃음이 묻어났다.

"하지만 그때 그 맛은 아직도 생생해요. 이제 좀 살 것 같다, 싶었지요. 음식이란 게 이런 맛이었구나, 이렇게까지 스며드는구나, 싶었어요. ……

그러고 있으려니깐 제 옆에서 라면을 후루룩 먹고 있던 겐이 이렇게 중얼거리더라구요."

—죽으면 안 돼.

—좀도둑질을 해서라도 살아야 해. 두 번 다시 경찰 신세는 안 지려고 했지만 더는 안 되겠어.

"……변호사 선생님한테 이런 말을 하려니 죄송스럽지만, 우리는 그때부터 도둑질로 푼돈을 벌기 시작했어요. 꾀죄죄한 방이었지만 일단 집도 구했죠. 우리 말고도 다른 나라 사람이 살고 있었는데, 항상 카레 냄새가 났어요. 지금도 카레하고 변소 냄새가 뒤섞인 냄새가 생생하게 떠올라요."

"실례지만, 안정된 직장을 구하겠다는 생각은 없으셨습니까."

"생각했지요. 그치만 그때는 겐이 더 싫어라 했어요. 이력서에 하다 설비라고 적으면 자꾸 전과를 물어보니까……. 감별소나 소년원 출신이 많은 회사로 유명했거든요."

"가메이도 씨는 어렸을 때 네 차례 체포되었다고 하더군요. 그 일에 대해서는 어떻게 들으셨습니까?"

"모두 싸움질 때문이었는데, 상대를 떡으로 만들어줬다구 들었어요. 겐은 덩치도 크고 싸움도 잘 하니까요. ……하지만 나쁜 사람은 절대 아니었어요."

이요의 목소리가 촉촉해졌다.

"얼굴도 우락부락하고 말씨도 험하지만요. 그치만 약한 사람을 괴롭히거나 몹쓸 짓을 싫어하는 사람이었어요. 그런 겐이 어린 여자애를 괴롭히구 죽인다니, 말두 안 돼요. 여자를 좋아하긴 했죠. 남들만큼 밝히긴 했지만 저는 오랫동안 알고 지내면서 겐이 초등학생 여자아이한테 관심 있다는 얘기를 한 번두 들은 적이 없는걸요"

"그럼 이요 씨는 왜 자백한 겁니까?"

가타기리가 물었다.

이요는 크게 콧물을 훌쩍이고는,

"그야, 겐이 벌써 자백했다구 형사님이 그러셔서요. 그러니까 안 되겠다, 싶었지요. 며칠 동안 잠도 안 재우는 통에 머리가 핑글핑글 돌았거든요. 형사님이 무섭기도 하구, 무슨 말을 해도 제대로 들어주질 않았어요. 더는 못 참겠더라구요. 계속 경찰서에 있다간 아무도 내 말을 안 들어줄 것 같아서 포기한 거예요."

하고 고통스럽게 말했다.

"재판을 받으면 진실을 알아줄 줄 알았어요. 재판소는 원래 그런 데잖아요. 내 의견을 듣고 공평하게 판가름해주는 곳이잖아요. 그런데 다들 경찰하고 똑같이 차갑기만 하구……."

"이요 씨."

가타기리의 목소리가 달라졌다.

"저희는 당신이 무죄라고 믿습니다. 이요 씨도 이 자리에서 맹세하시겠습니까? 맹세할 수 있으시겠습니까? 천지신명께 맹세코, 그 소녀들을 죽이지 않았노라고."

"맹세합니다."

목이 멘 듯한 목소리로 이요는 대답했다.

"우리는 죽이지 않았어요. 도둑질은 했습니다. 남의 집에 들어가 물건을 훔쳤어요. 하지만 살인이라니, 저는 그런 무서운 짓, 도저히 못합니다."

거짓말은 아니군— 세이지는 읊조렸다.

적어도 이 말에 거짓은 없다. 세이지는 40년 넘게 경찰의 녹을 먹고 살았다. 산전수전을 모두 겪은 형사로서 거짓말은 하늘에 뜬 별만큼 많이 들었다.

그런 감이 말하고 있었다. 이 녀석은 살인자가 아니라고.

"애당초 저희는 그때…… 꼬질꼬질했는걸요. 그렇게 더러운 몰골로 처음 보는 여자아이한테 다가갈 수 있었을 리도 없구, 다가가지도 않을 거예요. 겐은 자주 이런 말을 했어요. '우리 같은 사람들을 무서워하니까 여자애들 근처에는 가지 말라'구요. 그런 사람이라구요. 진짜로 그런 걸 걱정하는 사람이에요."

이요는 눈물 섞인 목소리로 말했다.

"애초에 겐은 저하고는 다르게 번듯한 집에서 나구 자랐어요. 하지만 겐은 친형제한테는 의지할 수 없을 뿐더러 두 번 다시 의지할 생각도 없다구 했어요. 전과 때문에요. '나 같은 놈이 가족한테 또 폐를 끼치면 안 된다', '모처럼 평화롭게 잘 사는데 방해해선 안 된다'면서요. 진짜 그런 사람이라구요—"

음성 데이터가 바뀌었다.

30초 정도의 공백 후 소음이 사라졌다.

가타기리의 목소리가 들려왔다. 조금 전보다 훨씬 깔끔했다. 그리고 지금과 마찬가지로 나이 든 음성이었다.

"좀 어떠십니까. 감기가 오래 갔다던데, 괜찮으신가요."

"네. 그럭저럭요."

똑같은 세월을 겪은 듯 이요의 목소리도 쉬어 있었다.

가래 낀 듯한 소리를 내며 이요가 웃었다.

"하지만 이제는 겐도 없으니까요. 이쯤 했으면 됐다, 싶네요. 인제는 언제 죽어도 되겠다, 하구요. 하하하."

"무슨 말씀을."

가타기리의 말을 이요가 가로막았다.

"얼마 전까지만 해도 겐하고 같이 여기를 나오는 상상을 만날 했어요. 우리의 무죄가 증명돼서, 둘이서 여기를 나와 밖에서 교도관들한테 '꼴좋다!' 하고 고래고래 소리치는 상상을요."

"그럼 좋겠네요."

"그런 다음 우선 맥주를 마시러 가는 거예요. 꽁꽁 언 맛있는 맥주를 마시러 술집으로 가는 거죠. 겐하고 같이……."

"차가운 맥주라. 그래요, 그거 좋죠."

가타기리가 끈기 있게 맞장구를 쳤다.

하지만 되돌아온 이요의 목소리는 다시금 어둡게 가라앉았다.

"하지만 이제는 없으니까요. 겐이 없는데, 저만 속세로 나온들 무슨 소용이겠어요. 저 혼자서는 밖에서 살아갈 수 없는걸요. 나가야 할 이유도, 살아야 할 의미도 이제는 없어요……."

세이지는 아사히에게 신호를 보내 재생을 멈췄다.

평소의 연한 율무차를 홀짝이며 물었다.

"어떠냐, 아사히. 네 생각은."

"……솔직히 말해도 돼?"

"그래."

"거짓말은 아닌 것 같아. 사람이 좋아 보여서 그렇다기보다는…… 이런 말하긴 좀 그렇지만, 누가 시켜서 거들었을 가능성이라면 있어 보여. 만약 살인에 가담했다면 억울함을 호소하기보다는 '협박을 받았다', '실제로는 하고 싶지 않았다'라고 울며불며 매달리는 타입이 아닐까. 거짓말을 계속 밀어붙이는 데에도 에너지가 필요하잖아. 구치소에서 30년 넘게 변호사 상대로 허위 주장을 고수할 정도로 심지가 굳은 사람 같지는 않아."

아사히는 할아버지의 뜻을 살폈다.

"할아버지는 어떻게 생각하는데?"

"나도 대충은 네 의견하고 같다."

세이지는 아사히에게 봉투를 건넸다.

26년 전, 이요 준이치가 '국민 생활 구제 센터' 앞으로 보낸 편지였다. 마찬가지로 가타기리 변호사를 통해 건네받은 복사본이었다.

아사히는 봉투를 받아들고 편지지를 펼쳤다.

'도와주고 계신 여러분께

감사합니다. 사형수 이요 준이치입니다. 편지 감사했습니다. 잘 읽었습니다. 감사합니다.

겐도, 저도 억울합니다. 억울한 사형수입니다.

여자아이를 죽인 적은 없습니다. 리카도, 사나에도, 한 번도 만난 적이 없습니다. 죽이지 않았습니다.

왜냐하면, 사람을 죽일 정도로 대단한 인간이 못 되기 때문입니다.

어렸을 때부터 저는 멍청하다는 소리를 들었습니다. 공부도 못했습니다.

그런 말을 하도 들어서 초등학교도 언제부터인가 가지 않게 되었고, 부모도 가라고 하지 않아 그대로 그만뒀습니다.

중학교는 아마 다 합쳐도 열흘 정도밖에 가지 않았을 겁니다. 아무도 가라고도, 다녀오라고도 하지 않아서 그대로 가지 않았습니다.

졸업은 할 수 있었을지도 잘 모르겠습니다. 겐도 중학교를 중간에 그만뒀다고 했습니다.

나쁜 짓은 좀 했습니다.

학교를 빼먹었습니다. 남의 물건을 훔쳤습니다. 거짓말을 했습니다. 남을 때린 적이 있습니다. 짜바리(원문 그대로. 경찰을 말하는 듯—옮긴이)한테서 도망친 적이 있습니다. 아무데나 소변을 눴습니다. 물건을 망가뜨렸습니다.

하지만 사람은 죽이지 않았습니다. 그렇게 대단한 인간이 못 됩니다. 억울한 사형수 이요 준이치입니다. 잘 부탁드리겠습니다.

1992년 5월 17일

억울한 사형수 이요 준이치'

한자가 거의 없는 편지였지만 '겐'과 '억울', '사형수' 등은 꼬박꼬박 한자로 썼다.

날짜에서 알 수 있듯이 이는 이요가 지원자들 앞으로 감사장을 쓰기 시작했을 무렵의 편지였다. 시간이 지남에 따라 한자가 늘어났고, 글자도 또박또박 보기 좋아졌다고 한다. 즉, 체포 당시에는 그야말로 무학이었다는 말이리라.

정신 감정 당시 실시한 지능 검사에 따르면 이요 준이치의 지능지수는 93이었다. 언어성 지능지수는 89. 지식 6, 숫자 외우기 10, 어휘 7, 산수 9, 이해 9, 같은 모양 찾기 13의 평가를 받았다. 동작성 검사는 98로 평균치였다.

웩슬러 지능검사의 경우 100을 평균으로 보고 80 이상은 정상이다. 이 결과를 놓고 보자면 이요는 결코 본인의 말마따나 '멍청이'는 아니었다.

눈에 띄는 부분은 낮은 지식과 어휘력이다. 이 수치에는 그가 부모와 행정기관 모두에 방치된 아이였으며 적절한 교육을 받지 못한 채 자란 인간임이 여실히 드러나 있었다.

아사히는 편지를 곱게 접어서 세이지에게 돌려주었다.

"데쓰에게 말해서 도와달라고 했어."

"그랬구나. 뭐라고 그러디?"

"최소한 열흘은 달래. 그 사이에 정보를 정리해서 진짜로 두 사람이 무죄인지 아닌지를 판단하고 싶다면서. 흑백이 불분명한 추정무죄라면 회색이 얼마나 짙은지 옅은지를 확인해두고 싶다네."

"그 애답구나."

세이지는 쓴웃음을 지었다.

어렸을 때부터 이시바시 데쓰는 남달랐다. 두툼한 안경알 너머로 상대를 품평하듯 응시했고, 아사히를 제외한 타인을 거부한 채 성장했다.

영리하기는 해도 일반 사회에 적응해나갈 수 있을지는 의문이었다. 어떤 의미에서 보자면 눈치 백단인 아사히와는 정반대인 청년이었다.

"그 녀석, 나한테 '동영상 시청자를 최소한 100명은 확보해둬라'던데. 나 참, 아무렇지도 않게 그런 어려운 주문을 하다니."

"100명? 어이구, 괜찮겠니."

"모르겠어. 그래도 해봐야지."

아사히는 할아버지를 올려다보며 말했다.

"그리고 '동영상을 공개해도 되는지 피해자 유족 모두의 허락을 받으라'고도 했어. 안 그러면 도와주지도 않을 거라면서. 이건 맞는 말 같은데. 어때?"

"그래. 그건 당연하지."

세이지는 고개를 끄덕였다.

"다음 주에라도 유족 분과 만날 수 있도록 가타기리 선생님께 부탁해뒀다. ……다행인지 아닌지 유족 전원이라 해봐야 많지는 않아. 리카와 사나에 모두 조부모는 일찍이 세상을 떴지. 리카는 부녀 가정이었고, 사나에의 부모님은 사건이 있기 2년 전에 이혼해서 부친과는 현재 연락이 끊긴 상태야."

"그렇구나. 30년이 넘은 사건이니까. 부모가 당시 30대였다 치면 지금은 60대구나. 조부모는 당연히 다들 돌아가셨겠네."

숙연하게 말한 뒤, 아사히는 고개를 들었다.

"할아버지, 유족 분은 언제 만나러 가려고? 나도 가도 될까?"

"상관이야 없다만, 아마도 평일일 거다."

"괜찮아, 강의는 친구한테 녹음해달라고 하면 돼. 그럼 일정이 정해지면 알려줘. 그날은 작업 스케줄도 비워둘 테니까."

무슨 작업인지는 묻지 않았다. 알았다고만 대답한 뒤 손자의 방을 나왔다.

세이지는 율무차를 다시 끓이고는 1층에서 가장 햇볕이 잘 드는 다다미 방 창가에 방석을 깔고 책상다리로 앉았다.

묽은 차를 홀짝홀짝 마시며 머릿속으로 생각을 정리했다.

―조사를 시작하기에 앞서 의문점이 몇 가지 있다.

첫 번째로, 가메이도는 어째서 이요를 계속 감싸준 걸까.

이요의 말을 믿는다면 가메이도는 일자리를 잃은 뒤로도 홀로 살아갈 수 있었을 터였다. 그도 그럴 것이 당시는 버블 경기를 향해 달려가고 있었다. 과거의 체포 이력 때문에 재취직에 난항을 겪었다손 치더라도 경력이 긴 직원이었으니 받아줄 사람이 전혀 없지는 않았으리라.

하지만 가메이도는 이요와 함께 계속 일용직으로 일했을 뿐 아니라 이요를 떠안은 탓에 알선업자의 눈 밖에 나 숙소에서 쫓겨났고, 결국은 연쇄 절도범으로까지 전락했다.

두 번째로, 어째서 가메이도가 먼저 중증 구금 반응으로 이성을 잃어버린 걸까.

정신적으로 연약한 이요였다면 이해가 된다. 하지만 본래 비행소년이었던 가메이도가 취조 도중에 일찌감치 한계에 도달했다는 사실은 도무지 석연치 않다.

세이지가 직접 가메이도를 취조한 적은 없다. 다만 조서를 여러 번 확인했고, 시모쓰마와 사카이를 통해서도 자세히 상황을 들었다.

처음에 가메이도는 "병신 새끼들", "개새끼", "뒈져라"라며 수사관들에게 욕설을 내뱉고 바닥에 침을 뱉는 등 반항적인 태도를 보였다.

하지만 사흘이 지나자 안면에 심각한 경련이 일어났고, 하는 말도 지리멸렬해졌다. 갑자기 벌떡 일어나거나 대뜸 외설적인 말을 내뱉는 등, 비정상적인 언동을 보이기 시작했다고 한다.

—하지만 이러한 의문 이전에 가장 중요한 문제가 있다.

과연 사형이 집행되기 전에 세이지의 조사가 성과를 낼 수 있을까.

형사소송법 제448조에는 '재심 개시를 결정했을 때에는 형의 집행을 정지할 수 있다'고 규정되어 있다.

실제로 대부분의 법무대신은 재심 청구 중인 사형수에게 집행 명령을 내리지 않는다. 그래서 대부분의 사형수가 '재심 청구 중에는 무사하다'라는 믿음에 몇 번을 기각당하더라도 구치소에서 계속해서 재심을 청구하는 것이다.

하지만 형사소송법에 규정된 경우는 어디까지나 '재심 개시를 결정했을 때'이다.

재심 청구에 따른 집행 정지는 관례에 불과하다. 실제로 2017년에는 재심 청구 중인 사형수 두 명의 형이 집행되었다.

커피가 간절했다.

이런 맹탕 같은 차로는 머리가 돌아가지 않는다. 머릿속까지 짜릿하게 스며드는 짙은 카페인을 목에서 위장으로 흘려 넣고 싶다.

귓속에서 아사히의 목소리가 되살아났다.

—만약 살인에 가담했다면 억울함을 호소하기보다는 '협박을 받았다', '실제로는 하고 싶지 않았다'라고 울며불며 매달리는 타입이 아닐까.

—구치소에서 30년 넘게 변호사 상대로 허위 주장을 고수할 정도로 심지가 굳은 사람 같지는 않아.

아마도 아사히의 분석이 정확하겠지. 세이지는 읊조렸다.

이요는 사람을 죽여 놓고 뻔뻔하게 무죄를 주장할 수 있는 사내가 아니다. 오랜 수사관 생활로 길러진 세이지의 직감이 그리 고하고 있었다.

종교에 매달리는 모습이 없다는 사실 역시 그의 가정을 뒷받침했다. 대부분의 사형수는 감방 안에서 종교에 눈을 뜬다. 교회사의 인도로 불교나 기독교에 귀의하는 것이다.

살인범의 태반이 꿈에서 피해자를 본다. 그리고 죄책감에서 도피하기 위해 신불에 의지한다.

만약 이요처럼 소심한 남자가 강간이나 살인에 가담했다면 과연 종교의 도움 없이 버틸 수 있을까—. 그렇지 않으리라.

하지만.

세이지는 내심 읊조렸다.

하지만 이요는 뭔가를 숨기고 있다.

확증은 없다. 이 또한 감이었다. 하지만 녹음된 데이터 속 이요의 목소리는 콧속이 얼얼해질 정도로 수사관으로서의 그의 직감을 자극했다.

—면회 희망자 신청이 통과되면 좋으련만.

세이지는 다다미방의 천장을 올려다보았다.

3

야나세 사나에의 모친인 야나세 구미코는 낡은 목조 연립주택 1층에 살고 있었다.

사건 당시 31세였던 그녀는 지금 61세였다.

남편과 정식으로 헤어진 이후로는 재혼하지 않고 공제 보험회사의 시간제 사무원으로 근근이 살아가는 중이라 한다.

세이지는 가타기리를 따라 아사히와 함께 구미코를 찾았다.

구미코의 집은 1LDK로, 넓다고는 할 수 없었지만 깔끔했다. 등나무 바구니와 와이어 랙으로 수납공간에 신경을 쓴 흔적에 마치 '예전에는 좋은 아내이자 어머니였으리라'라는 생각이 든다.

하지만 수납장보다, 새시에서 내리쬐는 햇볕보다 먼저 눈길을 잡아끄는 것은 방 안쪽의 불단이었다.

금박으로 무늬가 새겨진 흑단에는 먼지 한 톨 없었다. 불단에 바쳐진 것은 불화 대신 은은한 빛깔의 수국 꽃가지였다.

"바쁘실 텐데 시간 내주셔서 감사합니다. 먼저 불전에 향을 올리고 싶습니다만, 그래도 되겠습니까."

세이지가 그렇게 말하며 고개를 숙이자 구미코는 말없이 옆으로 물러났다.

불단 앞에 앉아 세이지는 목례를 했다.

검은 액자 안에서는 사나에가 일곱 살의 모습 그대로 웃고 있었다. 눈이 동글동글한 귀여운 아이였다. 어머니와 무척 닮았다.

향로에 향을 꽂고 종을 울린 후 손바닥을 마주 모았다.

시신의 사진은 세이지도 30년 전에 보았다. 무참한 사진이었다. 심하게 구타당하고, 찢겨져 나가고, 까마귀에게 마구 파 먹힌 상태였다.

—자식의 그런 모습을 봐야만 했던 구미코는 요 30년 동안 어떻게 살아왔을까.

세이지에 이어서 가타기리 변호사가, 그리고 아사히가 향을 올렸다.

구미코는 좌식 테이블에 차를 내주었다.

세이지는 "잘 마시겠습니다" 하고 작게 말한 뒤 혀를 축였다. 무거운 분위기에 입안이 바짝 말라 있었다.

구미코의 빛깔 없는 입술이 열렸다.

"마음 같았으면 오늘 안 만나려고 했어요."

쉰 목소리였다.

"가만히 내버려두라고 거절할 생각이었죠. 하지만 기노시타 씨가 만나겠다고 하셔서……."

첫 번째 피해자인 리카의 아버지, 기노시타 가즈키를 가리키는 말이다.

'범죄 피해자 유족회'에서 오랫동안 활동해온 기노시타는 현재 간부 중 한 명이기도 했다. 사형 제도의 존속을 강하게 희망하는 이 모임은 '국민 생활 구제 센터'와는 대척점에 선 단체라 해도 과언이 아니다.

오히려 면담에 반대할 사람은 기노시타일 줄 알았는데—. 세이지는 의아해하며 재차 고개를 숙였다.

"주제넘은 부탁을 들어주셔서 정말 감사합니다. 저는 호시노라고 합니다, 당시—"

"형사님이셨다고요. 가타기리 선생님께 들었어요."

구미코가 말을 끊었다.

"솔직히 말해 이제 와서 무슨 소용인가 싶어요. 그 남자들이 사형되지도 않은 채 30년이나 편히 살아온 것만 해도 속이 뒤집히는데, 이제 와서 재수사는 무슨……."

두 손으로 입을 막는다. 손가락 사이에서 비통한 신음이 새어 나왔다.

"그 남자, 구치소에서 병으로 죽었다면서요……. 사형당하기는커녕 의사의 간호를 받으며 침대 위에서 죽었다고요. 우리 애를…… 내 딸을 그렇게 만들어놓고 자기만 편안히 침대 위에서 병으로 죽다니, 용서 못해……. 그렇게, 그렇게 될 줄 알았다면 내가 이 손으로 30년 전에 숨통을 끊어버렸어야 했는데……."

세이지는 시야 한 구석에서 고개를 숙인 아사히의 모습을 보았다.

차마 똑바로 볼 수 없었으리라. 마음은 이해한다. 베테랑 수사관 중에도 비탄에 잠긴 유족을 어려워하는 이들은 많다. 이렇게 말하는 세이지 역시 그중 하나였다.

초인종이 울렸다.

공기를 가르는 듯한 날카로운 소리였다.

구미코는 황급히 눈물을 닦더니 자리에서 일어나 현관문으로 달려갔다.

안으로 들어온 이는 구미코보다 약간 나이가 든 남자였다. 접힌 자국이 있는 치노팬츠에 하얀 폴로셔츠. 키가 컸으며 연령대에 비해 탄탄한 체격이었다.

"처음 뵙겠습니다. 기노시타라고 합니다."

남자가 이름을 밝혔다.

이 남자가 기노시타 가즈키인가. 세이지는 생각했다.

오랫동안 근무한 회사를 작년에 정년퇴직하고 지금은 '범죄 피해자 유족회' 활동에만 주력하는 중이라고 들었다. 그야말로 협회 간부로서 몸을 아끼지 않고 진지하게 임하고 있을 것 같은 진중한 분위기가 감돌았다.

정식으로 각자 소개를 마친 뒤, 그들은 좌식 테이블에 둘러앉았다.

기노시타는 정확히 세이지의 맞은편에 자리를 잡았다.

"이요의 다섯 번째 재심 청구가 기각당했다더군요."

서두 없이 기노시타가 말문을 열었다.

"다시 말해 이번 이야기는 여섯 번째 청구를 위한 증거 수집이라 그겁니까."

"저는 그렇습니다."

가타기리는 그렇게 대답한 뒤 옆자리의 세이지를 손으로 가리켰다.

"하지만 여기 호시노 씨는 다릅니다."

"이야기는 들었습니다. 전직 형사님이시라고요."

기노시타의 두 눈이 세이지를 포착했다.

"기타미노베 사건의 특별 수사본부에도 계셨다죠. 이제 와서 이요를 사형대에서 구해내고 싶다는 말씀이십니까."

"아뇨."

세이지는 고개를 저었다.

"그런 숭고한 마음가짐은 아닙니다. 다만 의구심이 사라지질 않습니다. 가타기리 선생님 앞에서 이렇게 말씀드리기는 뭣하지만, 이요 씨의 억울함을 증명하고 싶다기보다는 기타미노베 사건에 대한 제 의혹을 풀고 싶다는 바람이 더 크겠죠. 하지만 한패였던 가메이도 겐은 옥중에서 사망해 영원히 그럴 기회를 잃었습니다. 그렇다면 이요 씨에게라도 기회를 줘야겠다는 생각이 든 겁니다. 죄 없는 남자를 사형시키고 싶지는 않습니다. 무엇보다 제 심적 안녕을 위해서."

"그러시군요."

기노시타는 수긍했다.

"이요를 위해서가 아니라 호시노 씨 본인을 위해서라. ……그러시다면 알겠습니다. 만약 인권이다 뭐다, 사형 제도가 옳다, 나쁘다 운운하셨더라면 그 자리에서 내쫓을 생각이었습니다."

세이지와 기노시타는 정면으로 시선을 주고받았다.

기노시타가 말을 이어나갔다.

"그럼 저도 솔직히 말씀드리죠. 이상하게 들릴지도 모르시겠지만 저는 공판에서 주범인 가메이도보다도 이요를 보며 더 부아가 치밀었습니다. 죄의식 때문인지는 모르겠지만 정신 줄을 놓아버린 가메이도가 그나마 인간적으로 보였죠. 법정까지 끌려나온 주제에 반성 한 마디 없이 '무죄다, 결백하다'라고 소리치는 이요는 거의 괴물처럼 보이더군요. ―호시노 씨, 당신은 아이가 몇입니까."

"둘입니다. 여기 있는 아이 엄마가 장녀고, 위로 장남이 있죠."

"제게는 그 아이뿐이었습니다. 리카뿐이었어요."

기노시타는 자신의 무릎을 움켜쥐었다.

"집사람은―, 리카의 엄마는 그 아이가 철이 들기도 전에 무면허로 폭주하던 차에 치여 죽었습니다. 치이기만 한 게 아니었어요. 코트 쇳조각이 차에 걸려서…… 3킬로미터나 산채로 끌려갔습니다. 운전자는 미성년자였죠. 그 녀석은 집사람이 끌려가고 있다는 걸 알면서도 떼어놓으려고 차를 좌우로 움직이며 달렸어요."

무릎을 움켜쥔 그의 손은 떨리고 있었다.

너무 세게 움켜쥐어 핏기를 잃은 관절이 새하얗게 변해 있었다.

"집사람이 리카를 낳은 건 세상을 뜨기 1년 반 전이었습니다. 그 애가 태어났을 때, 나는 생각했습니다. 아, 내 역할은 이로써 절반이 끝났구나. 앞으로는 이 아이에게 차차 물려줘야지. 내가 죽더라도 이 아이가 살아서 다시 손자에게 생명을 물려줄 거야, 라고 말이죠."

어느 새인가 '저'가 '나'로 바뀌어 있었다.

구미코가 작게 코를 훌쩍이는 소리가 들렸다.

"—그 모든 게 끊어졌습니다. 어느 날 갑자기, 그토록 비참하게."

세이지는 말없이 기노시타를 바라보았다.

리카가 태어났을 때, 필시 그는 행복의 절정을 누리고 있었으리라. 그로부터 불과 1년 반 만에 아내가 부조리하게 목숨을 빼앗겼고, 이어서 7년 후, 남은 딸까지 무참히 살해당했다.

처절한 반생이었다. '유족회'에서의 활동이 그의 정신을 간신히 지탱해 왔을지도 모른다.

"공판에서 나는 줄곧 생각했습니다. —리카에게 하다못해 정의를 보여주겠다고요."

기노시타는 신음했다.

"부모로서, 그 아이에게 지금 해줄 수 있는 건 묘 앞에 정의를 바치는 것뿐입니다. 1심에서 녀석들에게 사형 판결이 내려졌을 때, 나는 쾌재를 불렀습니다. 항소가 기각되고 형이 확정되었을 때는 야나세 씨와 부둥켜안고 울었죠. 정의가 집행되었다. 이제 비로소 리카의 묘에 반가운 소식을 알릴 수 있겠구나 싶어서……."

기노시타는 말을 끊었다. 눈시울을 닦았다.

한동안 아무도 입을 열지 않았다. 무거운 침묵이 방 안을 가득 채웠다.

잠시 후, 기노시타가 입을 열었다.

"……좋습니다. 호시노 씨, 여러분께 협력하죠."

"기노시타 씨."

구미코가 목소리를 높였다. 기노시타는 그런 그녀를 손으로 제지하며 말했다.

"이요를 위해서가 아닙니다. 리카를 위해서예요. 나는— 저는, 리카에게 정의를 보여주겠다고 맹세했어요. 죽은 딸에게 바치는 정의에는 한 점의 부끄럼도 있어선 안 됩니다. 딸의 넋이 편안해지려면 한 점의 의혹도—"

그는 말을 잃었다. 두 눈에 새빨갛게 피가 몰려 있었다.

기노시타는 목을 쥐어짜듯이 말했다.

"꼭 재조사해 주십시오. 그리고 이번에야말로, 두 사람의 범행이었노라고 완벽하게 증명해 주십시오. 저는— 솔직히 견딜 수 없었습니다. 형이 집행되지도 않은 채 옥중에서 30년이나 계속 살아 있는 범인도, 끊임없이 날아드는 재심 청구도, —그것도 모른 채 사건이 풍화되어간다는 사실도. 아무것도 할 수 없는 제 자신이 한심했습니다."

옆에 앉은 구미코의 눈에서 흘러넘친 눈물이 뺨으로 떨어졌다. 구미코는 닦으려고도 하지 않았다. 테이블 모서리를 두 손으로 단단히 움켜쥔 채, 작게 어깨를 들썩이고 있었다.

기노시타는 말했다.

"재수사에도, 여론 호소에도 가능한 범위에서 협력하죠. 다만 '무죄를 주장'하는 게 아니라, 어디까지나 '불완전했던 수사에 의문을 던지는' 형태여야 합니다. 인터넷을 이용하는 데에는 반대하지 않겠습니다. 다만 발표할 글이나 사진은 미리 확인하도록 하죠. 그리고 가능하다면 악성 댓글이나 게시물이 우리 눈에— 특히 야나세 씨의 눈에 띄지 않게끔 대책을 세워주십시오."

"물론 그럴 거예요."

대답한 것은 아사히였다.

"미국에서는 경찰이 트위터를 이용해 20년도 더 지난 소녀 실종 사건에 대한 정보를 제공받는 등의 시도가 늘어나고 있어요. 지금은 아마추어도 정보를 퍼뜨릴 수 있는 시대잖아요. 어떻게든 성과를 내겠습니다. 접근 방식은 여러분께 상담할 테고, 반대하신다면 그 시점에서 그만두겠습니다. 기사나 일러스트, 동영상은 모두 업로드하기 전에 여러분께 확인을 받을 거고요."

"일러스트?"

"그 점에 대해서는 나중에 말씀드리겠습니다. 이건 제 명함이에요. 앞으로는 이쪽 주소와 아이디로 연락을 부탁드리겠습니다."

아사히는 정중하게 명함을 건넸다.

이른바 학생 명함이라는 문화라 하는데 세이지로서는 잘 이해가 되지 않았다. 하지만 기노시타가 명함을 받아드는 모습에 일단은 마음이 놓였다.

기노시타는 가타기리에게로 몸을 돌리며 "마지막으로 가타기리 선생님, 선생님께 가장 중요한 부탁을 드리고 싶습니다."라고 말했다.

가타기리는 자세를 고쳐 앉았다.

"무엇인지요."

"만약 호시노 씨의 이번 조사로 이요 준이치의 유죄가 증명된다면, ―앞으로 있을 재심 청구의 지원 활동은 그만둬주십시오. 그리고 더 이상 청구하지 못하도록 이요를 설득해주십시오."

강한 어조였다.

가타기리의 목울대가 크게 들썩였다.

재심 청구의 지원 활동을 그만두고 청구를 포기하게 하라. 이는 다시 말해 사형을 100퍼센트 확정시키라는 뜻이다.

세이지는 곁눈질로 가타기리를 살폈다.

가타기리의 입술이 열렸다가 다시 닫혔다. 눈동자가 망설이듯 흔들리고 있었다.

숨 막히는 침묵 이후,

"후자는― 저 혼자만의 뜻으로는 약속드릴 수 없습니다. 하지만……."

가타기리가 입을 열었다.

"……제가 이요 씨의 변호 활동을 받아들인 건 전적으로 그가 누명을 썼다고 믿기 때문입니다. 좋습니다. 그가 소녀 둘을 살해했다는 확신이 들었다면 그 자리에서 변호인의 역할을 내려놓겠습니다. 지원 활동에서도 일체 손을 떼겠습니다."

"그 뜻을 서면으로 남겨주시겠습니까."

"네."

가타기리는 굳은 목소리로 승낙했다.

옆에서 그 대화를 들으며 세이지는 이거 기노시타 씨가 한 수 위였군, 하고 내심 감탄했다.

이상하게 이야기가 술술 풀리나 했더니 본제는 가타기리 변호사에게 약속을 받아내는 쪽이었던 모양이다.

하지만 '사건을 풍화시키고 싶지 않다', '수수방관하고 있자니 억울하다. 딸을 위해서 이번에야말로 진실을 밝혀 달라'라는 마음은 거짓이 아닌 듯했다. 당장 세이지에게는 그거면 충분했다.

하지만 또 다른 피해자 유족인 야나세 구미코는 마지막까지 "생각해볼게요"라는 말로 일관했다.

무리도 아니었다. 그녀의 마음을 헤아린다면 억지로 강요할 수는 없는 노릇이었다.

고개를 숙이며 일동은 야나세의 집을 물러났다.

집 밖에서 가타기리와 헤어진 세이지는 기노시타에게 말을 걸었다.

"리카의 불단에도 꼭 향을 올리고 싶습니다만."

기노시타는 거절하지 않았다.

세이지는 아사히를 데리고 기노시타의 아파트를 찾았다.

리카의 불단은 들고 옮길 수 있는 아파트용 소형 제단이었다. 하지만 어디 한 군데 손길이 미치지 않은 곳이 없었다.

아사히는 정식으로 기노시타 가즈키의 개인 메일 주소를 물은 뒤 컴퓨터는 있는지, 인터넷 환경은 어떤지 확인했다. 생전의 리카에 대해 취재하고 싶다는 요청에도 승낙을 받았다.

"정말로 괜찮으시겠습니까."

재차 확인하는 세이지에게 기노시타는 대답했다.

"네. 조금 전에 드린 말씀은 거짓말이 아닙니다. 사건이 계속 잊혀가는 모습에 오랫동안 분을 씹어 삼키고 있었죠. 이대로 수수방관하고 있어봐야 이요의 처우는 달라지지 않을 겁니다. —저는 지금 이 상황에 바람구멍을 뚫고 싶습니다. '피해자 유족회'는 제가 설득하죠."

세이지와 아사히, 기노시타의 협의는 오후 6시 반까지 이어졌다.

그날 밤, 오노데라 기자로부터 세이지에게 전화가 왔다.

"시노 씨, 메일 좀 써. 요즘은 전화로 이야기하는 게 더 번거롭다고."

"조만간 손자한테 배우지. 그건 그렇고, 무슨 일인데."

"실은 그게, 어젯밤에 후쿠나가를 만났거든. 기억해? '도치기 종합 텔레비전'의 후쿠나가 고로 말이야. 그 녀석, 출세해서 지금은 보도 프로그램의 총괄 프로듀서를 맡고 있어."

"후쿠나가 씨라. 언뜻 기억이 나는군. 눈매가 사납고 인상이 나쁜 그 사람 말이지. 생긴 것과 다르게 무척 말씨가 공손한 양반이었는데."

"맞아, 맞아. 그 녀석이 댁 얘기에 관심이 생겼는지 한 번 만나보고 싶대서."

"그거 고마운걸. 하지만 아직 들려줄 이야기는 하나도 없는데."

세이지는 신중하게 대답했다.

"한 마디라도 쓸데없는 소리를 했다간 관계자에게 폐를 끼칠 것 같아."

"관계자라니?"

"다른 데서는 말하지 말아줘. 실은 이요 준이치의 변호사가 주선해줘서 피해자 유족과 만나고 왔어."

"허, 벌써 거기까지 진행된 거야? 역시 행동이 빠르구만."

"아니, 이제부터 어떻게 굴러갈지는 몰라."

오노데라의 농담 섞인 말에 세이지는 고개를 저었다.

"아니, 오히려 여기서 멈춰버릴 가능성이 더 높지. 손주는 유족 전원의 동의를 얻지 못한다면 돕지 않겠다 했고, 나 스스로도 유족의 반감을 사면서까지 해야 할 조사라고 생각하지는 않으니까."

"뭐, 그건 맞아."

오노데라는 순순히 긍정했다.

"예전에는 전가의 보도였던 '알 권리'나 '보도의 자유'라는 말도 지금의 인터넷 세상에서는 비판의 표적이야. 30년 전에는 묵살되던 피해자들의 목소리가 민의에 반영되는 세상이 됐으니까. 그것 자체는 잘 된 일이지만 저널리스트로서는 먹고 살기 힘든 시대가 된 셈이지."

"댁들 저널리스트는 여전히 필요해. 다만 아주 살짝, 자세를 바꿔야 할 시대가 왔을 뿐이지."

"그리 말해주니 기쁜걸. 그럼 시노 씨, 다음에야말로 좋은 연락 기다리겠어."

"그래. 무슨 일 있으면 전화할게. 또 보자고."

통화가 끊어졌다.

세이지는 완전히 미지근해진 차를 들이키고는 시계를 올려다보았다.

슬슬 목욕을 할 시간이다. 현재 호시노 집안에서는 가장 먼저 미카코의 남편인 사토시, 그리고 아사히, 세이지, 미카코의 순으로 목욕을 한다. 어물대다 미카코까지 기다리게 했다간 또 한 소리 들으리라.

속옷과 잠옷을 들고 세이지는 자신의 방을 나왔다.

가타기리의 부재 중 전화를 통해, '야나세 구미코가 기노시타 가즈키의 의견에 동의했다.'라는 사실을 안 것은 세이지가 목욕을 마치고 한 시간 뒤, 깜빡이는 휴대폰을 발견한 뒤였다.

4

"기타미노베 사건의 개요를 다시 읽어봤어."

아사히의 방에 들어가자마자 이시바시 데쓰는 인사도 없이 대뜸 말을 꺼냈다.

"그래. 어땠는데?

아사히는 아이스박스를 열어 데쓰에게 콜라 캔을 건넸다.

하쓰카가 탄산음료를 금지했기 때문에 데쓰는 아사히의 집이 아니면 콜라나 소다를 마시지 못한다. 심지어 페트병을 싫어해서 병이나 캔 말고는 입에 대지 않는다. 덕분에 데쓰가 오지 않더라도 이 아이스박스에는 반드시 한두 개의 콜라 캔이 상비되어 있었다. 2년 가까이 발길이 끊겼음에도.

"백 아니면 흑, 네가 내린 결론은 뭐야?"

무가당 홍차를 한 모금 마시며 아사히가 물었다.

"회색이야."

데쓰가 짤막하게 대답했다. 아사히는 인상을 찌푸렸다.

"그게 뭐야. 그건 처음부터 알고 있었다고. 내가 듣고 싶은 건—"

"좀 기다려."

데쓰는 아사히를 손으로 말리며 말했다.

"가메이도 겐과 이요 준이치의 경력, 읽어봤어? 가족력과 본인의 내력까지 모두."

"아니, 대충 훑어보기만 했지. 알고 있는 건 가메이도에게 비행소년이었던 시절이 있어서 어렸을 때 가정재판소 신세를 두 번 졌다는 것, 그리고 이요가 일찍이 어머니와 사별했다는 것 정도."

"그럼 지금 읽어봐."

데쓰는 출력한 종이 묶음을 가방에서 꺼내더니 아사히에게 떠밀었다.

"머릿속에 집어넣기 쉽게 내가 요점만 정리해뒀어. 읽어봐."

아사히는 대체 무슨 소리냐고 물으려다 그만두었다.

입을 다물고 종이 묶음으로 시선을 떨구었다. 타이핑한 듯한 활자가 하얀 지면을 빼곡하게 채우고 있었다.

아사히는 읽기 시작했다.

* * *

가메이도 겐은 1953년에 도치기현에서 태어났다.

일곱 살 터울의 형인 고 외에 이란성 쌍둥이 누나 게이코가 있었다.

당시로서도 낡은 폐습이 이어지던 가정이었는지 그의 양친과 조부는 '쌍둥이는 불길하다'라면서 게이코와 겐을 따로 기르기로 결정했다.

결과적으로 차남인 가메이도 겐은 생후 얼마 지나지 않아 어머니와 헤어져 6세까지 아버지 쪽 조부모의 집에서 길러지게 된다. 한편 장녀인 게이코는 양친의 밑에서 아무런 부족함 없이 자랐다.

가메이도가 양친이 사는 집으로 돌아오게 된 것은 초등학교에 입학하기 직전이었다. 취학 문제라기보다는 조모가 큰 병을 앓아 그를 돌봐줄 수 없게 되었기 때문인 듯했다.

이후로 가메이도는 6년 동안 살던 집을 나와 부모와 형제 다섯이서 생활하게 되었지만 집과 학교 모두에 녹아들지 못했다.

그에 대한 초등학교 교사의 평가는 이러했다.

'차분하지 못하다. 가만히 있지를 못한다. 거칠다. 말투가 험하다. 협조성이 없어서 단체 활동을 하지 못한다. 기본적인 예의범절이 갖춰져 있지 않다. 친구를 잘 만들지 못한다.'

반대로 칭찬할 점은 이러했다.

'머리 회전이 빠르다. 음악이 특기. 올바르지 못한 일을 싫어한다. 동식물을 잘 돌본다.'

가메이도는 음악과 체육 이외의 수업은 전혀 따라가지 못했고 심심하면 해괴하게 소리를 질러대 수업을 방해했다. 여학생에게 외설적인 고함을 내질러 울리는 일도 종종 있었다.

형제들은 그와 대조적으로 우등생이었다.

교사는 "형 누나와는 다르게 너는 왜 이 모양이냐"라며 가메이도를 다그쳤다. 부모 역시 마찬가지였다. 특히 어머니는,

"내 자식이라는 느낌이 들지 않는다. 내가 키운 아이가 아니다."

라며 그를 홀대했다. 아버지 역시 딱히 가메이도를 감싸지 않았다.

가메이도는 저공비행 상태로 초등학교를 졸업하고 중학교에서는 완전히 낙오했다.

1학년 1학기 중간에 등교를 거부하고 대낮부터 번화가를 어슬렁거리기 시작했다. 물론 고등학교에는 진학하지 않았다.

18세가 될 때까지 가메이도는 번화가 및 환락가에서 여러 차례 체포되었다. 모두 폭력 사태였다.

그중 두 번은 가정재판소로 송치되었다. 재판관에게 폭언을 내뱉는 등 불손한 태도가 기록되어 있지만 두 번 모두 불처분 결정이 내려졌다.

쌍둥이 누나는 대학에 입학했지만 가메이도는 그러거나 말거나 취직해서 집을 나왔다.

광산기계 제작 업체나 석유탱크 설치 업체 등을 전전하다 25세에 수도공사를 주로 맡는 '하다 설비'에 입사했다.

그는 그곳에서 이요 준이치와 만났고, 사건이 벌어지기 2년 전까지 해당 업체에 몸담게 된다.

* * *

이요 준이치는 1955년에 나라현에서 태어났다.

그를 낳았을 당시 어머니는 16세였다. 일곱 형제 중 삼녀로, 양친은 알코올 중독자였다. 형제들이 아동보호시설로 뿔뿔이 흩어지게 된 것은 그녀가 6세 때였다. 또한 이요를 출산하기 2년 전, 그녀는 원하지 않았던 임신으로 낙태를 한 바 있다.

이요의 아버지는 당시 19세로 직업이 없었다. 그 또한 건전한 성장환경과는 거리가 멀었는지 초등학생 때 친부가 실종되었다. 모친은 자살했다. 이모의 집에 맡겨졌지만 가족과 사이가 좋지 않아 걸핏하면 집을 나갔다. 방랑벽 때문에 평생을 떠돌았으며 한 건의 절도 전과가 있었다.

이요 준이치가 태어나자마자 그의 아버지는 소화기 세일즈맨 일을 시작했다. 상품을 들고 각지를 전전하는 업무였기에 귀가하지 않는 나날이 이어졌다.

어머니는 "외롭다, 외로워" 하고 노래를 부르며 아들인 이요를 손에서 떼어놓으려 하지 않았고, 거의 밖에도 내보내지 않았다. 유치원에도, 보육원에도 보내지 않았으며, 공원조차 나가지 못하게 했다.

결과적으로 이요는 또래 아이들과 접촉할 기회를 얻지 못한 채 6년을 보냈다. 친척과의 교분도 없었기에 밀실 육아나 다름없는 6년이었다.

하지만 취학통지서가 날아들자 아무리 그런 어머니라도 아들을 학교에 보내지 않을 수는 없었다.

입학한 이요는 금세 좌절했다.

그는 심각할 정도로 낯을 가렸다. 같은 반 아이가 말을 걸 때마다 얼굴을 붉히며 도망쳤다. 또한 어머니가 그림책 한 권 사주지 않았던 이요는 글자조차 읽고 쓸 줄 몰랐다.

규율투성이인 집단생활에 녹아들지 못한 이요는 괴롭힘을 당하고 고립되었다.

“가기 싫으면 학교 따윈 안 가도 돼.”

어머니는 그렇게 말하고는 쉬면서 자신의 곁에 있으라고 했다. 그녀 스스로도 학교나 공부와는 거리가 먼 반생이었다.

이요에 대한 교사들의 평가는 이러했다.

‘자신의 의견을 내지 못한다. 소극적. 물건을 자주 잃어버린다. 주의가 산만하다. 농땡이를 피우려는 기질이 있다. 전반적으로 학력이 낮으며 노력하기를 싫어한다.’

그나마 괜찮은 점은 ‘착하다. 좋아하는 일에는 끈기 있게 매달린다. 다툼을 싫어하며 온화하다. 손재주가 좋다.’

어머니가 죽은 것은 이요가 9세 때의 일이었다. 식도암이었다.

자각 증상이 있었지만 “의사는 잘난 척을 해서 싫다”라며 진찰을 계속 미룬 탓에 발견되었을 때는 이미 늦은 뒤였다.

돌아온 아버지는 이요를 시설에 맡기지 않았다.

그 대신 세일즈맨인 자신을 따라다니며 일을 돕게 했다.

이요는 3년 동안 아버지와 함께 긴키 지방 각지를 전전했다. 학교 따윈 엄두도 낼 수 없었다. 행정기관은 두 사람의 소재조차 파악하지 못했다.

어머니와 달리 엄했던 아버지는 이요가 실수를 저지를 때마다 호통을 치고 주먹으로 때렸다.

아버지가 긴키를 벗어나 간토로 일터를 옮기면서 비로소 한 곳에 정착했을 당시 이요는 12세였다.

공공기관의 도움을 받아 그는 6학년으로 복학했다.

하지만 당연히 수업을 전혀 따라갈 수 없었다. 반 아이들은 사투리를 놀렸고, 꼬질꼬질하다고 비웃었다.

이요는 학교를 빼먹고 거리를 어슬렁거리기 시작했다. 불량소년들의 눈에 들어 심부름꾼 노릇을 하면서 몇 번인가 경찰에게 주의를 받은 적이 있었다.

급기야 이요가 14세 때, 아버지는 빚을 남기고 잠적했다.

전기, 가스 모두 끊긴 집에서 홀로 웅크리고 있던 이요를 발견한 것은 집세를 받으러 찾아온 집주인이었다. 이요는 영양실조로 곧장 입원했으며 이후로는 아동 보호시설에서 보호를 받았다.

다만 시설 역시 그가 있을 곳은 아니었다.

몇 차례 탈주했지만 18세 때 취직하면서 간신히 시설을 퇴소하게 되었다. 이때 얻은 일자리는 불과 2개월 만에 그만두었다. 이유는 '미련해서 일을 못한다고 괴롭힘을 당했습니다', '얻어맞기 싫어서 도망쳤습니다.'였다.

그 후로도 취직과 잠적을 되풀이하다 23세의 봄, '하다 설비'에 입사했다.

그로부터 1개월 후, 가메이도 겐과 만나게 된다.

문서를 다 읽은 아사히는 고개를 들었다.

데쓰와 눈이 마주쳤고, 이내 흠칫 놀랐다.

소꿉친구의 두 눈은 눈물로 촉촉했다.

"야, 데쓰……."

"다 읽었냐."

"읽었어. 근데 왜 그래, 왜 울고—"

"그 두 사람은 나야."

데쓰는 결연히 말했다.

그 말투에 아사히는 숨을 삼켰다.

"있을 곳이 없었어. 타인과 친해질 수 없었지. 학교에 적응하지 못했고 가치 없는 인간처럼 취급당했어. ……겨우 한두 걸음 잘못 옮겼으면 나도 저들과 같은 길을 걸었겠지. 나한테서 집안과 아버지의 존재, 재력을 떼어 내면 그 두 사람이 될 걸. 저 둘은— 나보다도 더 나 같아."

데쓰는 아사히를 응시했다.

"이 사건은 물적 증거도, 목격 증언도 빈약해. DNA형 감정은 시대에 뒤처진 불확실한 감정법이니 결정적 근거라 할 수 있는 건 가메이도와 이요의 자백뿐이야. 게다가 가메이도의 상태로 보아 진술 조서는 거의 경찰이 지어낸 사실이었다고 생각돼. 회색이기는 하지만 결코 진한 회색은 아니었지. 하지만 그런 건 다 상관없어."

"야, 상관없다니 그게……."

"나한테는 상관없어."

데쓰는 단언했다.

"아사히, 너와 함께할게. 그 두 사람이 무죄인지 아닌지는 중요하지 않아. 나는 기타미노베 사건을 통해 그들을 추적해보려고 해. 이요 준이치를 쫓으며 사건을 담아보고 싶어. 너와는 관점이 엇갈릴지도 모르지만 나도 돕게 해 줘. 그러니까 전에 내건 조건은—"

"아니, 잠깐만."

아사히는 소꿉친구를 손으로 제지했다.

"네가 마음을 바꿔준 건 고마워. 하지만 일단 확인부터 하자. ―믿어도 되는 거지?"

"그래."

데쓰는 다짐하듯 말했다.

"너도 알잖아. 나는 거짓말에 재주가 없어. 차라리 거짓말을 했으면 좋겠다는 생각이 들 정도로 어설픈 인간이라고. 바라던 성과를 낼 수 있을지 보증은 못해. 하지만 널 돕고 싶다는 마음은 진심이라고 보증할게."

"그렇단 말이지."

아사히는 고개를 끄덕이며 "그럼, 네가 나한테 내건 조건은 지금 그대로 놔둬. 동영상 공개에 앞서 최소한 100명의 시청자를 확보하란 조건이었지? 피해자 유족의 허가는 받았어. 네 마음이 움직였다 해서 나만 의무를 면제받았다간 불공평하잖아."하고 웃었다.

"운 좋게도 기노시타 씨가 밀착 취재에 응해줄 것 같으니까. 정보와 소재는 충분해. ……뭐, 할 수 있는 데까지는 해 봐야지."

5

아사히는 우선 트위터를 활용하기로 했다.

현재 일본의 트위터 이용자는 약 4천 5백만 명. 다른 SNS보다 익명성이 높으며 꼭 서로 팔로우해야 할 필요는 없다는 점이 일본인의 국민성과 잘 맞아떨어졌는지도 모른다.

일반적으로 인스타그램이나 페이스북은 사진, 트위터는 일러스트나 만화에 더 어울리는 매체로 통한다. 다시 말해 서브컬처에는 트위터가 더 잘 어울린다는 뜻이다.

인스타그램에서는 직설적인 '귀엽고 예쁜 사진'이 잘 먹히는 반면, 트위터에서는 살짝 비꼬는 듯한 유머나 음울한 만화가 좋은 반응을 얻는다.

아사히는 기노시타 가즈키에게 부탁해 그들 부녀의 앨범을 펼쳐보며 사진에 얽힌 이야기를 하나하나 전해 들었다. 기노시타 부녀를 모델로 삼은 1페이지짜리 만화를 그려서 트위터에 올리기 위해서였다.

물론 플롯 단계에서 반드시 기노시타에게 확인을 받아야 한다. 업로드 직전에도 마찬가지다.

'육아 만화'는 흔하다.

트위터에서도 약간의 일러스트를 곁들어 육아일기를 올리는 주부가 수만 명은 된다. 또한 상당한 리트윗 수를 기록하기도 한다. 모두가 지나온 길이니 만큼 공감을 얻기도 쉬운 것이리라.

아사히는 팔로워 3만 명 이상의 계정을 추려서 각자의 리트윗 수를 토대로 '인기 경향'을 연구했다.

또한 『매일엄마』, 『요츠바랑!』, 『달콤달콤&짜릿짜릿』, 『우리는 번식한다』 등의 상업 작품도 픽션과 논픽션을 가리지 않고 읽었다.

—키워드는 '공감'과 '힐링'이려나.

"맞아, 맞아. 우리 애도 이랬어."

"알지. 나도 어렸을 때 이렇게 생각했으니까."

"아이들은 참 귀엽다니까. 손도 많이 가고 피곤하지만 귀여워."

등등, 독자의 감정을 긍정적으로 이끄는 작품이 보편적으로 호평을 받는 듯하다.

육아 노이로제나 고부 갈등, 비협조적인 남편에 대한 분노를 그린 작품도 있지만 SNS에서 많은 지지를 받고 싶다면 역시나 '공감과 힐링'을 전면에 내세워야 하리라.

—공감할 수 있으면서 귀엽고, 피식 웃게 되는. 푸근한 분위기에, 어른들은 모두 아이들에게 친절한.

먼저 그런 유토피아적 세계관을 구축하기로 마음을 먹었다.

캐릭터 디자인은 쉽지 않았다.

디즈니 애니메이션처럼 딸은 토끼, 아빠는 곰으로 표현하면 어떨까. 3등신으로 데포르메해보는 건 어떨까. 그림체는 누구를 따라하면 잘 먹힐까, 하고 머리를 싸맸다.

아사히의 본래 그림체는 기계의 경우 도리야마 아키라와 오토모 가쓰히로, 인물은 일러스트레이터 무라타 렌지의 영향을 받았다.

하지만 완성되는 속도를 생각하면 훨씬 그리기 쉬운 간단한 캐릭터를 만들어내야 하리라.

고민을 거듭하다 아즈마 기요히코와 구메타 고지의 그림을 모사한 뒤 자신의 스타일을 가미해보기로 했다. 임시변통이긴 했지만 간단하면서도 예쁜 그림체의 요령은 터득할 수 있었다.

계정은 새로 만들 예정이었다.

하지만 고심 끝에 지금까지 사용해온 '아사히' 명의의 계정을 유용하기로 했다.

어차피 일러스트용으로 만든 계정이기에 팔로우한 현실 친구는 한 명도 없다. 지금까지는 기계나 로봇 그림만 업로드해온 탓에 현재 팔로워 수는 200명을 간신히 넘기는 수준이었다.

일반인 기준으로는 많은 편이지만 일러스트레이터로서 결코 자랑할 만한 숫자는 아니었다. 그럼에도 맨땅에서 시작하는 것보다는 훨씬 나을 터였다.

—자, 여기서부터야.

아사히가 기노시타 부녀를 모델로 삼은 만화 '부녀 가정 분투기' 1화를 업로드한 것은 독자가 많은 금요일 밤 10시대였다.

토끼나 곰을 대신해 되도록 눈에 잘 들어오는, 귀여움을 중시한 캐릭터를 디자인하는 데 심혈을 기울였다.

'모델은 알고 지내는 부녀입니다. 실화입니다.'

라고만 설명을 덧붙였다.

소재는 정석과도 같은 '첫 심부름'으로, 리카(里佳)가 아닌 '리카(梨香)'가 아버지의 걱정과는 달리 울먹거리면서도 의외로 척척 심부름을 해낸다는 결말이었다.

평가는 나쁘지 않았다.

하지만 24시간이 지나도 리트윗 수는 세 자리에 미치지 못했다.

다음 두 작품도 마찬가지였다. 아사히는 '궤도에 오르기 전까지는 하루 한 번씩 업로드하자'라고 스스로에게 과제를 내렸다. 기노시타도 문의에 신속하게 답해주었다.

유족의 협력을 얻어놓고 이 정도 결과밖에 못 내서야 면목이 없다—. 그렇게 아사히가 조바심을 내는 사이에 나흘, 닷새가 지났다.

큰 반응이 돌아온 것은 엿새째 밤이었다.

'리카의 엄마는 이미 죽었다'라는 뉘앙스를 풍기는 만화를 업로드하자마자 리트윗 수가 껑충 뛰어오른 것이다.

세 자릿수를 돌파하자 그 뒤로는 순식간이었다.

밤 10시대에 업로드한 뒤, 이튿날 아침 9시에는 2천 이상의 리트윗이 기록되어 있었다.

정신을 차리고 보니 첫 작품부터 다섯 번째 작품 역시 5백에서 1천 회의 리트윗, 3천에 가까운 '좋아요'가 찍혀 있었다.

—관심을 끌려고 안달할 필요는 없겠어.

아사히는 깨달았다. 중요한 것은 색다른 결말이 아니다. 진솔하게 '눈물샘을 자극하는' 내용이면 충분하다.

반응이 좋았던 6화를 기점으로 아사히는 지금까지 그린 작품을 정리해 '리에이트'에 투고했다.

당연히 여기에도 '모델은 알고 지내는 부녀입니다. 실화입니다'라는 설명을 잊지 않았다.

데일리 랭킹의 결과는 순조로웠다. 하루 반나절 만에 50위권까지 치고 올라갔다. '리에이트'에서 트위터로 넘어온 유저 덕분에 팔로워는 착실하게 늘어갔다.

아사히는 틈을 두지 않고 업로드했다.

기노시타와의 회의 등으로 도저히 업로드가 불가능한 날에는 미리 '오늘은 쉽니다'라고 저녁 중에 공지를 올렸다.

만화에는 기노시타 부부가 사귀게 된 에피소드를 비롯해 세 사람이 함께였던 시절의 일화도 조금씩 섞었다.

겉모습은 귀엽지만 말씨나 태도는 야무지고 의젓한 딸. 자신이 완전히 딸 손바닥 위에 있다는 걸 알면서도 순순히 받아들이는 딸바보 아빠. 그리고 성모 같은 천국의 엄마.

주요 캐릭터는 이 세 사람으로, 흐뭇하게 지켜보는 이웃 주민들이나 친절한 조부모가 이들을 둘러싸고 있다.

다섯 편을 모아서 '리에이트'에 투고하는 나날이 한동안 이어졌다.

트위터에 올라오는 리플, '리에이트'에 달린 댓글 모두 대체로 호의적이었다.

"리카가 너무 귀여워요!"

"딸이 아빠를 완전히 들었다 놨다 하네요!"

"오늘도 귀엽네요. 힐링이 돼요."

"업로드 기다렸습니다! 정말로 실화인가요?"

물론 개중에는 "뻔하다", "베꼈네", "노잼이다" 등의 비난도 있었다. "그림이 형편없다", "밑그림에 좀 신경 쓰지?"라고 거만하게 지적하는 듯한 댓글도 섞여 있었다. 하지만 아사히는 묵묵히 업로드했다.

실제 모델이 있다는 말은 항상 명시해놓았다.

처음으로 리트윗 수가 1만을 넘긴 날에는 놀랍게도 기노시타 본인으로부터 축하 전화가 걸려왔다.

그저 딸과 휴일에 햄버그 20개를 빚으며 '언젠가는 내가 아니라 남편과 아이를 위해 햄버그를 빚겠지. 몸이 성할 때 그 모습을 볼 수 있다면 좋으련만'하고 감상에 젖는 아버지의 모습을 요즘 유행에 맞게 초현실적인 '공백'을 넣어 그려낸 에피소드였다.

하지만 기노시타는 축하 인사를 건네던 중 긴 침묵에 잠기더니 오열하기 시작했다.

"고맙네."

기노시타는 흐느꼈다.

"이런 식으로 리카가, ……리카와 함께했던 시간이 돌아오리라고는 생각지도 못했어……. 고맙네. 고마워—……."

드라마나 영화가 아니라 현실에서 예순을 넘긴 남자가 몸을 쥐어짜듯 흐느끼는 소리를 들은 적은 처음이었다.

—나는 생각했던 것 이상으로 엄청난 일에 발을 들인 건지도 몰라.

새삼 그 사실을 깨달았다.

하지만 돌이킬 수 없었다.

이후 아사히는 이시바시 데쓰를 데리고 기노시타의 집을 방문했다. "제 친구에게도 리카와의 추억을 들려주시면 안 될까요"라고 부탁했다.

데쓰는 눈을 감고 숙연하게 기노시타의 이야기를 듣고 있었다.

그리고 매일 업로드하는 만화가 꾸준히 300회 이상 리트윗되기 시작하고, 팔로워는 5천 명을 돌파하고, '리에이트' 랭킹에서도 20위 안에 들게 되었을 무렵.

아사히는 당초 의도했던 작전을 결행했다.

독자들은 이미 '리카'와 '아버지'의 존재에 충분히 감정이입이 된 상태였다.

평소 업로드하던 시간에 아사히는 기존의 짧은 만화 대신, 사건의 개요를 만화로 그린 14페이지에 달하는 만화를 연속해서 업로드했다.

그리고 마침내 ['리카'의 모델은 도치기현 기타미노베군에서 일어난 '기타미노베 여아 연쇄살인사건'의 첫 번째 피해자 기노시타 리카이다.]라는 사실을 밝혔다.

리카가 하교 도중에 유괴당했다는 사실. 그날 밤에 몸값을 요구하는 전화가 걸려왔지만 돈을 건네받기로 한 현장에 범인은 나타나지 않았으며 리카는 이미 살해당한 뒤였다는 사실.

검시 결과, 얻어맞아 생전에 앞니 여섯 개가 부러졌고, 광대뼈와 코뼈, 안와하공이 내려앉았으며, 췌장이 손상되어 있었다는 사실. 거듭된 강간에 질과 항문에 열상이 생겼다는 사실. 두 고관절이 뽑힐 정도로 거칠게 능욕당했다는 사실. 사인이 생매장이었다는 사실. 당시 겨우 8세였다는 사실 등을 모두 밝혔다.

또한 지금까지 발표한 모든 만화 및 글은 아버지인 기노시타 가즈키 씨의 확인을 거친 작품이라는 사실도 명시했다.

어째서 이러한 수단을 사용했는지, 목적이 무엇인지도 트위터와 '리에이트'에 함께 발표했다.

그리고 마지막으로 데쓰가 제작한 사건 개요 동영상의 링크를 덧붙였다.

당연히 그날 밤의 리플과 댓글 란은 완전히 폭발했다.

"놀랐습니다."

"이런 사건이 있었는지 몰랐다."

"잊혀서는 안 되겠네요."

등의 호의적인 의견도 있었지만,

"남의 이름 팔아서 돈벌이를 하겠다는 거네."

"사상운동 같은 건 다른 데 가서 하세요."

"위선자 노릇하느라 수고 많음."

"확 깨네. 너네 이걸로 얼마 받음?"

등 비판하는 댓글도 쇄도했다.

하지만 비판하는 이들이 대형 익명 게시판에 게시물을 올려 트위터나 광고 블로그로 퍼뜨려준 덕분에 개요 동영상의 재생 횟수는 이틀 만에 8만을 넘겼다.

그 뒤로 입소문이나 SNS 링크를 통해 재생 횟수는 계속해서 늘어났다.

일주일 후의 재생 횟수는 약 17만, 채널 등록자는 약 1만 8천에 달해 있었다.

동영상이 퍼지는 사이에 다른 방면에서도 움직임이 일어났다. 가타기리 변호사의 조언에 따라 이요 준이치가 신청한, 세이지의 '친족 외 편지 및 면회 희망'이 통과된 것이다.

계절은 이미 여름으로 바뀌어 있었다.

*

그는 어슴푸레한 방에 있었다.

방에는 그와 소녀만이 있을 뿐이었다.

그저께 저녁, 차에 태워서 데려온 소녀였다. 수다쟁이였던 소녀. 아버지와 햄버그를 만드는 걸 좋아하는 소녀.

소녀는 계속 울고 있었다. 아파서 울고 있었다. 하지만 지금은 울음을 그치고 멍하니 있다. 흐리멍덩한 두 눈동자에 비친 것은 아무것도 없다.

시시하네, 그는 생각했다.

울지 않는 소녀는 재미없다. 울지도 않고, 입도 열지 않는다. 몇 시간 전부터 그랬다. 걷어차도, 넘어뜨려도, 억지로 손가락을 쑤셔 넣어 마구 휘적거려도, 작게 신음할 뿐 통 반응을 보이지 않았다.

그는 손가락에 묻은 피를 휴지로 닦았다.

손톱 속까지 엉겨 붙은 피가 불쾌했다. 얼마 전까지는 이 피와 소변 냄새까지 사랑스러웠건만, 별안간 흉물로 변해버렸다. 모두 다 소녀가 시시한 것으로 전락한 탓이다.

—짜증 나.

바로 몇 시간 전까지 그렇게 즐거웠는데. 그렇게 즐겁게 해줬으면서.

어제, 그는 소녀에게 노래를 부르라 강요했다. 소녀는 떨리는 목소리로 더듬거리며 무슨 아이돌의 노래를 불렀다. 노래를 부르게 하며 범했다. 노래가 형편없다며 화를 내고는 그 벌로 때리며 범했다.

소녀의 말투에서는 어느새 애교가 사라져 있었다. 감정 없는, 텅 빈 목소리로 변해 있었다.

그는 소녀에게 기분 좋다고 말하게 했다. 이렇게 당하는 걸 좋아한다고,

더 해달라고 말하게 했다.

기분이 좋을 리 없었다. 소녀는 열상을 입었고, 끊임없이 피가 흘러나오고 있었다. 고통에 실신하기까지 했다. 알면서도 말하게 했다.

그는 계속해서 질문했다.

좋아하는 방송은 뭐야? 드라마는 보니? 아이스크림하고 케이크 중에 뭐가 더 좋아? 엄마 보고 싶니? 해외여행은 가본 적 있어? 크면 결혼해서 아이를 몇이나 낳고 싶어?

소녀는 대답을 하거나 하지 않았다. 안구가 탁해져 있었다. 온몸에 힘이 풀렸고, 입가에 피거품이 맺혀 있었다.

바로 어젯밤까지의 일이었다.

하지만 지금의 소녀는 더 이상 움직이지 않는다.

울지도 웃지도 않았다. 걷어차도, 밟아도 반응하지 않았다.

그는 작게 혀를 찼다.

망가져가는 모습은 좋아한다. 하지만 완전히 망가져버린 이상 버릴 수밖에 없지 않은가.

—앞으로 하루는 더 갖고 있을까 했는데.

역 앞 공원 옆 전화 부스에서 아버지가 우왕좌왕하고 있을 그때까지.

뭐, 아무렴 어때, 하고 그는 생각했다. 어차피 돈을 챙길 생각 따윈 없었다. 위험을 무릅쓰면서까지 부들부들 떠는 아버지를 구경하고 싶지도 않았다.

이 아이가 그 순간에 살아 있든 그렇지 않든, 자신과는 무관한 일이었다. 예정에서 바뀔 것은 전혀 없다.

그는 소녀의 발목을 잡고 아무렇게나 끌어당겼다.

양쪽 고관절이 빠진 탓에 소녀의 몸은 스르륵 미끄러지는 대신 덜걱덜걱 좌우로 흔들거리며 끌려왔다.

그는 소녀를 빤히 쳐다보았다. 얼굴이 온통 부어올라 눈꺼풀이 닫혀 있었다. 동그랬던 눈은 단순한 균열처럼 변해버렸다.

안구에는 여러 가닥의 핏줄이 생겨나 있었다. 하지만 간신히 눈동자는 보였다.

더 이상 희망의 빛은 없었다. 그 대신 절망도 비탄도 없었다. 텅 빈 공동이었다.

그럼에도 여전히 호흡만큼은 이어지고 있었다. 납작한 가슴이 얕게 위아래로 움직였다.

그는 미소를 지으며 물었다.

"엄마한테 가고 싶어?"

소녀는 대답하지 않았다.

제 3 장

1

30년 전에 가메이도 겐과 이요 준이치가 살았던 공동주택은 일찌감치 철거되어 월정액 주차장으로 변해 있었다.

월요일 오전 11시인만큼 주차된 차는 많지 않았다. 하늘은 하늘색 물감을 칠한 것처럼 파랬고, 시원한 바람이 불고 있었다. 여가를 즐기기에 딱 좋은 날이어서인지 가족이 있는 사람들은 바다나 유원지로 놀러 간 듯하다.

주차장 담벼락에 설치된 간판에는 부동산 업체의 전화번호가 적혀 있었다.

걸어보니 중년 남자 직원이 받았다.

이 주차장의 관리를 위탁받았다면서“네, 그곳은 회사가 설립된 당시부터 저희가 관리를 맡고 있습니다. 계약하시려고요?”하고 되물었다.

세이지는 목소리를 낮추며 말했다.

“아뇨, 계약할지 말지 지금 검토하는 중입니다만, 제가 실은 취미로 주역을 공부해서요. 요컨대 길흉화복을 많이 따지는 편이란 거죠. 듣자 하니 원래 여기 지어져 있었던 집에서 살인사건이 있었다지 뭡니까. 지진제는 잘 치렀습니까? 액막이는요? 하셨다면 종파는 어디였습니까? 그쪽 일을 모두 해결하지 않고선 도무지 안심하고 계약하지 못할 것 같아서.”

“자, 잠깐만 기다려주세요.”

수화기 너머에서 남자가 당황하기 시작했다.

세이지는 다그쳤다.

"살 집은 아니지만 아끼는 차를 맡길 장소 아닙니까. 댁이 모른다면 주변 분들한테 물어보고 다닐 수밖에 없겠구만. 아니면 여기서 잠시 기다리다 다른 계약자한테 물어봐야—"

"잠깐만요!"

비명과도 같은 목소리가 들려왔다.

"제가 설명해드리겠습니다. 어떻게든 저희가 설명 드릴 테니, 10분, 아니, 5분만 기다려주시겠습니까? 그쪽으로 직원을 보내겠습니다. 네, 부탁 좀 드리겠습니다."

세이지는 전화를 끊고 두 청년에게 엄지를 세워보였다.

"할아버지도 참 못됐다니까."

손자인 아사히가 히죽거렸다.

"할아버지가 거짓말하시는 건 처음 봤어요. ……깜짝 놀랐네."

SLR 카메라를 손에 든 채 눈을 동그랗게 뜬 청년은 손자의 소꿉친구인 이시바시 데쓰였다.

5, 6년 만의 만남이었지만 인상은 크게 달라지지 않았다. 키는 컸지만 변함없이 무척이나 고지식해보였다.

"거짓말이 아니라 방편이야. 형사부에서 수사관 노릇을 하려면 이 정도 방편은 적당히 써먹을 줄 알아야지."

세이지는 웃으며 말했다.

"자, 그럼 부동산 업자가 오기 전에 촬영을 끝내둘까. 간판 전화번호나 주변의 명패는 나중에 먹칠로 가릴 수 있는 거지?"

“먹칠이라니, 진짜 옛날 사람이라니까. 블러 처리를 하든 모자이크를 씌우든 데쓰가 나중에 다 효과를 넣어줄 테니까 걱정 마.”

“설명하는 목소리는 내레이션 소프트웨어로 덮어 씌울게요” 하고 데쓰가 말했다.

“우리 같은 아마추어가 떠듬떠듬 읽었다간 시청자들은 내용보다 출연자에 더 신경이 쓰일 테니까요.”

“그 내레이션 소프트웨어라는 건 또 뭐니.”

“글자를 입력하면 기계음이 읽어주는 시스템이죠. 이번에는 딱딱한 내용이니까 남자 목소리를 선택해둘게요. 억양이나 감정도 차분한 느낌으로 설정하고요. 물론 너무 단조로우면 안 되니까 미세하게 조정은 해야겠지만.”

“참 편리하구나. 그 카메라도 우리가 아는 그런 비디오카메라는 아니지?”

“SLR 카메라의 영상 촬영 기능이에요. 장시간 촬영에는 비디오카메라가 더 적합하지만 이번에는 어차피 짧게 끊어서 촬영할 거라서요. SLR 카메라는 실내나 어두운 곳에서도 깔끔하게 찍을 수 있고, 배경을 뭉개주니까 입체감도 더 살아나고, 동영상에서 정지 화면으로도 부드럽게 전환되죠. 특히 배경을 흐릿하게 처리해서 피사체에만 초점을 맞추는 방식을 쓰면 시청자의 주의를 끌기도 쉽고요.”

“과연. 생각 많이 했구나.”

세이지는 고개를 끄덕였다.

아사히의 방에서 세 사람이 ‘작전 회의’를 연 것은 지난주였다.

데쓰가 제작한 기타미노베군 여아 연쇄살인사건의 개요 영상은 그 시점에서 20만 뷰를 넘으려 하고 있었다.

"이번 영상은 데쓰가 카메라를 들고 할아버지의 재조사를 추적하는 스타일이야. 다만 처음에는 할아버지의 얼굴이나 뒷모습만 계속 나올 텐데. 암만 생각해도 그림이 별로란 말이지."

"그건 어쩔 수 없어. 게다가 「천황의 군대는 진군한다」에서도 당시 60대 후반이었던 오쿠자키 겐조라는 남자만 계속 출연했다고."

데쓰가 진지한 얼굴로 대꾸했다.

"하지만 너희 할아버지한테 오쿠자키처럼 과격하게 추궁하라 할 수는 없잖아. 역시 내용과 현장감으로 끌어당길 수밖에 없겠어. 후자는 편집 템포를 높이면 가능할 거야. 「천황의 군대는 진군한다」 만큼 다큐 영화의 형태를 유지하면서도 편집의 묘를 발휘해 명작의 반열에 오른 영화는 없어. 그러니 그걸 본받아야지. ……하지만 시청자의 리듬과 템포를 휘어잡을 때까지 처음 몇 편은 고생 좀 할 거야."

"프로에게 감수를 받아보면 어떻겠니?"

"프로요?"

"실은 지인의 지인 중에 '도치기 종합 텔레비전'의 프로듀서가 있거든. 우리의 활동에 관심이 있다는 거지 확실히 도와주겠다고 한 건 아니지만 말이야. 하지만 보여주고 조언 정도는 부탁할 수 있을지도 모르겠다."

"그 사람은 어떤 방송을 맡고 있나요? 드라마? 버라이어티?"

"보도 방송이야. 딱딱한 뉴스가 아니라 다큐멘터리 쪽 사람이지."

"안성맞춤이네요. 그런 사람한테 감수를 받을 수 있다면 고맙죠."

데쓰는 사뭇 진지한 얼굴로 고개를 끄덕이더니 "그럼, 조금 불편한 이야기로 넘어갈게요. ―시청자를 가장 모으기 쉬운 동영상이라면 역시나 성적인 영상, 웃긴 영상, 아니면 폭력적인 영상이에요" 하고 말했다.

"실례되는 말이지만 기타미노베 사건은 이미 '성과 폭력' 이 두 가지 요소를 충족하고 있어요. 어린 소녀를 유괴해서 심하게 폭행한 것도 모자라 강간한 뒤 산 채로 마구 찢어발긴 끔찍한 사건이니까요. 이 부분을 강조해서 반드시 시청자의 분노를 이끌어낼 필요가 있어요."

"무슨 뜻인지는 알겠어."

아사히가 고개를 끄덕였다.

"하지만 영상에 성적인 요소는 절대 넣고 싶지 않아. 물론 익명성이 높은 인터넷에는 별의별 인간들이 다 있으니 거기에 관해서 떠들어대는 머저리도 당연히 있겠지. 하지만 우리가 내보낼 영상에서는 가능한 한 배제했으면 좋겠어. 여성 시청자의 지지도 얻어야 하니까. 여성이 볼 수 없는 그림은 아웃이야."

"맞아, 여성의 반감이나 불쾌감에도 신경을 써야지."

데쓰는 생각에 잠겼다.

"여성은 대체로 의사소통 능력과 공감 능력이 높아. 입소문에 의지해야 하는 우리로서는 여성층을 외면해서는 안 돼."

"그래, 내 말이 그거야."

아사히는 데쓰를 향해 손가락을 튕겼다.

"가능하다면 어머니 층을 끌어들여야 해. 어린 소녀가 살해당한 사건을 보고 자기 일처럼 위기감을 느끼면서도 정보를 널리 퍼뜨릴 수 있는 사람들이라면 아이 엄마들이 많은 30대에서 40대 여성이잖아. 맞벌이 가정이라면 직장에서도 화제로 삼겠지. 아르바이트를 나가서든 친척 앞에서든 마찬가지일 테고. 우리 엄마도 그렇지만 그 나이쯤 되면 딱 자기 할 말만 마치고 대화를 끝내진 않아. 추가로 정치든 연예계든 시사와 관련된 화제를 많이 꺼내지. 그런 화제의 일부를 차지해야 해."

아사히는 열띤 기세로 말했다.

데쓰는 대충 기른 수염을 만지작거리며 말했다.

"사건의 성적이고 폭력적인 요소를 '그림'으로는 실을 수 없다. 그렇다면 내레이션에 넣는 것 정도는 괜찮을까? 어디까지나 시청자의 안타까운 감정을 조장하려는 목적일 뿐, 폭력성을 즐기는 듯한 뉘앙스는 절대 금지하기로 하고. ……피해자의 얼굴 사진은 공개해도 됐던가?"

"그건 유족의 허가를 받았어. 실종 당시에도 사진 몇 장이 텔레비전 등에 공개됐으니까. 기노시타 씨는 새 사진도 제공해주실 수 있대."

"그건 고맙네. 역시 얼굴을 알아야 '이렇게 귀여운 아이가 그런 끔찍한 일을 당하다니' 하고 상상하기도 쉽지. 피해자의 얼굴 공개에 대해서는 찬반양론이 있지만 당사자가 어린아이라면 공분을 일으키게 해줄 소재가 될 거야."

데쓰는 말을 끊었다.

"……다만 정신 나간 놈들은 나올 수밖에 없어. 그 사진을 악질적으로 짜깁기하거나 피해자를 모욕할 의도로 써먹는 녀석들 말이야. 그랬다간 유족의 눈에도 띌 가능성이 있는데…… 괜찮을까."

"기노시타 씨는 각오했다고 했어. 실제로 요 30년 동안 그런 일은 셀 수 없이 겪었던 모양이야. 야나세 씨는 반대로 인터넷을 절대 하지 않는다나 봐. 우리 작품을 체크하고는 있지만 세간의 반응을 확인하는 작업은 기노시타 씨한테 전부 맡겼대."

아사히의 말이 끝나자 세이지가 끼어들었다.

"시청자에게 불쾌감을 줄지도 모른다는 그런 것도 아까 말한 후쿠나가 프로듀서에게 확인을 부탁해보자. 인터넷보다 훨씬 규제가 많은 방송국 쪽 사람이니까. 그쪽 사정에는 남들보다 훨씬 더 민감하겠지."

아사히는 고개를 끄덕이며 말했다.

"일단은 만화에서 오는 의외성과 사건 개요 영상의 뜨거운 반응 덕분에 어느 정도 이목은 끌었어. 하지만 앞으로 공개해나갈 조사 내용에까지 관심을 가져줄 사람은 그중에서 20, 30퍼센트밖에 안 될 거야. 20퍼센트 조금 넘는 사람들의 입소문에 의지할 수밖에 없어."

그렇게 회의를 한 때가 지난주 금요일 밤. 즉 이틀 전이다.

지금 데쓰는 SLR 카메라로 주차장을 한 바퀴 죽 찍고 있었다. 아사히는 내레이션의 초고에 사용하려는지 IC 레코더를 이용해 작은 목소리로 현장 상황을 녹음하고 있었다.

세이지의 눈앞에 택시 한 대가 멈춰 섰다.

뒷자리에서 허둥지둥 내린 것은 정장을 입은 초로의 남성이었다. 풍모로 보아 이 주차장을 관리하는 부동산 업체의 직원이리라.

세이지는 한 발 먼저 남자에게 다가가,

"여기까지 오시게 해서 죄송합니다. 호시노라고 합니다."

하고 악수를 권했다. 남자의 시야를 차단하기 위해서였다.

그 틈에 데쓰는 카메라를 가방에, 아사히는 IC 레코더를 주머니에 집어넣었다.

2

부동산 업체 직원과 함께 세 사람은 가까운 패밀리레스토랑에 들어갔다.

세이지를 제외한 나머지는 모두 드링크 바에서 커피나 주스를 따라왔다. 세이지는 오늘도 딸의 엄명에 따르고자 카페인이 없는 허브티를 골랐다.

"그곳은 지진제도, 액막이도 잘 마쳤습니다. 그러니 아무런 걱정하실 필요 없습니다."

직원은 이마의 땀을 닦으며 말했다.

"확실합니까? 30년도 더 된 사건이잖습니까. 애초에 그때는 댁도 다른 일을 하고 계셨을 것 같소만?"

세이지는 꼬장꼬장한 노인을 가장하며 치켜뜬 눈으로 직원을 노려보았다.

직원은 황급히 손사래를 치며 "아휴, 그때도 이 일을 하고 있었는걸요. 당시는 아직 신입이었지만 그건 확실합니다."하고 빠르게 해명했다.

"그 땅은 공동주택이 있을 때부터 저희 회사가 위탁받아 관리하고 있었거든요. 철거 공사 때도 행정기관에 신청서 제출부터 인근 주민을 위한 설명회, 건물 멸실 등기 절차, 철거할 때 드리는 제사까지 모두 도맡아 했습니다. 틀림없습니다."

"제사는 신사에 부탁하셨습니까?"

"네. 그 지방의 토지신께 제사를 드렸죠. 신중에 신중을 기해서 남은 이불이나 가전제품까지 몽땅 액막이를 마쳤습니다. 그대로 업자한테 인계했다간 나중에 불만이 생길 테니까요."

"남았다니— 아하, 그런 말이구먼."

세이지는 이해했다는 얼굴로 맞장구를 쳤다.

"요컨대 그 범인들은 야반도주하다시피 어느 날 홀연히 자취를 감췄다는 말이로군. 그래서 대부분의 짐을 댁들이 처분할 수밖에 없었다는 말이고. 어차피 집세도 밀려 있었을 테니까. 부동산에서도 고생이 많았겠군요."

세이지는 동정하듯 누그러진 목소리로 말했다.

직원의 어깨에서 힘이 스르르 빠졌다.

"누가 아니랍니까. 보통 큰일이 아니었어요."

세이지는 쓴웃음을 지으며 커피를 휘젓는 직원에게서 말을 이어받았다.

"이야기만 듣고 보면 댁네 회사는 제대로 할 일을 마친 것 같군요. 거 참, 딱하게 됐습니다. 위탁 관리라고는 하지만 아무도 모르게 그런 엄청난 사건이 일어났으니— 아니지, 정확하게는 그 집이 살인 현장은 아니었다고 들었는데?"

"맞습니다."

직원이 고개를 들어 옳거니 고개를 끄덕였다.

"마치 그 집에서 살인이 벌어진 것처럼 보도됐었죠. 하지만 피해자는 거기서 죽은 게 아니었어요. 그 방은 그냥 감금 장소였죠. 녀석들은 여자아이를 산으로 끌고 간 후, 거기서 그 아이를—"

그는 말을 끊더니 고개를 내저었다.

"끔찍한 사건이었어요."

"그런 것 같더군요. 집주인도 충격깨나 받았겠습디다."

"충격만 받았으면 다행이게요. 이와사키 씨는 연세도 많았거든요. 매스컴은 날마다 들이닥치지, 주변에서는 항의를 해대지, 완전히 학을 떼버렸죠. 그 집을 허문 건 사건이 일어나고 2년 후였습니다."

"아직 살아 계신가요."

"아뇨. 돌아가신 지 벌써 20년이 다 돼가네요."

"그럼 주차장의 현 소유자는 아드님이나 따님이겠군요."

"장남이 상속받았습니다. 두 번 다시 주택 경영에 손댈 생각은 없다고 하니 앞으로 최소 20년은 주차장으로 유지되겠죠. 안심하고 계약하셔도 됩니다."

직원은 미소를 띠었다. 클레임에 원만하게 대응해 마음이 놓인 탓이리라, 확연히 입이 가벼워져 있었다.

세이지는 고개를 갸웃거리며 물었다.

"이제는 매스컴이 찾아와서 소란을 피울 일도 없겠죠?"

"걱정 마십쇼. 결코 계약자 여러분께 폐를 끼치지는 않겠습니다. …… 사건도 완전히 잊혔으니까요. 취재 협력 요청도 최근 10년은 일절 없었답니다."

"호오. 취재 요청이 들어오면 당시는 받으셨다?"

"받았다고 해야 하나, 그냥 물어보면 대답해주는 정도였죠. 저라고 범인을 잘 아는 건 아니니까요."

"하지만 면식은 있었다는 겁니까."

"그 집은 계좌이체가 아니라 현금으로 집세를 냈으니까요. 당시는 아직 자동인출 계좌가 없는 세입자도 많았거든요."

"그럼, 선생이 집세를 받으러 찾아갔습니까?"

"위탁을 받았으니까요. 하지만 대부분은 그쪽에서 사무소로 집세를 내러 왔습니다. 찾아오는 사람은 늘 간사이 사투리를 쓰는 쪽이었어요. 그쪽은 얌전하니까 그나마 양반이었죠. 다른 한 사람은 대뜸 고함을 질러대는 통에 겁이 났거든요. 쉴 새 없이 혀를 차고 몸을 건들거리곤 했어요. 덩치도 크다 보니 더 무서웠죠."

"그럼 사건이 보도됐을 때는 놀라셨겠군요. 매달 얼굴을 맞대던 사람이 그런 끔찍한 사건을 저질렀으니."

"흐음, ……글쎄요."

직원은 허공으로 시선을 옮겼다.

"놀라기는 했지만 딱 보기에도 건실하지 못한 남자들이었으니까요. 체포 당했을 때는 진작 야반도주한 뒤였으니 어디서 뭔 짓을 저질렀나보다 싶긴 했죠. 상대가 어린애였다는 것도 대충은 이해가 갔고요."

"그 말씀은?"

"어린애하고 있는 모습을 몇 번 봤거든요. 간사이 사투리 말고 무서운 사내— 가메이도였던가요. 그 남자가 동네 아이들하고 노는 걸 가끔 본 적이 있습니다."

"호오."

세이지는 턱을 매만졌다.

"그 아이들도 지금은 다 컸겠습니다. 아직까지 이 부근에 살고 있는 사람도 분명 있겠네요."

"그야, 뭐." 직원은 미소를 지었다.

"말이 동네 아이지, 집주인의 손주들이었거든요. 다시 말해 현 소유주의 자식들이죠. 따님은 시집을 가셨지만 아드님은 시내에 집을 지어서 살고 있습니다."

3

이전 집주인의 손자는 부동산 업자가 말했듯 역 뒤편의 단독주택에서 살고 있었다.

그는 '이와사키'라는 명패가 붙은 문설주 앞에서 자동차를 손보고 있었다. 마치 휴일인 듯 간편하게 티셔츠에 저지 차림이었다.

그에게는 세이지도 솔직하게 이름을 밝혔다. 은퇴한 전직 수사관이며 30년 전의 사건에 대해 조사하는 중이라고 말하자,

"아…… 가메이도 씨, 돌아가셨다더군요. 신문에서 봤습니다."

현재 41세라는 그의 표정은 확연히 흐려졌다.

"실례지만 대화하는 모습을 촬영해도 될까요. 사건의 조사 상황을 인터넷에 공개해서 세상에 알리려고 합니다."

세이지는 솔직하게 요청했다. 이와사키는 조금 망설이는 듯하다가 "얼굴은 찍지 않고 목소리만 나온다면" 하고 승낙했다.

세이지는 정식으로 고개를 숙인 후 말했다.

"가메이도 겐과 이요 준이치가 그 집에서 살았을 무렵, 선생님과 교류가 있었다고 들어서요. 예의가 아니라는 걸 알면서도 이렇게 방문했습니다."

"교류라니, 그렇게 거창한 건 아니었어요."

이와사키는 쓴웃음을 지었다.

"그 사람이 기타를 치는 걸 옆에서 듣고 있었을 뿐이죠."

"기타를? 가메이도가 악기를 다룰 줄 알았다는 건가요."

세이지는 놀라워하면서도, 그러고 보니 교사의 평가에는 '음악이 특기'라고 나와 있었지, 하고 기억을 되짚었다.

"네. 제가 생일 선물로 받은 어쿠스틱 기타였어요. 집에서는 시끄럽다고 해서 강가에서 연습하고 있는데 가메이도 씨가 '잠깐 줘 봐라'라고 해서 넘겨줬더니……. 정말 잘 치더라고요. 「사랑의 로망스」를 트레몰로로 아주 쉽게 연주했었죠."

"와아."

아사히가 끼어들었다.

"그 곡은 간단한 버전이 더 유명한 데다 틀려도 얼버무리기 쉬워서 다들 초보자용이라 생각하지만 아르페지오로 치는 것만 해도 꽤 어려운 곡이잖아요. 후반부의 전조 파트는 특히 더 그렇고요. 가메이도 겐이 기타를 치다니 뜻밖이네요."

"네, 뜻밖이었어요."

이와사키의 표정이 살짝 풀어졌다.

"가메이도 씨는 덩치도 크고 인상도 험악한 데다 말씨도 거칠었어요. 제

여동생 앞에서도 '고추가 섰다'라느니, '발기했다'라는 말을 아무렇지 않게 연발해댈 정도였으니까."

"윽."

아사히가 소름끼친다는 표정을 지었다.

이와사키는 쓴웃음을 지었다.

"징그럽죠? 그러다 보니 제가 딱히 주의를 주지 않아도 여동생은 그 사람한테 가까이가지 않았어요. 하지만 기타를 칠 때만큼은 조용한 사람이었죠."

"여동생 분은 당시 몇 살이었습니까?" 세이지가 물었다.

"여덟 살이요. 제가 열 살이었고."

"거북한 질문이겠습니다만, 가메이도가 여동생만 따로 불러내려 한 적은?"

"없습니다."

이와사키는 고개를 가로저었다.

"아까도 말했지만 여동생 본인도 그 사람을 무서워했고, 가메이도 씨는 여동생에게 눈길도 주지 않았어요. 오히려 다른 한 사람이 좀 이상했죠."

"다른 한 사람?"

아사히가 되물었다.

"다른 한 사람이라면, 이요 준이치 말인가요."

"네. 거동은 그 사람이 훨씬 더 수상했어요. 항상 먼발치에서 주뼛거리며 낌새를 살폈죠. 여동생의 다리를 빤히 쳐다본 적도 있었고요. 저로서는 경찰이 가메이도 씨를 주범이라 인정했다는 사실이 이해가 안 가더군요. …… 가메이도 씨는, 재판 때 정신이 이상해져 있었다죠?"

"잘 아시는군요."

세이지는 고개를 끄덕였다.

"가메이도는 구금 반응 때문에 정상적인 문답이 불가능한 상태였습니다. 취조 도중부터 상태가 이상했던 모양입니다."

"그 부분, 르포 서적에서 읽었어요."

이와사키가 말했다.

"사실 저는 이요라는 작자가 자기 죄를 동료한테 뒤집어씌운 게 아닐까 줄곧 의심하고 있었어요. 정신적으로 문제가 생겨서 가메이도 씨가 변명하지 못한다는 걸 이용해서 말이죠."

그렇군, 하고 세이지는 생각했다. 그래서 이 남자는 갑작스러운 침입자를 상대로 이렇게나 선뜻 편하게 입을 연 것이다.

—이거 생각 이상으로 기타미노베 사건에 의문을 품은 사람이 더 많을지도 모르겠어.

세이지는 긴장의 끈을 조이며 재차 이와사키에게 물었다.

"즉, 선생님의 눈에 가메이도 겐은 어린 소녀를 죽일 만한 사람처럼 보이지 않았다?"

"그렇게까지 말하는 건 아닙니다. 그 사람을 딱히 잘 알았던 것도 아니니까요. 다만 제가 아는 한, 그 사람은 거칠고 저질스러웠지만 난폭한 사람은 아니었어요."

"어린 여자아이 앞에서 추잡한 말을 내뱉는 남자인데도 말인가요."

"여동생이 있다는 걸 알면 '미안하다'라고 사과했거든요. 그렇다 해서 그 이후로 태도가 바뀐 건 아니지만요."

"하지만 이요 준이치는 그런 짓을 저질렀어도 이상하지 않은 남자처럼 보였다?"

"그렇게까지 말하지는 않겠습니다. 다만 낌새가 이상했다, 그 말이죠. 당시 가메이도 씨한테서는 나쁜 느낌을 못 받았어요. 이요는 기분이 나빴고요. 그 이상도 이하도 아닙니다."

"그렇군요."

세이지는 되새기듯이 말했다.

이와사키는 가메이도를 좋아했으리라. 어린 시절에 자신을 귀여워해주고, 참을성을 발휘해준 어른은 오랜 세월이 지나서도 잊히지 않는 법이다. 이 나이가 되도록 이와사키가 여전히 호의를 품고 있었다면 가메이도의 태도에는 나름의 진실성이 있었으리라.

—문제는 거기에 다른 꿍꿍이가 과연 없었을까, 하는 점이다.

"그러고 보니, 가메이도 씨의 묘는 어떻게 됐나요."

불현듯 이와사키가 물었다.

"사형집행 전에 병으로 죽었잖습니까. 어디에 묻히게 될까요."

"시신 및 유품은 대개 행정기관이 유족에게 인수를 요청합니다."

세이지가 대답했다.

"하지만 수감자에게 친족이 없거나 유족이 인수를 거부했을 경우에는 구치소에서 장례가 치러지고 화장되죠. 도쿄 구치소의 경우 유골은 조시가야 공원묘지의 법무성 납골당에 안치됩니다."

"그래요. 납골될 곳이 따로 있다는 말이군요……."

이와사키는 안심한 듯했다.

"어쩌다 우연히 가메이도 씨가 툭 이런 말을 내뱉은 적이 있어요. '나는 가족에게 절연당해서 만나기가 어렵다'라고요. 그래서 유골은 어떻게 될지 줄곧 마음에 걸렸죠. ……갈 곳이 있다니, 다행이네요."

다음으로 세 사람은 사나에가 감금 및 살해당한 현장으로 향했다.

예상대로 창고는 철거된 지 오래였다. 등기부에 따르면 같은 부지 내에 지어져 있었을 회사 역시 이미 사라진 뒤였다.

남은 부지에는 무미건조한, 전국에 체인점을 둔 편의점이 지어져 있었다.

"요즘은 어디든 다 편의점으로 변해버리네."

"개인 상점이 살아남을 수 있는 시대가 아니니까."

이어서 유기 현장인 강가로 걸음을 옮겼지만 이곳 역시 그 주변까지 깡그리 변해버린 상태였다.

사나에의 시체가 유기되었을 당시에는 가로등도 없어서 해가 지면 행인도 거의 없었을 강가였다. 하지만 사건이 벌어지고 17년 후에 지어진 아파트 덕분인지 지금은 편의점, 패밀리레스토랑, 가전제품 판매점, 슈퍼마켓 등이 늘어서 있었다.

"이러면 아무리 한밤중이라도 시체를 버리러 오긴 어렵겠네."

"행인도 많으니까. 하지만 캐리어 같은 데 넣어서 통째로 버린다면 그나마…… 아니, 역시 어렵겠군. 편의점의 방범 카메라에 찍히겠어."

작은 목소리로 대화를 나누는 세이지와 아사히를 무시한 채 데쓰는 묵묵히 강가의 풍경을 촬영하고 있었다.

"사나에의 시신은 풀숲 안에 있었다고 했죠?"

"그래, 저 부근이다."

"찍어두죠. 그림은 많을수록 좋으니까."

그때, 털이 반질반질한 저먼셰퍼드를 대동한 노인이 천천히 제방을 내려오고 있었다.

인근 주민이리라. 대형견을 기른다면 아파트 주민일 가능성은 낮다. 연령대로 보아 사건을 알 법도 하겠다 싶어 세이지는 다가갔다.

"안녕하세요, 날씨 참 좋네요."

"안녕하세요. 오늘도 덥겠어요."

노인이 친근하게 미소를 지었다.

세이지는 몸을 웅크려 개를 쓰다듬었다.

"이만 한 셰퍼드는 참 오랜만에 보네요."

"키워보셨나요?"

"아뇨, 개인적으로 키워본 적은 없습니다. 실은 전에 경찰이었거든요. 청사 안에서 경찰견으로 기르던 저먼셰퍼드가 몇 마리 있었죠."

"호오, 경찰견은 청사에서 기르는 거였군요."

노인의 순박한 눈가에 주름이 잡혔다. 전직 경찰관이었다는 말에도 태도가 변하지 않는 모습을 확인한 세이지는 고개를 들었다.

"30년 전, 이 강가에서 시신이 발견되었던 사실을 아십니까. 기타미노베여아 연쇄살인사건의 두 번째 피해자 말입니다."

"네, 기억하죠."

노인은 얼굴을 찌푸렸다. 무의식의 발로인지 애견을 한 손으로 끌어당겼다.

"끔찍한 사건이었어요. 건넛집 딸이 죽은 아이하고 같은 반이었는지 같은 학년이었는지 아마 그랬을 거예요. 얼마나 무서워하던지. 그럴 만도 하죠. 어른도 소름이 쭉 끼칠 정도로 끔찍했으니까.”

“온 동네가 두려움에 떨었겠네요. 어린 아이를 둔 부모들은 걱정이 이만저만이 아니었겠습니다.”

“걱정하다마다요. 범인이 체포됐다는 말을 들었을 때는 축배를 들고픈 기분이었어요. 남자 2인조였다죠. 아, 혹시 전직 경찰이라면 그 때도 경찰견을 데리고 이 일대를……?”

“아뇨, 저는 서류 업무만 하고 있었죠.”

세이지는 고개를 저었다.

“하지만 특별 수사본부에 몸담고 있었던 건 맞습니다. 지나던 길이라 기도라도 올리고 갈까 해서요.”

“그러셨군요.”

노인은 침통하게 눈을 감았다.

세이지는 말을 이어나갔다.

“범인이라 하니 말인데, 주범으로 사형 판결을 받은 남자가 얼마 전 구치소에서 병으로 죽었다더군요.”

“아니, 병으로요? 그 녀석들, 사형당한 게 아니었습니까.”

노인의 눈이 휘둥그레졌다.

“30년 전에 잡혀서 진작 사형판결이 내려졌을 텐데—. 그 뒤로도 계속 살고 있었다는 겁니까, 형무소에서?”

세이지는 구치소입니다, 라고 굳이 정정하지 않고 “듣자 하니 누명을 썼을지도 모른다더군요”라고만 대답했다.

"누명이요?"

"다른 진범이 있었던 게 아닐까, 하고요."

"그럴 리가요."

노인은 웃었다.

"확실히 그런 소문이 돌았던 건 압니다. 그래도 녀석들의 소행이 분명해요. 경찰 여러분도 철저하게 수사를 해주셨잖습니까? 그 덕분에 체포되고 자백한 거니까요. 재판도 꽤 오래 이어졌고요. 거기서 사형 판결이 나왔는데 의심할 여지가 있겠습니까."

"그야, 뭐—"

세이지는 헛기침을 한 뒤,

"그건 그렇고, 소문이라뇨?" 하고 물었다.

"네?"

"방금 '확실히 그런 소문이 돌았던 건 안다'라고 말씀하셨잖습니까."

"아하, 그게 말이죠. 대수롭지 않은 헛소문이에요."

노인은 손사래를 쳤다.

"당시 이 주변에는 어린 여자애가 희롱당하는 사건이 자주 일어났었거든요. 피해를 당한 아이 중 하나가 '텔레비전에 나온 사람이 아니었다'라고 했답니다. '저렇게 더러운 아저씨가 아냐'라면서요. 하지만 애들이 하는 말을 곧이곧대로 믿을 수 있겠습니까. 그 녀석들이 저지른 게 틀림없다니까요."

4

호시노 집안의 저녁식사는 대개 7시부터다.

오늘의 메뉴는 배추 삼겹살 찜, 큰실말 초절임, 으깬 닭고기를 곁들인 단호박 조림. 그리고 저염식 된장국이었다.

평소 같았으면 일요일 저녁 당번은 아사히였으나 오늘은 미리 '할아버지와 외출한다'라고 일러두었기에 미카코가 요리를 맡았다.

아사히는 된장국에 입을 대며 곁눈질로 할아버지를 살폈다.

오늘도 변함없이 할아버지 세이지는 내키지 않는다는 듯 식후의 율무차를 홀짝이고 있었다. 현역 시절에는 일과처럼 마셨던 커피와 캔 맥주를 금지당한 이후로 늘 그랬다.

대조적으로 아버지 사토시는 으깬 닭고기를 얹은 흰밥을 기분 좋게 입안에 밀어 넣고 있다. 아버지는 식도락가이면서 술이라고는 한 모금도 하지 못했다.

식후 정확히 30분을 쉰 후에 사토시는 목욕을 하러 갔다.

전화벨이 울렸다.

"여보세요. —어머, 아야코 이모?"

어머니의 목소리가 밝아졌다.

동시에 세이지의 어깨가 움찔, 하고 반응했다. 아사히도 덩달아 고개를 들었다.

아사히의 할머니에게는 막냇동생인 '아야코 이모'는 미카코와 아홉 살밖에 차이가 나지 않는다. 하지만 두 사람의 사이가 좋은 이유는 단순히 나이가 가까워서만은 아니었다.

아야코의 남편 역시 지역은 다르지만 전직 수사 1과의 형사였던 것이다. 여자들끼리 푸념을 주고받기에는 딱 좋은 상대였다.

"어머, 올해도 델라웨어 포도를 보냈다고? 매번 고마워서 어떡해. 응, 맞아. 언제쯤 가격이 싸지려나 몰라. 도착하면 전화할게. 답례로는 늘 보내던 치즈 케이크면 되지? 에이, 됐다는 소리 좀 그만해……."

수다를 떠는 미카코의 눈앞으로 할아버지가 메모장을 내밀었다.

—남편 있으면 좀 바꿔보라고 해라.

라고 갈겨 쓴 메모였다.

하지만 미카코는 태연히 이모와의 수다를 이어나갔고, 15분이 지나서야 전화기를 세이지에게 넘겼다.

"여보세요? 미치, 자넨가."

미카코가 포렴을 걷으며 주방으로 사라지는 모습을 지켜본 후, 세이지는 전화기를 핸즈프리 모드로 바꿔놓았다.

"오랜만입니다. 시노 씨."

테이블에 내려놓은 전화기에서 쓴웃음이 섞인 목소리가 들려온다. 아야코 이모의 남편인 이마미치 야헤이였다. 아사히는 귀를 쫑긋 세웠다.

세이지는 포렴 너머를 살피며 말했다.

"실은 요즘 늙은이가 주책맞게 옛 사건을 슬쩍 들춰보는 중이야. 전에 자네도 비슷한 짓을 했다면서. 조언 좀 부탁해도 되겠나."

"조언은 무슨, 저 같은 애송이가 시노 씨한테 가당키나 하겠습니까."

"겸손 떨지 말게. 그나저나 기타미노베군 여아 연쇄살인사건, 자네도 기억 하나?"

"물론이죠."

이마미치의 목소리에 긴장감이 어렸다.

"얼마 전에 주범이 구치소에서 병으로 사망— 아하, 그래, 그래서였군요. 종범도 사형수였죠. 뭔가 의심스러운 점이라도?"

역시나 눈치가 빠르다, 하고 아사히는 감탄했다. 이마미치는 말을 이어 나갔다.

"시노 씨가 독자적으로 수사를 하신다는 말이군요. 그러시다면 수사 1과의 젊은 친구들 쪽으로 파이프를 뚫어보시는 건 어떻습니까."

"도움을 줄 만한 젊은 친구는…… 없는데. 아니, 아니지. 20년쯤 전에 젊었던 녀석이라면 몇 명 짚이는 구석이 있을지도 모르겠군."

"경찰 내부에 연줄을 만들어두는 건 필수까지는 아니지만 손해 볼 일은 없을 겁니다. 다만 기타미노베 사건을 다시 들쑤신다면 위에서는 분명 좋지 않게 보겠죠. 당시의 수사에 접점이 없을 정도로 젊은 친구를 찾아보세요."

"그래야겠어."

세이지는 고개를 끄덕였다.

"경찰 내부라 하니 말인데, 미치. 당시의 계장을 만나러 가야 하나 말아야 하나 고민 중이야. 죽은 주범의 입을 열게 한 그 사람 말일세. 지금은 일흔여덟인가 아홉일 텐데. 어때, 자네라면 도박한다 치고 만나볼 텐가."

"그건 상대방의 인품에 달렸죠. 하지만 암만 생각해도 환영해 줄 성싶지는 않네요. 보통은 이 자식, 내가 받아낸 자백에 불만이라도 있다는 건가, 싶겠죠. 그보다, 턴다고 먼지가 나올 사람이긴 합니까."

"아니, 정반대의 상사였지. ……그래, 큰 기대는 않는 편이 낫겠어. 만에 하나 만나준다 하더라도 그 자리에서 물러날 각오도 해둬야겠군."

"그렇겠죠. 개인적으로 재수사를 한다는 것만으로도 무조건 빈축을 살 테니까요. 일찌감치 은퇴한 수사관이라곤 해도 나이대로 보아 현역의 높으신 분과 이어져 있을 가능성도 있고요. 심기를 건드리지 않는 편이 가장 좋을 겁니다."

"지당한 말이야. 조언 고맙네. 그럼, 또 보지."

세이지는 전화를 끊었다.

아사히가 입을 열었다.

"……'시노 씨'라고 하는구나."

"뭐?"

세이지가 고개를 돌렸다.

"아니, 성이 호시노(星野)인데 왜 '호시 씨'가 아니라 '시노 씨'라고 부르나 해서."

"아, 경찰에서는 진범을 '호시(ホシ)'라는 은어로 부르다 보니까 헷갈린다면서 과장님이 그렇게 부르기 시작했지. ……그보다 아사히, 네 엄마한테 '당분간 식사 당번은 못 한다'라고 일러둬라. 앞으로 바빠질 게다. 태평하게 식사 준비나 하고 있을 때가 아냐."

아사히는 목욕을 마치고 자신의 컴퓨터 앞에 앉았다.

트위터 갱신의 압박에서 벗어나 숨이라도 돌릴 겸 구글에서 자신의 닉네임과 사건 개요 영상의 제목을 검색했다.

흔히 말하는 '에고 서핑(자신의 평판 따위를 인터넷으로 검색하는 행위-옮긴이)'이었다.

그 결과, 대형 인명 게시판에서 게시물 몇 개가 검색되었다.

읽어보니 비웃음이 섞인 도발성 댓글이 70퍼센트, 분탕질이 20퍼센트, 호의적인 의견은 10퍼센트도 채 되지 않았다.

—하지만 충분해.

아사히는 모니터를 향해 고개를 끄덕였다.

80퍼센트 가까이가 반응을 보인다면 성공이다. 설령 비난과 비웃음일지라도, 무시할 수 없었기에 그들도 반응을 보인 것이다.

게다가 댓글이 달리면 원본 게시물까지 타고 올라가 본문을 읽어줄 확률이 높아진다. 비교적 댓글을 달기 쉬운 익명 게시판조차 눈팅족— 댓글은 달지 않고 읽기만 하는 이용자가 훨씬 많다.

—네티즌의 눈길을 끌 수 있다면 뭐든 상관없어.

이 나라에서 조용한 쪽은 언제나 다수파였고, 소란을 피워서 사람들의 이목을 집중시키는 쪽은 소수파 중에서도 일부였다.

하지만 이번에 아사히가 노리는 계층은 침묵하는 다수파였다. 말없이 게시물을 읽고 댓글은 달지 않지만 말없이 동영상을 시청하면서 여론을 크게 움직여나가는 사람들이다.

—그렇기 때문에 시끄러운 소수파의 목소리도 필요해.

트위터에도 소위 '악플러'라 불리는 선동꾼들이 꼬이기 시작했다. 개중에는 피해 소녀나 유족을 대놓고 모욕하는 댓글도 적지 않았다.

하지만 아사히는 일부러 그들을 방치했다. 물론 유족인 기노시타 가즈키에게는 뮤트(mute)를 권했지만 정작 자신은 차단도 뮤트도 걸지 않았다.

아사히는 자신의 트윗을 클릭해 리플을 펼쳤다.

예상대로, 아니, 예상 이상의 논쟁이 벌어지고 있었다.

“범인이 미남이었다며. 조심성 없게 좋다고 따라간 꼬맹이들 잘못이지.”

“보나마나 원조교제를 하다 말썽이 벌어진 거겠지. 바가지를 씌워서 범인이 열 받은 게 뻔해. 여존남비의 일본에서 남자는 늘 피해자라니까. 여자는 다 쓰레기야.”

등의 몰지각한 트윗에 대해,

“다 큰 어른이 부끄럽지도 않습니까.”

“운영진에게 신고했습니다.”

“겨우 일고여덟 살에 살해당한 죄 없는 소녀한테 어떻게 그런 말을 할 수 있죠? 역겹네요.”

등, 분노한 팔로워로부터의 리플이 이어졌다.

—그래. 이런 식으로 공분을 일으키는 방법도 있지.

악플러들은 그저 타인의 관심이 필요할 뿐이다. 하지만 결과적으로 그들의 매도와 모욕은 아사히의 활동에 순풍으로 작용하고 있었다.

정상적인 감성을 지닌 침묵하는 다수파는 저들과 같은 의견에 분노와 반감을 품는다. 반감이 쌓일 대로 쌓인다면 말 없는 대중도 목소리를 내기 시작하리라. 분노는 사람을 가장 쉽게 자극하는 원동력이기 때문이다.

아사히는 ‘분노하는 역할’을 대중에게 맡긴 채 묵묵히 트위터를 갱신했다.

침묵이 금이라는 사실을 아사히는 알고 있었다. SNS 전성시대인 지금,

괜한 말실수만큼은 피해야 한다.

트위터의 팔로워는 어느 새 2만 5천 명을 넘겼다. '리에이트'에 투고한 만화도 매번 50위권에 안착하게 되었다. 사건 개요 영상은 조회 수 30만이 머지않았다.

노크 소리가 들렸다.

"아사히, 들어가도 되겠니."

할아버지의 목소리였다.

"응."

의자를 돌리며 대답했다.

하지만 방으로 들어온 세이지의 표정은 눈에 띄게 흐려져 있었다.

"무슨 일인데?"

"그게 말이지, 부하였던 기시— 네기시한테서 사카이 전 계장의 연락처를 알아내 전화를 해봤다. 당시 취조에 대해서 넌지시 얘기를 꺼내봤는데, 역시나 늙은 너구리한테는 통하지를 않더구나. 이제 와서 무슨 일이냐며 경계심만 샀지, 면목이 없다."

세이지는 뺨을 긁적이며 쓴웃음을 지었다.

아사히는 "그랬구나" 하고 고개를 끄덕이며 말했다.

"우리가 인터넷으로 하는 활동에 대해서는 어땠는데? 눈치채지 못한 것 같았어?"

"그런 모양이다. 늙은이한테 인터넷은 아직 문턱이 높으니까. 그보다, 옜다."

세이지가 건넨 것은 네 번 접은 여러 장의 편지지였다.

이게 무엇이냐는 듯 고개를 든 아사히에게,

"이요 준이치가 보낸 편지다. 너도 읽을 거지?"

하며 할아버지는 미소를 지었다.

아사히는 편지지를 펼쳤다. 편지지마다 구치소의 열람인(印)으로 보이는 분홍색 도장이 찍혀 있었다.

하얀 편지지를 가득 채운 것은 결코 달필이라고는 할 수 없지만 전에 본 것과는 비교조차 안 될 정도로 숙달된 글씨였다.

'호시노 세이지 님께.

이요 준이치입니다. 감사합니다.

가타기리 선생님으로부터 도와주신다는 일에 대해 들었습니다. 형사님이셨다고요. 죄송하게도 기억은 나지 않습니다만 이번 일은 진심으로 감사를 드립니다.

가메이도 겐도 살아 있었다면 마찬가지로 감사하게 생각했을 겁니다.

저희는 억울합니다. 억울한 사형수입니다.

가메이도 겐. 이요 준이치. 저희 둘은 신께 맹세코 억울합니다.

이 감옥에 온 지 저는 22년째가 됩니다. 가메이도 겐은 실의 속에 세상을 떠났습니다. 참으로 원통합니다.

억울한 사형수, 가메이도 겐. 이요 준이치. 부디 잘 부탁드립니다.

면회 와주실 날을 기다리고 있겠습니다.

2018년 8월 3일

도쿄 구치소에서 이요 준이치'

사흘 후 11시 38분, 무료 동영상 공유 사이트에 새로운 동영상이 업로드되었다.

부동산 업체 직원, 전 집주인의 손자, 강가에서 만난 노인과의 인터뷰를 편집하고 이요의 편지 일부를 공개한 영상이었다.

최신 영상의 조회 수는 하룻밤 만에 5만을 돌파했다.

5

도쿄 구치소는 도쿄도 가쓰시카구 고스게 1초메에 지어져 있다.

접수처에서 면회 절차를 마친 세이지는 짐을 로커에 맡기고 금속 탐지기 문을 지나서야 비로소 구치소 안의 면회실로 안내를 받을 수 있었다.

매우 좁고 딱딱한 공간이다. 있는 것이라고는 의자와 투명한 아크릴 칸막이뿐이다.

세이지가 의자에 앉아 기다리고 있으려니 교도관을 따라 노인이 들어왔다.

—저 사람이 이요인가.

세이지는 저도 모르게 몸을 일으켰다.

이요 준이치는 현재 63세일 터였다. 하지만 일흔은 족히 넘어 보였다.

머리칼은 뒤통수에 약간 남아 있을 뿐이었으며 성긴 머리숱에도, 살갗에도 기름기가 전혀 보이지 않는다. 오랫동안 햇볕을 쬐지 못한 탓인지 살결은 새하얬고, 눈구멍이 움푹 꺼질 정도로 야위어 있었다. 왜소한 체구에서 간신히 30년 전의 모습을 찾아볼 수 있었다.

"처음 뵙겠습니다."

이요는 의자에 앉기 전에 깊게 고개를 숙였다.

"저 같은 놈 때문에 여기까지 찾아오시게 하고, 정말 죄송합니다. 가타기리 선생님으로부터 들었습니다. 전직 형사님이시라고요. 제 억울함을 증명해 주신다니, 정말이지 감사합니다."

아, 이요가 맞구나, 하고 세이지는 생각했다.

틀림없이 이요 본인이다. 이 말투와 음성은 잊지 않았다. 항상 뭔가를 두려워하는 듯한, 주눅이 든 말투. 짓밟히는 것에 익숙해진, 패배한 개의 목소리.

"저야말로 면회 허가 신청을 해주셔서 감사합니다. 30년 전에는 도와주지 않았으면서 이제 와서 무슨 소리냐 싶으시겠지만 잘 부탁드리겠습니다."

세이지도 따라서 고개를 숙였다.

곁눈질로 교도관을 쳐다본다. 규정대로 면담 내용을 기록하기 위한 펜을 쥐고 있다.

이요가 칸막이 앞에 앉았다.

허락된 면회 시간은 결코 길지 않다. 세이지는 말문을 열었다.

"지금, 이요 씨가 가장 하고 싶은 건 뭔가요."

이요는 멍하니 입을 벌렸다.

세이지는 재차 물었다.

“지금 바로 나갈 수 있다면, 가장 하고 싶으신 건 뭔가요.”

이요는 고개를 숙였다.

몇 초 동안 머뭇거린 후, 그는 말했다.

“엄마…… 어머니의, 묘소를 찾아뵈러.”

쉰 목소리였다.

“묘소가 나라에 있어요. 이제는 절이 어디 있는지두 가물가물하지만—가보구 싶어요. 지금껏 오랫동안 불효를 저질렀으니 찾아뵐 낯짝은 없지만요. 그래두 하다못해 죽기 전에 한 번은…….”

“그럼 두 번째로 하고 싶으신 건 뭡니까.”

이어진 세이지의 물음에 이요는 입술을 깨물었다.

“—겐의 묘를 찾아가보구 싶네요. 이런 말씀 드리기 뭣하지만, 요즘은 죽으면 어떻게 될지, 그 생각뿐이거든요. 어머니는 제가 아홉 살 때 돌아가셨어요. 겐도 얼마 전에 죽었구요. ……육십 몇 년을 살면서 저한테 따뜻하게 대해준 사람은 어머니와 겐뿐이었어요. 전에는요, 뭣 때문에 태어났을까, 하는 생각을 많이 하곤 했어요. 하지만 요즘은 죽는 것만 생각하구 있네요.”

이요는 씁쓸하게 웃었다.

“죽으면 어느 묘에 들어가게 될까, 만날 그 상상을 해요. 아무리 그래두 어머니 묘에 묻힐 수는 없겠죠. 일찌감치 객사하셨을 아버지가 거둬주러 올 리도 없구. 그러니까 하다못해 겐의 옆자리에 유골을 놔줬으면 좋겠는데……. 그치만 저승에서까지 겐한테 돌봐달라 하자니 그건 또 미안하구…… 하하하.”

자조의 웃음이었다.

세이지는 거듭 물었다.

“그럼 살아 있는 사람 중에 만나고 싶은 사람은 있습니까.”

“리쓰코 씨요.”

즉답이었다. 이요의 눈이 처음으로 빛났다.

“리쓰코 씨라면?”

“도이 리쓰코 씨요. ‘하다 설비’의 사무원인데, 겐하구 사귀었던 사람이에요. 남편이 죽고 두 아이를 키우느라 고생이 많았죠. 우리가 잘려서 일자리를 잃게 되자 겐이 먼저 헤어지자구 그랬어요. 리쓰코 씨가 지금은 어디서 뭘 하구 지내는지 전혀 모르지만…… 아이들도 겐을 잘 따랐어요. 겐과의 추억을 나눌 수 있는 사람은 이제 그 사람뿐이 안 남았네요.”

“가메이도 씨는 아이를 좋아했나 보군요.”

“네. —아니, 이상한 뜻은 아니구요.”

이요는 황급히 두 손을 내저었다.

세이지는 고개를 끄덕이며 말했다.

“전 집주인의 손자 분과 만나고 왔습니다. 아이들에게 기타를 들려줬다지요.”

“아아, 예.”

이요가 안심했다는 표정을 지었다.

“맞아요. 겐은 노래두 잘 불렀어요. 그 기타 얘기도 아이들이 먼저 다가온 거지 의심을 살 만한 일은 없었어요. 그래, 그 애들이 겐을 기억하고 있었구나…….”

그는 당신이 여동생의 다리를 쳐다봤다고 주장했습니다만—이라고는 말하지 않았다.

첫 면회라면 먼저 신뢰를 얻어야 한다.

그리고 상대가 어떤 인간인지, 최대한 파악해야 한다.

—이요 준이치는 예상과 거의 같은 인물이군.

의지박약. 자존감이 낮다. 어머니를 잃은 후 애정결핍이 이어졌고, 가메이도 겐을 만난 후로는 그에게 의존했다. 항상 우울한 상태였다.

거창한 짓을 저지를 수 있는 남자는 아니다. 공격 욕구도 낮다. 스트레스가 쌓이더라도 살인보다는 자살을 택할 타입. 그리고.

—그리고, 역시나 뭔가를 숨기고 있다.

하지만 지금 이 자리에서 캐물어야 할 사항은 아니었다.

"하나만 더 여쭙겠습니다. 두 분은 당시 그 일대에서 어린 여자아이를 희롱하는 사건이 빈발하고 있었다는 사실을 알고 계셨습니까?"

"네? 아, 예."

"누구에게 들은 정보인가요."

"누구에게랄 것두 없죠. 소문이 파다해서 근처에 사는 사람이라면 다들 알구 있었을 거예요. 그래서 겐도 주인집 손주들과는 거리를 뒀거든요. 의심을 샀다간 피차 불편하다면서."

"그랬군요."

세이지는 고개를 끄덕였다.

'가메이도는 여동생을 거들떠보지도 않았다'라던 이와사키의 증언과 일치했다.

하지만 소문을 알고 있었던 것치고 가메이도의 태도는 부주의했다. 사내아이라고는 해도 이와사키를 곁에 다가오게 해서는 안 되었으리라. 굳이 호의적으로 해석한다면 이와사키에게서 옛 연인, 도이 리쓰코의 자식들의 모습을 발견했기 때문일까.

—가메이도 겐이 어떤 인물이었는지, 아직까지 감이 잡히질 않는군.

거칠고 말이 험하며 반항적. 하지만 어린아이를 좋아한다. 싸움을 벌여 가정재판소로 두 차례 송치되었다. 이요라는 짐 덩어리를 안고 있었으면서 섬세하게 기타를 치는 면모도 있었다.

비행을 저지른 이유는 애정이 부족한 성장 환경 탓이리라. 그 부분은 이해가 간다.

하지만 직장을 구하고 생활이 안정된 뒤로도 양면적인 언동이나 반항적 태도는 고쳐지지 않았다. 경찰에 덤벼드는 태도 등을 보면 오히려 악화되었다고 볼 수 있다.

—도이 리쓰코를 찾아봐야겠군.

그녀의 입을 통해 가메이도 겐의 사람됨을 들어봐야겠다고 세이지는 생각했다. 여성의 눈으로 본 가메이도는 또 다른 형태로 나타날지도 모른다.

세이지는 다시금 정면을 바라보았다.

"이요 씨, 사실 손자 녀석과 그 친구도 제 활동을 돕고 있습니다. 괜찮으시다면 그 아이들 몫까지 면회 및 편지 허가 신청을 내주시면 안 되겠습니까."

"손자 분이라. 호오, 그렇다면 아직 젊겠네요."

바로 이해하지 못한 듯 이요는 멍하니 맞장구를 쳤다.

"이제 대학생입니다."

"대학생……. 참 똑똑하겠네요, 알겠습니다."

이요가 고개를 끄덕임과 동시에,

"시간 다 됐습니다. 종료!"

라는 교도관의 메마른 목소리가 들려왔다. 면회가 끝났다는 신호였다.

6

세이지는 구치소를 나온 후, 역 앞에서 아사히와 합류했다.

두 사람은 그 길로 야나세 구미코의 집을 찾았다.

지난번 만났을 때와는 딴판으로 구미코의 태도는 살가웠다. 대화를 녹음하고 싶다는 아사히의 요청도 기꺼이 들어주었다.

"기노시타 씨한테서 들었어요. 많이 힘써주고 계시다고요."

구미코는 세이지에게 호지차를, 아사히에게는 얼 그레이 홍차를 끓여주었다. 검소한 살림이었지만 찻잔을 고르는 감각은 좋았다.

세이지가 선물로 산 마들렌의 절반은 쟁반에 담겨서 나왔고 나머지 반은 불단에 바쳐졌다.

"아사히 군이 그린 만화는 매번 기노시타 씨가 인쇄해서 보내주고 계세요. 반응이 굉장하다면서요. 저는 인터넷을 하지 않아서 직접 보지는 못하지만……."

구미코의 목소리가 작아졌다.

"사건 이후로 익명으로 말하는 사람이 무서워졌거든요. 그래서 아직까지도 전화를 잘 못 받아요."

세이지는 곁눈질로 테이블 위의 전화기를 살폈다.

발신번호 표시 기능이 탑재된 전화기로, 집에 있음에도 불구하고 부재중에 불이 들어와 있었다.

"그래서, 하시고 싶은 말씀이란 뭔가요?"

세이지가 말문을 열었다.

기노시타를 통해, "야나세 씨가 상담하고 싶은 일이 있답니다"라는 연락을 받아서 방문한 것이었다.

구미코는 긴장된 얼굴로 "중요한지 아닌지는 모르겠지만, 기억이 났다 보니 일단은 알려드릴까 해서요. ……그것도 실은 전화에 관한 이야기인데요."라고 말했다.

"당시, 사나에가 유괴된 이후로 쉴 새 없이 집으로 전화가 걸려왔어요. 장난전화였죠. 부주의하게 번호를 전화번호부에 올려놓은 제 잘못도 있지만, 그 아이가 행방불명이 되고 텔레비전으로 보도된 직후부터…… 시신으로 발견된 뒤로도 그칠 줄 몰랐어요. 그 사람들이 지겨워질 때까지 전화벨에 계속 고통을 받았죠."

눈물에 말끝이 흐려졌다.

무릎 위에 올려놓은 구미코의 주먹이 떨렸다.

"많이 힘드셨겠습니다."

세이지는 억누른 목소리로 말했다.

안타까운 일이지만 몰지각한 무리는 어디에나 존재한다. 범죄가 발생하면 가해자 측은 당연하게도 비난을 당하지만 대부분의 피해자 역시 피해를 면치 못한다. 어린아이가 휘말린 사건이라면 더더욱. 그들은 마치 정의의 대리인이라도 되는 양,

"엄마인 당신이 눈을 뗀 탓이다."

"아이는 당신의 게으름에 희생된 거다."

"자업자득이다" 하고 아우성을 친다.

구미코는 눈시울을 닦았다.

"주간지에 '이혼한 모녀가정'이라고 나온 후로는 장난전화도 더 심해졌어요. 생활 보호를 받고 있던 것도 아닌데 '세금 도둑'이라느니, '딸에게 거액의 보험이라도 들어뒀느냐'라느니, '보나마나 남자를 끌어들인 사이에 딸을 집 밖으로 내쫓았겠지'라느니……."

문득 그녀는 희미한 미소를 지었다.

"나중에 들어보니 저희 집으로 걸려온 장난전화는 기노시타 씨의 댁에 비해 세 배 이상 많았다네요. 편부모 가정을 바라보는 세간의 시선이 곱지 않다는 건 알고 있었지만, 이런 상황에서도 차이가 나는구나, 하고 어이가 없어서 웃음이 나왔죠. ……물론 웃을 수 있었던 건 몇 년이나 지나서였지만요. 사건이 한창 벌어지는 동안에는 울음도 웃음도 안 나왔어요. 붕 뜬 것처럼 감정이 마비되어 있던 거죠."

세이지의 시야 한 구석에서 아사히가 눈살을 찌푸리며 고개를 숙였다. 듣는 것조차 괴롭다는 뜻이 표정에 드러나 있었다.

잠시 숨을 돌린 후, 세이지가 입을 열었다.

"기억이 나셨다는 건 그 장난전화 중의 한 통입니까?"

"맞아요. 아마…… 그럴 거예요."

자신이 없다는 듯 구미코의 목소리가 떨렸다.

"그때는 제대로 잠도 못 자서 머릿속에 계속 안개가 낀 것 같았고 기억도 온전치 않았으니까—. 그렇다곤 해도 이상한 전화였어요. 당시 담당했던 형사님께도 알려드렸는데, 보고했으면 됐지 싶어서 안심하고 있었나 봐요. 범인도 이미 잡혔겠다, 형사님께 맡겨둔 채 30년 가까이 잊고 살았는데……."

"어떤 전화였나요."

세이지는 물었다. 구미코가 대답했다.

"노래, 였어요."

"노래?"

"네. 수화기에 대고 작은 목소리로 사나에가 좋아했던 노래를 부르는데……. 남자라는 것 말고는 젊은이인지 노인인지도 알 수 없었어요. 하지만 그 애가 좋아하는 노래라는 걸 알고 저한테 들려준 게 분명해요."

"무슨 노래인가요. 유명한 노래였나요?"

"일반적으로 유명한지 어떤지는 잘……."

구미코는 머뭇거리며 말했다.

"원래는 헤어진 남편이 좋아했던 곡이에요. 40년도 더 전에 인기를 끌었던 「크래시 라인」이라는 영화, 아세요? 그 주제곡의 B면이었죠. 제목은 잊어버렸지만 남편이 콧노래로 흥얼거리던 걸 기억하고 있었는지, 어린애답게 엉터리 영어로 부르곤 했는데……."

목소리가 잠겼다.

"예닐곱 살 아이가 부를 만한 노래는 아니었어요. 그래도 아주 건방을 떨면서 노래를 부르는 모습이 어찌나 귀엽던지— 그 애가 노래만 부르면 제가 웃으니까 만날 그 노래를 부르고는 했죠. 지금 생각해보면 그 애는 이혼한 지 얼마 안 된 저한테 힘을 주려고 했던 걸 거예요."

"그 노래를 수화기에 대고 부른 남자가 있었다는 말이죠?"

세이지는 낮은 목소리로 말했다.

"당시 따님이 그 노래를 즐겨 불렀다는 걸 알고 있었던 사람은 누구누굽니까."

"먼저 헤어진 남편이요. 나머지는 부모님하고 동생, 학교 친구 정도겠죠. 내성적인 아이였으니까 친한 사람 앞이 아니면 노래는 부르지 않았을 거예요."

—그렇다면 역시 범인일 가능성이 높겠군.

세이지는 눈살을 찌푸렸다.

상상 이상으로 사디스틱한 녀석이다. 납치당한 소녀가 자진해서 노래를 불렀을 리 없다. 노래하라고 명령한 것이다.

범한 소녀에게 노래를 강요하고, 그걸 다시 가족에게 들려주다니. 일반적인 정신 상태는 아니었다.

그렇다면 리카가 유괴당했을 때 몸값 운운하며 경찰을 농락한 것도 몸값을 포기했기 때문이 아니라 처음부터 고의였을 가능성이 높다. 돈보다는 다 큰 사내들이 우왕좌왕하는 모습을 보고 싶었던 것이 아닐까.

—개자식.

세이지는 어금니를 깨물었다.

이 전화에 대한 내용은 서류에서 본 기억이 없다. 수사본부에서 거론되었던 기억 역시 없었다. 구미코는 시기를 정확히 기억하지 못하는 듯했지만 '범인이 이미 잡힌 상태였다'라고 말한 것으로 보아 수사본부는 이미 해산된 뒤였는지도 모른다.

"그리고, 한 가지 더 상담할 일이 있는데, 괜찮을까요."

구미코는 주저하며 말했다.

"아마도 동영상이나 만화를 본 사람들이겠지만……. 주변에 구경꾼들이 출몰한 모양이에요."

"앗."

아사히의 눈이 휘둥그레졌다.

"그 자식들이 야나세 씨한테 무슨 짓이라도 했나요."

"아뇨, 아직은 아무것도. 저도 주민회에서 함께 활동하는 이웃한테서 어제 막 들은 참이에요. '이 근처에 야나세라는 여자가 살고 있지 않느냐'라며 물어보고 다니는 사람들이 있다면서요. 수상해서 다그쳐봤더니 인터넷 영상이 어쩌고저쩌고 그러더래요."

"젊은 녀석이었나요. 경박해 보이는?"

"네, 대학생처럼 보이는 청년 둘이요. 선글라스로 얼굴을 가리고 처음에는 매스컴 관계자라고 사칭했다네요. 중년 남자가 어슬렁거렸던 날도 있는데, 그쪽은 턱수염에 장갑을 끼고는 탐정 행세를 하며 수첩까지 보여줬다고 했어요."

"으윽, 벌써 그런 얼간이들까지 나타났구나. 죄송합니다."

아사히는 죄송한 마음에 연신 고개를 숙였다.

구미코가 쓴웃음을 지었다.

"아니에요, 각오는 하고 있었으니까 저는 괜찮아요. 하지만 주변 분들한테까지 폐를 끼치는 건 좀……. 이럴 때는 경찰에 얘기를 해봐야 할까요?"

"경찰과 상담은 해봐야겠죠. 저도 가타기리 씨한테 보고해두겠습니다. 번거로우시겠지만 그분하고 꼭 같이 생활안전과로 가보십시오."

세이지는 떫은 얼굴로 말했다.

"기노시타 가즈키 씨한테도 비슷한 녀석들이 꼬이지는 않았는지 물어보겠습니다. 이웃 분들께도 그런 녀석들을 보거든 곧장 알려달라고 전해주세요. 야나세 씨가 직접 보셨을 때는 저희 아니면 기노시타 씨한테 연락하시고요. 문단속에는 지금까지 이상으로 신경을 쓰십시오. 물론 외출할 때도 말이죠."

구미코는 가슴 앞으로 손깍지를 끼더니, "네" 하고 크게 고개를 끄덕였다.

7

돌아오자마자 세이지는 아사히에게 새로운 요망을 전했다.

약 40년 전부터 지금까지 기타미노베군 주변 일대에서 '어린 여자아이 및 소녀를 상대로 한 성추행, 납치 사건'이 얼마나 일어났는지 알고 싶다는 부탁이었다.

"만약 가메이도와 이요가 누명을 썼다면 한 가지 의문이 떠오르는구나. '어째서 그 두 사람이 체포됨과 동시에 범행이 멈추었는가?'라는 의문 말이지. 이런 타입의 범인은 어지간한 이유가 없는 한 체포될 때까지 범행을 이어나가는 법이거든. 살인 충동은 간신히 억눌렀다 하더라도 어린 소녀에 대한 욕구까지 사라지지는 않았을 거다."

아사히는 한참을 생각한 후 대답했다.

"흠, 그럼 인터넷에 있는 데이터베이스 사이트를 찾아볼게. 국내외의 사건 데이터가 정리된 사이트 중에 몇 군데 짐작 가는 곳이 있어. 살인까지는 발전하지 않은 유괴나 성범죄는 경찰청이 PDF로 공개한 '소년 비행, 아동학대 및 성적 피해 현황'이나 '소년 보호에 대한 개략적 현황', '경찰백서'에서 찾아볼게. 부족한 부분은 데쓰한테 부탁해서 국회 도서관에 가보라고 할까. 그 녀석, 활자를 읽는 속도는 나보다 몇 배는 빠르니까."

"성가신 일만 떠넘겨서 미안하다. 할애비는 인터넷이나 컴퓨터에 대해선 까막눈이다 보니."

세이지는 머리를 긁적였다.

"하지만 이 조사를 우선할 필요는 없다. 우리의 가장 중요한 목적은 누명인지 아닌지를 판단하는 것. 다음으로는 만약 누명이었다면 이요 준이치의 사형 집행을 멈추는 거야. 그 과정에서 진범이 발견된다면 더할 나위 없겠지만 그것까지 기대하는 건 아니니까."

오후 7시.

세이지가 향한 곳은 이전에도 얼굴을 비쳤던 술집이었다.

"아, 여기야."

구석의 4인용 테이블에서 프리 저널리스트인 오노데라가 손을 들었다.

오노데라의 옆에서는 험상궂은 얼굴에 눈매가 사나운 남자가 홀짝홀짝 술잔을 기울이고 있었다.

"오랜만입니다, 후쿠나가 씨."

세이지는 남자에게 고개를 숙였다. '도치기 종합 텔레비전'의 총괄 프로듀서, 후쿠나가 고로다.

후쿠나가는 술잔을 내려놓더니 일부러 자리에서 일어나서는 고개를 숙였다.

"저야말로 오랜만입니다. 오늘은 오노데라 씨께 억지를 부려서 이 자리를 마련해달라고 부탁을 드렸습니다. 바쁘실 텐데 시간을 내주셔서 정말 감사합니다."

"아뇨, 저야말로."

세이지는 쓴웃음을 지었다. 변함없이 과하게 예의가 바른 남자였다.

오노데라는 손사래를 치며 "장황한 인사는 됐고 둘 다 앉아. 시노 씨, 댁은 보나마나 차겠지? 저기, 아가씨, 이쪽은 디카페인 차, 그리고 단새우 튀김하고 모둠 꼬치 3인분. 꼬치에는 풋고추도 넣어줘요."쾌활하게 목소리를 높였다.

세이지의 잔이 도착하자마자 오노데라의 맥주잔, 후쿠나가의 술잔과 함께 건배를 했다.

후쿠나가가 곧바로 입을 열었다.

"영상, 봤습니다."

세이지를 올려다보는 눈동자가 은은하게 빛나고 있었다.

"부럽더군요. 항의가 무서워서 규제 타령이나 해대는 요즘 방송국에서는 엄두도 못 낼 재주였어요. 정말이지 부럽습니다."

"그리 생각하면 후쿠나가 씨도 우리 팀에 들어와요. 이름하야 '팀 호시노'인데. 다른 방송국에서 아직 눈독을 들이지 않는 지금이 기회입니다."

세이지는 고기가 채워진 표고버섯 꼬치로 손을 뻗으며 웃었다. 농담처럼 던진 말이었지만 말끝에는 진심을 담았다.

후쿠나가는 그 말에 히죽 웃었다.

"저하고 호시노 씨는 같은 세대였죠. 기타미노베 사건 당시는 피차 아직 30대였고요. 아주 신참은 아니지만 아직 윗선에 입을 열 만한 처지는 못 됐어요."

"딱 그랬죠."

세이지는 동의하며 꼬치를 베어 물었다.

후쿠나가가 말을 이어나갔다.

"실은 기타미노베 사건에 대해 호시노 씨와 의논할 일이 하나 있습니다."

차분한 음성이었다. 세이지는 표고버섯 꼬치를 내려놓았다.

후쿠나가는 술잔의 술을 홀짝이며 "삼각 붕대를 한 남자."라고 말했다.

"팔에 하얀 삼각 붕대를 한 남자 말입니다. 저희 보도국 취재반이 독자적으로 알아낸 정보—라 하고 싶지만 경찰의 그물에도 당연히 걸렸겠죠. 그 남자의 존재는 대체 어디로 가버린 걸까요."

"과연. 용케 알아냈군요."

세이지는 고개를 떨궜다.

수사관들은 당시 기타미노베군과 주변 일대에서 아동 성추행 및 강간 전과가 있는 인물을 목록으로 정리했다. 또한 목격 증언도 가능한 많이 수집했다.

대부분은 '결정적 증거가 될 만한 신빙성은 없음'으로 처리되었으나 증언에 여러 번 등장한 인물이 바로 '팔에 삼각 붕대를 한 남자'였다.

"후쿠나가 씨가 무슨 말씀을 하시려는지 압니다. 확실히 기타미노베 사건을 전후해서 다친 척 한쪽 팔에 삼각 붕대를 동여매고 소녀를 유인한 뒤 몹쓸 짓을 저지르는 상습범이 있었죠. 하지만 특별 수사본부는 어디까지나 기타미노베 사건의 수사본부였어요. 결과적으로 그런 비열한 인간을 그대로 방치한 것에 대해서는 아쉬움이 남지만—"

"아뇨, 그 말이 아닙니다."

후쿠나가는 말을 끊었다.

"삼각 붕대를 한 남자가 기타미노베 사건의 진범일 가능성은 없겠습니까."

"그건 없습니다."

세이지는 즉답했다.

"어째서죠."

"녀석에게는 알리바이가 있어요. 두 번째 피해자인 야나세 사나에가 유괴당한 시각, 녀석은 다른 곳에서 소녀에게 말을 걸고 있었죠. 영리한 아이였던 그 소녀는 곧바로 도망친 후 아르바이트를 마치고 돌아온 엄마에게 알렸어요. 아이 엄마의 신고 이력도 남아 있고요. 소녀의 증언도 어긋난 부분 없이 정확했습니다."

"흐음."

후쿠나가는 이마를 문지르며 말했다.

“저는 이렇게 들었는데 말이죠. ‘당시, 삼각 붕대로 팔을 동여매고 소녀에게 말을 거는 남자는 한 명이 아니었다’라고 말입니다.”

세이지는 숨을 삼켰다. 재차 후쿠나가를 빤히 쳐다보았다.

후쿠나가는 고개를 끄덕이며 “젊은 남자와 중년, 최소한 둘은 있었던 모양입니다. 이른바 모방범 아닐까요. 30년 전 아이들은 학교에서 원칙만을 주입받았죠. ‘어려움에 빠진 사람을 보면 도와라’, ‘어른을 도울 때는 솔선수범하자’……. 지금만큼 방범 의식이 발달하지 않은, 좋은 의미로나 나쁜 의미로나 목가적인 시대였어요. 녀석들은 소녀의 선의를 이용해 자신의 욕망을 채우고자 상습범의 수법을 모방한 게 아닐까요.”라고 말하고는 술을 홀짝였다.

“참고로 저희 취재반이 모방범의 존재를 포착했을 무렵에는 이미 가메이도와 이요 두 사람이 체포된 상태였습니다. 직후로 가메이도가 자백했고, DNA형 감정 결과 역시 일치했죠. ‘삼각 붕대를 한 복수의 남자’에 대한 특종은 그대로 사장됐고요. —하지만 도무지 머릿속에서 떠나질 않아서 말이죠. 잊을 수가 없었어요.”

“후쿠나가 씨…….”

“다음 주 수요일, 「장기 미제사건의 수수께끼를 추적한다」라는 두 시간짜리 특집 방송을 방영할 예정입니다.”

후쿠나가는 고개를 들어 세이지를 정면에서 쳐다보았다.

“저는 거기에 기타미노베 사건의 개요 영상을 10분…… 아니, 5분이라도 좋으니 끼워 넣고 싶습니다.”

옅은 눈썹 밑으로 삼백안이 고개를 들었다.

"부디 방영을 허가해주시면 안 되겠습니까. 영상의 분량은 이쪽에서 다소 요약하게 될 텐데 그 부분도 허가해주셨으면 합니다. 그리고 손자 분이 인터넷으로 공개 중인 만화도 몇 점 소개하게 해주십시오.

오노데라 씨한테서 들었습니다. 여론을 움직이고 싶으시죠? 그렇다면 텔레비전의 힘이 반드시 필요할 겁니다. 인터넷에 밀렸다고는 하지만 아직도 저희가 매스커뮤니케이션의 정점에 서 있다는 사실은 분명하니까요."

세이지와 후쿠나가는 서로를 마주보았다.

잠시 후, 휴대폰을 꺼내들었다.

"후쿠나가 씨, 이 자리에서 제 손주 녀석, 그리고 그 친구하고 얘기를 해보시겠습니까. 만화는 손자에게, 영상은 손자의 친구에게 각각 저작권이 있습니다. 피해자 유족인 기노시타 씨, 야나세 씨와도 얘기를 나눠주십시오. —그 네 사람이 승낙한다면 저는 일절 반대하지 않겠습니다."

8

도치기 종합 텔레비전이 제작한 「장기 미제사건의 수수께끼를 추적한다」의 시청률은 6.3퍼센트로, 특집 방송치고 높은 수치는 아니었다.

하지만 반향은 컸다.

아사히의 트위터 계성은 팔로워가 두 배로 늘었다. 사건 개요 영상의 재생 횟수는 하룻밤 만에 30만이 늘었다.

또한 전자매체에서도 인터뷰 요청이 잇따랐다.

“겨우 8분 조금 넘는 영상이었는데, 대단하네” 하고 이시바시 데쓰는 감탄했고, “그러게. 예전부터 ‘텔레비전은 추락했다’라느니 ‘끝났다’라느니 떠들어댔는데 역시 영향력 면에서는 장난이 아냐.”라며 아사히는 한껏 들떠 있었다.

“하지만 이건 어디까지나 일시적인 반응이야. 텔레비전으로 모여든 대중은 금세 흥미를 잃겠지. 그중 10퍼센트라도 붙잡아서 이어지는 입소문으로 연결시켜야 해.”

아사히는 트위터를 꾸준히 갱신해나갔다.

팔로워의 수는 어느 새 5만 명을 돌파했다.

데쓰는 ‘기타미노베 사건 · 재조사 편’의 두 번째 영상을 업로드했다. 이요와 면회한 세이지의 대화를 내레이션 소프트웨어로 재현하고, 녹음한 야나세 구미코의 목소리를 삽입했다. 아사히와 데쓰가 후쿠나가와 주고받은 전화 통화는 편집 없이 수록했다.

다만 전화기에 대고 불렀던 노래에 대해서는 언급하지 않았다. 세이지의 요청이었다. 배경에는 리카와 사나에의 사진을 다수 사용했다.

사건 개요 영상의 재생 횟수는 현재 100만에 육박할 기세였다.

‘재조사 편’의 1회, 2회 모두 재생 횟수는 순조롭게 오르고 있었다.

오노데라 기자가 세이지의 휴대폰으로 전화를 건 것은 방송이 방영되고 닷새 후였다.

“시노 씨, 내일 나올 조간을 미리 알려줄게. 이거 일이 뜻밖의 방향으로 흘러가겠어.”

"무슨 일인데."

세이지가 물었다.

흥분한 오노데라는 목소리가 날카로워져 있었다.

"시노 씨는 메일을 잘 못 쓴다고 했지. 미안한데 아사히 좀 바꿔 봐. 그쪽 컴퓨터로 내일 아침에 나올 니치에이신보를 PDF 파일로 보낼 테니까."

아사히가 데이터를 받은 것은 호시노 집안의 우체통에 조간신문이 날아들기 약 다섯 시간 전이었다.

그 기사는 전국 판매부수 2위를 자랑하는 니치에이신보의 3면에 사진과 함께 커다랗게 실려 있었다.

'기타미노베군 여아 연쇄살인사건, 진범을 자칭하는 남자가 보내온 소포'

'사건으로부터 30년, 새로운 국면을 맞이하나'

메일을 통해 PDF 파일을 받아본 순간,

"말도 안 돼. 사기치는 거 아냐?"

하고 아사히는 소리쳤다. 세이지 역시 동감이었다.

데쓰가 제작한 영상과 아사히의 만화, 그리고 「장기 미제사건의 수수께끼를 추적한다」를 본 누군가의 장난이 아닐까— 하고.

하지만 기사를 읽어 내려감에 따라 두 사람은 말을 잃고 말았다.

니치에이신보로 보내진 소포에는 여아용 스커트와 오래된 발톱, 치아 조각이 들어 있었다고 한다.

옷에 붙은 라벨을 토대로 알아본 결과, 스커트를 제조한 의류 업체는 24년 전에 도산했다. 발톱은 왼쪽 가운뎃발가락에서 뽑힌 것이었으며, 치아는 부러진 2번 대구치였다. 모두 크기나 마모 상태로 보아 5세에서 10세 아동의 것으로 판명되었다.

소포에는 문서가 첨부되어 있었다.

기타미노베군 여아 연쇄살인사건, 끝났다고 생각했나?

너희들은 내 그림자조차 보지 못했다

A4 용지에 그 두 줄만이 인쇄되어 있었다고 한다.

서명은 '호랑이로부터.'

다만 이 서명에 대해 오노데라는 '기사에서는 가려놓았다'라고 메일에 덧붙였다. 범인밖에 모르는 정보를 남기기 위해서이리라.

이어서 기사는 기타미노베 사건의 주범으로 사형 판결을 받은 가메이도 겐이 '올해 5월에 옥사했다'는 사실을 언급하며,

'이 괴문서를 보낸 이는 대체 누구일까. 또한 스커트 및 발톱과 치아는 누구의 것일까. 본지는 발톱과 치아를 경찰에게 보내 30년 전 피해자의 DNA형과 일치하는지 감정을 부탁했다.'

라고 마무리되었다.

"……할아버지."

아사히가 간신히 입을 열었다. 그 떨리는 목소리에 세이지는 고개를 들었다. 저도 모르게 소름이 끼쳤다.

손자의 뺨은 핏기가 사라져서 새하얗게 변해 있었다.

아사히는 말했다.

"이 녀석, ―틀림없어. 이 녀석이 범인이야."

"왜 그렇게 생각하니."

"야나세 구미코 씨가 말했던 노래. 영화 「크래시 라인」 주제가의 B면 말이야. 조사해봤거든. 「TIGER」라는 곡이었어. 이런 가사야. 'Stand back, All you can see is my shadows', 'I am the tiger.' '다가오지 마라. 너희들이 볼 수 있는 건 내 그림자뿐. 나는 호랑이다'―"

몇 초 동안 두 사람은 얼굴을 마주보았다.

침묵이 내려앉았다.

잠시 후, 아사히가 낮은 목소리로 말했다.

"왜 니치에이신보로 보낸 걸까."

보통 일본 3대 신문으로는 도토신문, 니치에이신보, 분세이신문이 꼽힌다. 통계에 따르면 조간신문의 점유율 중 약 22퍼센트를 도토신문, 18퍼센트를 니치에이신보, 12퍼센트를 분세이신문이 차지하고 있다.

"왜 점유율 1위인 도토신문으로 보내지 않은 걸까."

"그쪽은 강경한 좌편향 신문이라서겠지."

세이지는 대답했다.

"분세이신문은 굳이 말하자면 반대인 우편향이야. 비교적 중립적이면서도 기사가 세속적인 니치에이신보라면 미끼를 물 확률이 가장 높겠다고 판단했는지도 모르겠다."

참고로 과거 오노데라가 몸담았던 니치에이출판은 니치에이신보 그룹의 출판사였다. 조간신문의 내용을 두 사람에게 유출할 수 있었던 것도 그때의 연줄 덕분이었다.

"아사히. 나도 네 의견이 맞는 것 같다."

세이지는 어금니를 깨물며 말했다.

"기타미노베 사건의 범인은 리카 사건 당시 돈을 건넬 장소에 나타날 생각도 없었으면서 몸값을 요구했어. 사나에 사건 때는 비통해하는 어머니에게 장난전화를 걸었지. 이 녀석은 경찰이나 피해자 가족을 농락하는 걸 즐기는 녀석이야. 가메이도나 이요에게는 그럴 여유나 치기가 없어. 범인은 훨씬 시건방진, 제대로 맛이 간 놈이야. 30년이나 지나서 신문사 앞으로 증거를 보내오는 인간 말종이지."

책상다리를 하고 있던 무릎이 부아가 치민다는 듯 떨렸다.

아사히가 작은 목소리로 말했다.

"할아버지, 커피 마실래?"

세이지의 무릎이 멈췄다.

"참고 있었던 거 알아. 하지만 이럴 때만큼은…… 내가 끓여올까?"

"아니—"

세이지가 고개를 저으려던 때 노크소리가 들렸다.

괜히 놀라며 세이지와 아사히는 문으로 고개를 돌렸다.

살짝 열린 문틈으로 하얀 얼굴이 고개를 내밀었다.

미카코였다.

"……아빠도 참, 여기 있었어? 빨리 목욕이나 해, 뒷사람이 기다리고 있잖아."

"아, 미안하다."

세이지는 짧게 사과하고는 자리에서 일어났다.

하지만 세이지가 방에서 나간 후로도 미카코는 어째서인지 아사히의 얼굴을 내려다보고 있었다.

"어, 왜?"

"아니. ……그냥, 너하고 네 할아버지, 요즘 이상하게 친해 보여서."

아사히의 심장이 펄떡 뛰었다.

하지만 동요를 감추며 어깨를 으쓱였다.

"뭐? 전부터 그랬잖아. 나하고 할아버지 사이가 나빴던 적이 언제 있기는 했나."

하지만 미카코는 게슴츠레한 눈으로 아들을 빤히 쳐다보았다.

잠시 후, 포기한 듯 푹 한숨을 내쉬었다.

"됐다. 그보다 너, 대학은 잘 나가고 있겠지? 유급했다간 가만 안 둬. 우리 집은 추가로 학비를 대줄 만큼 여유롭지 않으니까."

"나도 알아."

아사히는 입을 삐죽였다. 실제로도 1학기의 필수 이수 학점은 모두 따놓은 상태였다. 성적은 저공비행, 출석률은 아슬아슬했지만 아직까지 위태로운 다리는 건너지 않았다.

하지만 미카코는 도무지 자리를 뜨려 하지 않았다. 아사히는 살짝 짜증이 나서 말했다.

"뭔데. 아직도 더 남았어?"

"—데쓰하고 화해했나 보더라."

그 말에 이번에야말로 아사히의 얼굴이 굳어졌다.

미카코가 목소리를 낮췄다.

"미안해. 나도 이런 말은 하기 싫지만……. 하쓰카 씨를 너무 자극하진 마."

"나도 안다니까."

아사히는 같은 대답을 반복했다. 그 외에는 할 말이 없었다.

어색한 정적을 깨뜨리듯 아사히의 스마트폰이 울렸다. 메일의 착신음이었다.

미카코가 문 밖으로 사라지는 것을 지켜본 후, 아사히는 메일을 열었다.

기노시타가 보낸 메일이었다.

니치에이신보의 PDF 파일을 봤다는 내용으로,

'니치에이신보로 보내진 그 스커트는 리카의 스커트다. 그 아이가 좋아했던 점퍼스커트다. 뒤에서 보면 어깨끈이 특이하게 생겼다. 내가 사준 옷이니 틀림없다.'

라고 쓰여 있었다.

아사히는 반쯤 무의식적으로 주먹을 쥐었다.

9

니치에이신보의 보도로부터 이틀 후, 현경으로부터 아사히에게 전화가 걸려왔다.

다행히도 고정전화를 받은 사람은 세이지였다. 그대로 아사히의 방으로 향해 핸즈프리 모드로 함께 들었다. 내용은 요컨대 '구두 주의'였다.

상대는 세이지가 모르는 경찰이었다. 문제의 동영상이나 트위터가 세간을 자극했다고 생각했는지, '댁들이 괜한 소동을 일으킨 탓에 이런 장난을 치는 놈이 생겨나지 않았느냐.'라는 듯한 말투였다.

세이지는 아사히에게 얌전히 사과하게 한 뒤,

"죄송합니다. 저도 잘 타이르겠습니다."

하고 저자세로 일관했다. 경찰은 30분 정도 원 없이 설교를 늘어놓은 뒤에야 비로소 전화를 끊었다.

"—경찰은 니치에이신보로 도착한 그 편지를 진지하게 받아들이지 않는다는 거야?"

아사히는 홍차 페트병을 따면서 물었다.

세이지는 팔짱을 꼈다.

"아니, 꼭 그렇다고 볼 수는 없지. 다만 발신자와 우리 사이에 어떤 관계가 있다고는 보지 않는 것 같구나. 만약 그랬으면 구두 경고로 끝나지 않았을 테니까. 수사관이 집까지 찾아오든가, 아니면 불러냈을 거다."

"데쓰네 집에도 전화가 걸려왔으려나. 그 녀석한테는 동영상 사이트에 로그인할 때 내 프리메일 계정을 쓰게 했는데. 임시방편이지만 조금은 추적하기 어려워지지 않을까 싶어서."

아사히는 작은 목소리로 "……하쓰카 씨한테 들켰다간 진짜 장난 아니기도 하고" 하고 덧붙였다.

"데쓰하고 같이 사는 고모 말이냐."

세이지가 물었다.

"맞아."

"나는 잘 몰라서 그런다만. 미카코보다 무서우냐."

"뭐라고 해야 하나, 좀 다른 의미에서 무서워."

무슨 의미냐고 물으려 했다. 하지만 그 전에 이번에는 세이지의 휴대폰이 울렸다.

"여보세요? 시노 씨세요?"

"뭐야, 자네였군."

세이지는 안심했다. 부하였던 네기시 순사부장이다.

"마침 잘 됐네. 조금 전에 현경이 우리 손자한테 전화를 건 참이야. 일반 시민 주제에 괜한 짓 하지 말고 얌전히 있으라더군. 내 존재는 아직 드러나지 않았나 본데."

"그렇다 해도 시간문제일 겁니다."

네기시의 말끝에서는 쓴웃음이 묻어났다.

"아무래도 와시오 형사국장이 친히 엄명을 내린 것 같더라고요."

"와시오라— 아하, 수사 1과장의 사위 말이지."

"'전직' 1과장이 된 지가 언젠데요. 와시오 형사국장은 30년 전 기타미노베 사건의 특별 수사본부에 속해 있었다고 하잖습니까. 그래서인지 이상하게 움직임이 빠르네요."

"그러고 보니 그 양반도 특수본에 있었지. 그때는 아직 경시였고 관리관 중 하나였을 텐데. 아직 비둘기한테 잡아먹히기 전이었…… 아니, 이렇게 말하면 안 되겠군."

세이지는 웃었다.

수사 1과장의 성이 하토야마였기에 결혼 당시에는, "와시오 관리관이 하토 씨의 따님과 결혼한다고? 아이고야, 독수리가 비둘기한테 잡아먹혔구만(비둘기는 일본어로 하토, 독수리는 와시-옮긴이)."하고 회식 자리의 우스갯소리로 통했기 때문이다.

하지만 네기시는 긴장한 목소리로 말했다.

"웃을 일이 아니에요. 해결된 기타미노베 사건에 이의를 제기한다는 건 다시 말해 와시오 형사국장의 공적에 이의를 제기한다는 뜻이라고요. 그 사람은 앞길 창창한 고위직 간부인 데다가 여러 유명 사건에 공을 세웠잖습니까. 그 시발점이 바로 기타미노베 사건이었고요. 형사국장한테는 유독 감회가 남다른 사건 아니겠습니까."

"그렇겠지."

세이지는 고개를 끄덕였다.

확실히 그 사건을 기점으로 와시오 형사국장에 대한 평가가 높아졌다. 이제 와서 훼방을 놓는다면 충분히 마음이 불편해질 만도 하다.

"아무튼 너무 요란하게 움직이지는 마십쇼. 시노 씨는 이제 일개 시민이에요. 이렇게 말하긴 싫지만, 경찰을 적으로 돌려서 좋을 일은 하나도 없어요."

"그렇겠지. 걱정해줘서 고맙네."

세이지는 감사를 표했다. 마지막으로 잊지 않고 질문 하나를 덧붙였다.

"그건 그렇고 그 괴문서 말인데, 어디서 보냈는지 알아냈나?"

"소인은 우쓰노미야 중앙우체국이었어요. 봉투는 요금이 인쇄된, 이른바 특정 봉투 우편물이었고요. 4킬로그램 미만일 경우 우체통에 넣기만 하면 전국 어디에나 배달되는 시스템이죠. 그리고 내용물 및 봉투에서 지문은 검출되지 않았습니다."

"그랬군, 고맙네."

거듭 감사를 표한 뒤 세이지는 전화를 끊었다.

아사히는 그날 중으로 데쓰의 집을 찾아갔다.

현경으로부터 데쓰에게는 전화가 오지 않았다고 한다. 아사히와 세이지에게 구두 경고가 들어왔다는 말에 데쓰는 반갑다는 듯이 "그거 고맙네, 영상이 흥하려면 훼방꾼도 있어야지."라고 말했다.

"이봐, 데쓰. 미리 말해두지만 「천황의 군대」 수법은 쓰지 마."

아사히는 눈살을 찌푸렸다. 이시바시 데쓰가 '다큐멘터리 영화의 최고봉'이라 신봉하는 「천황의 군대는 진군한다」에서는 진상을 추궁하기 위해 오히려 적극적으로 폭력을 사용하는 주역의 모습이 계속해서 비춰지기 때문이다.

"팀 호시노에서 그런 건 안 돼."

"나도 알아."

데쓰는 시원스럽게 대꾸했다.

"우리가 오쿠자키 겐조를 따라하는 건 불가능할 뿐더러 그럴 생각도 없어. 하지만 어떤 대립각이 생기면 시청자가 보기에 이해하기 쉬운 도식이 생겨나는 건 분명해. 창작자로서는 순수하게 환영할 일이지."

"진짜로 마이웨이구나, 너는."

성격 참 부럽다, 하고 아사히는 한숨을 내쉬었다.

그 말대로 데쓰는 현경으로부터의 구두 주의와 니치에이신보로 날아든 괴문서에 대한 영상을 며칠 안으로 업로드했다.

기노시타 가즈키의 육성이 사용된, "신문사로 보낸 그 점퍼스커트는 리카의 스커트가 확실하다. 당시 텔레비전에서 방영되던 애니메이션인 「작은 아씨들」을 좋아한다고 해서 캐릭터가 입은 것과 비슷한 스커트를 사주었다."라는 인터뷰도 수록되었다.

또한 니치에이신보는, '경찰을 믿고 발톱, 치아, 스커트를 맡겼지만 불완전한 지문밖에 검출되지 않았다는 말 이후로 연락이 없다.'라며 경찰의 불성실한 태도를 질책하는 후속보도를 내보냈다.

그리고 사흘 뒤, 오노데라의 기사가 『주간 니치에이』에 게재되었다.

'기타미노베군 여아 연쇄살인사건, 30년이 지나 새로운 국면이 펼쳐지나? 진범의 등장?'

'옥사한 주범은 사실 누명을 쓴 것일까? 경찰의 실태인가, 아니면 은폐인가'

야후 뉴스에 전재된 기사는 접속자 랭킹의 상위에 오르며 눈 깜짝할 사이에 인터넷으로 확산되었다.

그날 사이에 야후 뉴스에 달린 댓글은 급증했다.

트위터에서는 '진범 등장', '누명'이라는 단어가 실시간 트렌드에 올랐고, 아사히의 팔로워 수와 개요 영상의 재생 횟수는 껑충 뛰어올랐다.

재생 횟수는 결국 100만을 넘어 단숨에 150만을 돌파했다.

대형 익명 게시판에서는 관련 게시물이 난립했고, 사건에 대한 고찰과 추리가 사방에서 빗발치기 시작했다.

물론 세 사람의 활동에 찬사만이 집중된 것은 아니었다. 아사히의 계정에 달리는 리플은 '훼예포폄(칭찬과 비방을 의미하는 고사성어, 훼와 폄은 헐뜯음을, 예와 포는 칭찬함을 의미한다-옮긴이)'에서 '포'가 60퍼센트, '폄'이 40퍼센트 정도였다. 개중에는 명백한 협박과 모욕도 섞여 있었다.

하지만 그 또한 계산된 일이었다.

기타미노베 여아 연쇄살인사건이라는 이름은 30년의 시간을 뛰어넘어 다시금 사람들의 입에 오르내리고 있었다.

*

그는 어슴푸레한 방에 있었다.

아니, 정확히 말하자면 방은 아니다.

콘크리트 벽, 시멘트가 드러난 차가운 바닥— 창고였다.

창고에는 그와 소녀만이 있을 뿐이었다. 항간에서 '두 번째'로 통하고 있을 소녀였다.

소녀는 먼젓번 아이보다 머리 하나는 작았다. 너무 작아서 손을 깨끗이 해주는 데 고역을 치렀다. 게다가 좀처럼 삽입할 수가 없었다.

짜증이 난 그는 소녀를 때렸다. 마구, 마구 때렸다. 소녀는 축 늘어졌고, 많은 피를 흘리며 정신을 잃었다.

창고 옆에는 세차용 수도꼭지가 있었다. 이후 소녀의 시신을 닦는 데에도 쓰이게 될 수도였다. 그는 양동이에 찬물을 채워서 소녀의 머리에 끼얹었다.

소녀가 눈을 뜨자 그는 입으로 봉사하게 했다.

"깨물면 죽인다."

라고 말하자 "죽이지 마세요" 하고 소녀는 목 멘 소리로 대답했다.

구타의 공포에 몸과 마음 모두 위축되어 있었다.

그는 달콤한 숨을 내쉬었다. 극심한 구타에 찢어졌는지 소녀의 입안은 피로 끈적끈적해져 있었다. 기분이 좋았다.

그는 소녀에게 노래를 부르게 했다.

좋아하는 노래를 불러봐라, 하고 독촉하자 꺼질 듯한 목소리로 노래하기 시작했다.

영어 노래였다. 그도 아는 곡이다. 가사는 물론 어린아이답게 엉터리 영어다. 하지만 '타이거'라는 단어는 알아들을 수 있었다.

—다가오지 마라. 나는 어두운 방에서 너를 보고 있다.

—네게 보이는 것은 내 그림자뿐. 나는 호랑이.

가사를 알아보니 그런 내용이었다.

그는 웃었고, 기뻐했다. 그리고 다시 소녀를 때렸다.

정신을 잃고 축 늘어진 소녀에게 간신히 삽입할 수 있었던 것은 저녁이 지나서였다.

그는 일단 창고를 나와 가까운 공중전화로 "오늘은 안 들어간다"라고 집에 연락했다.

돌아와 보니 벌거벗은 소녀가 피로 범벅이 된 채 바닥을 기고 있었다.

아무래도 남은 힘을 쥐어짜내 출구를 찾아 도망치려 한 모양이다. 그는 다시 웃으며 소녀의 다리를 움켜쥐고는 원래 자리로 끌고 갔다.

그리고는 소리를 내지 못하게 된 소녀를 대신해 '호랑이 노래'를 불러주었다. 노래하며 때리고, 범했다.

소녀는 고통 때문인지 몇 번 토했다. 그때마다 그는 '더럽다'라며 때렸다. 잠시 후 소녀의 입에서는 더 이상 노란 위액조차 나오지 않았다.

몽롱해진 의식 속에서 소녀는 멍하니 "집에, 돌려보내줘", "엄마" 하고 신음했다.

그러다 "아아", "으으"라고밖에 말하지 못하게 되었다.

창고 밖은 깊고 진한 밤이었다.

제 **4** 장

1

아사히는 데쓰와 함께 리카가 유기된 현장인 산을 찾아갔다.

일반인이 버섯이나 산나물을 캐러 들어갈 정도였으니 결코 높은 산은 아니다. 국유림인지 '출입금지' 간판은 딱히 없었다.

데쓰는 변함없이 카메라를 들고 주변을 찍고 있었다.

"발 조심해, 데쓰."

아사히는 나뭇가지를 헤치며 뒤에 있던 데쓰에게 말했다. 여름이었지만 울창한 나뭇가지와 이파리가 햇살을 가린 탓에 스니커즈 바닥이 축축한 땅바닥에 주르륵 미끄러진다.

"리카가 묻힌 곳은…… 보자, 이 부근인데."

스마트폰으로 현재 위치를 확인한 뒤, 아사히는 전방을 가리켰다. 들풀이 흰색이나 보라색 꽃을 가련하게 피우고 있었다.

아사히는 식물에 대해 잘 모른다. 꽃 이름이 무엇인지도 모른다. 하지만 감상을 느꼈다.

—리카가 여기 묻혔을 때도 이 꽃들이 피어 있었을까.

그 아이가 산 채로 묻혀서 진흙이 목구멍까지 들어차 숨이 끊어졌을 그 때도.

"카메라 떨어뜨리지 마."

다시 한 번 데쓰에게 말을 걸고 아사히는 한 손으로 나뭇가지를 움켜쥔 채 짧은 비탈을 미끄러지듯 내려갔다. 키 큰 들풀에 맺혀 있던 이슬이 정강이까지 청바지를 적셨다.

아사히는 흠칫 놀랐다.

—발자국이다.

들풀을 헤치며 나아간 듯한 흔적이 뚜렷하게 남아 있었다. 데쓰를 향해 고개를 돌렸다.

"야, 여기 좀 찍어봐. 우리보다 전에 누가 왔나 본데."

여름 산으로 산책을 오는 사람은 그리 드물지 않다. 하지만 이 길은 하이킹이나 워킹을 즐기기에는 너무 험했다.

—방송국 스태프일까, 아니면 기자일까.

아니, 둘 다 아냐, 라고 생각했다. 방송 촬영이라면 훨씬 많은 발자국이 남아 있을 터. 그 뒤로 여러 번『주간 니치에이』의 후속 기사가 쓰였지만 오노데라만큼 깊게 파고든 기자가 또 있다는 말은 듣지 못했다.

그렇다면 누구인가.

뒤따라온 데쓰가 발자국을 찍기 시작했다.

"발자국을 보니 트래킹화네. 진흙에 자국이 뚜렷하게 남았어. 왕복한 것 같으니 어젯밤 아니면 어제 온 것 같고. 270에서 80 정도로 보이는데, 정확한 사이즈는 나중에 알아보자."

발자국을 밟지 않게끔 주의하며 따라가 보았다.

추적 끝에 펼쳐진 광경에 아사히는 짧게 소리를 질렀다.

들풀까지 함께 땅바닥을 원형으로 마구 짓밟아놓은 흔적이 있었다. 정확히 기노시타 리카가 생매장되었던 지점이다.

아사히는 온몸에 소름이 돋았다.

—제정신이 아냐.

이 녀석은 제정신이 아니다. 정상적인 인간이 아니다.

동영상을 보고 찾아온 구경꾼의 소행처럼 보이지는 않았다. 그 동영상을 보고 과거의 기사를 훑어본 정도로 정확한 유기 현장까지 알아낼 수는 없다.

이곳을 아는 사람은— 그리고 리카의 시신이 이미 없다는 것을 알면서도 이곳을 집요하게 모독할 인물은 하나밖에 없었다.

—범인이, 돌아왔다.

손이 떨렸다. 무의식적으로 주먹을 쥐었다.

데쓰가 카메라를 돌리며, "범인은 현장으로 돌아온다, 그거로군."하고 차갑게 말했다.

"다만 대부분의 범인은 '수사의 진척 상황을 알기 위해', '유류품이 없었는지 확인하기 위해' 등의 얄팍한 이유로 돌아오지. 그런데 이 녀석은 아닌 모양인데. 봐, 아사히."

데쓰가 오른손으로 가리킨 것을 본 아사히의 목에서는 경련이 일어났다. 신음소리가 새나올 것 같아 손으로 입을 막았다.

나무뿌리 근처에 정액이 묻어 있었다. 시간이 지난 탓인지 변색되어 있었지만 다른 체액과 헷갈릴 리 없었다.

이 자식, 여기서 자위했어. 아사히는 그렇게 생각했다.

이곳에서 리카를 떠올리고는 흥분해서 자위를 한 것이다.

"카메라 청소용 면봉으로 일단 채취해둘까. 시간도 꽤 지났고 야외에 방치되어 있었으니 DNA가 검출될지는 모르겠지만."

데쓰의 말투는 경멸로 차가워져 있었다.

2

집으로 돌아온 아사히는 세이지에게 정액에 대해 보고했다.

"이거, 경찰에 보내야 할까? 하지만 우리는 현경에 구두 주의를 받은 몸인데. 감사는커녕 되레 혼나기만 하겠지?"

"됐다. 아직 진범의 것이라 확정된 건 아니니까. 구경꾼이 거기까지 와서 자위하고 갔을 가능성도 아주 없는 건 아니고."

데쓰가 끼어들었다.

"지금은 DNA 감정을 맡아주는 민간 업자들도 있는데, 할아버지, 어떡할까요?"

"생각해봤는데…… 오노데라 기자한테 맡겨보려고 한다."

세이지는 대답했다. 아사히와 데쓰에게는 이미 오노데라를 소개한 바 있었다.

"마침 오늘 밤에 만나기로 했지. '도이 리쓰코를 찾아봐 달라'라고 그 녀석한테 부탁할 생각이었거든."

"아하, 가메이도 겐과 사귀었다는 여자 말이군요. '하다 설비'에서 사무원으로 일했다던" 하고 데쓰가 말했다.

"그래. 사귀었던 상대라면 그 녀석의 본래 모습을 가장 잘 알고 있었을 테니까. 부모 형제조차 몰랐던 모습 말이지. 양면성이 있는 남자는 대개 여자 앞에서는 본성을 드러내거든. 내가 맡았던 어떤 사건의 용의자는 모두에게 성인군자 소리를 듣는 남자였지만 불륜 상대 앞에서만큼은 부모나 처자식에게까지 보이지 않는 얼굴을 드러냈었지. 엄청나게 저질적인 변태 자식이었어."

"현재까지 가메이도 겐이 어린 소녀에게 관심을 보였다는 증언은 없어요. 하지만 도이 리쓰코는 자녀를 둔 엄마였죠. 그 아이들에게는 어떤 태도를 보여줬을지, 궁금하네요."

그렇게 맞장구를 치는 데쓰에게 옆에 있던 아사히가 말했다.

"이요 씨는 '아이들은 겐을 잘 따랐다'라고 했었지. 뭐, 그 사람은 당연히 가메이도한테 유리하게 증언할 테니 그렇다 치고, 가메이도처럼 거친 남자가 어린아이한테 상냥했다고 하니까 오히려 불순하게 느껴지는데……."

아사히는 그렇게 중얼거리며 데쓰를 쳐다보았다.

"너, 이요 씨하고 편지를 주고받고 있지? 그 사람, 어때 보여? 문장에서 전해지는 됨됨이 같은 건 어때?"

"나하고 닮은 사람이야."

데쓰는 즉답했다.

"처음에 예상한 대로 나와 공통점이 많아. 타인과 제대로 의사소통을 하지 못해. 마음을 허락한 상대에게는 딱 달라붙지만 나머지 사람들은 모두 공포의 대상으로 생각하지. 그리고 약자라 해서 무조건 착한 사람인 것도 아냐."

"야, 야."

아사히가 살짝 당황했다. 하지만 데쓰는 표정의 변화 없이 "사실이 그래. 물론 이 세상에는 완벽한 선인도, 악인도 존재하지 않지만 우리는 그중에서도 비겁한 인간이야. 공명정대하게 살아갈 수 있는 건 보통 스스로를 높게 평가하고 강한 사람이지. '우리'는 스스로에게 자신감이 없기 때문에 곧잘 거짓말을 하곤 해."라고 말했다.

"알 것도 같구나."

세이지가 동의했다.

"그래, 네가 보기엔 어떠냐. 이요 준이치는 거짓말에 능한 인간이니?"

"어설픈 사람이니 능숙하지는 않을 듯해요. 죄송합니다, 이렇게 말하니까 꼭 이요 씨가 거짓말쟁이라고 단정 짓는 것 같네요. 하지만 뭔가가 마음에 걸려요. 뭐랄까…… 가려운 곳에 손이 닿지 않는 느낌이라고나 할까요."

"그렇군."

세이지는 고개를 끄덕였다.

"실은 나도 이요 준이치가 뭔가를 숨기는 게 아닐까 생각했다. 계속 편지를 주고받으며 이요의 마음을 열어봐다오. 가능한 한 옛 이야기를 끄집어내서 말을 많이 하게 해 보거라. 정보가 많다고 문제 될 일은 없으니까."

세이지는 늘 가던 술집에서 오노데라와 얼굴을 마주했다.

오노데라는 지퍼가 달린 식품 보존용 비닐봉투에 든 면봉을 보물처럼 공손하게 받아들었다.

"확실히 받았어. 수령증을 쓰는 편이 나을까?"

"아니, 됐어. 믿으니까."

세이지는 손사래를 쳤다.

"참고로 사나에의 시신이 발견된 현장에서 정액의 흔적은 발견되지 않았어. 그렇다곤 해도 범인이 강가에서 자위하지 않았다는 확증도 없지. 뭐, 애초에 범인의 체액이라 확정된 것도 아니지만."

"그러니까 조사해봐야지. 그럼 이건 이대로 감사히 맡아두겠어."

오노데라는 비닐봉투를 가방에 집어넣고는 다시금 세이지에게로 고개를 돌렸다.

"낮에 『주간 니치에이』 편집장하고 상담했어. 이 면봉은 민간 DNA 감정기관에 의뢰해보려고. 문제의 스커트 및 일체를 맡긴 후로 경찰은 감감무소식이니까. 전철을 밟는 건 사양하겠어. 보나마나 한 소리 듣겠지만 높으신 분하고 부딪히는 게 무서우면 기자는 때려치워야지. 요즘 신문사는 너무 순한 양이 돼버렸어."

오노데라는 맥주를 한 모금 마시더니 "그럼, 면봉의 답례라 하긴 뭣하지만 나도 정보를 하나 바쳐볼까."하고 테이블 위에서 손깍지를 꼈다.

"이요의 아버지를 발견했어. 현재 82세. 지금은 오사카에서 생활보호를 받으며 시영 주택에서 혼자 살고 있는 모양이야. 몸 곳곳이 삐걱대기 시작한 듯하지만 정신은 아직 말짱하다는군."

"용케 찾아냈는걸."

세이지가 감탄하자 오노데라는 쓴웃음을 지었다.

"사실대로 말하자면 내가 찾아낸 건 아냐. 몇 년 전에 니치에이신보의 오사카 지사에서 고령자의 빈곤 문제를 특집으로 다룬 적이 있어. 그때 '아들은 사형수라 울타리 안에 있다 보니 아무도 의지할 사람이 없다'라며 투덜거렸던 노인을 당시의 기자가 기억하고 있었지."

"그랬군. 헌데 오사카라니, 멀구만."

"내가 가겠어."

오노데라가 말했다.

"어차피 『주간 니치에이』에 경비로 청구할 거니까 거기서 먹고 자면서 찬찬히 이야기를 들어보려고. 이래봬도 할머니 할아버지 상대는 자신 있거든. 돌아오거든 녹음한 파일을 들려줄 테니 기대나 하고 있어. 편집장이 친히 '팀 호시노'와 공동전선을 펼치라고 출발 신호까지 보냈는데 슬금슬금 눈치볼 필요는 없겠지."

맛있다는 듯 남은 맥주를 모두 들이키고는 히죽 웃었다.

"다음은 이런 싸구려 술집 말고 데스크의 금일봉으로 고깃집에 가자고."

"그래. 우리 손자들도 데리고 말이지."

"당연하지."

오노데라는 잘 손질된 이를 내보이고는 순식간에 진지한 얼굴로 돌아갔다.

"그래서, 시노 씨는 앞으로 어떡하게."

"리카의 시신을 처음으로 발견한 사람을 만나볼 예정이야."

세이지는 대답했다.

"산나물을 캐러 산으로 들어간 부부였지. 당시 남편은 60대, 아내는 50대였어. 남편 쪽은 세상을 떴지만 아내는 생존해 있고 유유자적하게 지낸다더군. 도치기 종합 텔레비전의 「장기 미제사건의 수수께끼를 추적한다」를 봐준 덕에 이야기가 빨리 진행돼서 다행이야."

기노시타 리카의 최초 발견자는 한적한 주택가의 단독주택에서 애견과 함께 살고 있었다.

세이지는 유명한 가게에서 산 케이크를 선물로 들고 아사히와 함께 찾아갔다. 할아버지의 편애일지도 모르지만 아사히는 꽤나 인물이 좋다. 순해 보이는 얼굴 덕분에 특히 나이 든 여성으로부터 반응이 좋았다.

"사건이 있은 지 벌써 30년도 더 됐다니. 어쩐지 믿기질 않아요."

뺨에 손을 대며 노인은 한숨을 내쉬었다.

단발로 가지런히 자른 새하얀 머리칼이 염색한 것보다 오히려 젊어 보였다. 애견인 토이푸들이 쉴 새 없이 거실을 뛰어다녔다. 낯선 손님에게 적잖이 흥분한 듯싶었다.

"그날은 아침 일찍 일어나서 산에 들어갔어요. 남편이 막 정년퇴직한 참이었거든요. 만날 심심해하기에 나물이나 같이 캐러 가자고 했죠. 설마 그런 일이 벌어질 줄은 꿈에도 몰랐답니다."

"처음에 시신을 발견하신 건 부군이셨군요?"

세이지는 조금 전 향을 올린 불단에 놓인 영정으로 시선을 돌렸다.

"네. 그 양반이 '족제비다!' 하고 소리를 쳤어요. '물리면 병에 걸리니까 도망쳐!'라면서요. 하지만 되레 족제비가 그 소리에 놀라 도망쳤죠. 물고 있던 먹잇감을 도망칠 때 떨어뜨렸어요. 그게……"

"시신의 일부였군요."

세이지가 말했다.

노인은 몸을 파르르 떨었다.

"처음에는 마네킹인 줄 알았어요. 산에 무단으로 버려두는 업자가 한때 화제였잖아요? 그래서 누가 인형을 버리고 갔나 했는데……. 남편이 '이거, 뭔가 이상한데?' 당신도 이리 와서 봐봐'라고 해서 무심코 다가가서 들여다보고 말았죠."

"마네킹과 사람 손은 질감이 전혀 다르니까요. 많이 놀라셨겠습니다."

세이지는 동정 어린 목소리로 말했다.

노인은 고개를 끄덕였다.

"놀라고말고요. 하지만 남편이 그 자리에서 주저앉아버리니 저는 오히려 냉정해졌답니다. 자세히 보니 어린애 손이지 뭐예요. ……세상에, 어떻게 감히 그런 짓을."

"그래서 경찰에 전화를 하셨군요."

"네. 하지만 그 당시는 아직 휴대폰이란 게 보급되기 전이잖아요. 그래서 남편을 부축하면서 다급히 산을 내려와 기슭에 있는 매점에서 전화를 빌렸어요. 그렇게까지 해가면서 신고를 했더니만 경찰은 말귀를 못 알아듣고 계속 되묻더라고요. '네? 어린애 손이요? 여자애 손이라고요? 예? 어디에 떨어져 있었다고요?' 하고 말이죠. 어찌나 짜증이 났는지 좀 제대로 된 사람 바꿔봐요! 하고 소리쳤답니다."

"이것 참, 제가 대신 사과를……."

세이지는 다급히 고개를 숙였다.

한편 아사히는 무릎에 뛰어오른 토이푸들을 쓰다듬고 있었다. 노인은 아사히와 애견을 흐뭇하게 바라보며 말했다.

"뭐, 다 지난 일이니까 괜찮아요. 하지만 그 뒤로도 고역이었어요. 계속 같은 질문만 하잖아요. 설마 범인으로 의심하는 건가 싶어서 기분이 영 안 좋았죠. 그런 주제에 정보는 하나도 안 가르쳐주고."

"죄송합니다."

세이지가 어깨를 움츠렸다.

"뭐, 이제는 다 지난 일이지만요."

노인은 그렇게 같은 말을 반복하고는 이런 말을 덧붙였다.

"그러고 보니 텔레비전 말고 댁들 영상도 봤어요."

개를 쓰다듬던 아사히의 손길이 멈췄다. 세이지 역시 순간적으로 말문이 막혔다.

당혹스러운 얼굴의 두 사람을 향해 노인은 유쾌하다는 듯 웃었다.

"휴대폰조차 들고 다니지 않았던 건 벌써 30년도 더 된 얘기예요. 요즘은 팔순 할머니도 스마트폰으로 동영상 정도는 본답니다. 댁들은 본인들이 생각하는 것보다 훨씬 유명인이라고요."

"그, 그거 감사합니다."

세이지는 헛기침을 했다.

아사히는 몸을 앞으로 내밀며 말했다.

"저어, 그러시다면 마침 잘 됐네요. 실은 카메라맨이 밖에서 대기하고 있는데, 안으로 들어오게 해도 될까요. 물론 얼굴은 찍지 않을게요. 원하신다면 목소리도 변조해서 사생활은 지켜드리겠습니다."

"목소리는 이대로 내도 괜찮아요. 우리 애도 찍어도 되고."

노인은 시원시원한 얼굴로 '우리 애', 다시 말해 애견을 끌어안았다.

"호의에 감사드립니다."

세이지는 인사를 하고는 퍼뜩 고개를 들었다.

"그건 그렇고, 여자아이라는 건 어떻게 아셨나요."

"네?"

노인은 어리둥절해했다.

"조금 전에 말씀하셨잖습니까. 신고할 때 '여자애 손'이라 하셔서 수화기에서 경찰이 되물었다고요. 여자아이라는 건 어떻게 아셨습니까."

"아……, 그러게, 어떻게 알았을까."

노인은 잠시 허공을 이리저리 살피더니 "그래, 맞아" 하며 무릎을 때렸다.

"생각났어. 손톱이 깨끗했어요."

"손톱이요?"

"네, 손톱. 다섯 손가락이 모두 반질반질했거든요."

"매니큐어를 칠했다는 뜻인가요?"

아사히가 물었다.

노인은 고개를 저었다.

"아니, 손톱 손질 말이에요. 손톱 줄로 다듬는 건데, 요즘 아이들은 잘 모르나보네. 사포나 유리 줄로 다듬으면 아무것도 안 발라도 손톱이 반질반질해지거든요."

세이지는 아사히와 시선을 주고받았다.

—조서에는, 없었다.

없었을 터였다. 적어도 세이지는 본 적이 없다.

기노시타 리카는 당시 8세였다. 물론 부친에게 확인해야겠지만 손톱을 꼼꼼하게 손질할 만한 나이도 아니었고, 딱히 조숙한 아이도 아니었다.

"그 말씀, 카메라 앞에서도 해주시겠어요?"

아사히가 힘주어 말했다.

3

오노데라는 오사카에서 1박한 후 돌아왔다.

"그쪽은 먹거리가 맛있어서 하룻밤 더 묵고 싶었는데. 뭐, 이번에는 그렇게 태평하게 있을 상황이 아니니까. 변변한 수확도 없었고."

세이지의 집을 방문해 아사히의 방으로 안내를 받은 오노데라는 그렇게 말하며 이마를 문질렀다.

아이스박스에서 꺼낸 우롱차를 건네받은 오노데라는 "이요의 아버지는 제 알 바 아니라는 투였어. '기자 양반, 자식은 낳아봤자 돈 낭비야. 어릴 때는 귀찮게만 허구, 다 컸나 싶었더니만 사람을 죽여서 애비 얼굴에 먹칠이나 허구 말이지. 돈이라도 보내주는 기특한 자식 놈이었음 얼마나 좋아'라면서." 하고 간사이 억양을 흉내 내며 말했다.

"이요 준이치에게는 요만큼의 애정도 없는 것 같더군. '어미가 어리광을 다 받아주니까 그리 커버린 게야. 실실거릴 줄만 알지 인사도 제대로 못하더라고. 공부도 운동도 죄다 젬병이라 일이라도 가르쳐야겠다 싶어서 데리구 다니면서 일을 했지. 하지만 다 부질없었어. 머리도 나쁘고 만날 실수만 하지, 손님한테 싹싹하게 굴지도 못 하지. 어쩌자고 그런 게 태어났나 몰라' 라던데. 나 참, 그게 부모가 할 소린가."

"부친은 이요 씨가 14세 때 실종됐지?"

세이지가 끼어들었다.

"맞아. 아들을 집에 남겨두고 일이다 뭐다 전부 내팽개친 채 도망쳤어. 듣자 하니 어릴 때부터 도피벽이 있었던 모양이야. 상습적으로 집을 나가서는 일주일 쯤 지나면 훌쩍 돌아오곤 했다고 했어. '나중에는 부모도 안 찾더라구'라면서 웃더라니까.

아무튼 그렇게 아들인 이요를 버린 후에도 그 인간은 훌쩍 자취를 감추고는 방랑을 거듭하다 40대에는 거의 노숙자 신세가 됐던 모양이야. 아들이 일으킨 사건에 대해서는 '관청 신세를 졌을 때 인편으로 들었지. 뉴스 같은 건 아예 안 보니까 잘 몰라'라더군. 어처구니가 없지. 완전히 남남이더라고."

오노데라는 복장이 터진다는 듯 말하고는 우롱차를 들이켰다.

"다만 한 가지, 걸리는 점이 있었어."

"뭔데?"

"사건에 대해 어떻게 생각하느냐고 물었거든. 아들이 억울하다고는 생각지 않느냐. 그랬더니 그 영감, 웃으며 이러지 뭐야. '주범이라 한다면 말도 안 된다구 허겠지. 그 놈은 그런 대단한 짓 못해. 하지만 주범은 따로 있고 그 놈은 그냥 따라간 거라며? 그렇다면 그럴 만도 허지. 그런 적, 몇 번인가 있었으니까'라고."

"호오?"

"영감의 말에 따르면, '그 놈은 학교도 제대로 안 다녔잖아. 친구가 없으니 몹쓸 놈들한테 알랑거리기까지 하면서 빌붙으려구 했다니까. 녀석들은 도둑질을 할 때 망을 보게 하거나, 들치기를 할 때 미끼 노릇을 시킨 모양이야. 못된 놈들이 여자애를 희롱하려다 생채기를 냈을 때도 그 자리에 있었다지'라고 하더군."

—못된 놈들이 여자애를 희롱하려다.

"아동 성추행 전력이 있다는 뜻인가."

세이지는 눈살을 찌푸렸다. 그러고 보니 집주인의 손자도 "이요는 여동생의 다리를 빤히 보고 있었다"라고 말했다.

"이요 본인은 '여자애한테 몹쓸 짓을 하는지는 몰랐다. 그저 누가 오지 못하게 보고 있으라는 말을 들었을 뿐이다'라고 진술했던 모양이야. 영감이 말하길, '그때는 거짓말인 줄 몰랐지. 하지만 처음이 어렵지, 그 다음부터는 쉽잖어. 그래서 사건 얘기를 들었을 때두 놀라지는 않았지. 그 놈은 좋은 쪽으로든 나쁜 쪽으로든 금방 물드는 놈이었거든. 저 스스로 생각할 줄을 모른다니까'라고 하더라고"

"네 생각은 어떠냐."

세이지는 곁눈질로 아사히를 살폈다.

"우리 활동에는 불리한 정보다. 영상에 넣어야 한다고 생각하니?"

"할아버지는 어떤데."

아사히의 말꼬리가 살짝 떨렸다. 세이지는 대답했다.

"나는 개인적으로 이것도 영상에 넣어야 한다고 본다. 되도록 공평하게 가야지. 무죄가 확실하다는 믿음에 정보를 조작했다간 그야말로 주객전도니까."

"알았어. 그렇게 하자."

아사히는 고개를 끄덕였다. 그리고 옆자리의 데쓰를 쳐다보았다.

"나하고 데쓰는 슬슬 이요 씨의 편지를 영상으로 만들어야 할지 의논하던 참이었어. 데쓰가 보낸 편지가 여섯 통, 이요 씨의 답장이 다섯 통까지 쌓였으니까."

"공개해도 되겠니."

세이지는 데쓰에게 물었다.

"처음에 이요 씨한테 동의를 받았어요. 개인의 이름 등은 가명을 쓸 예정이지만요."

"우리가 먼저 봐도 될까."

"그러세요."

데쓰는 고개를 끄덕인 뒤, "다만 '옛 이야기를 끄집어내서 마음을 열어보라'는 지시에 따르느라 사건에 대한 이야기까지는 도달하지 못했어요. 저나 이요 씨나 어머니에 관한 이야기가 많았죠."라고 말했다.

이시바시 데쓰의 어머니는 이요 준이치의 어머니와 마찬가지로 요절했다. 하지만 아버지밖에 없었던 이요와는 달리 데쓰에게는 고모인 하쓰카가 있었다. 결혼은 물론 취직도 않고 사랑하는 오빠에게 온힘을 쏟기 위해 지금도 이시바시 집안에서 살고 있는 여성이었다.

"이요 씨는 어머니 얘기가 나오면 말이 많아져요."

데쓰는 억양 없는 말투로 말했다.

"마더 콤플렉스라는 표현을 안일하게 사용하기는 싫지만 이요 씨 본인도

'나는 마더 콤플렉스다'라고 인정했죠. 어렸을 때는 꽤나 어머니와 딱 붙어서 지냈던 모양이에요. 그 점이 저와는 다른 부분이죠. 저는 어머니의 얼굴도 어렴풋하게 기억할 뿐이니까."

데쓰는 가방을 뒤져서 봉투 다발을 꺼냈다.

반듯하게 겹쳐서 더블 클립으로 고정해놓았다.

"편지는 당연히 검열을 받아요. 그래도 생각했던 것만큼 제한이 빡빡하지는 않은 것 같던데요. 그리고 한 가지 좋은 소식이 있어요."

데쓰는 어쩐 일로 미소를 띠며 말했다.

"조금 전 오노데라 씨의 정보에 대한 반론이 될 텐데, 이요 씨의 취향은 풍만한 중년 여성이라고 해요. '그야말로 어머니를 연상케 하는, 모든 걸 감싸 안아줄 듯한 후덕한 여성이 아니면 마음이 동하지 않는다. 겐과는 취향이 엇갈렸기 때문에 여자 일로는 다툴 일이 없었다'라고 세 번째 편지에 쓰여 있었어요."

"그렇군."

세이지는 짧게 말했다. 표정으로 드러내지는 않았지만 내심 안심했다.

말은 그렇게 했지만 역시나 이요와 가메이도에게 불리한 정보는 반갑지 않다. 본인의 변에 불과하다고는 하지만 부정한다니 역시나 마음이 놓였다.

"나중에 찬찬히 읽어보겠지만 특히 주의해서 읽어야 할 점이라도 있니?"

세이지의 물음에 데쓰는 손가락으로 안경을 밀어 올렸다.

"글쎄요. 일단 어머니에 관한 이야기에서 이요 씨의 성장 과정을 엿볼 수 있다는 점이겠죠. 이요 씨의 어머니는 시설과 자택을 왕복하면서 15세 때 이요 씨를 임신했어요. 이요 씨의 어머니도 학교는 거의 나가지 않았다 보니 동갑내기 친구가 없는 고독한 몸이었어요. 상대해주는 사람은 몸을 노린 남자들뿐이었죠. 그분은 의도적으로 어린 이요 씨가 책을, 아니, 문자를 접하지 못하게 한 구석이 있어요."

"이요 준이치는 초등학교에 들어가자마자 학업에 뒤처졌다더군. 다른 아이들은 유치원이나 보육원에서 하다못해 글자는 배우니까. 시작점에서부터 큰 차이가 났겠지."

"이요 씨는 같은 반 아이에게 괴롭힘을 당해 등교를 거부했고, 어머니는 '안 가도 돼'라고 선뜻 허락했다고 해요. 제 생각에 이 일련의 흐름은 모두 어머니의 노림수가 아니었을까 싶어요.

이요 씨의 어머니는 아들인 이요 씨를 낳고 비로소 고독에서 벗어났어요. 보상 없이 곁에 있어줄 유일한 존재를 손에 넣은 거죠. 그분이 바란 건 모자 둘만의 밀실 같은 세계였어요. 아들의 의식 수준이 넓어지지 않게끔 의도적으로 교육에 태만했다. 이건 일종의 학대예요. 공적인 검사 결과 이요 씨의 지능은 정상 수치였어요. 오랫동안 무능력자 취급을 받았던 건 유년기의 부적절한 양육 방식 탓이었죠."

힘주어 그렇게 말한 뒤, 데쓰는 목소리를 떨궜다.

"—편지에는 하쓰카 씨…… 제 고모에 대해 언급하는 부분도 있어요. 죄송하지만 영상에서 그 부분은 편집할게요."

"상관없다."

세이지는 고개를 끄덕였다.

데쓰는 굳은 얼굴로 재차 말했다.

"죄송합니다."

"괜찮대도."

세이지는 가볍게 손사래를 쳤다.

"그보다, 다음으로 짚고 넘어가야 할 점은?"

"다음으로는 가메이도와 처음으로 만났을 때 받은 인상이겠죠. 가메이도는 좌우지간 입이 험한 사람이었던 모양이에요. '처음에는 얼굴을 맞댈 때마다 태도가 달라져서 무척 당황했다'라고 쓰여 있었어요."

"가메이도를 만난 사람은 대부분 그의 양면성에 당황하는 모양이더군."

"맞아요."

데쓰는 동의했다.

"맞긴 한데, 뭐랄까— 뭐라고 하면 좋으려나. 이요 씨의 편지를 읽어보면 뭔가가 마음에 걸려요. 죄송해요. 이 점에 대해서는 아직 제대로 말씀을 못 드리겠네요. 할아버지도 읽어보세요."

"그러마."

세이지는 고개를 끄덕이며 오노데라를 향해 고개를 돌렸다.

"자네한테는 편지 복사본을 보내주지. 나중에 아사히한테 편의점에 가서 복사를 하라고 할 테니까. 자, 우리는 리카의 시신을 처음으로 발견한 사람을 만나고 왔는데 말이지—"

그리고는 오노데라에게 한바탕 설명을 마쳤다.

이야기를 모두 들은 오노데라는 책상다리에서 다리 위치를 바꾸었다.

"손톱이 손질되어 있었다는 말이지. 여성이 아니면 모를 관점이로군."

"니치에이신보로 보내온 발톱은 어땠나요." 아사히가 물었다.

오노데라는 고개를 저었다.

"그게 말이지, 나도 실물은 못 봤어. 사진으로는 확인했지만 오래된 데다 누렇게 떴다 보니 다듬었는지 어땠는지는 전혀 모르겠더라고."

"30년 전 조서에는 왜 기록이 없었을까요. 현장의 수사관이 놓친 걸까요?"

데쓰가 무표정하게 물었다.

"놓쳤……을지도 모르지."

세이지는 어렵사리 입을 뗐다.

"변명처럼 들리겠지만 경찰이란 좋든 나쁘든 남성 사회야. 30년 전은 지금보다 그런 경향이 더 강했단다. 기타미노베 사건과 거의 같은 시기에 도쿄와 사이타마에서 발생한 '미야자키 쓰토무 사건'은 너희들도 알고 있지? 마찬가지로 어린 소녀를 대상으로 한 연쇄살인사건 말이다."

"개요는 알아요."

데쓰가 말했다.

세이지는 말을 이어나갔다.

"미야자키는 '이마다 유코'라는 여자 이름을 써서 신문사 앞으로 범행 성명서를 보냈지. 불의의 사고로 아이를 잃은 주부를 가장한 문서로, 모든 문장이 여자 말투로 통일되어 있었어. 수사관도 처음에는 정말로 여자가 쓴 성명문이라 믿을 뻔했지. 하지만 한 여성 수사관이 '이건 남자의 글이다'라고 이의를 제기했어.

근거는 성명서 안에 여러 번 등장하는 '구겨진 팬티'라는 단어였다. 그 여성 수사관은 '아직 나이도 어린 소녀의 속옷을 말할 때 일반적인 여성이라면 팬티라는 성적인 단어는 쓰지 않는다. 기껏해야 속옷이라 표현한다. 구겨진 팬티를 집요하게 언급하는 이 성명문은 여자아이를 성적 대상으로 간주하는 남성이 쓴 글이다'라고 주장했지. 그리고 그 주장은 옳았어."

잠시 말을 끊은 뒤, 세이지는 모두를 둘러보았다.

"말하자면 이런 거다. 속옷의 명칭과 마찬가지로 손발톱이 정돈되어 있었는지 아닌지는 당시 수사관 대부분이 알아보지 못했던 거지. 미야자키 사건 때는 마침 여성 수사관의 의견이 받아들여졌지만 내가 알기로는 드문 사례야. 조서에 없었다 하더라도 그건 단순히 눈치채지 못했기 때문이겠지. 수사관의 고의는 아닐 게다."

"……사나에의 시신에서 손은 어땠을까."

오노데라가 중얼거리듯 말했다.

"그 얘기도 조서에는 없었나."

"없었지. 하지만 기노시타 씨에게 물어보니 리카에게 손발톱을 손질하는 습관은 없었다고 하더군. 야나세 구미코 씨한테도 연락했어. 그쪽도 '딸이 손발톱에 매니큐어를 바르거나 손질한 적은 없었다'라고 증언했고."

"그럼, …."

—그럼, 대체 누가.

짧은 침묵 이후, 오노데라가 몸을 일으켰다.

"이럴 때가 아니지. 난 돌아가서 편집장과 작전을 다시 짜야겠어. 시노 씨, 댁은 후쿠나가 쪽 스태프하고 만나보는 편이 좋을 거야. 그 녀석들, '팀 호시노'에 협력하고 싶어서 근질근질한 모양이니까."

4

그 무렵, 도치기 종합 텔레비전의 후쿠나가는 가메이도 겐의 사촌형과 인터뷰를 하는 데 성공했다.

30년 전부터 가메이도의 무죄를 믿고 있었다던 그는, "그 녀석이 어린 여자아이를 폭행하다니, 말도 안 됩니다. 그 녀석은 그런 녀석이 아니에요. 반대라고요, 반대."라고 거칠게 콧김을 내뿜으며 그렇게 단언했다.

인터뷰어가 "반대라니, 무슨 뜻인가요?"라고 물었다.

사촌형은 살짝 머뭇거리다, "좋습니다. 벌써 시효가 지났으니 그냥 말해 버릴랍니다."하고 각오를 굳힌 듯 말했다.

"이건 가문의 수치입니다만…… 스님을 모시고 재를 올리던 날에 어떤 친척이 술이 들어가자마자 상스럽게 제 자랑을 늘어놓기 시작하더군요. 겐 그 녀석은 취직해서 나가 살고 있었지만 재를 올리러 돌아온 참이었어요. 그런 겐의 눈앞에서 그 친척이 '방콕에서 털도 안 난 열 살쯤 된 소녀를 샀다'라며 자랑하기 시작했죠. 요즘 젊은이들은 말도 안 된다고 하겠지만 1980년대에는 그런 '동남아시아 집단 매춘 투어'가 사회문제까지 됐을 정도였거든요. 문 하나를 사이에 두고 자기 마누라가 부엌일을 하고 있는데 그 친척은 '요금을 1.5배로 내면 열 살 미만의 아이도 살 수 있다. 때마침 가진 돈이 적었다 보니 참 아쉽다'. '일행은 자매를 한꺼번에 샀다. 다음은 나도 그래야지' 하며 의기양양하게 떠들어댔죠. 토악질이 나더군요. 하지만 저는 잠자코 있었습니다. 어차피 무슨 소리를 하든 소용없다는 걸 알고 있었고, 뭣보다 괜한 분란을 일으키기 싫었거든요.

하지만 겐은 달랐어요. 그 녀석은 '부끄러운 줄 알라'라며 얼굴이 새빨개지도록 화를 내더니 '딸도 있는 놈이 어떻게 그런 짓을 할 수 있느냐'라면서 친척을 두들겨 팼죠. 그 녀석은 화가 나면 걷잡을 수 없어지거든요. 끝내는 무슨 말을 하는지도 못 알아들을 정도로 막무가내로 변해버립니다.

저는 그 녀석을 뒤에서 붙들고 말렸습니다. 하지만 친척을 감싸려던 건 아니에요. 만에 하나라도 겐이 고소를 당하면 안 되니까 그랬죠. 그 녀석은 확실히 거칠고 입이 험했어요. 하지만 정신은 똑바로 박힌 녀석이었습니다. 어린아이를 좋아했고, 어린아이를 위해 화를 낼 줄 아는 녀석이었어요."

사촌형의 어깨가 축 처졌다.

인터뷰어가 말했다.

"형님 분께서는 가메이도 겐 씨를 인간적으로 좋아하셨군요."

"네, 그렇죠. 맞습니다."

"그럼 그분의 가족은 어떠셨나요. 자주 문제를 일으키는 가메이도 씨를 어떻게 대했던가요."

"가족이라…… 글쎄요. 숙부님 가족은 확실히 버거워했습니다."

사촌형은 거북하다는 듯이 말했다.

"그 녀석은 쌍둥이 중에서도 동생이었으니까 불길하다느니 뭐라느니 해서 학교에 들어가기 전까지는 조부모님께 맡겨져 있었어요. 저도 부모님이 맞벌이를 하셔서 마찬가지로 조부모님 집에 얹혀살고 있었다 보니 거기서 친해졌죠.

녀석은 여섯 살이 되어서야 부모님 곁으로 돌아갈 수 있었지만 부모님한테도 형제들한테도 정을 붙이지 못했습니다. 형제들은 그 녀석과는 정반대로 우등생이었다 보니 거칠고 악동이었던 겐은 가족 안에서 홀로 붕 떠 있었어요."

"특히 어머님께서 멀리했다는 소문이 있던데, 어땠나요?"

"소문이 아닙니다. 사실이에요."

사촌형은 단언했다.

"낳자마자 바로 헤어졌으니 그럴 만도 하죠. 숙모님 입장에서 보면 시부모한테 빼앗긴 아이라는 의식이 강했던 모양입니다. 게다가 겐은 숙모님의 죽은 남동생과 많이 닮았다고 했어요. '꼴 보기 싫었던 남동생과 꼭 빼닮았다', '아무데나 침을 뱉고, 험한 말만 쓰는 점이 판박이다. 소름이 끼친다'라면서 멀리했죠. 뭐, 그 동생이 반평생 민폐를 끼쳤다고 하니 숙모님이 동생 본인을 싫어하는 건 무리도 아닙니다. 하지만 겐 그 녀석이 동생은 아니잖습니까. 아무리 그래도 그렇게까지 싫어하다니……."

그는 자신의 일처럼 처연하게 말했다.

인터뷰어는 질문을 이어나갔다.

"가메이도 씨는 중학교를 졸업한 후 진학하지 않고 18세가 되고 난 뒤로 집을 나왔죠. 그 이후로 가족과의 관계는 어떻게 됐습니까."

"집을 나가고 한동안은 그럭저럭 괜찮았어요. 가족과 함께 살 때보다는 화목하지 않았을까요. 숙모님은 나 몰라라 했지만 숙부님이나 형제와는 서로 한 발씩 접어주곤 했죠. 겐의 말투도 조금은 정상으로 돌아왔고요. 뭐, 그런 밀월은 5년도 못 갔지만요."

"무슨 일이라도 있었나요."

"사고였어요."

사촌형은 말했다.

“한창 놀다가 겐 그 녀석이 조카한테…… 고의 자식한테 상처를 입히고 만 겁니다. 가족은 격분했고, 그 후로는 완전히 연이 끊어졌죠. 겐이 아무리 사과를 해도 숙모님은 용서하지 않았어요. 그 일을 계기로 겐의 난폭한 말투도 다시 도져버렸고…….”

“그럼 사건이 일어날 때까지 가족 관계는 줄곧 파탄 상태였다는 말이군요?”

“일어난 뒤로도 그렇죠. 제가 알기로 그 가족이 구치소로 면회를 간 적은 없습니다. 편지조차 쓰지 않았을 겁니다. 게다가 매스컴을 피하기 위해 직장도 바꾸고 두 번이나 이사를 했죠. 그 사람들 앞에서는 겐 이야기를 입에 올리는 것조차 금기였어요. 그 사실은 아직까지 변함이 없습니다.”

“저희도 형님이신 고 씨와 누님인 게이코 씨에게 취재를 요청했지만 두 분 모두에게 거절당했습니다. 두 분 모두 지금은 가메이도 성을 쓰지 않는다 하시더군요. 게이코 씨는 결혼하셨으니 당연하지만 고 씨는 사건 이후로 아내의 성으로 바꿨다고요. 두 분 모두, 동생을 어떻게 생각하고 계실까요. 역시나 원망하고 있을까요.”

“부정은 못하겠네요. 그 사건이 한 가족, 아니, 한 집안 모두의 인생을 크게 바꿔놓은 건 사실이니…….”

사촌형은 그렇게 말한 뒤, “겐이 의심을 산 것도, 회사에서 해고당한 것도 원인을 따지자면 그 녀석 스스로의 언동 탓입니다. 하지만요, 제 생각은 그래요. 부모가 조금만 더 그 녀석을 사랑하고 소중하게 대해줬더라면, 뭔가가 달라지지 않았을까 하고요. 하다못해 부모 곁으로 돌려보내진 후로 가족의 일원으로서 제대로 대해줬더라면—. 뭐, 때 늦은 푸념이긴 합니다만."하고 한숨을 내쉬었다.

5

후쿠나가가 기획한 방송인「르포 · 기타미노베군 여아 연쇄살인사건. 진범의 출현? 30년 전 사건의 갑작스러운 전개. 과연 옥사한 사형수는 누명을 쓴 것일까」는 후쿠나가의 주도에 따라「장기 미제사건의 수수께끼를 추적한다」의 속편으로 제작되었다.

기획이 표류하지 않았던 것은 한 마디로 말해 니치에이신보로 날아든 괴문서 덕분이었다. 그 문서 덕분에, "좋아, 여론이 식기 전에 방영하자고." 라며 상부에서 승인을 내린 것이다.

「르포 · 기타미노베군 여아 연쇄살인사건」은 니치에이신보에 소포가 보내진 장면에서 시작되었다.

소포에는 여자아이용 스커트와 오래된 발톱, 치아 조각이 들어 있었다—라고 각각의 이미지가 영상에 비춰졌다.

이어서 내레이션이 "발톱은 왼발 가운뎃발가락에서 벗겨진 것으로 추정되며, 치아는 부러진 제2 대구치였다. 모두 크기나 마모된 정도로 보아 5세에서 10세 아동의 것"이라 설명했다.

다음은 기노시타 가즈키가 아사히 앞으로 보낸 메일로,

'니치에이신보로 보내진 그 스커트는 리카의 스커트가 맞다. 그 아이가 아끼던 점퍼스커트다. 뒤에서 보면 어깨끈이 특이하게 생겼다. 내가 사줬으니 확실하다.'

라는 문면이 확대되면서 성우의 목소리가 덧씌워졌다.

극적인 음악과 함께 「르포 · 기타미노베군 여아 연쇄살인사건. 진범의 출현? 30년 전 사건의 갑작스러운 전개. 과연 옥사한 사형수는 누명을 쓴 것일까」라는 제목이 화면 가득 표시되었다.

이 방송은 오후 4시부터 5시, 평소대로라면 정보 방송이 방영될 시간대에 억지로 편성되었다.

광고를 제외하면 약 70분짜리 방송이었다.

초반 15분은 기타미노베군 여아 연쇄살인사건의 사건 개요에 사용되었고, 나머지 55분은 '팀 호시노'의 수사 과정을 한데 모아 편집한 영상이었다.

이시바시 데쓰가 제작해 이미 인터넷으로 확산된 영상이 두루 사용되었다. 그 사실이 줄곧 하얀 자막으로 화면 하단에 표시되었고, 아사히가 올린 인터넷 만화나 트위터 계정도 고스란히 방송을 탔다.

"이 시간대의 주된 시청자는 주부와 노인입니다."

후쿠나가는 세 사람에게 말했다.

"10대부터 40대는 인터넷 세대지만 그 윗세대한테 주요 매체는 아직 텔레비전이니까요. 이번에 어필할 대상은 바로 그 세대입니다. 주부가 저녁 준비를 하는 틈틈이 시청하는 것까지 예상해서 가능한 한 이해하기 쉽게 만들 겁니다. 그걸 위해서라도 아사히 군과 네쓰 군의 활동을 전면에 내세우게 해주십시오. 그 세대는 '앞만 보고 달려가는 정의로운 젊은이'라는 인물상을 무척 좋아하거든요."

"딱히 정의를 위한 건 아닌데……."

아사히는 쓴웃음을 지었다.

"저도 저를 위해서 하고 있을 뿐입니다."

데쓰가 동의했다.

후쿠나가는 "상관없어" 하고 고개를 끄덕였다.

"두 사람은 하던 대로 하면 돼. 시청자가 알아서 자네들을 기존의 인물상에 끼워 맞춰서 해석할 테니까. 그저 반발하지 말고, '그건 그거고 우린 우리다' 라고 받아들여주면 좋겠어."

방송은 '가메이도 사형수의 옥사 기사를 읽고 지난날의 의혹이 되살아난 전직 노형사', '손자와의 공동 전선', '손자 친구의 협력', '전직 노형사가 예전에 알고 지내던 기자, 방송국 관계자의 참전'의 순서로 진행되었다. 그리고 데쓰가 제작한 영상을 중심으로 수사의 총정리에 들어갔다.

데쓰의 영상은 선정적으로 비치지 않게끔 의도적으로 채도가 낮춰져 있었다.

하지만 후쿠나가는 음악을 효과적으로 이용해 요소요소에서 시청자의 눈을 잡아끌어 깊은 인상을 남겼다. 꽤나 극적인 편집이었다.

"과연, 이러면 드문드문 보더라도 내용은 이해할 수 있겠네요."

데쓰는 담담하게 인정했다.

세이지는 비스듬히 뒤쪽에 서서 그런 그를 바라보았다.

복장은 아직도 티셔츠에 운동복 차림이었지만 데쓰는 자라는 대로 내버려두었던 머리를 깎고, 아무렇게나 기른 수염도 정리했다. 안경테도 아사히의 조언을 듣고 유행에 맞게 바꾸었다. 본래 장신에 호리호리한 체격이었기에 겉모습은 결코 나쁘지 않았다.

마지막으로 방송은 경찰로부터 구두 주의가 들어온 사실을 전하며, “하지만 수사가 중단되지는 않을 것이다. 권력이라는 벽이 가로막더라도 전직 노형사의 도전은 계속된다—”라는 내레이션으로 마무리되었다.

“……어이구, 이건 조금 낯간지럽지 않을까요.”

세이지는 쓴웃음을 지었다.

“권력에 도전하다니, 우리한테 그렇게 거창한 생각은 없어요.”

“압니다. 하지만 텔레비전에서는 어느 정도 과장도 필요하거든요. 이 정도는 봐주십쇼.”

후쿠나가는 고개를 조아린 뒤, 아사히와 데쓰를 보며 히죽 웃었다.

“자네 같은 젊은이들은 ‘텔레비전은 시대에 뒤처졌다. 이제는 나이 든 사람들밖에 안 본다’라며 비웃을 테지. 하지만 장년층이 지닌 입소문의 힘은 그렇게 만만하지 않아. 인터넷의 확산력, 텔레비전의 확산력, 그리고 장년층과 주부들의 입소문—. 이 세 가지가 합쳐지면 얼마나 빠르게 사람들의 입에 오르내리게 될지, 끝까지 잘 지켜보라고.”

후쿠나가의 말이 맞았다.

「르포 · 기타미노베군 여아 연쇄살인사건」이 방영된 그날 밤부터 세이지의 휴대폰은 벨소리가 끊이지를 않았다. 집 전화도 마찬가지였다.

미카코는 화를 내면서도 어처구니가 없다는 듯,

“왜 숨기고 있었어!”

"어쩌자고 그런 위험한 짓을!"

하고 세이지와 아사히에게 교대로 호통을 쳤다.

세이지가 고개를 숙이고 남편이 어르고 달래자 미카코가 마지못해 창끝을 거둔 것은 밤 11시였다. 한숨 돌린 세이지가 산책을 나가 편의점으로 한 걸음 내딛자마자,

"어, 저 사람, 그거 아냐?"

"나도 봤어. 전직 형사잖아."

하고 고등학생으로 보이는 두 명에게 손가락질을 당한 것이 11시 반의 일이었다.

몸을 움츠린 채 홍차와 캔 콜라를 장바구니에 담아 계산대로 가져갔다.

"앗!"

이번에는 점원이 눈을 동그랗게 떴다.

당황스럽게도 악수 요청까지 받게 된 세이지는 허둥지둥 도망치듯 돌아갔다.

날짜가 바뀔 무렵, 특별 방송 「르포 · 기타미노베군 여아 연쇄살인사건」이 무료 동영상 공유 사이트에 올라왔다.

알아차린 것은 아사히였다.

아사히는 데쓰, 후쿠나가와 상의한 결과 삭제 요청은 하지 않기로 결정했다. 저작권 보호를 운운하기보다 '더 많은 사람들에게 노출되고 알려지는' 쪽을 택한 것이었다.

지금까지 업로드한 데쓰의 영상은 다시 한 번 조회 수가 껑충 뛰었다.

「르포 · 기타미노베군 여아 연쇄살인사건」은 저녁 방송이었지만 6.8퍼센트의 시청률로 선전했다. 후속 프로그램이 인기 드라마의 재방송이었으며 공영 방송의 프로그램은 평균 시청률 4퍼센트임을 고려하면 상당한 수치였다.

하지만 숫자 이상으로 전화나 메일로 날아드는 반응이 더 컸다.

"짜고 치는 연극 아닌가."

"어디까지 진실이냐. 모두 방송국에서 기획한 게 아니냐."

"만약 누명을 쓴 거라면 용서할 수 없다. 옥사한 사형수의 목숨은 돌아오지 않는다. 국가적 범죄라 해도 마땅하다."

"전직 노형사의 수사 과정을 앞으로도 빠짐없이 알고 싶다. 이렇게 어중간한 부분에서 방송을 끊지는 말았으면 좋겠다."

도치기 종합 텔레비전은 이러한 반응을 중시해 「르포 · 기타미노베군 여아 연쇄살인사건」의 재방송을 결정했다.

텔레비전의 시청률이 높은 시간대는 일반적으로 아침 7시부터 8시, 저녁 7시부터 11시였다. 당연히 이 시간대에 편성할 수는 없었지만 후쿠나가는 막무가내로 밀어붙여 아침 10시대와 저녁 6시대를 따냈고, 두 번에 걸쳐 재방송을 내보냈다.

결과적으로 아침 10시대는 9퍼센트, 저녁 6시대는 12퍼센트를 기록했다.

저녁 7시의 골든타임에도 두 자리를 넘기기 어려운 요즘 세상에 12퍼센트는 대단한 수치였다.

지난번과 마찬가지로 방송국으로는 감탄, 비판, 찬사가 가지각색으로 날아들었다.

대부분은 50대 이상의 의견으로,

"사건이 기억난다. 피해자가 딸과 동년배여서 무서웠다."

"범인이 체포되었다는 건 기억하지만 그 뒤로 어떻게 됐는지 몰랐다. 설마 누명을 썼을지도 모른다니."

"만약 누명을 쓴 거라면 돌이킬 방법이 없다."

등의 의견이 쏟아졌다.

6시대에 재방송을 방영한 날로부터 일주일 후, 후쿠나가는 세이지의 휴대폰에 부재중 전화 메시지를 남겼다.

"긴급회의 결과, 「르포 · 기타미노베군 여아 연쇄살인사건」의 연속 방영이 결정됐습니다. 방송 시간은 매주 목요일, 심야 1시입니다. 이 건에 관해서는 아사히 군과 데쓰 군에게 본격적으로 공동 전선을 취하고 싶다고 전해주십시오. 특히 데쓰 군의 영상 구성과 연출을 돕고 싶습니다."

후쿠나가 본인이 세이지의 집을 방문한 것은 이튿날이었다.

그날 밤, 아사히는 트위터와 '리에이트'에 "도치기 종합 텔레비전으로부터 협력 요청이 들어와서 할아버지와 상담한 결과 받아들이기로 했습니다. 또한 주간 니치에이의 오노데라 기자와도 정보를 공유하기를 했음을 이 자리에서 보고 드립니다. 앞으로도 많은 지원 부탁드리겠습니다."라고 발표했다.

트위터에서는 "힘내세요", "응원합니다" 같은 응원의 리플이 60퍼센트. "역시 돈 때문이네. 이럴 줄 알았지", "이름 팔아먹기다", "끝났네. 이제 시시해지겠다"라고 비판하는 리플이 40퍼센트의 비율로 달렸다.

인터넷의 목소리가 정리되어 있는 마케팅 블로그 중에는 역시나 냉소적으로 편집된 것이 많았다. 하지만 호의적인 블로그도 조금씩 늘어나고 있었다.

동영상 사이트의 채널 등록자 수는 정신을 차리고 보니 20만을 돌파한 상태였다.

6

하지만 좋은 일만 있지는 않았다. 마침내 가까운 경찰서로 호출된 것이다. 물론 임의 요청이었지만 거절할 수도 없는 노릇이었다.

세이지는 아사히와 함께 경찰서로 출두했다.

경찰서 복도를 걷고 있자니 세이지는 저도 모르게 식은땀이 흘렀다.

알고 지내던 수사관이 먼발치에서 기웃거리는 모습에 절로 몸이 움츠러들었다. 생판 남을 보는 듯한 차가운 시선이었다.

세이지는 아사히와는 다른 방으로 들어가 아직 30대로 보이는 경찰로부터 끈덕지게 설교를 들었다.

"그 방송, 저도 봤는데 말이죠. 그러면 꼭 경찰이 악당 같지 않습니까, 안 그래요?"

"네……."

"댁도 경찰관이었다면서요. 신세 진 직장에 그런 식으로 재를 뿌리시면

곤란하죠. 그런 생각은 안 들던가요?"

경찰은 처음부터 끝까지 옅은 웃음을 띠고 있었다.

—나도 결국 경찰관에게 압박을 '당하는' 처지가 됐나.

각오는 하고 있었지만 이거 못 견디겠군, 하고 세이지는 이마의 땀을 닦았다.

비로소 가메이도와 이요의 심정을 깨달았다. 일반인이 이곳으로 끌려와 이렇게 압박을 당한다면 그 사실만으로도 몸과 마음 모두 위축되리라.

경찰서라는 건물 자체가 풍기는 분위기. 경찰관의 험악한 인상, 눈매. 제복이 주는 위압감. 모두 견디기 힘들었다. 오랫동안 경찰서의 공기를 맡으며 살아온 세이지조차 완전히 압도당하고 말았다.

세이지와 아사히는 약 4시간 동안 구속당한 뒤에야 간신히 풀려났다.

"어땠냐."

세이지의 물음에 아사히는 녹초가 된 얼굴로 "피곤해"라고만 대답했다.

"이제 그만두고 싶니?"

"에이."

아사히는 고개를 저으며 하늘을 올려다보았다.

"어느 새 가을이 다 됐네. 대학생은 여름방학이 길어야 하는데 이상하게 짧은 느낌이야. ……할아버지, 고생시켰으니까 대신 돈가스 덮밥 사줘. 설교를 흘려듣는 내내 '역시 취조를 받는다면 돈가스 덮밥을 먹어줘야 하는데—' 하고 돈가스 생각만 했단 말이야."

"그 정도로 넘어가 준다면야 얼마든지." 세이지는 웃었다.

"너만 괜찮다면 데쓰도 부를까? 이따가 보기로 했잖니."

"응. 같이 쇼핑하러 갈 예정이었어. 그 녀석, 혼자서는 옷을 사본 적이 없어서 뭘 골라야 할지 모르겠대서."

"그렇구나, 하쓰카 씨가―"

하쓰카 씨가 줄곧 사주고 있었구나. 그렇게 말하려다 세이지는 그만두었다.

눈앞에서 빨간불이 파란불로 바뀌었다.

그날 밤, 9시가 지나서 오노데라로부터 세이지에게 전화가 걸려왔다.

"시경까지 불려갔다면서?"

히죽거리는 표정이 눈에 선했다.

세이지도 덩달아 쓴웃음을 지었다.

"돌려서 말하긴 했지만 '늙다리는 빠져라'라며 들들 볶아대더군. 그건 그렇고, 그쪽은 어때."

오노데라에게는 가메이도의 애인이었던 도이 리쓰코의 행방을 추적하게 했다.

"도이 리쓰코 쪽은 수색 중이야. 그것보다."

오노데라의 말투가 달라졌다.

"특급 정보가 두 건 들어왔어. 특히 하나는 폭탄급이야. 시노 씨, 어느 쪽부터 듣겠어?"

"그럼, 충격이 덜한 쪽부터 듣지."

휴대폰을 귀에 댄 채 세이지는 사세를 고쳐 앉았다. 오노데라는 말을 이어나갔다.

"첫 번째는 새로운 롤리콤(미성숙한 소녀에게 애정 및 성적 흥분을 느끼는 롤리타 콤플렉스의 일본식 줄임말-옮긴이) 녀석이 관계자로 떠올랐다는 거야. 관계자라고는 해도 조금 멀긴 하지만. 리카의 어머니가 무면허로 폭주하던 차량에 치여서 죽었다는 사실은 알지?"

"그래."

"그 녀석은 당시 아직 10대였어. 소년원에서 나온 뒤로는 보호사의 감독 아래 건설 노동자로 일하고 있었는데, 21세 때 다시 체포당해 교도소로 보내졌지. 죄목은 '아동 성추행'. 알려진 것만 해도 4명의 소녀가 피해를 당했어."

"리카의 어머니는 리카가 두 살이 되기 전에 세상을 떴지. 보자, 살해당했을 때 여덟 살이었으니— 그 녀석은 사고로부터 6년 후, 뭘 하고 있었을까."

"겨우 1년 만에 출소했다고 하니까 1987년에는 버젓이 대로를 활보하고 있었다는 말이 되겠지. 다만 그 뒤로 체포된 전력은 없어. 갱생했는지, 아니면 수법이 교묘해졌는지는 몰라. 어디까지나 체포된 적이 없다는 것뿐이니까."

"지금은 어떻게 지내는데."

"현재는 50대. 공동주택에서 내연녀와 살면서 가끔씩 날품팔이로 일을 한다더군. 쉽게 말해 기둥서방이지. 대단한 사건을 저지를 만한 인물은 못 될 것 같지만 일단은 감시 목록에 넣어뒀어."

"그래, 부탁하지. ……그럼, 폭탄급 정보는 뭔가."

"놀라지나 말라고."

오노데라는 헛기침을 한 후 말했다.

“경찰서를 돌아다니다 얻은 정보인데, 검찰청으로부터 반환된 기타미노베 사건의 증거품의 일부가 아무래도 분실된 모양이야.”

“뭐라고?”

세이지는 눈을 부릅떴다.

오노데라가 말을 이어나갔다.

“분실된 건 리카의 속옷에서 채취한 DNA 샘플이라더군. 옷깃에 범인의 침이 묻어 있었다던 속옷 말이야. 이 샘플이 증거품 보관 창고에서 보이지를 않는다나 봐.”

“말도 안 돼.”

세이지는 아연실색했다.

각 경찰서에 마련된 증거품 보관 창고에서는 증거품을 사건별로 골판지 상자에 넣어 엄중하게 보관한다. 상자에는 한 눈에 알아볼 수 있게끔 ‘발생 일자, 사건명, 발생 장소’가 적혀 있다.

기타미노베 사건은 일찌감치 ‘해결’된 사건이었기에 의류 등은 피해자의 유족에게 반납되었을 터였다. 다만 DNA 샘플 등은 장기 보관 창고에서 잠들게 된다.

“검찰청에서 반환된 시점에서 분실된 건가? 아니면 서 내에서 보관하는 사이에 없어졌나? 어느 쪽이야?”

“그것조차 모른다나 봐. 엄청난 추태지. 정보 제공자가 새파래진 얼굴로 ‘내부 감찰이 있을 듯하다’라고 했으니 뜬소문은 아닌 듯해.”

“하지만 DNA 샘플은 이미 데이터베이스에…… 아니지, 30년 전에는 아직 MCT118형 검사법이 사용되고 있었지. 등록된 건 그 결과뿐이겠군.”

"아마도. 대충 알아봤는데 지금은 STR형 검사법을 주로 사용하는 모양이야. 어디 보자, 염기가 짧은 염기서열의 반복 구간을 쇼트 탠덤 리피트라고 부른다나 뭐라나, 아무튼 그걸 줄인 게 STR이야. 그 차이를 조사해서 개인을 식별하는 검사 방식이라는군."

오노데라는 국어책 읽듯이 메모를 읽고는, "DNA란 안정된 물질로, 보존 상태만 양호하면 수백 년이 지나도 재감정이 가능하다고 해. 니치에이신보로 보내진 스커트에는 여러 사람이 접촉한 흔적이 있었어. 게다가 그 면봉도 있고. 그것들에 묻은 DNA를 조사한 다음에 30년 전의 샘플을 재검사해서 비교해보면 이요 준이치와 가메이도 겐의 용의가 벗겨질 확률은 제법 높았을 텐데……."하고 탄식하듯 말했다.

"대체 어떤 놈이 보관 창고에서 증거를 꺼내간 걸까. 설마 범인이 수사관 중 한 명일 리는 없을 테고."

"설마."

세이지의 입에서 마른 웃음이 새나왔다.

"단순히 잃어버린 거겠지. 아니, 그렇게 믿고 싶어. 물론 그것도 큰 문제지만."

동료 중에— 경찰 내부에 범인이 있다고 의심하기는 싫었다. 허술한 보관 상태를 질책당하는 편이 몇 백 배 나았다.

"시노 씨."

오노데라가 말했다.

"단순한 분실이든 뭐든 간에 이번 일은 기사로 나갈 거야. 일단은 먼저 시노 씨한테 일러두고 싶어서. 쓰지 말라고 말려봐야 소용없다고."

"뭐 하러 말리겠어."

세이지는 대답했다. 다만 스스로 느끼기에도 목소리에 힘이 없었다.

마음을 다잡으며 "그건 그렇고 도이 리쓰코의 행방은 당장 알아내기 어려울 것 같나?"라고 물었다.

"아직은 뭐라 말하기 어려워. 하지만 일단은 '하다 설비'의 전 직원이 취재 요청을 받아줬어. 이요, 가메이도, 도이 리쓰코 세 사람과 같은 시기에 일했던 직원이야."

"인터뷰는 언제 갈 텐가?"

"내일모레 오후에 약속을 잡았지. 시간이 된다면 시노 씨도 아사히하고 데쓰 군을 데려와. 물론 카메라 들고. 지금 우리는 한 팀이니까 내 눈치는 볼 필요 없어."

7

가메이도, 이요의 동료였다던 남자는 '촬영은 가슴 아래로만, 목소리도 바꿔줄 것'이라는 조건으로 촬영을 허락했다.

인터뷰에 쓰일 장소는 오노데라가 니치에이 신문사의 지방 영업소에 부탁해 응접실을 통째로 빌렸다.

"그 녀석들과 일하기 시작한 건…… 벌써 40년도 더 됐네요. 아뇨, 그 둘과 그렇게 친했던 건 아닙니다. 그 녀석들은 자기들끼리 딱 붙어 다녔으니까요. 그렇고 그런 사이 아니냐는 소문까지 돌았을 정도로요."

가메이도 겐보다 두 살 위라던 남자는 옛 생각이 난다는 듯 눈을 가늘게 떴다. 눈가에는 새겨놓은 것처럼 깊은 주름이 졌다.

"이요는 존재감이 희미한 녀석이었어요. 무슨 말을 해도 실실대기만 해서 다들 우습게 봤었죠. 술을 좋아했다는 것 정도밖에 기억이 안 납니다. 그 녀석을 상대해주는 괴짜는 가메이도 정도였어요."

"그럼, 가메이도 겐의 인상을 가르쳐주시겠습니까."

오노데라가 말했다.

전 동료는 잠시 생각에 잠긴 뒤, "묘한 녀석이었어요."하고 중얼거리듯이 말했다.

"묘하다는 말씀은?"

"뭐랄까, 뒤죽박죽이었어요. 처음에는 뭐 이런 불량배가 다 들어왔나 싶었죠. 가뜩이나 눈매도 사나운데 어깨를 건들거리면서 쉴 새 없이 욕지기를 내뱉지 뭡니까. '씨발', '염병할', '병신 새끼' 하고 말입니다. 덩치도 크고 얼굴도 우락부락하다 보니 양아치들한테 익숙한 우리도 질겁할 정도였죠. 특히 '씨발', '병신 새끼'는 거의 입버릇이나 마찬가지였어요. 아무런 맥락도 없이 저질스러운 말을 내뱉기 시작하더니 닥치는 대로 침을 뱉어대는 걸 보면서 처음에는 싸구려 술을 퍼마시다 여기가 맛이 갔나보다 싶었습니다."

전 동료는 자신의 머리를 손가락으로 톡톡 쳤다.

"그런데 인상이 바뀌었다는 건가요?"

오노데라가 운을 띄웠다.

전 동료는 크게 고개를 끄덕였다.

"의외로 일은 성실하게 했거든요. 게다가 머리도 나쁘지 않았어요. 오히려 머리 회전은 직원들 중에서는 빠른 편이었을 겁니다. 학교 성적이 좋은 스타일은 아니지만 공을 툭 던지면 잽싸게 딱 받아치는 느낌으로 말이에요. 이걸 뭐라고 표현하면 좋으려나……."

"임기응변에 능하다?"

"아, 맞아, 그거예요. 그런 느낌이었어요. 언제나 멍하니 있는 이요와는 딱 정반대였죠. 손재주도 좋고, 눈치도 빠르고, 섬세한 작업이 특기였어요. 집중력도 엄청났고요. 또 그런 작업을 하고 있을 때는 '씨발', '병신 새끼'도 튀어나오지 않았죠."

"그렇군요. 그런데 조금 전에 하신 '저질스러운 말'이 뭔지 궁금한데요, 들려주시겠습니까."

오노데라의 말에 전 동료는 쓴웃음을 지었다.

"카메라 앞에서 그 이야기를 하기는 좀 뭣하네요. 그 왜, 천박한 말 있잖습니까. 그런 말을 별 이유도 없이 마구 내뱉어대는 버릇이 있었어요."

"천박한 말이요?"

"말해도 됩니까? 카메라가 다 찍고 있는데."

"나중에 편집할 테니 괜찮습니다."

"그럼 알겠습니다. ……'고추가 섰다'는 둥, '팬티를 벗고 싶다'는 둥, 그런 이야기를 계속 내뱉는 겁니다. 꼭 초등학생 같죠? 게다가 한 번 시작하면 그칠 줄을 몰랐어요. 우리도 처음에는 소름이 쫙 끼쳤지만 익숙해지니 '어휴, 또 시작이네' 하고 생각하게 됐죠. '또 가베이노가 고추 타령을 시작했어'라고요. 특히 스트레스가 쌓이면 그런 말이 튀어나오는 모양이었어요."

"스트레스란 직장에서 받는 스트레스 말인가요."

"아, 그게요."

잠시 망설인 뒤, 전 동료는 고개를 저었다.

"물론 편한 일은 아니었으니 나름 스트레스를 받기는 했겠죠. 여름에는 덥지, 겨울에는 춥지. 일은 위험하지, 상사는 열 받게 하는데 월급은 박하지. 하지만 그 녀석이 가장 피폐했을 때는 막 입사했을 무렵이었어요. 한 번은 술자리에서, 몇 년 전 고향에 있는 형을 화나게 했다면서 '아무리 사과해도 모자란 짓을 저질렀다. 연을 끊을 테니 두 번 다시 나타나지 말라더라'라고 큰 덩치를 잔뜩 움츠린 채 중얼거리더군요."

문득 시선이 허공을 헤맸다.

"그때 가메이도는 살벌했어요. 어떤 때는 이요마저 가까이 갈 수 없을 정도였죠. 특히 취하면 '씨발', '병신 새끼' 하는 말버릇도 심해지고, 눈꼬리까지 꿈틀거렸다니까요……. 릿짱이 없었다면 어땠을지."

"릿짱?"

"저희 사무원이에요. 성은 도이였죠. 도이 리쓰코."

전 동료는 자신의 말에 고개를 끄덕이며 말했다.

"남편을 일찍 떠나보냈는데 갓난쟁이까지 둘이나 있어 살길이 막막하다면서 사장 지인의 소개를 받아 입사했어요. 릿짱이 알게 모르게 신경을 써 준 덕분에 그 녀석의 태도도 서서히 누그러들기 시작했죠. 우리한테 릿짱은 부처님이 따로 없었어요."

"도이 리쓰코 씨와 가메이도 씨는 한때 사귀었다던데요."

"네. 그런 모양이더라고요. 릿짱의 아이를 꽤나 귀여워했다고 들었습니다.

가메이도 그 녀석, 어린애 앞에서는 욕설도 그나마 잦아들었거든요. 대체 왜 그렇게나 '씨발', '병신 새끼'를 입에 달고 산 걸까요. 스스로는 자제가 안 되는 느낌이었는데."

"아이 앞에서는 그나마 나았다는 말은 여성 앞에서는 평소와 똑같았다는 건가요? 용케 도이 씨와 사귀었군요."

오노데라가 말했다.

전 동료는 고개를 저으며 "그것만 빼면 내용물은 나름 멀쩡한 녀석이었으니까요. 하지만 릿짱처럼 날마다 곁에서 일하는 모습을 지켜보지 않았다면 됨됨이가 어떤지도 알 길이 없죠. 대뜸 '씨발', '병신 새끼', '고추가 섰다'라고 떠들어대기 시작하는데 평범한 여자라면 겁부터 먹지 않겠습니까."하고 쓴웃음을 지었다.

"하지만 입만 열면 고추, 궁뎅이 노래를 부르던 것치고 그 녀석 본인은 이상하게 결벽증 기질이 있었어요. 다 같이 한 잔 걸치고 돌아가는 길에 윤락업소로 몰려갈 때도 녀석은 절대 따라오지 않았죠. '여자를 돈 주고 사는 건 싫다', '불쌍해서 잘 안 선다'라면서요. 오히려 그쪽 방면에서는 쉽게 분위기에 휩쓸리는 이요가 더 느슨했죠."

그렇게 말한 뒤, "아이고, 아니지"하면서 그는 자신의 말을 정정했다.

"방금은 그런 뜻이 아닙니다. 뭣보다 이요가 어린 여자애한테 쓸데없는 마음을 품었다손 쳐도 가메이도가 막았을 테니까요. 반대로 가메이도가 주도적으로 범행을 저질렀다면 이요는 시키는 대로 따랐겠지만요. 하지만 제 생각에 그랬을 것 같지는 않네요."

"그때, 경찰한테도 그 말씀을 하셨습니까?"

"그럴 리가요. 사건이 일어났을 때 저는 이미 동료도 뭣도 아니었으니까 경찰하고는 말도 못 해봤어요. 그냥 녀석들이 체포되고 재판을 받는 걸 멍하니 텔레비전으로 지켜봤을 뿐이죠. 도무지 납득이 안 갔지만 저 같은 사람이 뭘 할 수 있었겠습니까."

그렇게 말하는 전 동료는 약간 멋쩍은 듯 보였다.

오노데라는 모른 체하며 물었다.

"도이 씨는 가메이도 씨가 '하다 설비'를 그만뒀을 때 헤어졌다고 하더군요. 당시 도이 씨의 상황은 어땠나요."

"그 뒤로 릿짱도 금방 그만뒀어요. 꽤나 낙심해서 풀이 죽어 있었죠. 듣자하니 가메이도를 따라갔다고 했는데, 사건 당시에는 같이 있지 않았다고 하니 어떻게 된 일인지."

"그럼 현재 어디에 계신지는 모르신다는 거군요?"

"모릅니다. 고향이 나가노라고 했으니 아이를 데리고 돌아갔는지도 모르죠. ……가메이도 녀석도 릿짱과 살림을 차렸으면 좋았을 텐데. 그랬으면 분명 그런 일은 벌어지지 않았을 텐데 말이에요."

전 동료는 그렇게 중얼거리며 식은 차를 홀짝거렸다.

"어떻게 생각해."

전 동료가 돌아간 후, 세이지, 오노데라, 아사히, 데쓰 네 사람은 니치에이 신문사의 지방 영업소에 남아 논의를 시작했다.

"도이 리쓰코는 퇴직한 가메이도를 '쫓아갔던' 모양이야. 하지만 가메이도는 리쓰코를 뿌리치고 고집스럽게 이별을 선택한 거지."

"사건과 직접적인 관련이 없다 하더라도 자초지종이 궁금하긴 해. 역시 도이 리쓰코를 계속 찾아보고—"

"잠깐 드릴 말씀이 있는데요."

데쓰가 세이지의 말을 가로막았다.

"도이 씨의 행방은 지금까지 해왔듯 수사와 병행해서 찾아본다는 방향으로 진행시키는 게 좋을 것 같아요. 그보다 오늘 취재로 확신한 일이 있어요."

"확신? 그게 뭐니."

"가메이도 겐은 투렛 증후군이었던 것 같아요."

순간적으로 실내가 정적에 휩싸였다.

데쓰를 제외한 세 사람 모두 무슨 말인지 이해하지 못했던 것이다.

세이지가 조심스럽게 되물었다.

"투렛……? 그건 또 뭐냐."

"투렛 증후군. 중추신경계에서 신경전달물질이 과도하게 분비되면서 일어나는 질환이에요."

데쓰는 단숨에 대답했다.

"주된 증상은 틱, 경련, 자신의 의지에 반하는 근육의 움직임. 마찬가지로 자신의 의지에 반해 폭언이나 외설적인 말을 내뱉는 모욕증. 도파민 신경의 발달 부전으로 발생하는 지나치게 빠른 반응과 반사, 혼잣말이에요. 이 모든 증상들은 스트레스로 인해 악화되고, 뭔가에 집중하고 있으면 개선된다고 하죠. 또한 이 환자들에게서는 이따금 음악적 재능이 발견된다고 해요. 가메이도 겐은 틀림없이 투렛 증후군 환자였을 겁니다."

"뭐……? 그게 대체 무슨 소리야?"

오노데라는 당혹스러운 얼굴로 말했다.

"가메이도 씨는 주변 사람들이 생각했던 것만큼 난폭한 사람은 아니었던 거예요."

데쓰는 말했다.

"욕지거리나 침을 뱉는 버릇은 적개심 때문이 아니었어요. 센 척 허세를 부리는 것도 아니었죠. 엄연한 질병이었어요. 참고로 이 질환은 유전적 요소가 크다고 해요. 가메이도 씨의 어머니도 그랬다면서요. '꼴 보기 싫었던 남동생과 꼭 빼닮았다', '아무데나 침을 뱉고, 험한 말만 쓰는 점이 판박이다'라고요.

투렛 증후군은 어린 시절에 발병해 보통은 성인이 됨에 따라 잦아들어요. 하지만 드물게 예외가 있죠. 가메이도 씨와 가메이도 씨의 외삼촌이 그 예외였던 거예요. 두 사람은 애물단지도, 반사회적 인간도 아니었어요. 의료의 발달이 늦은 탓에 적절한 치료와 투약을 받지 못한 피해자였죠."

"만약 그 말이 맞는다면…… 들쭉날쭉했던 언동은 녀석의 양면성 때문이 아니었다는 말이로군."

세이지는 낮게 신음했다.

데쓰는 그런 세이지를 보며 말했다.

"맞아요. 체포 후에 경찰서에서 날뛰었던 것도 체포당한 스트레스와 긴장감에 증상이 악화된 탓일 겁니다. 자료에는 이렇게 나와 있어요.

'처음에 가메이도는 "병신 새끼들", "개새끼", "뒈져라"라며 수사관들에게 욕설을 내뱉고 바닥에 침을 뱉는 등 반항적인 태도를 보였다. 하지만 사흘이 지나자 안면에 심각한 틱이 발생했고, 말의 내용도 지리멸렬해졌다.

갑자기 벌떡 일어나거나 대뜸 외설적인 말을 내뱉는 등, 비정상적인 언동을 보이기 시작했다.'

욕설, 틱, 갑자기 벌떡 일어나는 건 투렛 증후군의 증상이에요. 이후의 침묵은 2차 장애였겠죠. 겉모습과 달리 가메이도 씨는 섬세한 사람이었어요. 대부분의 투렛 증후군 환자는 서툴고, 쉽게 긴장하고, 쉽게 스트레스를 받고 불안감을 느끼는 예민한 사람들이었다고 해요."

"그럼 학창시절에 싸움질을 벌인 것도 자신의 뜻이 아니었을 가능성이 있겠군. 가메이도는 싸움을 걸려고 주변에 욕지거리를 내뱉은 게 아니었어."

"조카에게 상처를 입힌 일도 근육의 불수의운동 때문이었을지도 몰라요. 예를 들어 안고 있던 조카를 떨어뜨리고 말았다든지, 아니면 의도치 않게 밀쳤다든지……. 가메이도 씨는 이런 증상들 때문에 많은 불편을 겪고, 반평생 오해를 사면서 살아왔겠죠."

"나는 금시초문이다만, 그 투렛 증후군이라는 건— 유명한 병이니?"

"아뇨."

데쓰가 고개를 저었다.

"지금도 지명도는 결코 높지 않은 질병이에요. 일본에서는 바로 몇 년 전까지 단순히 예절교육을 못 받은 아이, 못 배운 아이라 여겨지곤 했죠. 가메이도 씨가 어린아이였던 5, 60년 전이라면 더더욱 그랬을 테고요."

"으음."

세이지는 신음으로 대답을 대신했다.

가메이도 겐에게 초등학교 교사가 내린 평가는 이러했다.

'차분하지 못하다. 가만히 있지를 못한다. 거칠다. 말투가 험하다. 협조

성이 없어서 단체 활동을 하지 못한다. 근본적인 예의범절이 없다. 친구를 잘 만들지 못한다.'

'머리 회전이 빠르다. 음악이 특기. 올바르지 못한 일을 싫어한다. 동식물을 잘 돌본다.'

초등학교, 중학교를 통틀어 그는 단순히 입이 걸진 문제아로 받아들여졌다. 하지만 질병에서 비롯된 욕설, 자신의 뜻과 무관한 운동 등을 제외하고 본다면 그는 정의감이 강하고 동물과 어린아이를 좋아하는 평범한 소년이었던 셈이다.

오랫동안 성실하게 일했으며 머리 회전도 빨랐다. 다만 일반적인 행동거지는 불가능했다. 데쓰의 가설에 따르면 뇌신경물질이 제대로 분비되지 않아 정상 수준으로 기능하고 있지 않았기 때문이다.

생각에 잠긴 세이지에게 데쓰가 말을 걸었다.

"드리고 싶은 말이 좀 남았는데, 해도 될까요."

"그럼, 얼마든지."

세이지는 자세를 바로잡았다.

"약 40년 전부터 지금까지 기타미노베군을 중심으로 한 일대에서 어린이를 상대로 성범죄가 얼마나 발생했는지를 조사해봤어요."

데쓰는 가방에서 노트북을 꺼내며 말했다.

"솔직히 말해 놀랐어요. 일본이 롤리콤 대국으로 불린다는 건 알고 있었지만 이번 사건을 조사하기 전만 해도 그렇게까지 중대한 문제라고는 생각하지 않았거든요. 하지만 해마다 상당한 피해자가 생겨난다는 것뿐 아니라, '살인사건으로 발전하지 않는 한 보도되지 않는다'라는 사실을 새삼 깨닫게 됐어요. 통계에 드러나지 않은 숫자를 포함한다면 실제 피해자는 훨씬 늘어나겠죠."

"그렇겠지."

세이지는 씁쓸하게 인정했다.

"성범죄는 다른 범죄와 비교하더라도 신고를 단념하는 비율이 압도적으로 높아. 성인 여성조차 경찰에 신고하는 경우는 고작해야 10퍼센트라고 하지. 아무리 베테랑 수사관이라도 실제 피해 건수는 상상도 못할걸."

"우리도 초등학생 때 등하교 중에 이상한 어른을 몇 번 본 적이 있으니까요. 안 그래, 아사히?"

데쓰가 대뜸 말을 건네자 아사히는 "어, 으응" 하고 고개를 끄덕였다.

"차 안에서 '과자 줄 테니 한 번 빨아보자'라고 말을 거는 녀석이나, '지금 입은 팬티, 1천 엔에 팔아라'라면서 따라 다니는 아저씨도 있었지."

"그게 무슨."

세이지의 안색이 달라졌다.

손자의 주변에 그런 변태가 출몰하고 있었다니, 금시초문이었다.

하지만 데쓰는 태연한 얼굴로 말했다.

"종종 있는 일이었어요. 하지만 아무도 굳이 신고할 생각까지는 하지 않았죠. 다들 냅다 도망치면 거기서 끝이었어요. 실제로 피해를 당한 아이도 부모님한테 혼날까봐 무서워서 숨기거나, 아니면 부모님한테 '그 얘기는 아무한테도 하지 마라'라고 입막음을 당하거나, 둘 중 하나였어요. 그러니 이 수치가 빙산의 일각이라는 건 알지만— 파워포인트로 분포도를 작성해봤어요."

데쓰는 컴퓨터의 터치패드를 조작해 작성한 데이터를 불러냈다.

"이건 보기 쉽군."

세이지는 눈을 가늘게 떴다.

"발생 연도와 총 피해 건수도 알아보기 쉽고, 1988년 이후 해당 지역에서 어린 소녀를 대상으로 한 엽기적인 살인사건은 일어나지 않았군……. 그리고 기타미노베 사건이 발각된 후, 리카 사건이 일어난 이우미초와 사나에 사건이 일어난 아마바라마치에서 아동을 상대로 한 성추행 피해는 격감했어."

"단속이나 시민들의 눈이 몇 배나 날카로워졌기 때문이겠지. 롤리콤 녀석들이 일제히 자숙에 들어간 거야."

오노데라가 끼어들었다.

"이유는 모르겠지만 성범죄자 중에는 이상하게 연대감을 갖는 녀석들이 있어. 그 녀석들은 횡적인 관계를 형성해서 정보를 주고받지. 그 좋은 사례가 전철을 거점으로 삼는 치한이나 몰카범들이야. 그 자식들, 익명 게시판이나 SNS를 활용해 어떤 노선의 어떤 차량이 목표라는 식으로 희희낙락대면서 '교류'를 벌이고 앉았다니까."

말투에서 경멸이 묻어났다.

데쓰는 고개를 끄덕였다.

"범죄자들이 자숙한 건 사실일 겁니다. 대부분은 경찰을 피해 다니거나 꼬리를 잡힐까 두려워해 정보를 공유하며 활동을 삼갔죠. 하지만 이 범인은 다른 성범죄자들과 연대하거나 행동을 함께할 만한 남자는 아닐 거예요."

"동감이다. 이 범인은 타인과 일시적으로는 관계를 맺는다 하더라도 절대 오래 이어가지는 않을 거다. 정보원으로 이용해먹는 경우는 있겠지만. 30년이 지난 지금도 마찬가지겠지. 성벽(性癖)이나 성격은 그리 쉽게 변하지 않는

법이니까."

세이지는 동의했다.

"그렇죠. 제가 하고 싶은 말은 바로 그거예요."

데쓰는 손가락으로 책상을 두드렸다.

"이 범인은 독특해요. 그리고 범죄자의 바탕에는 굳건한 성벽, 다시 말해 패턴이 있어요. 범인 특유의 독자성이라고나 할까, 좀처럼 바뀌지 않는 패턴 말이에요."

평소와 달리 데쓰는 열띤 목소리로 말했다.

"기타미노베 사건의 범인이 갖는 '독자성'으로는 피해자의 연령이 7, 8세 전후라는 점, 사람들의 이목을 끌려 한다는 점이나 인정욕구가 고스란히 드러난 언동 등을 꼽을 수 있어요. 하지만 기타미노베 사건에서 무엇보다 가장 큰 특징은 바로 잔혹성이겠죠. 이 범인에게서는 잔혹성과 흉폭성이 두드러지고 죄책감이나 망설임을 찾아보기 어려워요. 어떻게 수법을 바꾸든 이 기초적인 부분은 변하지 않겠죠. 아무리 자제한들 바탕까지 완전히 없애버릴 수는 없을 거예요."

데쓰는 의자에서 몸을 일으키고는 모두를 둘러보았다.

"그래서 저는 '진범이 있다면 어째서 일단 범행을 중단했는가', 이 의문은 잠시 미뤄두기로 했습니다. 녀석을 이해하는 데 필요한 정보가 압도적으로 부족하기 때문이죠. 지금은 여기에 관심을 쏟을 때가 아니에요. 그래서 범인의 잔인성에만 주목해 인근 지역의 아동 성추행 사건 중에서도 두드러지게 잔혹했던 사건에 주목해봤어요. 그 분포도가 이겁니다."

새로운 데이터가 표시되었다.

데쓰는 손가락으로 모니터를 찔렀다.

"이걸 봐주세요. 리카 사건이 일어나기 1년 전, 사이타마현 후루미치시에서 '6세 여아가 음부에 이물질이 삽입된 후, 복부를 수차례 가격당해 내장이 손상되는' 사건이 일어났어요. 반년 후에는 도치기현 에즈마치에서 '7세 여아가 공중 화장실로 끌려가 하복부에 전치 3개월의 심각한 부상'을 당한 사건이 일어났죠. 이 두 사건은 모두 범인이 체포되지 않았어요. 기타미노베 사건이 수사 중일 때도 관련 사건으로 떠올랐을지는 모르지만 이요 씨와 가메이도 씨가 체포되면서 흐지부지되고 말았죠."

"사이타마 쪽은 모르지만 이 도치기 사건은 기억이 난다."

세이지는 낮은 목소리로 말했다.

"서류상으로만 알고 있었을 뿐이지만. 기타미노베 사건과 관련이 있을 가능성이 높다고 여겨져서 참고 사건으로 훑어봤다. 하지만 그 후로 수사회의에서 다뤄진 적은 없었어."

"그럼, 일찌감치 수사에서 제외됐겠네요. 모종의 이유 때문에 동일범으로 간주되지 않았거나, 아니면—"

"아니면?"

"……보관 창고에서 물증이 분실됐다는 소문이 마음에 걸려요."

데쓰가 굳은 목소리로 말했다.

세이지의 표정이 흐려졌다.

"무슨 뜻이니. 수사관 중에 내통자라도 있었다는 말이냐."

"아뇨, 그런 뜻은 아니에요. 어디까지나 가설이에요. 그냥 잊어주세요."

데쓰는 고개를 저으며 말을 이어나갔다.

"원래 이야기로 돌아갈게요. 리카 사건은 도치기현 에즈마치에서 피해가 발생하고 약 반년 후에 벌어졌어요. 그리고 사나에 사건 이후로 5년 정도는 동일 지역에서 아동을 상대로 한 중대 사건은 일어나지 않았죠. 당연히 피해가 전혀 없지는 않았지만요. 몰카, 치한, 공연음란, 아동 매춘, 아동 포르노 제작 및 배포, 아동 포르노 단순 소지……. 젠장, 구역질이 나네."

데쓰는 살짝 얼굴을 찌푸렸다.

"아동을 노린 강제 추행 사건은 대부분 범행으로부터 1개월 이내에 범인이 체포돼요. 치상 사건의 경우 체포되는 비율은 더 높아지죠. 대부분은 인근 주민이나 알고 지내던 사람의 범행이었으니 이것들은 제외할게요. 그리고 제가 주목한, 해결되지 않았으면서 잔혹성이 높은 사건의 범행 현장을 지도상에 빨간색으로 표시하는 거죠. 이 빨간 점이 최대한 많이 들어오게끔 원을 그리고, 10킬로미터, 15킬로미터, 20킬로미터, 이렇게 동심원 형태로 범위를 넓혀가다 보면— 아, 여기네요."

데쓰는 다시금 손가락으로 모니터를 찔렀다.

"기타미노베 사건으로부터 18년이 지난 2006년, 이바라키현 지노시에서 7세 여아가 실종됐어요. 이름은 요시카와 하루카. 지금도 여전히 실종 상태인 미제사건이죠. 하루카가 모습을 감추기 직전, 동급생은 이렇게 증언했어요. '다쳐서 난처해하는 사람이 있으니 도와주고 오겠다고 한 후로 하루카는 돌아오지 않았다'—"

"'삼각 붕대를 한 남자'로군."

세이지가 말했다.

"수법은 비슷해요."

데쓰가 고개를 끄덕였다.

"이것도 봐주세요. 이쪽은 최근에 다운로드할 수 있게 된 방범 앱을 토대로 제작한 데이터예요. 인근 지역 일대에 조금 전의 원을 겹쳐서 표시해볼게요. 발생 연도 별로 색깔을 나눠놨어요."

세이지는 모니터로 얼굴을 가까이 가져갔다.

"이건…… 늘어나고 있는 건가?"

"맞아요. 수상한 사내가 어린 여아에게 접근하는 일이나 유괴 미수, 무차별적인 단순 폭행 등이 급증하고 있어요. 특히 가메이도 씨가 옥사한 이후로 두드러지게 증가하고 있음을 한눈에 알 수 있죠."

"범인은 가메이도 겐이 옥사하면서 진상은 완전히 묻혀버렸다고 안심한 건가. 그래서 범행을 재개한 거고……?"

"의도까지 단정할 수는 없어요. 게다가 모두 가설일 뿐이고요. 기타미노베 사건과는 전혀 무관할지도 모르죠. 이건 단순한 데이터예요."

데쓰의 목소리가 다시금 차분해져 있었다.

세이지는 얼굴을 찌푸리며 미지근한 차를 단숨에 들이켰다.

8

노크 소리가 들렸다.

"아사히, 들어가도 되니?"

문 너머에서 미카코의 목소리가 울려 퍼졌다. 세이지의 미간에 주름이 생겼다.

어젯밤— 아니, 오늘 새벽 1시, 「르포 · 기타미노베군 여아 연쇄살인사건」의 제1회가 방영되었던 것이다.

하지만 세이지는 아사히에게 녹화를 맡기고 평소와 같은 시간에 잠자리에 들었다. 아사히는 당연히 실시간으로 감상했다. 데쓰 역시 아사히와 마찬가지로 즉시 감상했지만 심야에 집을 빠져나오기란 무리였기에 자신의 방에서 홀로 볼 수밖에 없었다고 한다.

정식으로 셋이 모여 녹화를 확인하기 위해 아사히의 방에 모인 시각이 오후 2시, 즉 10분 전의 일이었다. 재생하기 위해 리모컨을 쥐자마자 울린 노크 소리였다.

"어머, 데쓰도 왔었구나. 어서 오렴."

미카코는 데쓰에게 까딱 고개를 숙였다. 이내 아사히에게로 시선을 되돌리더니 목소리를 낮췄다.

"어젯밤에 방영을 시작했다면서. 네 할아버지야 당연하지만 너도 살짝 찍혔더라. 덕분에 아침에 쓰레기를 버리러 갔다가 이웃 분들에 둘러싸여서 엄청 격려를 받아버렸지 뭐야."

미카코는 한숨을 내쉬며,

"……위험한 짓은 않겠다고 약속할 수 있어?"라고 물었다.

"약속할게."

아사히는 즉답했다.

"유급하기만 해."

"안 해. 절대로 안 한 다고."

"나 참……."

미카코는 재차 깊게 한숨을 내쉬었다. 하지만 이번에는 체념의 느낌이 강한 한숨이었다.

마지막으로 미카코는 세이지를 힐끔 노려보더니 뒤로 물러나며 문을 닫았다.

"—휴우."

세이지는 이마를 닦았다.

"예상보다는 금방 끝났구나. 잔소리를 한참 늘어놓을 줄 알았는데……."

"엄만 저래 봬도 팔랑귀잖아. 주변 사람들이 치켜세워주니까 의외로 기분이 썩 괜찮았던 게 아닐까."

아사히는 그렇게 농담을 던지고는 진지한 얼굴로 데쓰를 쳐다보았다.

"데쓰, 너희 집은 어때."

"아버지나 하쓰카 씨는 아직 눈치채지 못했을 거야. 두 사람 다 텔레비전을 잘 안 보니까. SNS도 안 하고, 인터넷도 검색 정도에만 쓰는 사람들이라."

"그렇구나. 뭐, 너는 카메라맨이라 화면에 찍힐 걱정도 없으니까."

아사히는 안심한 듯했다.

하지만 세이지는 데쓰의 옆얼굴에서 근심을 읽어냈다.

오늘의 데쓰는 아사히와 마찬가지로 통이 좁은 바지에 하늘색 셔츠를 입고 있었다. 지극히 심플한 복장이었지만 반듯한 분위기가 그와 잘 어울렸다. 아마도 아사히의 조언을 받아서 산 옷이겠지만 전부터 입었던 것처럼 자연스러웠다.

"그럼 튼다. 할아버지, 준비 됐어?"

"그래."

아사히가 리모컨으로 재생을 선택했다.

짧은 광고 후, 「르포 · 기타미노베군 여아 연쇄살인사건」이 시작되었다.

"오프닝 곡이 엄청 거창하네. 무소르그스키의 「민둥산에서의 하룻밤」이 잖아. 좀 과한 거 아냐?"

"텔레비전이라 임팩트를 중시한 거겠지."

아사히의 한숨에 데쓰는 표정의 변화 없이 대답했다.

첫 화인만큼 내용은 이전 영상들을 한데 묶은 편집본에 가까웠다. 하지만 짚고 넘어가야 할 부분은 정확히 짚어내서 편집했다.

마지막으로 데쓰의 동영상을 무료 동영상 사이트에서 시청할 수 있다는 사실과 아사히의 트위터 계정을 거듭 소개하며 방송은 끝이 났다.

"첫 화가 이 정도면 뭐."

"합격점이지. 방영 직후 시간대부터 동영상의 조회 수가 다시 올라갔어. 네 트위터 팔로워도 계속 늘어나고 있지?"

데쓰가 말했다.

"덕분에 5만 고지를 넘었을 즈음해서 쑥쑥 오르고 있어. 지금은 거의 9만쯤 되려나. 웬만한 연예인급 숫자라고."

살짝 의기양양해 보이는 아사히에게 "최근 영상도 좀 볼 수 있을까."하고 세이지가 말했다.

그럼, 하고 아사히가 대답했다. 데스크톱 컴퓨터의 각도를 틀고는 브라우저를 켰다.

동영상 사이트의 제휴 프로그램에 가입하면 동영상 중간에 광고가 흘러나와 수입이 생기는 구조였지만 아사히는 가입하지 않았다.

돈이 필요치 않은 것은 아니었다. 하지만 깨끗한 이미지를 유지하는 편이 상책이라 생각했다. “어차피 돈이 목적이겠지” 하고 피해자 유족까지 비난당하는 사태는 피해야 했다.

“먼젓번에 동료를 인터뷰한 걸 메인으로 편집했니?”

“인터뷰를 넣기는 했지만 메인은 투렛 증후군이에요.”

데쓰가 대답했다.

“후쿠나가 씨의 도움을 받아 뇌신경 질환이 전문인 소아 신경 전문의한테 출연을 부탁했어요. 국내에서는 아직 인지도가 낮은 질환이라서 전문가의 해설을 받는 편이 더 신빙성이 높아지지 않을까 싶어서.”

“그렇겠구나.”

텔레비전 방송 스타일이군, 하고 세이지는 생각했다. 세이지의 영향인지 데쓰도 좋은 의미에서 노련해지기 시작한 듯하다.

소아 신경 전문의는 친절해 보이는 용모에 멋진 중저음을 지닌 중년 남성이었다.

투렛 증후군이 자신의 의지로는 제어가 불가능한 틱 증상을 보인다는 점, 괴성이나 욕설을 동반하므로 환자는 생활에 큰 어려움을 겪으며 오해받기 쉬운 인생을 살기 마련이라는 점 등을 간단한 표현으로 알기 쉽게 설명해 주었다.

“조회 수는 순조롭게 오르는 중이고, 댓글도 대부분 호의적이에요. ‘이런 환자가 있다는 건 처음 알았다’, ‘내가 이런 병에 걸렸다면 힘들 것 같다’ 등등,

가메이도 씨에게 동정의 시선이 몰리고 있죠."

데쓰는 말했다.

"영상의 내용에 대해서는 이요 씨에게 편지로 빠짐없이 보고하고 있는데, 투렛 증후군에 대해서는 그 사람도 놀란 모양이에요. '어렴풋이 무슨 병이 아닐까 생각은 했지만 그렇게 거창한 병명일 줄은 몰랐다. 겐 본인은 어렸을 때 의사를 찾아갔지만 틱은 어른이 되면 낫는다, 입버릇이 험한 건 예절교육 문제라고 했다면서 투덜거렸다'라고 하네요."

"편지는 별 탈 없이 주고받고 있는 모양이구나."

세이지의 말에 데쓰는 깊게 고개를 숙였다.

"이제 시작인데요, 뭘. 이제 겨우 마음을 열기 시작했구나, 하는 느낌이죠. 그리고 이요 씨는 이런 말도 남겼어요. '리쓰코 씨와 헤어진 탓인지 겐은 사건이 있기 얼마 전부터 증상이 악화되고 있었다'라고요."

"호오?"

세이지는 귀를 쫑긋 세웠다.

"그 편지는 지금 너희 집에 있니?"

"아뇨, 가져왔어요. 보세요."

데쓰는 바디백에서 봉투를 꺼냈다. 보낸 사람의 주소는 도쿄 구치소, 보낸 사람은 '이요 준이치'라고 쓰인 편지였다.

"여기에요." 펼쳐놓은 편지지 중간 부분을 가리켰다.

세이지는 안경을 치켜 올리며 눈으로 행을 좇았다.

—겐은 사건이 있기 얼마 전부터 '씨발, 병신'을 연발하는 버릇이나 벽을 치는 발작, 스스로를 때리는 발작이 심해져 있었습니다. 분명 리쓰코 씨와

헤어진 탓이었겠죠. 스트레스 때문에 악화되는 병이었다는 사실을 알고는 납득했습니다.

—만약 리쓰코 씨의 행방을 알게 된다면 대신 사과를 부탁드립니다. 겐이 결혼해주지 못해 미안하다 했다고 전해주세요.

세이지는 편지를 한 글자 한 글자 뜯어본 뒤 말했다.

"이전에 이요 준이치가 그랬다더군. '우리가 잘려서 직장을 잃고 난 후, 겐이 리쓰코 씨에게 헤어지자 했다'라고."

반쯤 혼잣말 같은 말투였다. 세이지는 말을 이어나갔다.

"하지만 이요는 이런 말도 했지. '내가 바보 취급을 당할 때마다 겐이 대신 화를 내줬고, 결국 둘이서 합숙소를 뛰쳐나오게 됐다. 그러는 사이에 점점 알선업자의 눈 밖에 나서 일을 구하지 못하게 됐다', '어느 곳이나 일손이 부족했다 보니 일거리가 아주 없는 건 아니었다.'

일자리가 있었는데도 일을 할 수 없게 된 건 알선업자들이 이요 준이치를 꺼려했기 때문이야. 가메이도 겐은 질환 때문에 지장은 있었지만 머리도 좋고 손재주도 좋았지. 이요는 '잘린 후로 리쓰코와 헤어졌다'라고 했지만 당시는 호경기였어. 가메이도 혼자였다면 그렇게까지 곤궁해지지는 않았을 테고, 재취직의 문도 열려 있었을 게다."

만약 리쓰코와의 이별이 투렛 증후군의 발작을 악화시키고 자학 증상을 일으킬 정도로 심각한 스트레스였다고 가정해보자.

—그렇다면 왜 가메이도는 이요보다 리쓰코를 택하지 않았던 걸까.

어째서 리쓰코와의 이별을 택하고 이요와 함께 그 지역을 떠난 걸까.

"전부터 마음에 걸렸어. 왜 가메이도는 그렇게까지 이요를 감쌌으며 절대 떨어지려 하지 않았던 걸까. 동성애 아니냐고 놀림을 받을 정도로 두 사람의 관계는 밀접했지. 하지만 실제로는 두 사람 모두 완전한 이성애자였던 모양이야."

이요가 가메이도에게 의존하는 이유는 이해가 간다. 그는 사회적 약자였다. 지능에는 문제가 없었지만 성장 환경 탓에 정상적으로 발달하지 못해 주변에 적응하기 어려웠다.

가메이도 역시 사회 부적응자였다. 그러나 질환이라는 핸디캡을 안고 있었지만 그는 이요보다 강하고 우수했다.

"가메이도 겐이 베르너 부스트 같은 지배형 범죄자였다면 납득은 가겠지. 마음대로 부려먹을 수 있는 반푼이가 파트너로서는 더 편리했을 테니까. 하지만 실제로 가메이도 겐은 이요와 함께하느라 곤궁해졌고, 계속해서 나쁜 쪽으로만 기울었지. 이유가 뭘까."

"……약점을 잡힌 건 아닐까?"

아사히가 물었다.

"글쎄다. 이요에게 가메이도를 협박할 만한 주변머리는 없을 텐데."

세이지는 고개를 저었다.

"하지만 확신할 수 있는 건 아직 아무것도 없어. 가메이도 겐이 이요 준이치를 내칠 수 없었던 정당한 이유가 있었을지도 모르고. 어찌됐든 나는 전부터 이요가 뭔가를 숨기고 있는 것 같다고 생각하고 있다."

세이지는 데쓰를 향해 고개를 돌렸다.

"미안하지만 조금만 더 이요의 의중을 살펴다오. 이요와 공감대를 쌓아가던 네게는 미안하다만."

"아뇨. 괜찮습니다."

데쓰는 짧게 대답하며 봉투를 바디백에 집어넣었다.

변함없이 감정을 읽을 수 없는 표정과 말투였다. 하지만 역시나 뭔가가 마음에 걸렸다.

물어볼까 말까 망설이다 세이지는 결국 입을 열었다.

"—데쓰, 너도 뭔가 숨기는 게 있지?"

데쓰의 움직임이 멎었다.

"하지만 이요 준이치와는 달리 최근에 생긴 고민 같구나. 너만 괜찮다면 말해주지 않겠니. 만약 어른 앞에서는 하기 힘든 말이라면 아사히만 남겨놓고 나는 일어나마."

세이지는 가능한 한 평온한 목소리를 가장했다.

데쓰의 입술이 열렸다. 마음을 고쳐먹은 듯 닫히더니, 또다시 열렸다.

꼬박 1분 가까이를 주저한 뒤, 데쓰는 숨죽인 목소리로, "……죄송합니다."라고 말했다.

"죄송합니다. —조금 전에 한 말은 거짓말이 아니에요. 아버지와 하쓰카 씨가 텔레비전이나 동영상에 대해 눈치채지 못한 건 사실이에요. 하지만 제 외출이 잦아지거나 머리카락을 자른 걸 하쓰카 씨가 수상하게 여겨서……."

"위험하게 됐어?"

지체 없이 아사히가 물었다.

데쓰는 얼굴을 찌푸렸다.

"아직까지는 외출할 때마다 네 이름을 대고 있으니까—. 상대가 너니까 일단은 외출을 허락해주고 있어. 하지만 나는 알아, 사실 하쓰카 씨는 나를 밖으로 내보내고 싶어 하지 않는다는 걸."

"위태위태하구만."

세이지의 미간에 주름이 잡혔다.

"요컨대 네 고모는 너를 집에 가둬두려 한다는 거냐."

"그럴 수 있다면 그러겠죠."

데쓰는 고단한 목소리로 대답했다. 세이지는 여기에서 오랫동안 축적된 감정을 읽어냈다. 이론으로는 설명이 불가능하다. 감으로만 읽어낼 수 있는, 마음이 흔들리는 아주 약간의 기척이었다.

"데쓰, 물어봐도 되겠니."

세이지는 몸을 앞으로 내밀었다.

"아사히는 끝끝내 말해주지 않았지. 하지만 나는 물어보고 싶구나. …… 중학교 1학년 때, 너희 둘 사이에 뭔가가 있었어. 하쓰카 씨는 대체 무슨 짓을 한 거니?"

"대단한 일은 아니었어요."

데쓰는 조용히 말했다.

"어떻게 보자면 하쓰카 씨는 아무것도 안 했죠. 평소와 똑같았어요. —그냥 제가, 견디지 못하게 돼서 자살을 시도했을 뿐이죠."

세이지의 몸이 움찔, 하고 경직되었다.

아사히는 눈을 질끈 감았다.

데쓰는 말을 이어나갔다. 그 얼굴은 가면처럼 무표정했다.

"저는 열등생이었어요. 일곱 살이 될 때까지 또래 아이들과 부대껴본 경험이 없었던 탓이겠죠. 초등학교에 입학하자마자 좌절했어요. 어린아이 특유의 솔직함, 잔혹함, 선생님이 강요하는 집단행동, 모두 순응할 수 없었죠. 운동신경도 없고, 잘 하는 과목과 못하는 과목의 편차가 너무 커서 친구를 만들지 못했어요.

하다못해 1년이라도 아사히와 같은 반이었다면 조금은 달랐을지도 모르겠네요. 하지만 초등학교 6년을 통틀어 저는 줄곧 '외톨이'였어요."

그런데 중학생이 되고 변화가 일어난 거예요. 데쓰는 말했다.

"1학년 때 담임이 젊은 열혈 교사였거든요. 저를 반 친구들 사이에 녹아들게 하려고 갖은 애를 썼죠. 처음에는 반 아이들도 당혹스러워했어요. 하지만 인기가 많은 선생님이었다 보니 서서히 다들 감화되기 시작했죠. 조금씩이나마 저도 사람들 사이에 끼어들 수 있게 변해갔어요. ―하지만."

"하지만?"

"하쓰카 씨가 학교에 거세게 항의한 거예요. '우리 아이를 가만히 놔둬라'라면서."

데쓰는 입술을 깨물었다.

"그 사람은 남자 중학생들 사이의 다소 과격한 커뮤니케이션을 용납하지 않았죠. 하쓰카 씨는 상대를 놀려서 웃음을 이끌어 내는 방식이나 '까고 있네', '멍청하긴' 정도의 대화를 문제 삼았어요. '따돌림이다', '입이 너무 더럽다. 우리 아이에게 악영향을 끼친다'라면서 교장에게 직접 일러바쳤던 거죠.

교장이 황급히 담임과 친구들에게 확인해보니 '그냥 장난이었다', '살짝 놀린 것뿐이다. 이시바시도 좋아했다'라고 대답했다고 해요. 하쓰카 씨는 그 말을 듣더니 의기양양해져서는 '보세요, 남을 괴롭히는 아이들이 상투적으로 하는 말이잖아요. 교사가 잘못 가르쳤네요. 교육위원회에 보고하겠어요'라고 말했죠. 그리고는 다음 날부터 제 등교를 막았어요."

—그 따위 학교는 안 가도 돼.

—공립은 수준이 낮으니까 너한테는 안 맞을 거라 생각했어.

"저는 그 사람을 거스를 수 없었죠. 2개월 동안 학교를 쉬었어요. 그 사이에 담임선생님이나 반 아이들이 집까지 몇 번이나 찾아와줬죠. 하쓰카 씨는 그 때마다 번번이 내쫓았고, 때로는 차가운 말로 모욕을 줬어요.

2개월 후, 하쓰카 씨는 학교로부터 '두 번 다시 이시바시 데쓰에게 간섭하지 못하게 하겠다'라는 약속을 받아냈죠. 그럴 필요는 없었는데. 저는 다시 학교에 갈 수 있게 됐지만— 제게 다가오려는 학생은 더 이상 아무도 없었어요. 교실은 바늘방석 같았죠."

"그래서였구나."

세이지는 낮은 목소리로 말했다.

"그래서, 너는……."

자살을 시도했구나, 라는 말은 도저히 입 밖에 낼 수 없었다.

데쓰는 무덤덤하게 말했다.

"잠을 잘 수 없게 됐어요. 원래도 말랐는데 식욕을 잃는 바람에 학교를 다시 다니게 된 후로 한 달 반 사이에 6킬로그램이 빠졌죠. 등이 아프고, 몸이 굳고, 미열이 이어졌어요. 아무것도 아닌 일에 눈물이 줄줄 흐르기도 하고, 목소리가 나오지 않을 때도 있었고요.

목을 맨 건 발작 같은 충동에 휩싸였기 때문이에요. 인적 없는 과학 준비실에서 문고리에 수건을 걸고 목을 맸죠. 잘 눈에 띄지 않는 장소와 시간대라고 생각했는데, 운 나쁘게 지나가던 학교 직원에게 들켜서 실패했어요."

데쓰는 역시나 무표정으로 일관했다.

세이지는 저도 모르게 손자를 돌아보았다. 아사히의 얼굴은 당장이라도 눈물을 쏟을 듯 일그러져 있었다.

"이유가 뭐냐."

세이지는 데쓰에게 물었다.

"하쓰카 씨는 왜 그렇게까지 너를 몰아붙인 거냐. 왜 너를 계속 고독하게 한 거냐."

"제가 아버지의 아들이기 때문이겠죠."

데쓰는 체념한 듯이 말했다.

"하쓰카 씨는 결벽증적인 사람이었어요. 이상이 높았고, 부정한 것, 특히 성적인 것을 혐오했어요. 그 사람의 눈에 걸맞은 남자는 예전부터 친오빠인 저의 아버지뿐이었죠. 하지만 하쓰카 씨는 그래 봐야 여동생이었어요. 여자로서 아버지를 독점하는 건 물론, 행동을 제한할 수도 없어요. 아버지의 수입으로 먹고 사는 몸이니 심기를 거스를 수는 없는 일이었죠. ……그래서 제가 그 대용품이 된 거예요."

"결국은 아저씨의 대역이었다는 거야?"

아사히가 목소리를 높였다.

"그런 것 때문에— 너를 망쳐버리려고 한 거였다니."

아사히도 처음으로 진상을 알게 됐나 보군, 하고 세이지는 깨달았다.

어렴풋이 예상은 했지만 대놓고 직접 물어보지는 못했으리라. 그 나이대의 사내아이들이라면 당연하다. 소년들은 으레 우정을 지키기 위해 지나친

간섭을 피한다.

“웃기지 말라 그래, 데쓰는 죽을 뻔했다고. 빌어먹을.”

아사히의 얼굴에 피가 몰렸다.

데쓰는 희미하게 웃음 지었다.

“그런 말투, 그 사람 앞에서는 하지 마. 너까지 출입금지 당하겠다.”

“시끄러.”

아사히는 친구를 노려보았다.

“아무렇지 않은 척하지 마. 네 일이잖아!”

이렇게 화가 난 손자는 처음 보았다. 세이지는 눈을 가늘게 떴다.

아사히는 표표한 청년이었다. 어렸을 때부터 재주가 많고, 눈치도 빨랐다. 좋게 말하자면 분위기 파악에 능한 처세가였고, 나쁘게 말하자면 경박했다. 분노나 슬픔 같은 부정적인 감정을 좀처럼 드러내지 않았다.

“……자살 미수 이후로, 너는 어떻게 했니.”

세이지는 데쓰에게 물었다.

“하쓰카 씨는 너한테 어떻게 대처했니.”

“하쓰카 씨는 저를 소아 정신과에 데려갔어요. 우울증이라는 진단을 받았죠. 수면장애. 식욕저하. 두통. 불안감. 무감동. 전형적인 증상이라고 했어요. 의사는 투약 대신 카운슬링 치료를 권했죠. 하지만 그 사람이 원한 건 투약 치료였어요. 결국 저는 중학교 3년을 거의 우울증 상태로 보냈고요.”

“네가 나한테 ‘말 걸지 말라’라고 한 것도 그 무렵이었지.”

아사히가 말했다.

“어떻게 지내나 너희 반까지 보러 온 나한테 그랬잖아. ‘앞으로는 학교

안에서 말 걸지 말아줘, 아사히'라면서—. 그때 꽤 충격 받았다고."

희미하게 쓴웃음을 지었다.

"나도 어린애였으니까. 그렇게 말한 네 마음은 전혀 이해해주지 못했어. 네 말대로 멀어지는 게 너를 위한 일이겠거니 하고 생각해버렸지."

"네 잘못이 아냐."

데쓰가 대답했다.

"내가 편차치 40대의 사립고등학교밖에 갈 수 없게 됐다는 사실에 네가 죄책감을 느낀다는 것도 알아. 하지만 너는 아무 잘못도 없어. 나나 너나, 평범한 중학생이었어. 서로를 위해 해줄 수 있는 일은 한정적이었지."

"……."

아사히는 고개를 숙였다.

세이지는 그런 손자를 바라보았다.

이시바시 데쓰와는 달리 아사히는 편차치가 높은 남고에 진학했다. 현내에서 가장 도쿄대 합격률이 높은 명문이었다. 어디에서나 누구와도 잘 지냈던 아사히는 "남자밖에 없는 학교지만 다른 학교 여학생하고 소개팅이 많아. 입학하길 잘 했어."라며 당당히 말했고, 실제로 여자친구도 몇 명 사귀었던 모양이다.

아사히는 고등학교 생활을 만끽하는 것처럼 보였다. 그동안 친구에게 복잡한 감정을 품고 있었다는 사실 따윈 조금도 입 밖에 내지 않았다.

"……그래서, 어쩔 테냐."

세이지는 물었다.

"만약 하쓰카 씨에게 이번 일이 들통난다면, 너는 어떡하고 싶니? 우리가 어떻게 해줬으면 하니? 나는 네 희망에 따르마. 만약 여기서 그만두고 싶다면—"

"아뇨."

데쓰가 말을 잘랐다.

"그만두지 않을 겁니다. 들켜도 상관없어요."

목소리가 살짝 떨렸다. 하지만 말투는 단호했다.

"설령 들킨다 해도 이번 조사와 동영상 제작은 끝까지 마칠 거예요. 이렇게 털어놓는 사이에 각오가 섰어요. —한심하게 들릴지도 모르겠지만 이번 기회를 놓친다면 저는 평생 이대로 남게 될 것 같아요. 하쓰카 씨의 손바닥 위에서 인생을 허비하게 될 것만 같아요. 그렇게 되고 싶지는 않습니다."

데쓰는 문득 말을 끊더니 슬쩍 눈을 치켜떴다.

"다만, 아사히 어머니한테 약간 폐를 끼치게 되겠지만……"

"그러게. 하쓰카 씨라면 엄마한테 드잡이라도 하러 오지 않을까."

아사히는 인상을 찌푸렸다.

"불평은 내가 들으마."

세이지는 그런 손자를 향해 잘라 말했다.

"책임자는 미카코도, 너도 아닌 바로 나다. 데쓰도 만에 하나 들켰을 때는 내 이름을 대렴. 직업상 무시무시한 인간들을 상대하는 데에는 이력이 났으니까. 걱정 말고 나를 팔거라."

안심시키기 위해 씩 웃어보였다.

몇 초 후, 데쓰가 작게 고개를 끄덕였다.

세이지는 아사히를 향해 말했다.

"아사히, 뭔가 마실 것 좀 다오. 주절주절 떠들었더니 목이 마르구나. 나는 카페인 없는 보리차. 얼마 전에 사온 홍차하고 콜라가 아직 남았을 텐데."

"있긴 한데 이걸로 마지막이야."

아사히는 그렇게 말하며 아이스박스에서 페트병에 든 보리차와 캔 콜라를 꺼냈다. 콜라를 받아 든 데쓰는 곧바로 뚜껑을 열었다. 고개를 휙 젖혀서 단숨에 들이켰다.

아사히가 퍼뜩 컴퓨터 모니터로 시선을 돌렸다.

"아, 다이렉트 메시지가 와 있는데."

"그건 또 뭐냐."

세이지가 물었다.

"트위터의 기능이야. 리플은 모두가 볼 수 있지만 다이렉트 메시지는 비공개로 대화를 나눌 수 있어. 정보를 제공해줄지도 몰라서 맞팔이 아니라도 받을 수 있게 설정해뒀거든. 그치만 아직까지 딱히 유익한 정보는……."

마우스를 움직이는 아사히의 손길이 멈췄다.

"왜 그러냐."

"아사히?"

세이지와 데쓰의 목소리가 겹쳤다.

아사히는 모니터에서 눈을 떼지 못한 채 말했다.

"—대박인데."

천천히 고개를 돌렸다.

"진짜로, 사기가 아니라면— 할아버지, 대박이야."

"뭔데."

"자기가 도이 리쓰코라는 계정이 보냈어. 화가 났는데. 아니, 그보다는 항의하는 메시지에 더 가깝겠네."

세이지는 순간적으로 몸을 일으켰다. 노안경을 고쳐 쓰고 모니터로 얼굴을 들이밀었다.

확실히 리쓰코는 화를 내고 있었다.

—쓸데없는 소란은 일으키지 말아주세요.

—저희는 조용히 살아가고 싶을 뿐입니다. 이제 와서 무슨 권리로 다시 들추는 건가요.

방송을 보았다는 도이 리쓰코는 글자에서 불길이 뿜어져 나올 만큼 격노하고 있었다.

가명이라고는 하나 그런 식으로 보도했다간 나를 아는 사람들은 곧장 알아차리게 된다. 이 나이에 집까지 추적당하다니 지긋지긋하다. 왜 가만히 놔두지를 않는 것이냐, 라면서.

리쓰코는 이어서 이렇게 말했다.

—가메이도 씨는 끝까지 제게 마음을 터놓지 않았어요. 줄곧 뭔가를 숨겼죠.

—그 사람한테는 '평생 잊을 수 없는 여성'이 있었어요.

—그 사람이나 찾아보세요. 저희를 끌어들이지 말고.

*

그는 어슴푸레한 방에 있었다.

소포 안에는 이걸 넣을까, 저걸 넣을까, 하며 한나절은 고민하고 있었다.

신문사에 보내기 위한 소포였다.

그는 생각을 거듭한 끝에 스커트 외에 치아 조각과 발톱을 떠나보내기로 결심했다.

스커트에 대해서는 망설이지 않았다. 딱히 집착하지 않았던 물건이다. 하지만 치아와 발톱은 마지막까지 고민했다.

하지만 스커트만으로는 신문사가 상대해줄 리 없다.

성명문 역시 마찬가지다.

어느 정도는 충격적인 뭔가를 보내지 않으면 이목을 집중시키기는커녕 기자에게조차 무시당하리란 사실은 뻔했다.

무료 동영상 공유 사이트에서 공개되어 계속 업로드 중인 기타미노베 사건 재수사 동영상을 그는 빠짐없이 시청하고 있었다.

전직 형사의 손자라는 '아사히'의 트위터 계정도 팔로우하고 있었다. '응원합니다'라는 리플마저 단 적이 있었다. 아사히는 형식적인 감사 인사를 남겼을 뿐이지만 웃음이 나왔다.

웃음은 나왔으나 2, 3일이 지나자 흥분도 사라졌다.

신문사에 성명문을 보내기로 마음먹은 것은 전직 형사들에게 싸움을 걸기 위해서가 아니었다. 그저 거슬렸기 때문이다. 사건의 소유권이 자신들에게 있다는 듯한 행동거지가 더 없이 거슬렸다.

기타미노베 사건은 그와 소녀들의 것이었다.

사건의 이름은 사형을 선고받은 그 두 남자를 오랫동안 따라다녔다. 하지만 그는 두 사람에게 불쾌감을 느끼지는 않았다. 가메이도 겐. 이요 준이치. 그 이름은 오히려 그의 귓가에 감미롭게 울려 퍼졌다.

—하지만 이번에는 안 된다.

기타미노베 사건은 그의 것이다. 그가 제어권을 쥐고 있어야만 한다. 그의 지배하에 있어야만 한다.

이제 와서 사건의 진상에 침범한다는 것은 죽은 소녀들에 대한 모독이기까지 했다.

그는 모두가 사용하는 마이크로소프트 워드로 문서를 작성했다.

기타미노베군 여아 연쇄살인사건, 끝났다고 생각했나?

너희들은 내 그림자조차 보지 못했다

문장에 정성을 쏟을 생각은 없었다. 괜한 개성은 필요치 않다.

하지만 피해자 유족이 알아차릴 만한 어구는 심어둬야 했다. '호랑이'였다. 야나세 사나에의 어머니라면 알아들어야 할 키워드였다.

—다가오지 마라. 너희들이 볼 수 있는 건 내 그림자뿐.

—호랑이로부터

그는 워드로 작성한 문서를 네트워크 프린트 서비스를 이용해 편의점에서 인쇄했다.

방송국에 부칠 봉투는 미리 사놓았다. 같은 편의점의 프린터기로 받는 사람에 붙일 스티커도 인쇄했다. 물론 장갑은 처음부터 끝까지 끼고 있었다.

19세기 영국의 연쇄살인범인 잭 더 리퍼는 신문사 앞으로 성명문과 알코올에 절인 신장을 보냈다고 한다.

캘리포니아에서 최소한 5명을 사살한 조디악 킬러는 암호가 포함된 성명문이나 피해자의 피로 물든 셔츠를 신문사에 보냈다.

뉴욕에서 6명을 살해한 데이비드 버코위츠는 '샘의 아들'이라 서명한 편지를 신문사 앞으로 보내고는 '나를 막으려면 죽일 수밖에 없다', '만약 나를 체포할 수 있다면 수사관 모두에게 새 구두를 사주겠다'라고 도발했다.

모두 같은 마음이었으리라, 하고 그는 생각했다.

사건은 범인의 작품이다. 조종하고 주도할 권리는 어디까지나 우리에게 있다. 이것은 그 사실을 재확인하는데, 통감케 하는 데 필요한 작업이다—라고.

그는 편의점을 나섰다.

햇살이 눈부셨다.

마침 하교 시간이었는지 초등학생들이 웃는 얼굴로 눈앞의 길을 지나갔다. 빨간색, 하늘색, 캐러멜브라운, 색색의 책가방. 마찬가지로 색색의 양말과 스니커즈.

지방이 적은 가늘고 긴 팔다리. 햇볕에 탄 매끈한 피부.

느슨하게 묶은 머리카락이 달릴 때마다 찰랑거린다.

3단으로 프릴이 달린 데님 스커트. 스트랩이 달린 구두. 작은 엉덩이에 파고든 핫팬츠. 부풀기 시작한 가슴. 팔을 들 때마다 털도 안 난 겨드랑이가 무방비하게 드러났다.

그는 낮게 흥얼거렸다.

"Stand back, I'll be watching you, in the middle of dark room……."

아직 더위가 가시지 않은 거리를, 그는 느긋하게 활보했다.

제 5 장

1

새로운 영상은 일주일 후 공개되었다.

영상의 무대는 어떤 공동주택이었다.

1LDK로 협소했지만 깔끔한 방이었다. 방과 방을 나누는 장지문이 열려 있어 안쪽에 놓인 불단이 보였다.

금박이 아로새겨진 흑단. 가련하게 핀 한 떨기 산다화 꽃가지. 검은 액자 속에서 웃고 있는 것은 영원히 7세로 남은 소녀였다.

사나에의 어머니, 야나세 구미코의 집에서 촬영한 영상이었다.

카메라가 전환되며 책상다리로 앉은 남성의 다리가 비춰진다. 이어서 무릎을 꿇고 있는 다리로 전환되었다.

아무래도 카메라는 좌식 테이블 밑에 설치된 듯했다. 화면에 비친 것은 나란히 놓인 무릎과 양말을 신은 발, 그리고 이따금 자신의 허벅지를 문지르는 손뿐이었다.

손님으로 보이는 두 남자는 모두 정장 차림인 듯했다.

카메라는 고정된 채 수평 방향으로 움직여 테이블에 둘러앉은 인물들의 다리를 순서대로 잡아나갔다. 화면 하단에 자막이 흘러나왔다.

—첫 번째 피해자의 부친 기노시타 가즈키 씨

—두 번째 피해자의 모친 야나세 구미코 씨

—주간 니치에이 기자 오노데라 신스케

모두들 다리만 출연했다. 구미코와 기노시타는 무릎을 꿇고 앉았고, 오노데라는 청바지에 맨발 차림으로 책상다리를 하고 있었다.

정장을 입은 남자들에게는 자막이 없었다.

하지만 그들 중 한 명이 내뱉은 말로 정체는 알 만 했다.

"이봐요 당신들, 적당히 좀 하세요. 자꾸 쓸데없는 짓을 하고 다니면 ××도 계속 잠자코 있지는 않을 겁니다. ××집행방해로 연행당해도 할 말이 없을 텐데요? 그러면 피차 힘들지 않겠습니까. 여러분도 각자 생활이 있으니까……"

××는 삐익, 하는 소리로 지워졌고, 목소리는 변조되어 있었다. 하지만 ××에 각각 '경찰', '공무'라는 단어가 들어가리란 사실은 명백했다.

"××집행방해고 자시고, 당신네들 수사는 이미 끝났잖습니까."

오노데라는 일부러 느릿느릿한 말투로 대꾸했다. 이쪽의 목소리는 가공하지 않았다.

"댁들이 기타미노베 사건에 대해 재수사를 하는 것도 아닌데 우리가 뭘 방해한다는 거요. 게다가 니치에이신보에 도착한 괴문서하고, 증거품 보관 창고에서 물증이 분실된 건에 대해서는 그쪽에 전면적으로 맡겨뒀고. 빨리 범인을 밝혀주신다면야 우리도 고맙지. 전~혀 방해하지 않겠습니다."

"이봐, 건방 떨지 마."

남자 중 하나가 위협하자, "그만해" 하고 정장을 입은 나머지 한쪽이 제지했다. 목소리는 여전히 변조되어 있었지만 본래 목소리가 낮다는 사실은 짐작할 수 있었다.

"오노데라 씨, 당신도 도발적인 태도는 삼가주시죠. ××에서 굳이 여러 분한테 시비를 걸러 온 건 아니니까요."

아무래도 정석대로 착한 경찰과 나쁜 경찰이 한 팀으로 찾아온 듯하다.

오노데라는 차를 홀짝이며 "우리도 싸우자는 말은 아닙니다. 그래도 한 마디만 합시다. '방해하지 말라'는 건 우리가 할 말이요."라고 말했다.

"유족은 진실을 알고 싶을 뿐이고. 나는 그걸 돕는 김에 특종을 챙기고. 뭐가 문제라는 겁니까? 유족은 진범을 알고 싶다는 생각도 하면 안 된다는 거요? 공무집행방해인지 뭔지로 협박해서 사람 마음까지 단속하겠다는 겁니까?"

이번에 나온 '공무'라는 표현은 삭제되지 않았다. 고의인지 실수인지는 알 수 없지만 영상과 음성은 아무 일도 없었다는 양 이어졌다.

착한 경찰 역이 한숨을 내쉬었다.

"진범이라. 이보세요, 가메이도와 이요는 전문 수사관 수백 명을 투입해서 체포한 범인입니다. 경찰이 체포했고, 검찰이 입건했고, 사법이 정규 절차에 따라 사형 판결을 내렸어요. 그 과정에는 한 점의 문제도 없었어요. 30년이나 지난 이제 와서 아마추어가 트집을 잡을 만한 사건이 아니란 말입니다."

"그리 생각한다면 잠자코 지켜나 보시지."

오노데라가 코웃음을 쳤다.

"자기들 수사에 자신이 있다면 가만히 있으면 될 일이잖소. 굳이 이런 곳까지 찾아와서 구질구질하게 협박이나 늘어놓을 것 없이 말이야."

"그럴 수는 없죠."

남자의 목소리가 한층 더 낮아졌다.

"만약— 만약에 말입니다. 당신들이 그 '진범'인지 뭔지를 어설픈 재주로 짚어냈다고 칩시다. 설마 그것까지 인터넷이나 텔레비전으로 내보낼 생각입니까. 말도 안 되는 소리지. 당신들의 활동에는 이미 만 단위의 눈이 집중되어 있어요. 자칫 일반인을 지목하기라도 했다간 사적인 린치가 발생할 수 있다는 말입니다."

"물론 그런 상황은 바라던 바가 아니지."

오노데라가 대답했다.

"괜한 소란도, 마녀사냥 같은 범인 몰이도 원하지 않아. 그렇기 때문에 대중에게 현장 상황과 정보를 빠짐없이 보고하는 거요. 누차 말하지만, 우리는 경찰과 대립을 바라는 게 아뇨. 협력할 수 있다면 협력하고 싶다고. 거절하고 있는 건 바로 댁들이지."

"오노데라 씨."

남자는 다시금 한숨을 내쉬었다.

"아시잖습니까. 경찰이 아마추어의 수사에 손을 빌려줄 수는 없다는 거."

"그러시겠지." 오노데라는 수긍했다.

"그럼 얘기는 끝났군. 보도에는 보도의 정의가 있어. 댁들은 경찰의 정의를 관철하시라고."

"헛소리 집어치워!"

나쁜 경찰 역의 남자가 외쳤다. 테이블을 내려친 듯한 소리가 났다.

착한 경찰 역의 남자가 파트너를 말리며, "야나세 씨."하고 구미코에게 말을 걸었다.

"야나세 씨, 이제 그만하시죠. 이런다고 사나에가 기뻐할 것 같습니까. 가만히 놔둡시다. 이렇게 계속 소란을 피운다면 그 아이도 편히 눈 감지 못할 거예요."

잠시 침묵이 이어졌다.

"……그 아이는."

구미코가 불쑥 입을 열었다.

"그 아이는 더 이상, 기뻐하지도, 슬퍼하지도 않아요."

감정이 없는 목소리였다.

"울지도, 말을 하지도 못해요. 모두, 범인이 빼앗아갔죠. —부탁입니다. 더는 저희에게서 아무것도 빼앗아가지 말아주세요. 경찰에 폐는 끼치지 않겠습니다. 그러니 활동을 계속하게 해주세요. 직성이 풀릴 때까지 하게 해주세요. ……저희에게서 알 권리마저 빼앗지 말아주세요."

침묵이 내려앉았다.

잠시 후, 기노시타가 입을 열었다.

"호시노 씨와 오노데라 씨는 30년이라는 시간을 넘어서 저희 딸들을 위해 일어나주셨습니다. 모두가 잊어가던, 바스러지기 직전의 사건을 위해서요. 아니, 오해는 마십시오. 결코 경찰에게 불만이 있다거나, 원한을 품은 건 아닙니다. 다만 잠시라도 좋으니 저희를 가만히 내버려두셨으면 합니다. 바람은 그것뿐입니다."

그가 말을 마침과 동시에 화면이 바뀌었다.

"이거 몰카잖아. 괜찮겠냐."

영상을 자신의 방에서 확인하던 아사히가 어이가 없다는 듯 말했다.

"괜찮아."

데쓰는 태연한 얼굴로 대꾸했다.

"몰카가 범죄로 성립되는 경우는 가장 먼저 의복 아래를 노린 외설 목적의 도촬. 다음으로 타인의 주거에 침입해서 실시한 도촬. 그리고 저작권 침해, 명예훼손, 초상권 침해에 해당하는 경우 등이야. 원칙적으로 공무 중인 공무원에게 초상권은 없다지만 이번에는 얼굴도 안 찍었고 목소리도 변조했지. 이름, 직책, 신분도 노출하지 않았고."

"그렇다고 인터넷에 올리는 게 합법은 아니잖아?"

"아마도. 최소한 경찰에 대한 인상은 악화되겠지."

데쓰는 태연히 고개를 끄덕였다.

"그러니 항의가 들어온다면 바로 삭제할 거야. 그때까지 몇 만 명이나 시청할지는 내 알 바 아니지만."

"이거 완전 악질이네."

아사히는 웃었다.

예상대로 영상은 이튿날 오후에 인터넷상에서 삭제되었다. 하지만 불과 몇 시간 후, 동영상을 보존해놓은 뜻 있는 이들의 손에 다시금 업로드되었다.

당연히 또다시 삭제되었지만 다른 이용자가 재차 영상을 올렸다. 몇 시간 후에 다시 삭제, 재업로드가 반복되었다. 끝이 나지 않는, 문자 그대로 두더지 잡기였다.

그리고 익명 게시판에서는 이러한 공방이 화제에 올랐다.

사건에 관심이 없으면서도 단순히 재미로 영상 업로드에 협조하는 이들까지 나타나 영상의 총 재생 수는 사흘 만에 80만에 도달했다.

2

"할아버지, 무슨 일이야."

아사히는 거실에 들어서자마자 눈을 동그랗게 떴다. 대학에서 막 돌아와 아직 해도 떨어지지 않은 시간이었다.

세이지는 소파에 드러누운 채 희미하게 눈꺼풀을 들어 손자를 올려다보았다. 일어나려 했지만 그 전에 아사히가 만류했다.

"그냥 누워 있어. 어디 아파?"

"아니다."

세이지는 고개를 저으며 느릿느릿 몸을 일으켰다.

"실은 카이 씨— 사카이 계장한테서 전화가 왔거든. 가메이도로부터 자백을 받은 당사자 말이다. 일방적으로 화를 내고는 끊어버리지 뭐냐. ……예상은 했지만 존경했던 상사에게 '은혜도 모르는 개새끼'라는 욕까지 들으니 역시 충격이더구나."

"괜찮아?"

"그래. 너야말로 대학은 어땠니."

그렇게 묻자 아사히는 웃었다.

"뭐, 살짝 유명해지고는 있지. 그래도 상관없어. 여자애들이 얘기를 들어보려고 우르르 몰려오니까 오히려 이득 본 느낌인걸. 다음에는 데쓰를 위해서라도 소개팅을 잡아줘야겠어. ……그보다."

아사히의 표정이 바뀌었다.

"대학보다는 인터넷에서 튀어나온 머저리들이 더 문제야. 우리 흉내를 낸답시고 사건 현장에 찾아가거나, 기노시타 씨나 야나세 씨와 접촉하려는 관심병자들이 계속 늘어나고 있어. 악질적인 유사 영상을 업로드하는 녀석까지 등장한 것 같아. 운영 측에 항의해서 삭제되긴 했지만 과연 이대로 잦아들지 어떨지 모르겠네."

"나 원 참."

세이지는 한숨을 내쉬었다.

"흉내질이나 소년 탐정단 노릇은 그만두라고 데쓰의 영상에다 못을 박아둬야겠구만. 경찰이 걱정했듯이 아무런 상관없는 누군가가 범인 취급을 받아 린치라도 당했다간 큰일이야."

커피를 마시고 싶었다. 평소보다 더 그런 생각이 들었다.

하지만 사카이 전 계장의 매도를 들은 탓인지 지금은 무리였다. 속이 쓰렸다. 억지로 카페인을 흘려보냈다간 모든 장기가 비명을 지를 것 같았다.

세이지는 얼굴을 찌푸리며 오른손으로 명치를 쓸어내렸다.

저녁 식사 후, 자신의 방으로 올라간 세이지를 기다리고 있던 것은 휴대폰의 착신 표시였다.

오노데라였다. 곧바로 전화를 걸었다.

늙은 기자는 변함없이 정력적이었다.

"시노 씨, 전에 말한 그 롤리콤 녀석을 조사해봤어. 리카의 엄마를 차로 치고 소년원에 간 녀석 있잖아."

"호오, 어땠는데?"

"유감이지만 결백해. 리카가 살해당했을 무렵, 녀석은 도로 공사 인부로 일하며 가와사키시 잇신초에 머무르고 있었어. 그리고 니치에이신보에 우편물이 날아들기를 전후해서 폐렴으로 일주일 정도 입원 중이었지. 다른 사람한테 대신 부쳐달라고 할 수야 있겠지만, 범인일 가능성은 아주 낮겠어."

"그렇군. 고마워."

"왜 그래? 기운이 없는데."

오노데라의 지적에 절로 쓴웃음이 지어졌다. 사실은 사카이 전 계장이 전화를 걸었으며 욕설을 퍼부었다고 간단히 설명했다.

오노데라는 신음하더니 "카이 씨라면 여든이 다 되지 않았나? 그런 노인네 귀에까지 들어갈 정도로 우리 활동이 유명해졌나 보군. 텔레비전의 힘은 역시나 대단하다니까. ……이렇게 기뻐해야 할 일인지는 모르겠지만."하고 쓴웃음을 지었다.

"마침내 경찰과 전면 대결인가. 우리 편집장이야 의욕이 넘치니 상관없지만, 시노 씨가 원한 건 이런 게 아니었을 텐데."

"덕분에 예전 부하들한테도 연락하기 껄끄러워졌어. 듣자 하니 와시오 형사 국장으로부터 우리가 쓸데없는 짓을 못 하게 하라는 칙령이 떨어진 모양이야."

"와시오? 아하, 전 수사 1과장의 사위 말이군. '비둘기한테 잡아먹힌

독수리'였지."

오노데라의 입에서 쳇, 하는 소리가 튀어나왔다.

"하토야마 영감은 보통 너구리가 아니었어. 현역 시절에 몰래 기삿거리를 거래해보려고 별장까지 쫓아다닌 적이 있는데, 능구렁이처럼 도망쳐버리지 뭐야. 흥, 지금은 엘리트 사위 덕분에 주가가 높아져서 콧대가 하늘을 찌른다던데."

"콧대가 높아질 만도 하지. 와시오 형사 국장은 평판이 자자한 수완가인데다 차기 경시총감 후보라는 소문까지 있으니까. 시골 현경 과장으로 막을 내린 어르신 입장에서 딸이 경시총감 사모님이라니, 어디 보통 기쁜 일이겠나."

"우리는 그 '평판이 자자한 수완가'를 적으로 돌린 셈이로군. 아이고, 무서워라. 무서워서 자다가 소변이라도 지렸다간 큰일이지. 오늘 밤에는 맥주를 한 캔만 마셔야겠어."

오노데라는 농담을 던지더니 "또 연락하지" 하며 일방적으로 전화를 끊었다.

세이지는 남은 배터리를 확인하고는 휴대폰을 충전기에 꽂았다.

느껴지는 시선에 문득 고개를 들었다.

반쯤 열린 미닫이 사이로 딸 미카코가 서 있었다.

"아, 미안하다. 바로 목욕하마."

황급히 몸을 일으켰지만 미카코가 가로막았다.

"오빠한테 전화 왔었어."

세이지의 움직임이 멈췄다.

저도 모르게 고개를 돌려 딸을 물끄러미 바라보았다.

미카코의 오빠라면 히데히코뿐이다. 제 어미인 교코의 죽음에 대해 세이지를 몰아붙이고는 아직까지 연을 끊고 사는 장남 히데히코였다.

"그 방송을 본 모양이야. 오빠답지 않게 엄청 당황했더라고. '너는 옆에 있었으면서 그걸 가만히 놔뒀느냐', '왜 안 말렸느냐'라면서. 자꾸 꼬치꼬치 따지길래 '내가 두 눈 부릅뜨고 지켜보는 중이니 걱정 마라'라고 큰소리치고는 끊어버렸어."

"미안하다."

세이지는 재차 사과했다. 사과 외에는 달리 할 말이 없었다.

미카코는 아버지를 내려다보며,

"어휴, 정말이지……. 너무 무리는 하지 마."

하고 한숨을 내쉬며 미닫이를 닫았다.

3

하지만 진짜 문제는 그 다음 주부터였다.

경찰의 방문을 몰래 촬영한 영상이 아침 정보 방송에서 다뤄진 것이다. 톱뉴스는 아니었고 내보낸 방송국도 하나뿐이었지만 역시나 전국으로 방영되자 반응의 규모도 남달랐다.

해설자들은 눈살을 찌푸리며,

"경찰이 일반 시민을, 심지어 피해자 유족을 협박하다니 그냥 넘어갈 수 없다."

"아마추어의 수사가 옳다고는 할 수 없지만 경찰의 방식에도 문제가 있어 보인다."

라며 한결같이 경찰에게 비판적인 뜻을 내비쳤다.

방영 시간은 겨우 15분 정도였다. 하지만 방송 후, 프로그램 앞으로 여러 통의 전화와 메일이 날아든 모양이다. 또한 SNS에서도,

"이게 동영상 사이트에서 화제가 된 그거?"

"처음 알았다."

"지역 방송국에서만 다루다니 아깝다."

등의 여러 의견이 올라왔다.

하지만 당연히 반가운 일만 있지는 않았다. 먼저 세이지의 집 전화로 수십 통의 장난전화가 걸려왔다.

오후에는 결국 전화선까지 뽑게 되면서 미카코는 노발대발했지만 "진정해요. 어차피 다들 스마트폰이나 휴대폰 갖고 있잖아. 집 전화를 못 쓴다고 그리 불편할 것 없어요."라고 남편인 사토시가 달랬다.

장난전화나 괴문서는 기노시타 가즈키와 야나세 구미코에게까지 날아들었다. 그 피해는 세이지의 집보다 훨씬 많았던 모양이다. 하지만 두 사람 모두 담담했고,

"익숙한 일이라 이제는 아무렇지도 않아요."

"부재중 전화에 남겨진 메시지나 우체통으로 도착한 괴문서는 모두 모아 두고 있습니다. 나중에 건네 드리죠. 영상의 소재를 제공받았다고 생각하면 고마울 정도네요. 그보다, 호시노 씨 댁에까지 폐를 끼치게 돼서 정말 죄송

합니다."

라며 오히려 사과까지 받고 말았다.

아사히의 트위터 계정에도 전에 없이 많은 '악플'이 달렸다.

특히 악질적인 무리는 리플로 어린아이의 시체 사진이나 어린 소녀를 모델로 한 외설적인 일러스트를 올려댔다. 모두 인터넷에서 수집한 것으로 보이는 사진이었다.

일러스트의 경우는 그림을 그린 작가 본인이, "소식을 듣고 왔습니다. 작가의 뜻과는 무관한 무단전재입니다. 저희 쪽에서도 삭제 요청을 올렸습니다" 하고 다급히 댓글을 달고 가는 상황이 잇따랐다.

팔로워들은 힘을 합쳐서 트위터 운영 측에 사진을 삭제해 달라고 요청했다. 하지만 테러의 주범은 계속해서 1회용 계정을 만들어서는 끊임없이 사진을 올렸다.

"이건 상대방이 지겨워질 때까지 기다릴 수밖에 없겠어."

한숨을 내쉬는 아사히에게 데쓰는, "기노시타 씨의 말대로 이런 악질적인 방해 공작도 모두 영상의 소재가 될 거야. 일단은 화면을 통째로 스크린샷으로 저장해두자."하고 냉철하게 말했다.

아사히는 생각 끝에 '리에이트'를 일시 탈퇴하기로 결정했다. 작품뿐 아니라 계정 자체를 삭제한 것이다.

"괜찮겠냐."

확인 차 묻는 데쓰에게 아사히는 "그래" 하고 고개를 끄덕였다.

"목적은 얼추 완수했고, 네이머는 USB에도, 클라우드에도 보관해뒀으니까. 다시 시작할 마음만 먹으면 언제든 다시 시작할 수 있어."

아사히는 손바닥으로 얼굴을 문질렀다.

"게다가 장난전화 때문만은 아냐. 요즘 들어 롤리콤 계열의 야한 일러스트에 대한 의식이 바뀌었거든. 물론 남의 취향에 왈가왈부하려는 마음은 없지만, 리카와 사나에의 얼굴이 자꾸 떠올라서……."

"그래. 이쪽도 이래저래 바뀔 수밖에 없겠지."

데쓰는 무표정하게 동의했다.

며칠 뒤, 타 방송국의 아침 정보 방송에서도 뒤따르듯이 문제의 영상을 다루었다.

도치기 종합 텔레비전으로도, 트위터로도 전국에서 '자칭 정보제공자'의 전화와 다이렉트 메시지가 쇄도했다.

"예전에 근처에서 살았어요. 그러고 보니 수상한 남자를 본 것 같아요."

"부모님이 수상한 소리를 들었다고 했어요."

"죽은 가메이도 씨하고 닮은 사람이 근처에 살아요. 이 사람을 대신해서 가메이도 씨가 오인 체포되었을 가능성은 없을까요?"

방대한 양이었다. 확인을 맡은 아사히는 닷새 만에 곡소리를 냈다. 세이지는 오노데라에게 부탁해 주간 니치에이의 인턴 직원에게 다이렉트 메시지의 관리를 위탁했다.

심야 방송인 「르포 · 기타미노베군 여아 연쇄살인사건」에 관해서는,

"도쿄에서도 보고 싶다."

"왜 전국적으로 방송하지 않는 겁니까."

등 다수의 요청이 날아들었다고 한다.

그러한 희망에 부응하듯이 무료 동영상 공유 사이트에서는 「르포 · 기타

미노베군 여아 연쇄살인사건」에서 광고를 제거한 영상들이 업로드되기 시작했다.

방송의 저작권은 당연히 방송국에 있다. 방송을 그대로 업로드했다간 운영 측에 발견되는 족족 저작권 침해로 삭제당하게 된다.

하지만 아무리 삭제당하더라도 영상은 여러 사람의 손에 계속해서 업로드되었다.

물론 위법이다. 하지만 지난번과 마찬가지로 후쿠나가는 딱히 삭제를 요청하지 않았다.

"다음 방송에 좋은 선전이 될 거야."

그 말대로 시청률은 우상향 곡선을 그렸다.

특히 녹화 예약률이 급격히 늘어났다. 방영 시간까지 깨어 있지 못하는 시청자 층이 녹화까지 해가면서 방송을 보려 한다는 뜻이었다.

버라이어티도, 드라마도 아니며 전국구 연예인이 출연하는 것도 아닌 다큐멘터리 방송으로서는 이례적인 사태였다.

급기야 '방송의 메인 스폰서가 되고 싶다'라며 나서는 기업까지 등장했다. 도치기에 본사를 두고 간토 지방을 중심으로 프랜차이즈형 인테리어 용품점 사업을 펼치는 2부 상장 기업이었다.

창업자이기도 한 회장이 친히 전화를 걸어서는, "방송의 팬이오. 방송 업계의 사정은 모르지만 예산 없이는 방송을 계속할 수 없겠지. 겨우 예산 문제로 방송이 중단된다는 건 안 될 일이야."라고 호기롭게 말했다고 한다.

"겨우 예산이라니, 대단하죠. 이 디플레이션 시대에 참 배포도 커요."

후쿠나가는 쓴웃음을 지었지만 기분은 좋아 보였다.

또한 세이지에게는 취재 요청이 쇄도했다. 하지만 세이지는, "죄송합니다. 주간 니치에이 이외의 취재는 받지 않습니다."하고 모든 요청을 정중히 거절했다.

딱히 주간 니치에이와 독점 계약을 맺지는 않았다. 하지만 의리상 그럴 수 없었다.

"당연하지. 애초에 내가 팀 호시노의 1번 멤버인데."

오노데라는 의기양양하게 가슴을 뒤로 젖혔다.

술집에서 만났던 그날 밤, '지금 단계에서 댁을 따를 수는 없지'라고 딱 잘라 말했던 일은 깡그리 잊어버린 듯한 태도였다.

4

"2006년에 일어난 요시카와 하루카 사건에 대해 정보를 정리해보자."

주요 멤버인 아사히, 데쓰, 오노데라, 후쿠나가를 모아두고 세이지는 그렇게 말문을 열었다.

장소는 세이지의 집, 아사히의 방이었다. 어느새 완전히 대기실처럼 변해버렸다. 아무것도 없는 세이지의 방보다 역시 컴퓨터가 있는 아사히의 방이 더 편했기 때문이다.

최소한의 자릿세로 후쿠나가와 오노데라로부터 소형 냉장고를 선물받은 덕에 예의 낡은 아이스박스는 제 소임을 마쳤다.

"2006년이라 하면 사나에 사건으로부터 18년 후야. 동일범이라면 용케도 욕구를 참고 있었구만."

오노데라가 말했다.

"그건 지금도 해당되는 말이죠. 니치에이신보로 괴문서를 보낸 남자가 진범일 경우, 녀석은 하루카 실종 사건으로부터 다시 10년 넘게 범행을 자제한 셈입니다."

후쿠나가가 말했다.

"예전부터 품었던 의문이로군. '진범이 있다면 어째서 가메이도와 이요의 체포와 동시에 범행을 멈추었는가.' 역시 각각의 범행 시기에 모종의 이유가 있었다고 봐야겠지."

세이지가 곰곰이 생각하며 말했다.

"리카와 사나에를 살해하기 직전, 범인은 충동을 실행으로 옮기기 위한 어떤 심리적 허들을 뛰어넘었어. 그리고 가메이도와 이요가 체포된 후로는 범행을 일단 중단했지. 그동안은 경찰의 눈길이 삼엄해졌기 때문이라 가정했지만 어쩌면 이 시기에도 어떤 일이 있었는지도 몰라. 가메이도와 이요와는 직접적 관련이 없는, 범인의 개인적인 사정 말이야."

"그렇다면 하루카 실종 사건도 마찬가지겠네."

"죄송합니다. 이건 책에 나온 내용인데—"

데쓰가 끼어들었다.

"범죄학에 해박한 영국의 작가, 콜린 윌슨의 말에 따르면 '범죄자는 긴장작용, 즉 폭발하는 긴장도가 일반인보다 높다'라고 해요. 범죄자들은 일반적인 사람보다 월등히 스트레스에 민감하죠. 게다가 살인자의 충동은 심적 안정도에 크게 좌우돼요.

실제 살인범이 범행 전에 느끼는 스트레스의 원인은 가족 간의 분쟁, 이성과의 이별이나 다툼, 부상이나 질병, 실직, 빚 등이에요. 보통 사람들은 이러한 문제가 일어나더라도 범죄로 치닫는 대신 근본적인 해결에 힘쓰겠죠. 하지만 이들은 심적 긴장도를 높여가다 결국 타인에게 폭발시켜버려요."

"말하자면 범인은 2006년 혹은 5년에 어떤 심각한 스트레스를 받았을 가능성이 있다는 말이로군."

오노데라가 말했다.

"이성과의 이별이나 다툼, 부상이나 질병, 실직, 빚이라……. 역시 범인도 살아 있는 인간이야. 그 정도 좌절에 죄 없는 아이를 상대로 분풀이를 한다니 용서할 수 없지만, 그래도 괴물이라는 이미지는 조금 해소된 느낌인걸."

"그 점에서는 한발 전진했군."

세이지는 자료를 넘기며 말했다.

"요시카와 하루카는 모습을 감추기 직전, 친구에게 '다쳐서 난처해하는 사람이 있으니 도와주고 오겠다'라고 말했어. 야무진 아이였던 이 친구는 '가지 말라'라고 말렸다는군. 하지만 하루카는 '어린 아이가 있는 집이니까 괜찮아', '감사 인사로 장난감을 보여준대'라면서 결국은 사라졌지. 하지만 증언이 다소 불확실해서 '장난감'이라고 했는지 '애완동물'이라고 했는지 아니면 또 다른 말이었는지, 정확하지는 않다고 해."

"그건 새로 밝혀진 사실 아냐?"

아사히는 자료를 엿보며 물었다.

"집에 어린 아이가 있다. 장난감이 많거나 애완동물이 있다……."

"무슨, 아이를 낚기 위한 거짓말이겠지."

오노데라는 어깨를 으쓱였다.

"애초에 2006년의 초등학생이 고작 장난감에 낚이겠어? 보자, 리먼 쇼크가 2008년이었으니 그로부터 2년 전이었으면 경기도 좋았겠군. 도요타가 GM의 매상을 뛰어넘었다느니 뭐라느니 하는 떠들썩한 뉴스를 본 기억이 나. 기브 미 초콜릿, 하던 시대도 아니고, 21세기의 어린이가 장난감 따위에 낚여서 쫄래쫄래 따라갈 리 없잖아."

"역시 기자야. 사회 정세에 밝아."

세이지는 오노데라를 치켜세웠다.

"하지만 유감스럽게도 요시카와 하루카는 빈말로도 유복한 집 자식이라 할 수는 없었던 모양이야. 네 살 때 부모님이 이혼한 후로는 엄마, 남동생과 함께 시영 주택에서 지내고 있었지. 엄마는 밤낮을 가리지 않고 일하느라 아이를 돌볼 여유가 없었던 것 같아. '만날 같은 옷을 입어서 냄새가 난다', '집에 게임기가 없어서 말이 안 통한다'라며 같은 반 아이들은 하루카를 멀리했다고 하더군. 참고로 앞서 언급된 친구는 같은 시영 주택에 사는 세 살 많은 소녀로, 학교 친구는 아니었어."

"또 편부모 가정이로군. ……아, 미안. 그게 잘못됐다는 건 아냐."

오노데라는 그 자리에서 사과했다.

"잘못됐다는 건 아닌데, 리카는 어머니와 사별하고, 사나에도 이혼 가정이었잖아. 범인은 부모님이 한 분만 계시는 아이만 노리는 건가."

"외로움을 공략하는 게 특기라면?"

후쿠나가가 말했다.

"반 아이들이 멀리할 정도였으니 범인도 한 눈에 하루카가 '부모의 보살핌이 충분하지 않은 아이'임을 알 수 있었을 겁니다. 리카와 사나에는 미리 조사를 했다 하더라도 하루카의 경우는 불시에 저지른 우발적인 범행이었을지도 몰라요. 부모의 양육에 미비한 점이 있다는 건 다시 말해 부모가 범행을 알아차리기까지 시차가 발생한다는 뜻이니까요. 범인에게는 딱 알맞은 먹잇감이죠."

"그럼 역시 장난감이나 애완동물로 꼬드긴 건가."

아사히가 말했다.

"하지만 개나 고양이는 근처에서 얼마든지 볼 수 있잖아? 보기 드문 애완동물이던 걸까?"

"동물을 좋아하는 아이에게는 개나 고양이도 충분히 매력적이지 않았을까. 시영 주택에서는 기를 수 없기도 하고." 데쓰가 말했다.

세이지는 "아니" 하고 부정했다.

"굳이 친구한테 알려주고 갔다는 대목에서 자랑하는 듯한 뉘앙스가 느껴져. 장난감이었든, 애완동물이었든 웬만큼 희소가치가 있는 뭔가였겠지. 아무튼 여자 아이의 마음을 자극할 줄 아는 녀석이야. 어린아이를 많이 겪어봤는지도 몰라."

"어린아이를 다루는 데 익숙한 직업 아닐까. 이를테면 교사라든지, 아니면 보육원 선생."

오노데라가 팔짱을 꼈다.

"아무리 삼각 붕대를 하고 있었다 해도 그것만으로 아이를 완전히 무장해제시킬 수는 없어. 분위기나 태도가 유들유들하든지, 아니면 아이와 같은 눈높이에서 말하는 재주가 있든지……."

"그러고 보니 예전에 우리한테 말을 걸었던 변태도 그런 느낌이었는데."

아사히가 낮은 목소리로 말했다.

"어른이었지만 아주 어른이란 느낌은 아니고……. 뭐라고 하면 좋을까, 분위기가 묘한 사람이 많았어. 대부분 차 안에서 말을 걸었지. 그때 유행했던 포켓몬이나 무시킹 카드를 보여주면서 '거기 꼬마야, 카드 교환하지 않을래?' 이러는 식이었는데……. 범인도 그런 느낌이지 않았으려나."

반쯤은 혼잣말 같았다.

데쓰가 고개를 끄덕였다.

"그런 녀석들은 카드든 게임이든 실물을 가져와서 차창 밖으로 내밀어 보여주곤 했지. 어린애가 '바꾸자'라고 하면 '차 안에 더 있어. 직접 확인해봐'라고 살살 꼬드겨서 차에 태워버리고."

"예전에 미야자키 쓰토무는 '사진을 찍어주겠다'라면서 카메라를 든 채 소녀들에게 다가갔지. 대사는 다르지만 수법은 똑같군."

세이지는 씁쓸하게 말했다.

"그리고 '요시노부 유괴살인사건'의 범인인 고바라 다모쓰는 '물총을 고쳐주겠다'라면서 요시노부에게 다가갔다 하지. 고바라는 한쪽 다리가 불편한 데다 도호쿠 사투리가 심해서 순박한 사람처럼 보였어. 어린아이가 경계할 만한 남자는 아니었던 거야……."

세이지의 뇌리에 범인상이 떠올랐다.

유순한 남자로 용모는 중상. 당시는 비교적 젊은 연령대로 상한선은 기껏해야 30대. 아이가 안심할 만한 분위기를 풍긴다. 동세대의 눈에는 다소 유치하게 보일지도 모른다.

2005년 내지는 6년에 큰 스트레스를 받았다. 손발톱에 집착한다. 인정 욕구가 높으며 거만하다. 가학성을 감출 정도의 적응 능력을 보유했다.

범행에서 치밀한 계획성은 느껴지지 않는다. 두서없는 부분도 많다. 하지만 적어도 무질서, 무계획적이지는 않다. 특히 사나에 사건에서는 미리 감금용 은신처를 준비한 것으로 보인다.

지능은 낮지 않다. 하지만 사회적으로 성공한 인물과는 거리가 멀다. 오히려 패배자에 가까우리라. 주변을 깔보고 있으며, '나는 저 녀석들보다 유능한데 부당한 평가만 받는다'라는 착각에 빠져 있다—.

비로소 범인의 윤곽이 떠오르기 시작했군, 하고 세이지는 생각했다.

프로파일링이라 부를 정도는 아니었다. 하지만 어렴풋하게나마 형태가 잡혔다는 점에서는 반가운 일이다. 오노데라의 말마따나 '인간'을 쫓는다는 실감이 솟아났다.

세이지는 천천히 손을 비볐다.

5

"도이 리쓰코의 현 주소가 판명됐습니다."

후쿠나가는 수화기 너머에서 대뜸 그렇게 입을 열었다.

세이지는 몇 초 동안 입을 열지 못하다가 곧바로 정신을 차렸다.

"확실한가. 어떻게 알아냈지?"

"방송국 앞으로 익명의 정보가 날아왔어요. 도이 씨의 풀 네임 등은 모두 가려서 방영했지만 아는 사람은 금방 알 수 있으니까요. 저희가 확인했습니다. 틀림없이 도이 씨였어요. 현재는 딸 부부와 함께 아미바라 역 근처의 임대주택에서 거주하는 모양입니다."

"그렇군. 수고했어."

"아뇨. 그리고 또 하나 좋은 소식입니다."

후쿠나가는 애태우듯 잠시 뜸을 들인 후 말했다.

"「르포 · 기타미노베군 여아 연쇄살인사건」이 수도권 방송국 5사의 눈에 들었어요. 방영 시간은 더 심야로 밀려나겠지만 이로써 거의 간토 전역에서 시청할 수 있게 됐습니다. 해냈어요. 마침내 하나의 흐름을 이뤘다고요. 이제 방송쟁이로서는 여한이 없습니다."

"그렇군. 얼마나 굉장한 건지 나로서는 딱히 실감이 안 나네만."

아무튼 축하하네, 하고 세이지는 후쿠나가를 격려했다.

"방송은 후쿠나가 씨를 믿고 일임하지. 우리는 도이 리쓰코를 추적할 테니. 주소 외에 다른 정보는 아사히한테 메일로 보내주게."

"알겠습니다."

후쿠나가는 어울리지 않게 들뜬 목소리로 대답했다.

이튿날 저녁, 세이지는 아사히, 데쓰와 함께 아미바라마치로 향했다.

어느 때와 마찬가지로 전철을 타고 이동했다. 호시노 집안에서 소유한 세레나(미니밴의 한 종류–옮긴이)는 사토시가 통근에 사용하기 때문에 평일에는 자유롭게 쓸 수 없다. 또한 이시바시 집안의 프리우스와 아쿠아는 모두 데쓰가 열쇠를 꺼내올 수 없었다.

“우리도 슬슬 렌터카 같은 거 알아봐야 하지 않을까?”

“그러게. 기재도 무겁고…….”

투덜거리는 두 사람을 힐끔 돌아보며 흔들리는 차 안에서 손잡이를 쥐고 있으려니 바로 뒤에서 누군가가 조심스럽게 말을 걸었다.

“저기…….”

“네?”

아차, 가방을 부딪치기라도 한 건가, 싶어서 세이지는 반사적으로 몸을 잡아당겼다. 고개를 돌려보니 교복 차림의 여고생이 서 있었다.

하지만 소녀는 화내지 않았다. 수줍게 웃으며,

“「르포 · 기타미노베 사건」에 나온 전직 형사님이시죠? 인터넷에서 늘 보고 있어요. 뭐라 하면 좋을지 모르겠지만…… 저기, 힘내세요.”

꾸벅 고개를 숙이고는 종종걸음으로 옆 차량으로 사라졌다.

어안이 벙벙해진 할아버지를 무시한 채, “실화냐, 현실에서 응원을 다 받아보네. 게다가 귀엽던데, 대박!” 하며 아사히는 크게 호들갑을 떨었다.

냉철한 데쓰조차 “꽤 기분이 좋은걸” 하며 싫지만은 않다는 눈치였다.

도이 리쓰코가 사는 임대주택은 아미바라 역 지하도를 나와 걸어서 3분 정도 걸리는 주택가에 위치해 있었다.

지은 지는 제법 된 듯했지만 딱히 특이한 점은 없는 목조 단독주택이었다. 정원 대신 한 대 분의 차고가 갖춰져 있었다. 도로와 면한 부엌 창문에 눈가리개처럼 설치된 격자가 예스러운 느낌이었다.

—딸 부부와 동거 중이란 말이지.

세이지는 창문을 올려다보며 생각했다.

나와 같은 신세로군, 하고 생각하니 기묘한 친밀감이 솟아났다.

미카코 부부와의 동거에 불평할 점은 없었다. 사토시는 참한 사위였고, 아사히는 어렸을 때부터 자신을 잘 따랐다. 미카코가 잔소리를 좀 하지만 그 또한 사위의 체면을 생각해서임을 충분히 알고 있다.

—하지만 도이 리쓰코는 과연 어떨까.

흔히 고부간의 동거는 원만하지 않다고들 한다. 장남 부부보다 장녀 부부와의 동거가 더 낫다는 말은 예부터 있었다. 세이지 역시 히데히코와 함께 살았다면 1년도 버티지 못했으리라. 물론 히데히코가 세이지에게 같이 살자고 청할 리도 없지만.

—리쓰코는 딸 부부와 좋은 관계를 쌓고 있을까.

가메이도 겐의 부고를 듣고 뭔가 대화가 오가지는 않았을까. 사위에게 실은 사형수와 면식이 있었노라고 밝힌 적은 있었을까.

"데쓰, 카메라는 준비 됐니."

"네."

데쓰는 평소의 목소리로 대답했다.

세이지는 문 옆의 초인종을 눌렀다.

인터폰이 아닌 평범한 초인종이었다. 문패도 없었다. 하지만 문 위에 남은, 볕에 바래지 않은 네모난 흔적이 예전에는 그 자리에 문패가 있었음을 나타내고 있었다.

후쿠나가의 정보에 따르면 리쓰코의 딸은 미치루라는 이름이었다. 사위는 노즈에 유스케. 손주는 리온. 성별은 알 수 없었다.

"네—"

집 안에서 초인종에 응답하는 목소리가 들려왔다.

중년 여성의 목소리다. 아마도 딸인 미치루이리라.

현관으로 내려오는 기척이 느껴졌다. 하지만 문은 열리지 않았다. 알루미늄 문 너머로 미치루가 물었다.

"누구세요?"

"저기, 리쓰코 씨를 만나러 왔습니다만."

"……누구신데요?"

미치루는 되물었다. 목소리에 의심이 깃들어 있었다.

"가메이도 겐에 대해, 여쭙고 싶은 일이."

"돌아가세요."

미치루의 목소리가 딱딱해졌다.

과연, 모녀 사이에 소통은 되는가 보군, 하고 세이지는 깨달았다. 증언에 따르면 리쓰코의 아이들은 가메이도를 잘 따랐다고 한다. 미치루는 어느 정도 그를 기억하고 있으리라.

"리쓰코 씨는 안에 계십니까."

"엄마는 아무 말도 안 할 거예요. 자꾸 이러시면 경찰 부를 거예요."

미치루가 언성을 높였다.

물러서야 할까, 세이지는 잠시 망설였다.

리쓰코에게 물어봐야 할 것은 산더미 같았다. 가메이도의 '잊을 수 없는 여성'은 누구인가. 리쓰코의 의미심장한 말은 대체 무슨 뜻이었을까. 가메이도가 '줄곧 숨기고 있었던' 사실에 짚이는 구석은 있을까. 또한 그것은 이요가 숨기고 있는 정보와 관계가 있을까.

세이지의 뜻이 정해지기도 전에 미치루가 소리쳤다.

"지금 막 신고했어요."

난감하게 됐군, 하고 세이지는 혀를 찼다. 아사히와 데쓰를 돌아보며 '철수하자'라는 신호를 내렸다.

하지만 부지를 나섰을 때, 장신의 남자가 눈앞을 가로막았다.

"뭡니까, 당신들."

"우리 집에 무슨 볼일이죠. 집사람한테 무슨 짓이라도 한 겁니까. 아까 신고 했다느니 그러던데."

이 녀석이 사위인가, 하고 세이지는 남자를 올려다보았다.

남자는 위압하듯 두 손을 주머니에 찔러 넣은 채 어깨에 힘을 주고 있었다. 세이지는 얻어맞을 각오를 했다.

남자를 성을 내며 어깨로 세이지를 밀쳤다. 아사히가 다급히 끼어들었다.

"앗, 저기, 폭력은 쓰지 마세요. 가면 되잖아요."

"간다고 끝날 일이 아니잖아. 도망칠 생각 말고 경찰이 올 때까지 여기 있어."

남자가 아사히를 향해 침을 튀겼다.

뒤에서 데쓰가 세이지의 팔을 슬쩍 당겼다. 어깨너머로 돌아본 세이지는 얼굴을 찌푸렸다. 세복 차림의 순경 둘이 맞은편에서 달려오고 있었다. 생각보다 빨랐다.

"뛰어라, 아사히!"

말을 마치자마자 달렸다.

세이지는 올해로 예순여섯이다. 현역 순경을 뿌리칠 수 있을 리 없다. 그럼에도 달렸다. 금세 숨이 찼지만 계속해서 달렸다.

앞장서서 달리던 데쓰는 전신주가 세워진 모서리에서 왼쪽으로 꺾었다.

거의 아무런 생각 없이 뒤따랐다. 그 순간, 흠칫 놀랐다.

블록 담장 뒤에서 하얀 팔이 튀어나왔기 때문이다. 팔을 흔들고 있다. 아니, 손짓이었다. 이리로 도망치라 하고 있었다.

데쓰와 아사히를 따라 세이지는 담장 안으로 뛰어들었다.

팔의 주인은 초로의 여성이었다. 처음 보는 얼굴이다. 하지만 세이지는 잠시 눈을 껌뻑였다. 죽은 아내인 교코와 조금 닮은 느낌이었던 것이다.

여성은 세이지에게 얼굴을 내밀고는 속삭였다.

"들어와요. 집 안을 통해서 뒷문으로 도망치세요."

"그래도 되겠습니까."

"당신들, 소녀 살인사건을 재수사하고 있는 사람들이잖아요. 텔레비전에서 봤어요."

여성은 목소리를 낮췄다.

"……우리 집에도 또래 손녀가 있어서."

그 목소리와 긴장된 표정에 세이지는 어째서인지 가슴이 욱신거렸다.

"감사합니다."

숨죽인 목소리에 그렇게 대답하는 것이 고작이었다.

여성의 말에 따라 세 사람은 집 안으로 들어간 후 뒷문으로 나와 순경들을 따돌렸다.

6

“아무 생각 없이 달려서 그런가. 늦은 감이 들지만 초보적인 의문이 떠올랐다.”

세이지는 말했다.

집으로 돌아온 일동은 여느 때와 마찬가지로 아사히의 방에서 이마를 맞대고 있었다.

세이지는 밍밍한 차로 입술을 적신 뒤 말했다.

“첫 번째 범행은 어느 범죄자에게나 특별한 법이야. 단순 절도라 해도 첫 범행 이후에는 ‘두 번 다시 안 하겠다’라고 후회하느냐, ‘흥분했다. 또 하지 않고선 못 배기겠다’라고 생각하느냐에 따라 길이 크게 엇갈리지. 기타미노베 사건의 범인은 전형적인 후자일 거다. ……그런데 녀석은 최초 피해자인 리카가 아닌 사나에의 유족에게 장난전화를 걸었어. 왜일까.”

“기노시타 씨의 집에도 걸지 않았을까? 당시에는 장난전화가 몇 백 통씩 걸려 와서 한동안은 전화선을 뽑았다고 기노시타 씨 본인이 그랬잖아. 그 중에 섞여 있던 거 아냐?”

아사히가 말했다.

“아니, 이런 타입은 집요하기 때문에 상대방으로부터 어떤 반응을 이끌어내기 전까지는 멈추지 않을 거야. 높은 자존심 때문에라도 '다른 관심병자들과 함께 도매금으로 넘겨지는' 건 용납할 수 없을걸."

데쓰가 잠시 생각한 뒤 말했다.

세이지는 고개를 끄덕였다.

"내 생각도 같다. 녀석에게 중요했을 '호랑이'라는 이름을 사나에의 노래에서 따왔다는 사실도 마음에 걸리고. ……그러니 이쯤 해서 초심으로 돌아가 사나에 사건을 다시 살펴보면 어떻겠니."

데쓰가 말없이 고개를 끄덕였다. 기재 박스에서 카메라를 꺼냈다. 테이블에 올려놓고는 몇 번 각도를 바꾸며 세팅했다.

"설치해둘게요. 신경 쓰지 말고 말씀하세요."

"그래. 영상에 써먹을 수 있을지는 모르겠다만 뭐든 찍어두렴."

그리 대답하는 세이지의 옆에서 아사히가 자료를 넘기기 시작했다.

"어디 보자, 사나에 사건의 개요를 읽어볼게. 1988년 9월 22일, 아미바라 초등학교 2학년 야나세 사나에가 하교 도중에 실종. 마지막으로 목격된 것은 교문을 나서는 모습으로, 이때가 오후 4시 15분. 초등학교에서 아파트까지는 걸어서 약 20분 거리.

어머니인 구미코 씨가 일을 마치고 돌아온 시간이 오후 7시. 아직 딸이 돌아오지 않았다는 걸 알고 딸의 친구 집 네 군데에 전화를 걸었지만 모두 '오늘은 안 왔다'라고 대답했다. 구미코 씨는 공원과 인근 상점을 둘러본 후, '딸이 없어졌다'라며 파출소로 뛰어들었다. 이 시점에서 오후 8시 반이 지나 있었다."

"실종된 22일은 목요일이었지. 금요일은 공휴일이어서 감금 장소였던 창고를 소유한 회사는 금 · 토 · 일 모두 쉬는 날이었다. 그리고 사나에의 시체가 발견된 것은 월요일 이른 아침."

세이지가 혼잣말처럼 읊조렸다.

아사히는 "맞아" 하고 맞장구를 치고는 말을 이어나갔다.

"사후경직과 시반으로 보아 사망 추정 시각은 일요일 오후 11시부터 오전 1시 사이. 위 안에 고형물은 없었다. 소량의 오렌지 주스가 남아 있었다."

"밥은 안 줘도 탈수증상으로 죽게 하기는 싫었다는 건가."

데쓰가 말했다.

"정말이지, 변태 같은 자식이야. ……사인은 손에 의한 교살. 질과 항문에서 성행위 흔적이 발견되었다. 다만 체액은 남아 있지 않았다. 시신은—"

아사히는 읽기를 중단하고 천장을 올려다보았다.

"빌어먹을, 속이 답답해. 처음 읽었을 때와 다르게 기노시타 씨하고 구미코 씨를 직접 알고 나니 훨씬 더 기분이 나빠졌어."

"됐다, 정보는 충분하니까. 시체의 훼손 정도를 새삼 알아볼 필요는 없지."

세이지는 고개를 저으며 말했다.

"문제는 상처에 생체 반응이 남아 있었다는 점과 리카보다 사나에의 훼손 정도가 심했다는 점, 이 두 가지다. 당시 수사관은 모두 범행이 발전했다고만 생각했지. 하지만 범인이 '리카에 비해 사나에에게 더 애착이 강했다'라고 본다면 어떨까."

"진짜 목표는 사나에였다는 거야?"

아사히가 물었다.

"진짜 목표라고까지 할 수 있을지는 모르겠다. 어디까지나 가설이기도 하고."

"하지만 그렇게 해석하면 사나에를 죽인 뒤에 범행을 일단 중단한 사실도 설명이 돼."

"그렇다 해도 만족했다고는 보기 어려워. 나는 요시카와 하루카 실종사건 역시 이 녀석이 범인이라고 본다. '진짜 목표'를 죽여서 100퍼센트 직성이 풀렸다면 하루카 사건은 일어나지 않았을 테니."

세이지는 말을 이어나갔다.

"부모나 교사는 아이에게 '모르는 사람과는 이야기하면 안 된다'라고 일러주지. 반은 옳고 반은 틀린 말이야. 미성년자를 대상으로 한 성범죄는 대부분의 경우 '면식범의 범행'이니까. 하지만 살인이라면 그 확률이 뚝 떨어지지. 불시에, 무작위하게 대상을 고르는 경우가 늘어나기 때문이야. 그래서 당시 특별 수사본부는 범인과 피해자가 면식이 없을 거라 생각했다. ……하지만 이 녀석의 경우는 편부모 가정만을 노렸다는 점을 포함해 사건 전부터 일방적으로 피해자를 알고 있었을 가능성도 부정할 수 없어."

세이지는 팔짱을 끼며 신음했다.

"그래, 30년 전에도 수사 서류를 정리하다 뭔가가 마음에 걸렸지. ……제기랄, 안 되겠군, 잊어버렸어. 늙는다는 건 정말 서럽구만. 아사히, 자료 좀 보여다오."

세이지는 손자로부터 받아든 종이 뭉치를 순서대로 넘겼다.

그리고는 잠시 묵묵히 읽었다.

"그래, 맞아, 생각났다. 처음 사나에 사건이 일어났을 때는 리카 사건과 동일범일지도 모른다는 의혹은 보류하고 있었어. 본래 가장 유력한 용의자는 사나에의 친아버지였지."

세이지는 백발을 마구 헝클어뜨렸다.

"어머니인 구미코 씨가 이혼한 건 사건이 일어나기 2년 전이야. 야나세는 구미코 씨의 성으로, 사나에의 아버지는 소가베 도시오라는 이름이었지. 전과가 있는 개망나니였다더군. 이혼 사유는 녀석의 알코올 의존증과 상습 폭력. 요즘 말로는 DV(도메스틱 바이올런스)겠지. 당시까지는 가정 내 폭력이라 불렸지만."

"유력 용의자로 꼽힐 정도로 몹쓸 인간이었나요, 그 아버지란 사람은?"

데쓰가 물었다.

"몹쓸 인간이긴 했지만 정도만 놓고 보자면 흔한 폭력 가장이었지. 의심을 받았던 이유는 사건 직전에 구미코 씨에게 협박장을 보냈기 때문이야."

"협박장?"

"소가베 도시오는 구미코 씨에게 끈질기게 재혼을 요구하고 있었어. 어르고 달래고, 울고불고 사정까지 해가면서. 결국은 전화나 편지로 구미코 씨를 협박하기 시작했지. 사건 일주일 전에는 '죽인다'라고까지 쓴 편지가 날아들었다. 정확하게는 기억나지 않지만 '다시 합치지 않는다면 너하고 딸 모두 죽인다'라는 내용이었어."

"의심받을 만하네. 하지만 자료에도 제대로 남아 있지 않다는 건 곧바로 의혹이 풀렸다는 건가요."

"그날 중으로 풀렸지. 녀석한테는 알리바이가 있었어."

세이지는 말했다.

"바로 일요일 밤부터 이웃 시의 유치장에 갇혀 있었거든. 단골 술집에서 다른 손님한테 시비를 걸어 주먹다짐을 벌였지. 신고를 받고 달려온 경찰한테까지 한 방 먹였다가 폭행, 공무집행방해 현행범으로 체포됐다. 녀석은 사나에의 시체가 발견된 순간에도, 사망 추정 시각에도 유치장 안에 있었어."

세이지는 고개를 저었다.

"뭐, 그게 아니더라도 현장에서는 전처인 구미코 씨를 제쳐두고 사나에를 먼저 죽이겠나? 하는 의문의 목소리가 높아지고 있었지만 말이야. 소가베 도시오가 증오했던 대상은 어디까지나 구미코 씨였어. 게다가 친딸을 죽이는 아버지가 없지는 않지만 그렇게까지 집요하게 범하고 사체를 손상시키는 행위는 이상성욕자나 저지르는 짓이지. 소가베는 그저 난폭한 건달일 뿐 성적으로 비정상적인 면모는 없었다."

"소가베 도시오의 전과는 뭐였는데?"

아사히가 물었다.

"그것도 단순한 상해였을걸. 기억에 남는 죄상이 아니었던 건 분명해."

"그러고 보니 할아버지, 전에 '사나에의 아버지와는 현재 연락이 안 되는 상태'라고 했었지. 지금 어디 사는지는 몰라?"

"그래. 소가베 도시오는 실종 상태야. 사나에의 죽음을 알게 된 이후로는 딴 사람이 된 것처럼 침울해져서는 구미코 씨를 따라다니는 짓도 그만뒀지. 녀석도 녀석 나름대로 딸을 사랑하고—"

사랑하고 있었을 거야, 라는 탄식이 여기서 끊겼다. 세이지의 휴대폰이 울리기 시작한 탓이었다.

세이지는 발신자를 확인한 후 한쪽 눈을 찌푸렸다.

"할아버지, 누군데?"

"표시 제한이 걸려 있구나."

세이지는 짧게 대답했다.

이 번호를 아는 사람은 극소수다. 이따금 걸려오는 광고 전화를 제외하면 등록된 번호 말고는 거의 걸려오는 전화가 없었다. 설사 걸려왔다 하더라도 보통은 무시한다.

하지만 이때의 세이지는 달랐다. 아사히와 데쓰에게 눈짓을 보내고는 통화 버튼을 누른 후 잽싸게 핸즈프리 모드로 바꾸었다.

"……여보세요?"

"DNA가 일치했다."

상대는 서두 없이 곧바로 말을 꺼냈다. 잔뜩 숨죽인 목소리였다.

세이지는 지체하지 않고 되물었다.

"뭐라고?"

"치아는 리카, 발톱은 사나에의 것이었다. DNA가 각각의 부모와 99퍼센트 이상의 확률로 일치했다."

역시나 숨죽인 목소리였다. 세이지는 비로소 이해했다. 치아와 발톱이란 니치에이신보로 보내진 물증이 분명했다.

—그렇다면 전화를 건 상대는.

누구냐, 라고 물어볼 수는 없는 노릇이었다. 수사 1과인가, 감식반인가, 아니면 과학수사연구소인가. 경찰 내부자임은 분명하다. 그래서 더더욱 물어볼 수 없었다.

"발톱은 다듬어져 있었니."

그것만 물었다. 약간의 침묵 이후, 짧게 긍정하는 대답이 돌아왔다.

전화가 끊어졌다.

세이지는 고개를 들어 데쓰와 눈길을 나눴다.

"……찍었니?"

"아마도요."

"공개 동영상에 쓸 거면 목소리를 변조해두거라. 어디 사는 누구인지는 모르겠지만 절대 발각되지 않게 신경 좀 써다오."

"알겠습니다."

데쓰가 카메라를 끄는 것을 확인한 후, 세이지는 통화 이력을 통해 네기시 순사부장에게 전화를 걸었다. 인사도 건성으로 마친 후 말문을 열었다.

"대답은 안 해도 되네. 조금 전에 문제의 치아와 발톱이 피해 소녀들의 것으로 확정됐다는 정보가 들어왔네. 확실한가? 맞으면 기침 한 번, 아니면 두 번 하게."

몇 초 동안 침묵이 이어졌다. 잠시 후, 한 번의 기침이 돌아왔다.

"사나에의 발톱은 다듬어진 상태였다더군."

역시나 기침은 한 번이었다.

30년 전, 피해자의 손발톱에 주목한 수사관은 없었다. 검시관도 마찬가지다. 하지만 이번에 확인했다는 사실은 경찰도 팀 호시노의 영상을 보았다는 뜻이다.

"저기…… 시노 씨."

네시기는 목 멘 소리로 말했다.

"뭐야, 자네. 말해도 되는 거였나."

세이지는 쓴웃음을 지었다.

"기껏 생각해줬더니, 괜한 짓이었구만. 뭐, 눈치챘겠지만 정보 제공자가 나타났어. 정체는 모르겠지만 말이야."

"후우."

네기시는 한숨을 토해내며 말했다.

"신경 써주셔서 감사하지만 어차피 제가 해드릴 말은 없고, 저한테서 캐낼 정보도 없습니다. 증거 분실이나 괴문서를 보낸 사람에 대해서도 딱히 진전된 건 없고요."

해줄 말은 없다면서도 꼬박꼬박 정보를 넘기고 있다.

"그 괴문서는 그냥 장난 아니겠습니까. 누가 관심이나 끌어보려고 하는 짓일 겁니다. 애당초 기타미노베 사건은 30년 전에 해결됐으니까요. 와시오 형사국장의 눈부신 공적 중 하나라고요."

"그렇지. 일찌감치 해결된 사건의 증거가 분실된 것도 기껏해야 과장이 관리 소홀로 문책당하는 정도에서 끝나겠지. 장난일 게 뻔한 괴문서에 수사관을 우르르 투입하다니, 형사국장님의 실적을 의심하는 거나 마찬가지야."

"그럼요."

네기시는 고지식한 목소리로 긍정했다. 세이지는 말을 이어나갔다.

"이건 어디까지나 가정이네만, 수사관들 중에 그 방침에 불만을 품는 녀석이 나오지 말란 법은 없지 않겠나. 특히 30년 전의 수사에 관여하지 않았던 젊은 친구 중에서. 내 휴대폰 번호야 조금만 알아보면 알 수 있을 테고……."

"설마요."

네기시는 일언지하에 부정했다.

"경찰은 단단한 바위 같은 조직입니다. 내심 상부에 불만을 품기는 해도 외부로 정보를 흘리다니, 말도 안 돼요. 시노 씨도 저희 체질에 대해서는 잘 아시지 않습니까."

딱 잘라 말한 뒤 네기시는 기침을 했다. 한 번.

아사히는 데쓰와 얼굴을 마주보았다. 세이지는 쓴웃음을 지었다.

"고맙네."

네기시에게 감사 인사를 보냄과 동시에 전화가 끊어졌다.

7

소가베 도시오가 자주 가던 술집은 20년쯤 전에 문을 닫았다.

다만 같은 골목에서 이전 주인의 차남이 지금도 닭꼬치집을 운영하고 있었다. 이전 주인은 6년 전에 세상을 떴다고 하나, 다행히 그의 아내는 아직도 생존해 있었기에 개점 준비 중인 닭꼬치집의 2층에서 만나볼 수 있었다.

"아, 당신, 텔레비전에서 봤수. 저녁에 재방송해주는 거. 맞아, 도시오 씨의 딸내미 말이지, 참 딱하게 됐어. 그렇게 작은 여자애한테 그런 끔찍한 짓을 저지르다니, 정신이 똑바로 박힌 녀석이 아냐. 게다가 사형된 건 진범도 아니었다며? 뭐? 사형은 안 당했어? 맞아, 그랬지. 하지만 그게 그거지 뭐. 살인자 소리를 들으며 울타리 안에서 죽었으니……."

작년에 80세가 되었다고 하는 전 주인의 아내는 숯 연기로 그을린 기둥에 몸을 기댄 채 코를 훌쩍였다.

"소가베 도시오 씨가 어떤 사람이었는지 궁금합니다."

세이지가 말했다.

노인의 주름진 입이 ㅅ자 모양으로 변했다.

"어떤 사람이긴, 흔해 빠진 주정뱅이였지. 딱히 해줄 말도 없어."

"남편 분께서 운영하셨던 술집에는 전부터 단골이었다죠?"

"그랬지. 우리 남편은 원래 요코하마에 있는 중화요리집에서 일했었거든. 그리고 도시오 씨는 고토부키초에 눌러앉았을 때부터 알고 지내던 사이였을걸. 이쪽에서 가게를 열고 1년쯤 됐으려나, 그때부터 자주 찾아오더라고. 솔직히 썩 좋은 손님은 아니었지만 말이야."

"그 말씀은 술값을 자주 떼먹었다는 뜻인가요."

"그런 것도 있지. 주색잡기에 빠진 게으름뱅이였으니까. 하지만 툭하면 시비를 거는 게 제일 문제였어. 우리 가게만 해도 그 사람이 유리창을 몇 장이나 깨먹었는지 모를 지경이라니까. 아무리 새댁이 야무져도 그래서야 무슨 소용이겠어. 그 집 새댁도, 아이도, 참말로 딱하게 됐지……."

그리고는 카메라를 손가락질하며 등줄기를 폈다.

"이거, 지금 찍는 건가? 아유, 맞아."

말투가 살짝 달라졌다.

"그래도 제 새끼라면 껌뻑 죽긴 했어. 죽은 사나에는 끔찍하게 아꼈다니까. 술만 안 마시면 괜찮은 사람인데…… 아니, 마시니까 글러먹은 건가. 소심한 사람이었지만 취하기만 하면 마누라를 때리고 난장을 부렸지. 자기는 '감방을 살다 왔다'라면서 우리 손님한테도 곧잘 시비를 걸었고."

"전과 2범이었다더군요."

"맞아. 둘 다 시답잖은 싸움질 때문이었지. 집행유예 중인데도 또 난리를 부렸다가 체포당해서 교도소를 갔어. 거기서 지내는 사이에 새댁이 아이를 데리고 자취를 감춰버렸지. 그 양반, 출소하고 어찌나 성질을 부리던지……. 머리칼을 곧추세우고는 고래고래 소리를 질러댔다니까. 허구한 날 그 모양이었어. 도시오 씨가 행패를 부릴 때마다 주변에서 사람들이 떨어져 나갔지."

노인은 한숨을 내쉬었다.

"외로운 사람이었어. 말상대는 우리 주인 양반 정도밖에 없었을 거야. 부모 형제하고도 연을 끊었다고 했으니."

"아내 분과 사나에가 사라진 뒤로 두 사람을 찾아다녔습니까."

"찾아다녔고말고. 하지만 못 찾았던 모양이야. 우리 가게에 올 때마다 투덜거렸거든. 그때는 우리 주인양반이 카메라를 들이댈 때마다 싫다고 개처럼 으르렁댔지."

"카메라요?"

"맞아. 저 양반이 들고 있는 것 말고, 사진 찍는 카메라 말이야. 우리 주인양반이 사진 찍는 게 취미였거든. 그저 찰칵찰칵 찍을 줄만 알지 실력은 형편없었지만."

세이지는 몸을 앞으로 내밀었다.

"그때 사진, 아직도 남아 있습니까?"

노인이 손을 흔들었다.

"있긴 한데 창고 안에 있어. 손주가 돌아오면 꺼내 달라 해줌세. 나처럼 힘없는 노인네는 못 꺼내."

그렇게 말하더니 갑자기 목소리를 낮췄다.

"그나저나 술이 사람 잡는다더니만 그 말이 딱 맞아. 도시오 씨도 술만 안 했으면 가족을 잃지 않았을 텐데. 사나에도 안 죽었을지도 모르고. 술을 끊고 가족 옆에만 있었어두 범인한테서 그 아이를 지켜줄 수 있었을 것을……. 제 손으로 자기를 고독하게 만든 게지……."

노인은 재차 코를 훌쩍였다.

"싸움질만 하고 다녔지만 알고 보면 외로움을 많이 타는 사람이었지. 맞아, 딱 한 번 친구를 가게로 데려온 적이 있었어. '근처에서 우연히 만난 옛 친구'라면서 꽤나 기분이 좋아 보였는데. 그날 한 번이 마지막이었지만."

"친구라……."

세이지는 같은 말을 곱씹었다. 머릿속 안개가 아주 살짝 걷힌 느낌이었다.

—맞아, 친구.

30년 전, 수사 서류를 정리하면서 마음에 걸렸던 부분은 이거였다. 다만 소가베 도시오의 친구는 아니다. 사나에의 같은 반 친구가 한 증언이었다.

"작년 봄방학 때, 사나에는 '어른 친구가 생겼다'라면서 기뻐했다."

수사관에게 그런 말을 한 아이가 있었던 것이다. 1987년 봄이라면 리카 사건이 벌어졌을 때보다도 전이다.

그 아이의 증언에 따르면 "엄마한테는 친구 얘기 비밀이야. 그러니까 말하면 안 돼."하고 사나에는 귀엣말을 했다고 한다.

하지만 그 아이는 고지식한 모범생이었다. "엄마한테 말할 수 없는 친구하고는 같이 놀면 안 돼"라고 사나에를 타일렀다. 사나에는 딱히 반박하지 않고 "그럴지도 모르겠다"라며 고개를 끄덕였다.

이후로 '어른 친구'에 대한 이야기는 꺼내지 않았다고 한다.

—그 뒤로 가메이도와 이요가 체포되면서 이 증언이 재검토되는 일은 없었다.

"도시오 씨는 지금쯤 어디서 뭘 하나 몰라. 우리 주인 양반 장례식에도 안 오더니만. 맞아, 범인한테 사형 판결이 내려진 날 밤에 말이야, 조금은 기뻐할 줄 알았더니만 술을 퍼마시면서 울고 있더라구. 그 양반 사진이 어디 있었을 텐데……."

생각에 잠기려는 세이지를 무시한 채 노인은 숙연하게 그리 말한 뒤, "사진, 찾아두면 되지?"하고 데쓰의 카메라로 고개를 돌렸다.

8

오노데라가 세이지의 집에 부랴부랴 달려온 것은 그날 밤 9시가 지나서였다.

"시노 씨, 아사히, 놀라지 마. 아직 직성이 덜 풀렸는지 그 괴문서가 또 날아왔어. 게다가 이번에는『주간 니치에이』앞으로 날아왔다고."

"뭐야?"

세이지가 눈을 휘둥그레 떴다.

오노데라는 물티슈로 이마의 땀을 닦으며 말했다.

“정말이지 시건방진 자식이라니까. 내일 아침 니치에이신보의 3면 톱은 이 기사야. 시노 씨가 아침 댓바람부터 심장마비를 일으키면 큰일이니까 내가 친절하게 알려주러 왔지.”

“그거 고맙군.”

세이지는 흘려 넘기며, “내용은? 지문은 나올 것 같나” 하고 물었다.

“복사를 떠왔어. 일단 가루를 뿌려보긴 했는데 지문 같은 흔적은 떠오르지 않았다네. 이번에는 증거품은 없고 문서뿐이었어.”

“그런데 진범이 보냈다는 건 어떻게 알았나. 비슷한 장난 편지도 수백 통이 날아왔을 텐데.”

“읽어 보면 알아.”

세이지는 오노데라가 건네준 복사본을 펼쳤다. 마찬가지로 A4 용지에 컴퓨터로 타이핑한 문장이었다.

그림자를 쫓는 기분은 어떤가?
아마추어들의 어쭙잖은 수사를 그만두게 한다면 새로운 증거품을 보내주지
나는 언제나 어두운 방에서 너희를 지켜보고 있다

호랑이로부터

“역시. 이번에도 「TIGER」야.”

아사히가 거칠게 쏘아붙였다.

“가사에 ‘I'll be watching you in the middle of dark room’이라는 대목이 있거든. 노래와 범행의 연관성은 아직까지 기사에 안 냈잖아. 그건 그렇고…… 빌어먹을, 이 자식 완전히 미친놈이야.”

“하지만 윌리엄 블레이크의 시는 모르는 모양인걸.”

데쓰가 말했다.

“‘호랑이여, 호랑이여, 한밤중 숲속에서 눈부시게 타오르는구나—’ 만약 알고 있었으면 의기양양하게 써서 보냈을 텐데.”

“요컨대 교양은 그다지 풍부하지 않다는 거로군. 내용도 진부하고. ‘어쭙잖은 아마추어들의 수사를 그만두게 한다면’—이라.”

세이지는 코웃음을 쳤다.

“이 녀석, 우리 영상이 신경 쓰이나 본데. 신경이 쓰여서 화까지 내고 있어. 무심결에 속내를 밝혀버렸는걸.”

하지만 이 분노는 추적당하고 있다는 초조함에서 비롯된 것은 아니다, 하고 세이지는 느꼈다.

—이 녀석은 세간의 관심이 우리에게 향해 있다는 사실에 화가 난 것이다.

간토 전역에서 방영되기로 결정되면서 팀 호시노의 활동은 한층 유명해졌다. 그 여파로 미카코 부부에게까지 민폐를 끼치고 말았다.

“일이 잠잠해질 때까지 나만 따로 살면 어떻겠니.”

세이지는 그렇게 제안해보았지만, “됐네요. 이제 와서 안 보이는 곳으로 보냈다간 더 큰일일 텐데 뭐. 함부로 설치지 못하게 막기 위해서라도 집 안에 묶어둬야지.”하고 미카코에게 따끔하게 한 소리를 듣고 말았다.

아무튼 취재 요청은 끊이질 않고, 길을 걷다 보면 사람들이 돌아보고, 악수해달라더니 "힘내세요"라며 격려를 하고, 그런가 하면 무례하게 빤히 쳐다보고, 손가락질을 당하기도 하는 그런 나날이 이어졌다.

현재 '기타미노베군 여아 연쇄살인사건'을 검색하면 피해자인 두 소녀보다 '팀 호시노'라는 이름이 상위에 오르는 형편이었다.

—이 녀석에게는 달갑지 않은 상황이겠지.

오랜 경험을 통해 세이지는 알고 있었다.

성범죄란 성욕보다 오히려 지배욕의 산물이었다. 먹잇감을 지배하고 싶다, 제어하고 싶다, 군림하고 싶다는 욕망이 앞선다. 성욕을 쉽게 해소할 수 있을 터인 기혼 성범죄자가 놀라우리만치 많은 이유는 그 때문이다.

"배우자한테는 그런 짓을 못하니까."

"돈을 내면 유사 행위가 가능하다는 건 알지만 그래서야 의미가 없다."

체포당한 그들은 태연히 그렇게 진술한다.

전철 안에서 딸 같은 소녀의 몸을 피가 날 정도로 난폭하게 주물럭거린다. 옷 속을 몰래 찍어서 인터넷에 뿌린다. 단체로 승합차에 끌어들여서는 마음껏 유린한 뒤, 벌거벗긴 채 길가에 버려둔다.

단순히 성욕을 충족하기 위해서라면 이렇게까지 할 필요는 없다. 그들을 흥분케 하는 것은 '이쯤은 문제도 아니다', '나는 이런 짓까지 할 수 있는 남자다', '타인을 지배하고 조종할 수 있는 남자다'라는 왜곡된 자부심이다.

—범인은 그렇게 생각하고 있었으리라. 이건 '내 사건이다'라고.

내 사건이며, 내 소녀들이다.

경찰과 매스컴은 자신의 손바닥 위에 있다, 수사관과 유족조차 사건을 장식하는 출연자다, 그렇게 총감독 행세를 하고 있었으리라.

그 자존심이 지금 흔들리고 있었다.

뜬금없이 튀어나온 전직 수사관 나부랭이가 오만하게도 그의 사건에 개입해 지휘봉을 빼앗으려 하고 있었다.

“이봐, 오노데라.”

세이지는 오노데라를 쳐다보았다.

“내일 조간 기사는 그렇다 치고, 『주간 니치에이』에 실릴 기사는 이제부터 자네가 쓸 거지? ―녀석을 좀 더 화나게 해봐. 도발하는 거야. 제가 뭐라도 되는 줄 알지만 너는 하찮은 범죄자다, 약한 사람밖에 괴롭힐 줄 모르는 사회적 패배자다, 이렇게 한껏 도발하라고.”

“오케이.”

오노데라는 히죽 웃었다.

“맡겨두라고. 버러지들을 도발하는 건 특기 중의 특기니까.”

“그러시겠지. 부탁해.”

세이지는 오노데라의 어깨를 두드렸다.

거의 동시에 휴대폰이 울렸다. 낮에 방문했던 전 술집 주인의 아내였다.

아무래도 손자에게 부탁해서 앨범을 찾아 달라 한 모양이다. 반복되는 노인의 말을 “그러시군요, 거 참 힘드셨겠습니다” 하고 10분 정도 들어준 후 세이지는 노인의 손자에게 전화를 바꿔달라고 부탁했다.

“영상은 인터넷으로 꼬박꼬박 챙겨보고 있어요! 우와, 대박, 진짜 본인 맞으세요?”

“실물은 보잘 것 없는 할아버지지만 본인 맞네. 기다리라고, 이쪽도 손자를 바꿀 테니.”

세이지는 휴대폰을 아사히에게 건넸다.

역시 젊은이들끼리는 말이 잘 통하는지 사진을 데이터로 보내주기로 순식간에 합의를 마쳤다. 인화된 사진을 스마트폰으로 찍으면 해상도가 떨어지기 때문에 가까운 편의점에서 사진을 스캔해 아사히의 계정으로 보내주겠다고 했다.

데이터가 도착하는 사이에 세이지는 다시 노인에게 전화를 받게 해 이야기를 들었다.

소가베 도시오가 실종된 것은 가메이도와 이요에게 1심 판결이 내려진 직후였다.

딸이 살해당한 후로 부쩍 마음이 약해진 도시오는 “사나에가 죽은 건 내 탓이다.”, “나는 글러먹은 인간이다.”라며 취해서 울기만 했다고 한다.

“전에 가게로 데려왔던 ‘옛 친구’하고도 이제는 못 만나게 됐다면서 풀이 죽어 있었지. 그 친구라던 양반, 입은 험해도 재미있는 사람이었는데. 우리 딸한테 선물도 줬구 말이야.”

“할아버지, 데이터 도착했어.”

아사히가 말을 끊었다.

세이지는 노인에게 “죄송합니다. 조금만 기다리세요” 하고는 컴퓨터를 만지작거리는 아사히의 뒤에 섰다.

첫 번째 사진은 소가베 도시오 본인이었다.

새까맣게 그을린 왜소한 남사였다. 나이에 비해 얼굴의 주름이 깊다. 술잔을 든 손등에도 정맥이 불룩 튀어나와 있다.

"도시오 씨의 사진이 도착했습니다. 첫 번째는 사건으로부터 몇 년 전인가요."

"어디 보자. 뒤에 쓰여 있을 텐데. 아하, 83년 7월이구먼."

사나에 사건이 벌어지기 5년 전인가. 세이지는 내심 읊조렸다.

두 번째 이후로는 도시오를 중심으로 찍은 사진은 아니었다. 가게 안의 메뉴, 구슬을 꿰어 만든 옛날식 포렴, 맥주 회사에서 보내준 수영복 포스터 따위를 배경으로 손님들이 찍혀 있었다.

취객의 얼굴은 하나같이 형광등 불빛이 반사되어 발갛게 달아올라 있었다. 포스터가 바뀌는 빈도로 보아 해가 여러 번 바뀐 듯했다.

—이 안에 사나에의 '어른 친구'가 될 법한 녀석이 있을까.

세이지는 눈으로 살폈다.

사나에는 반 친구에게 '엄마한테는 친구 얘기 비밀이야. 그러니까 말하면 안 돼'라고 말했다 한다.

세이지는 소년과에 배속된 경험이 있었기에 알고 있었다. 여자아이는 어른들의 생각만큼 순진하지도 사랑스럽지도 않다.

인사치레나 겸손을 모르는 만큼 아무렇지도 않게 심한 말을 내뱉고, 타인의 외모에도 깐깐하다. '친구'라고까지 한 이상 녀석은 사나에의 눈에 들 만한 남자였으리라.

일곱 장, 여덟 장, 아홉 장— 여기서 마우스를 움직이던 아사히의 손길이 멈췄다.

세이지의 어깨가 굳었다. 낌새를 느낀 듯, 오노데라가 몸을 가까이 내밀었다.

휴대폰을 고쳐 쥐며 세이지는 노인에게 물었다.

"여기, 아홉 번째 사진에 찍힌 남자는 단골입니까. 선풍기 바로 옆에 앉아 있는, 머리에 수건을 감은 남자요."

"아하, 그 양반. 그 양반이 도시오 씨의 '옛 친구'라우. 입으로는 자꾸 고추, 고추 타령을 하면서도 술은 얌전하게 마시는 양반이었지."

노인은 웃었다.

세이지는 말을 잃은 채 컴퓨터 모니터를 뚫어지게 쳐다보았다.

모니터에 비친 것은 틀림없이 30년 전의 가메이도 겐이었다.

소주로 보이는 술잔을 들고 한쪽 눈썹을 내리깐 채, 난처하다는 듯 쓴웃음을 짓고 있었다.

"우리 딸애가 그 친구 양반이 준 선물을 오랫동안 잘 간직하고 있었지. '가족이 부업 삼아 만들었다'라면서 준 건데, 인형놀이에 쓰는 작지만 아주 그럴싸한 가구를……. 응? 여보시우? 듣고 있수? 여보시우?"

9

이튿날, 세이지는 아사히와 데쓰를 데리고 도이 리쓰코가 사는 셋집을 다시 방문했다. 모든 창문이 닫혀 있었고, 두꺼운 커튼이 딱 맞게 실내를 가리고 있었다. 차고에 차는 없었다.

세이지는 현관 초인종을 눌렀다.

문을 사이에 두고 "실례합니다" 하고 말을 건넸다.

집 안에서 희미하지만 인기척이 느껴졌다. 이쪽을 살피고 있다. 숨을 죽이고 있는 모습이 눈에 선했다.

"실례합니다. 호시노라고 합니다."

"그냥 가세요."

쉰 목소리가 들렸다.

먼젓번에 들었던 미치루의 목소리는 아니었다. 훨씬 나이 든 여자다.

"도이 리쓰코씨군요."

알루미늄 문 너머로 세이지는 말을 걸었다. 등 뒤에서는 데쓰의 카메라가 돌아가고 있었다.

"부탁이에요. 돌아가 주세요."

"가메이도 겐 씨는 기노시타 리카 사건이 일어나기 전에 소가베 도시오라는 남자와 술집에서 만났습니다. 그 남자는 기타미노베 사건의 두 번째 피해자인 야나세 사나에의 친부였죠. 또한 그때 가메이도 씨는 술집 주인의 딸에게 '정교한 인형놀이용 흔들의자'를 선물로 줬습니다."

문 너머에서 리쓰코가 숨을 삼키는 것 같았다.

세이지는 말을 이어나갔다.

"인형놀이용 가구 만들기는 당시 리쓰코 씨의 부업이었다더군요. '하다설비'의 급여만으로 한창 클 나이의 어린아이 둘을 키우기란 어려운 일이죠. 다행히 당신은 손재주가 좋았습니다."

지금까지 판매되고 있는 스테디셀러 완구인 '실바니안 패밀리'는 1985년에 처음 발매되었다. 당시의 큰 성공으로 다른 업체에서도 여러 유사 제품이

출시되었다고 한다.

리쓰코가 맡은 일감 역시 그중 하나였다. 원조와의 차별화를 위해서인지 전 품목 수제작을 판매 전략으로 삼은 고가 상품이었다.

"매스컴이 공개한 가메이도 씨의 얼굴 사진은 누가 보더라도 흉악범처럼 찍힌, 음영이 뚜렷한 사진이었죠. 그런 탓에 술집 주인의 아내는 가게를 찾았던 사람이 문제의 사형수인 줄은 눈치채지 못했어요. 하지만 주인이 찍은 스냅 사진을 직접 보니 일목요연했습니다. 그건 틀림없이 가메이도 겐 씨였어요."

리쓰코의 대답은 돌아오지 않았다.

"저희는 야나세 사나에의 모친에게도 확인을 받았습니다. 사나에 역시 모친이 사준 적 없는 '인형놀이용 가구'를 갖고 있었던 적이 있었다더군요. 설마 훔친 걸까 싶어서 캐물어보니 사나에는 '받았다'라고 우겼답니다. 누구한테 받았느냐는 물음에는 '오빠'라고만 대답했다죠. 모친은 찜찜한 느낌이 들어 가구를 버렸고, 두 번 다시 그 오빠인지 뭔지와는 만나지 말라고 꾸짖었습니다.

이건 사나에가 살해당하기 바로 1년 전에 일어난 일이었어요. 이후로 '오빠'가 1년 이상 사나에와 접촉하지 않았기 때문에 기타미노베 사건과는 무관하다고 간주된 일화였죠. ……리쓰코 씨가 생각하기엔 어떻습니까."

—기브 미 초콜릿, 하던 시대도 아니고, 21세기의 어린애가 장난감 따위에 낚여서 쫄래쫄래 따라갈 리 없잖아.

오노데라는 그렇게 말했다.

하지만 사진으로만 보더라도 리쓰코의 작품은 정교하며 세련되었다. 찬장,

난로, 키 작은 수납장 등, 이른바 치펜데일 양식에 가까운 디자인으로, 세부까지 꼼꼼하게 꾸며져 있었다. 인형놀이를 좋아하는 아이라면 관심을 보일 수밖에 없었으리라.

"리쓰코 씨, 나와 주십시오."

세이지는 힘주어 말했다.

"협박하려는 건 아니지만 본인의 입으로 해명하지 않는 한 당신은 불리해질 뿐입니다. 떳떳하시다면 얼굴을 맞대고 말씀해주시죠. 그렇게 도망치면 도망칠수록 당신은 계속 오해를 살 겁니다."

되돌아온 것은 침묵이었다.

살갗이 따끔거릴 정도로 무거운 침묵이었다.

하지만 세이지는 기다렸다. 데쓰 역시 계속해서 카메라를 돌렸다.

얼마나 기다렸을까, 이윽고 조용히 문이 열렸다.

문 사이로 고개를 내민 것은 일흔은 되지 않아 보이는 야윈 여성이었다. 회백색 머리카락을 틀어 올렸으며, 목이 늘어진 싸구려 운동복 차림이었다. 뺨은 움푹 꺼졌고, 눈꺼풀과 턱살은 늘어져 있었다.

"도이 리쓰코 씨 되시죠."

세이지가 확인하자 여성은 고개를 끄덕이더니,

"……들어올 거면 빨리 들어오세요. 얼굴은 찍지 말고요. 목소리도 바꾸겠다고 약속해주세요. 안 그러면 아무 말도 안 하겠어요."

하고 빠르게 말했다.

세 사람은 손님방으로 안내를 받았다.

푹푹 찌는 더위에도 불구하고 밖에서 보았을 때와 마찬가지로 끝까지 내려간 커튼 덕분에 바람은커녕 햇볕조차 내리쬐지 않았다.

리쓰코는 형광등 끈을 잡아당기며 "그 사건들을 알게 된 뒤로는 줄곧 조심하며 살았어요. 언제 무슨 꼴을 당하고 무슨 소리를 들을지 모르니까."하고 강한 어조로 내뱉었다.

리쓰코는 차를 대접하려는 기색조차 없었다. 역시나 불편한 자리였다. 하지만 여기서 돌아갈 수도 없는 노릇이었다.

세이지는 말문을 열었다.

"소가베 도시오라는 이름을 가메이도 씨한테서 들으신 적은 있습니까."

리쓰코는 이내 고개를 저었다.

"들은 적도 없고 알지도 못해요. 어차피 그쪽에서 이미 다 조사하셨잖아요."

앉은 자리에 풀도 안 나겠다는 말은 이럴 때 쓰는 것이다. 세이지는 쓴웃음을 지었다.

실제로 리쓰코의 지적은 타당했다. 가메이도와 소가베 도시오의 관계에 대해서는 대략 밝혀져 있었다.

그들은 10대 시절, 지역의 큰 번화가를 배회하던 불량소년이었다. 서로 집도 떨어져 있었고 학교도 달랐지만 유아등에 모여드는 나방처럼 시끌벅적한 곳을 찾아 모여들었던 것이다.

처음 알았을 때 가메이도와 도시오는 모두 중학생이었다.

도시오가 두 살 아래였지만 오며가며 얼굴을 마주치는 사이에 서로 말문이 트였다고 한다. 이는 도시오 본인이 전 술집 주인의 아내에게 털어놓은 이야기였다.

"리쓰코 씨가 부업으로 만든 장난감이 어쩌다 야나세 사나에에게 넘어갔는지 알고 싶습니다만."

"알고 보면 별 거 아니에요. 실패작은 매입해야 했기 때문에 집에는 불량품이 잔뜩 굴러다녔죠. 한데 모아 구석에 놔뒀으니 아이들이든 겐이든 마음대로 가지고 나갈 수 있었어요."

리쓰코의 태도는 변함없이 날카로웠다.

세이지는 새삼 리쓰코를 관찰했다.

꽤나 야위었고 늙어 보인다. 미간과 입가의 주름이 표정을 한층 험악하게 만들고 있었다. 화장기 없는 모습에서는 평소 외모에 신경을 쓰지 않는다는 사실이 엿보인다.

"리쓰코 씨는 가메이도 씨가 소녀들을 죽였다고 생각하십니까?"

한동안 리쓰코는 대답하지 않았다.

리쓰코는 입술을 떼려다 다시 닫고는 고개를 숙였다. 테이블 위로 깍지 낀 손가락을 불안하게 비틀어대더니 잠시 후 외면하듯 "아니오"라고 말했다.

"요 30년 동안……, 한 번도 그 사람이 범인이라 생각한 적은 없어요."

"그러시군요."

세이지는 짤막하게 대답하고는 고개를 끄덕였다.

"저희는 가메이도 씨가 투렛 증후군이지 않았을까 생각합니다. 그 사실에 대해 다룬 영상은 보셨습니까."

"네."

"어떻게 생각하셨나요."

"처음 듣는 병명이었지만, ……여러모로 납득이 가는 구석은, 있었어요."

"제 손자 앞으로 다이렉트 메시지를 보내셨죠."

세이지는 아사히를 엄지로 가리켰다. 리쓰코는 시선을 피한 채 말했다.

"딸인 미치루한테 보내달라고 부탁했어요. 저는 인터넷이나 컴퓨터에 까막눈이니까요. 휴대폰도 잘 쓸 줄 모르고."

말투가 조금씩 누그러지고 있었다.

"가메이도 씨와 미치루 씨는 사이가 좋았겠군요."

"……네. 우리 아이들은 무척 잘 따랐어요. 그 사람은 입도 걸지고 얼굴도 험상궂었지만 어째서인지 아이들의 호감을 사는 데에는 천재였거든요."

"그런 것 같더군요. 그건 그렇고, 저희는 야나세 사나에에게 리쓰코 씨가 만든 장난감을 준 남자를 찾고 있습니다."

"찾고 있다니……."

리쓰코가 비로소 세이지를 쳐다보았다.

"겐이 준 거겠죠. 아까도 말했지만 우리 집에 드나들었던 그 사람은 마음대로 가지고 나갈 수 있었어요."

"아뇨, 사나에는 '오빠한테 받았다'라고 했습니다. 87년 당시, 가메이도는 36세였어요. 일고여덟 살 아이가 '오빠'라고 부를 만한 나이는 아니죠."

세이지는 몸을 앞으로 내밀었다.

"미치루 씨는 사나에와 나이가 비슷할 겁니다. 만약 가메이도 씨를 통해 사나에가 '오빠'를 알게 되었다면 미치루 씨도 뭔가 알고 계시지 않을까 싶어서요."

리쓰코는 몇 초 동안 생각에 잠긴 후, 고개를 저었다.

"……글쎄요. 짐작 가는 구석이라곤 기껏해야 하다 설비의 사원 정도밖에 없네요. 그 회사는 평균 연령이 젊은 편이었으니까. 감별소나 소년원 출신 아이들을 받아주기로 유명했죠."

"그렇군요. 그럼 한 가지만 더. 리쓰코 씨는 '가메이도 씨는 끝까지 내게 마음을 터놓지 않았다. 줄곧 뭔가를 숨기고 있었다'라고 말씀하셨습니다. 가메이도 씨가 숨긴 사실이란 사건과 관련된 무언가였을까요?"

세이지의 말에 열이 올랐다.

"가메이도 씨가 '평생 잊지 못한 여성'이란 누굽니까. 저로서는 가메이도 씨가 누군가를 감싸느라, 그 사람을 위해 뭔가를 숨기고 있었다고밖에 생각되지 않습니다. 그 여성이 어디 사는 누구인지, 알고 계십니까."

"아뇨."

리쓰코는 쥐어짜내듯이 말했다.

"아뇨. ―몰라요. 겐하고 어떤 관계였는지, 지금 뭘 하고 사는지도 몰라요. 저는 그 사람이 어떻게 생겼는지도 모른다고요. 아는 건 '마키'라는 이름뿐이에요."

"마키."

세이지는 그 말을 곱씹었다.

"이름인가요? 아니면 성인가요?"

"몰라요. 그 사람은 그저 '마키 씨'라고 불렀어요. 그나마도 말실수처럼 튀어나온 거였죠. 그러다 갑자기 대뜸 저한테 헤어지자고―. 결혼 이야기까지 나오고 있었는데 말이에요. 제가 아무리 묻고 따져도 왜 헤어지자는 건지 대답은 없고―"

리쓰코는 테이블 모서리를 움켜쥐었다. 손끝이 떨릴 정도로 강하게 움켜쥐고 있었다.

세이지는 질문을 이어나갔다.

"이요 씨는 '직장에서 잘렸기 때문에 가메이도 씨가 먼저 헤어지자 했다'라고 하던데요?"

"처음에는 그 사람도— 겐도 그렇게 말했죠. '수입이 끊겼다. 이런 형편으로는 결혼은 할 수 없으니 헤어지자'라고요. 하지만 저는 납득할 수 없었어요. 경기는 좋았으니 직장쯤은 금세 찾을 수 있다고 했죠. 하지만 그 사람은—"

리쓰코는 입술을 깨물었다.

—당신은 솜씨가 좋으니 다시 취직할 수 있다. 오히려 지금보다 좋은 조건으로 고용해줄 사람을 찾게 될 지도 모른다.

33년 전, 리쓰코는 그렇게 가메이도를 격려했다. 하지만 가메이도는 고개를 끄덕이는 대신,

—나한테는 이요가 있으니까.

—그 녀석을 돌봐줘야 한다. 둘이 함께 일할 수 있는 직장이어야 한다.

그렇게 미적지근한 태도를 보일 뿐이었다.

리쓰코가 거듭 물고 늘어지자 그는 비로소 인정했다고 한다.

—실은 잊을 수 없는 여성이 있다.

—결혼 약속을 했을 때와는 사정이 달라지고 말았다. 나는 마키 씨네를 내버려둘 수 없다.

당장이라도 무릎을 꿇을 듯한 가메이도를 보며 리쓰코는 할 말을 잃었다.

그를 부여잡은 채 울고, 주먹으로 때리고, 질책했다. 하지만 그는 조개처럼 입을 다물고 고개만 숙일 뿐이었다.

"그날 이후로 겐— 가메이도 씨와는 만나지 않았어요."

백발이 된 머리를 흔들며 리쓰코는 눈을 내리깔았다.

"재판 방청도, 면회도 가지 않았죠. 물론 그 사람한테 유리한 증언은 전혀 하지 않았어요. 그럴 의리는 없으니까. 그 사람은 마키 씨인지 뭔지를 택하고 저와 아이들을 버렸다고요."

그 목소리에는 아직까지 꺼지지 않은 원한이 진하게 스며들어 있었다.

"그 사람이 누군가를 감싸고 있었다는 말에는 저도 동감이에요. 하지만 저는 아무것도 몰라요. 아무런 보답도 받지 못한 채 마키인지 미키인지 하는 여자한테 끌려다녔던…… 바보 같은 사람이죠."

"가메이도 씨는 마키 '씨네'라고 했다는 거죠? 복수형으로."

세이지는 확인 차 물었다.

리쓰코는 고개를 끄덕였다.

"네. 틀림없어요. 그 사람은 '마키 씨네를 내버려둘 수 없다'라고 했어요. 아직까지 꿈에 아른거려요. 그때 그 사람의 얼굴, 그 사람이 한 말. 아무리 잊으려 해도 잊히지 않—"

현관문이 열렸다 닫히는 소리가 났다.

리쓰코는 흠칫 놀라며 벽에 걸린 시계를 올려다보았다. 아직 오후 2시였다. 하지만 리쓰코는 몸을 일으키며 말했다.

"사위인 유스케예요. 맞아, 오늘은 일찍 퇴근한다고 했는데 깜박 하고 있었어."

"이거 큰일이군."

세이지도 다급히 일어났다.

전에 이 집 앞에서 노즈에 유스케에게 붙잡힐 뻔한 적이 있다. '도망치지 말라'라며 어깨를 부딪치는 통에 하마터면 폭행 사건이 벌어질 판이었다. 세 사람이 집 안까지 들어왔다는 사실을 안다면 드잡이를 벌일지도 모른다.

"데쓰, 카메라 숨겨라. 리쓰코 씨, 저쪽 창문을 통해 밖으로—"

나갈 수 없겠습니까, 라고 물으려던 목소리가 도중에 끊겼다.

대뜸 손님방 문이 열려버렸기 때문이다.

"다녀왔습니다, 어머님. 손님이 오셨나 보죠?"

엉거주춤한 자세의 세이지는 어깨너머로 유스케를 바라보았다.

작업복 차림의 땅딸막한 남자가 서 있었다. 오른손으로 문손잡이를 쥐고 입을 반쯤 벌린 채 세 사람을 멍하니 바라보고 있었다.

—아냐.

세이지는 굳어버린 채 그를 쳐다보았다.

그때 세 사람의 앞길을 가로막으며 "우리 집에 무슨 볼일입니까. 집사람이 무슨 짓이라도 저질렀나요"라며 따져 묻던 남자와 눈앞의 남자는 신장, 체격 모두 달랐다. 전혀 다른 사람이었다.

"저, 노즈에 유스케 씨, 되십니까."

"네. 그런데요…… 여러분은?"

안경 너머로 눈을 껌벅거리며 남자는 당황한 얼굴로 대답했다.

세이지는 아사히와 데쓰를 향해 고개를 돌렸다. 두 사람 모두 아연실색하고 있었다.

—그렇다면, 그 남자는 누구인가.

그때 세이지에게 달려들 것만 같았던, 그 남자는.

세이지의 목에서 꿀꺽, 하는 소리가 났다.

10

나흘 뒤, 세이지는 이요와 만나기 위해 고스게에 위치한 도쿄 구치소를 찾았다.

가타기리 변호사를 통해 이요에게 "면회를 가겠다"라고 예고해두었다. 처음에는 그와 심리적으로 유대감이 형성된 이시바시 데쓰를 보낼 생각이었으나 "데쓰 군 말고 이번에도 전직 형사님이 와주셨으면 합니다."하며 이요 준이치가 먼저 의사를 내비쳤다.

지난번과 마찬가지로 면회 절차를 마친 후, 귀중품을 로커에 맡기고 금속 탐지기를 통과했다.

이번 면회실은 2번이었다.

변함없이 살풍경한 방이다. 그리고 투명한 아크릴 칸막이 너머로 만나는 이요 역시 이전과 마찬가지로 시들시들 기운이 없다.

"오랜만에 뵙겠습니다."

세이지가 고개를 숙이자 "아이고 뭘요" 하고 어물거렸다. 세이지는 그를 관찰하며 예전에 품었던 의문을 곱씹었다.

—어째서 가메이도는 그토록 이요를 감쌌으며 절대 떨어지려 하지 않은 걸까.

동성애 아니냐고 놀림을 받을 정도로 두 사람의 관계는 밀접했다. 하지만 실제로는 두 사람 모두 완벽한 이성애자였다.

가메이도 겐은 이요와 함께하느라 점차 곤궁해졌고, 인생이라는 언덕에서 조금씩 굴러 떨어졌다.

정신적으로 나약한 이요가 가메이도에게 의존했다면 이해가 간다. 하지만 손을 놓지 않았던 쪽은 가메이도였다.

가메이도는 어째서 '짐 덩어리'인 이요를 마지막까지 내치지 않았던 걸까—.

"도이 리쓰코 씨를 만나봤습니다."

세이지는 주저 없이 말문을 열었다.

이요가 고개를 들었다.

"리쓰코 씨. ……그 사람, 잘 지내던가요?"

"잘 지내시더군요. 지금은 딸 부부하고 손자와 함께 살고 계셨습니다."

"그랬구나. 잘 됐네. 지금 행복하게 살면 됐지, 다행이에요."

"다만 이요 씨와 가메이도 겐에 대한 추억은 들추고 싶지 않은 모양이었습니다."

세이지는 일부러 야박하게 말했다.

이요가 눈을 크게 떴다. 세이지는 목소리를 낮췄다.

"그분은 가메이도 겐을 아직도 원망하고 있더군요. 그리고 이런 말도 했습니다. '그 사람은 나한테 뭔가를 숨기고 있었다'라고요. 이요 씨, 당신도 그렇죠? 당신은 줄곧 저희에게 뭔가를 숨기고 있었어요."

"아, 그건……—."

머뭇거리는 이요에게 세이지는 재차 몰아붙였다.

"가메이도 씨가 누굴 위해 뭘 숨기고 있었는지는 모릅니다. 하지만 이요 씨, 당신이 계속 거짓말을 한다면 그건 가메이도 씨를 위한 거겠죠. 당신의 인생에서 살아 숨 쉬었던 존재는 어머니와 가메이도 씨뿐이었어요. 하지만 두 사람 모두 이제는 이 세상 사람이 아닙니다.

가르쳐주십시오. 당신은 대체 무엇을 숨기고, 무엇에 대해 침묵하는 겁니까. 그게 정말로 가메이도 씨를 위한 일이긴 합니까."

이요의 이마에 기름진 땀방울이 맺히는 모습을 세이지는 지켜보았다.

이요는 연신 입술에 침을 먹였다.

한 손으로 얼굴을 가린 채, 치켜뜬 눈으로 세이지를 쳐다보았다. 순간적으로 시선이 마주치자 그는 다급히 고개를 숙였다.

"……겐이."

이윽고, 이요가 불쑥 입을 열었다.

"…겐이 아무 말 하지 말라구 부탁했어요. 그래서, 저도……."

"그러시겠죠, 이해합니다."

세이지는 곁눈질로 교도관을 살피며 이요를 달랬다.

이요는 당장이라도 울음을 터뜨릴 듯 먹먹한 목소리로 말했다.

"그때, 겐은 이틀 동안 돌아오질 않았어요. 연락두 없이요. 그런 적은 처음이라, 어찌나 걱정이 되던지……, 그런데 낮에 훌쩍 돌아왔더라구요."

"그때라면, 언제 말입니까?"

부드러운 목소리로 물었다. 이요는 대답했다.

"처음에 살해당한 아이가 없어졌을 때요. 1987년 6월 17일하구 18일, 겐은 집에 없었어요."

세이지는 얼굴에 드러나려는 동요를 애써 억눌렀다. 조용히 이어질 내용에 대해 물었다.

"그 이틀 동안, 가메이도 씨가 어디 있었는지, 알고 계십니까?"

"병원이요."

"예?"

뜻밖의 대답이었다. 이요는 코를 문지르며 말했다.

"겐은 일사병으로 쓰러져서 가까운 병원에 실려 갔어요. 그날은 태풍이 온다나 뭐라나 하면서 한여름같이 무더운 날이었다 보니……. 열이 펄펄 끓어서 이틀 밤을 묵었다구 했어요."

"확실합니까."

세이지는 높아질 뻔한 목소리를 억눌렀다.

순간 가메이도 겐을 의심했다. 하지만 반대였다. 이 말이 사실이라면 강력한 알리바이가 된다. 리카 살인사건이 벌어진 이틀 동안 가메이도는 병원의 감시하에 있었던 것이다.

"왜 그 이야기를 안 했던 겁니까."

"……처음에는 안 말했어요. 겐이 말하지 말라구 그래서……. 보험증이 없어서 돈이 부족했다 보니 가진 돈을 몽땅 두고 화장실 창문으로 내뺐다구 그랬거든요……. 그것도 다 죄가 될 테니까……."

"살인에 맞먹는 죄는 아니잖습니까."

세이지는 조바심이 났다.

"병원에 확인했으면 가메이도 씨의 의혹은 바로 풀렸을 겁니다. 왜 그렇게 중대한 사실을 말하지 않았던 겁니까."

세이지의 추궁에 이요는 도망치듯 몸을 뒤로 물렸다. 뺨이 움찔거렸다.

깊은 한숨과 함께 이요는 말을 쏟아냈다.

"—겐은 글자를 제대루 읽을 줄 몰랐어요."

세이지는 한동안 무슨 말인지 이해를 하지 못했다.

하지만 이요는 말을 이어나갔다.

"정신을 차린 겐한테 병원에서는 문진표를 쓰라구 했대요. 하지만 읽는 데 시간이 한참 걸리니까 장난치는 거냐고 간호사한테 혼이 나는 바람에……. 가진 돈을 몽땅 두고선 화장실로 도망쳤대요. 겐은 읽고 쓰기를 잘 못한다는 걸 계속 마음에 두고 살았거든요. 그래서 저 말고는 아무한테도 들키기 싫다구……."

—실독증인가.

세이지는 내심 안타까워했다.

데쓰를 통해 책을 두 권 정도 빌려서 투렛 증후군에 대해 공부했다.

정신과 의사는 이렇게 말했다.

—투렛 증후군은 뇌기능 장애로, 2차 장애로 학습 능력에 문제가 생기는 경우가 많다. 전형적인 증상 중 하나가 실독증이다.

"잘은 모르지만 글자가 삐뚤빼뚤하게 보인대요. 간판에 쓰인 쉬운 글자 같은 건 제가 읽어주고 그랬어요. 어려운 한자는 저두 못 읽지만, 제가 초등학교도 제대루 못 다녔다는 건 다들 알고 있으니까…… 그러니까, 크게 부끄러운 일도 아니었어요. 제가 '어? 저건 뭐라고 읽는 거예요?' 하고 물어봐서 누가 읽어주면 겐은 그걸 옆에서 듣고 외우는 식이었지요."

봇물이 터진 듯 이요는 이야기를 풀어나갔다.

"원래부터 머리는 좋았어요. 한 번만 읽어주면 싹 외워버렸거든요. 한 번 외우면 까먹는 법이 없었지요."

"그래서 오랫동안 숨길 수 있었던 거로군."

세이지는 중얼거렸다.

일본에서 학습 장애라는 개념이 확산된 것은 기껏해야 최근 20년의 일이었다.

가메이도가 초등학생이었던 1950년대는 지금만큼 인권에 대한 인식이 높지 않았다. 공부를 못하는 아이에게는 무자비하게 '낙오자'라는 꼬리표가 붙었고, 그 뒤에 어떤 사정이 있으리라고는 그 누구도 상상조차 하지 않았다.

"겐은 그걸 제일 부끄러워했어요. 병원에서 있었던 일을 이야기할라치면 겐이 글자를 제대루 못 읽는다는 것부터 털어놔야 했어요. 저는 겐한테 창피를 주기 싫었어요. 그치만 인제는 겐도 없으니까…… 괜찮겠지요."

"잠깐만요. 방금 '처음에는 말하지 않았다'라고 말씀하셨죠. 중간부터는 진술을 하셨다는 겁니까."

세이지가 물었다.

이요의 표정이 일그러졌다.

"죄송합니다. 형사님이 너무 무서워서 딱 한 번, 불어버렸어요. 하지만 믿어주지를 않더라구요. 겐은 문진표를 안 썼구 보험증도 없었으니까 증거가 없었어요. 그래두 간호사한테 물어보면 분명 기억할 거라구 했는데……."

시마다 사건과 유사한 케이스다. 세이지는 경악했다.

쇼와 4대 누명 사건으로 통하는 시마다 사건에서 본래의 피고인은 사건

이틀 후 신사에 불을 내서 하룻밤 동안 경찰서에 구류되어 있었다.

하지만 그는 구류되어 있던 경찰서의 이름을 잘못 기억하고 있었다. 경찰은 "경찰서에 알아봤지만 그런 사실은 없었다"라며 피고인을 다그쳤고, 결국 허위 자백을 받아내고 말았다.

이요의 눈이 그렁그렁해졌다.

"저두 글자를 제대루 읽을 줄 몰랐으니까 겐이 남 같지 않았어요. 그래서 친해진 거예요. 서로를 감싸주는 사이에 짝꿍이 된 거죠."

"하다못해 공판 중에 한 번만 더 알리바이에 대해 말씀하셨더라면."

세이지는 말했다.

이요는 고개를 떨궜다.

"한 번두 아니고 두 번이나 겐을 배신하면 안 될 것 같아서……. 그때 형사님이 무서워서 불어버린 걸 나중에 엄청 후회했거든요. 거기다."

"거기다?"

"……저한테는 알리바이인지 뭔지가 없었어요. 겐만 풀려났다간 저 혼자 저지른 짓이 될지도 모르잖아요. 그러면 저만 사형당할 텐데. ……그럼 안 되잖아요."

읏, 하고 세이지는 말문이 막혔다.

—죽으려면 같이 죽자, 그 말인가.

지금까지 수사를 통해 몇 번인가 들었던 "가메이도보다 이요가 더 여간내기가 아니다"라던 말이 불현듯 떠올랐다. 의도치 않았던 만큼 묵직한 악의가 모래 속의 유리조각처럼 희번덕거렸다.

어느 누가 보더라도 이요의 단독 범행이라 보기는 어렵다. 사법 역시 그렇게 판단했을 가능성이 높았을 텐데.

하지만 이제 와서 질책해봐야 부질없는 일이었다.

세이지는 마음을 다잡고 물어보았다.

"그날, 가메이도 씨는 왜 일사병에 걸리도록 밖에 있었던 겁니까?"

교도관이 손목시계를 힐끔 쳐다보았다. 늦기 전에 물어봐야 할 사항은 물어봐야 한다.

이요는 고개를 저었다.

"모르겠어요. 그건 제가 물어봐두 안 가르쳐줬어요."

"도이 리쓰코 씨는 '그 사람은 누군가를 감싸고 있다'라고 주장했습니다."

"그건……, 그러네요. 그랬을지도 몰라요."

자신이 없다는 듯 이요가 고개를 갸웃거렸다.

"겐이 정신을 차렸을 때 불쑥 이렇게 말했거든요. '너를 말려들게 하고 말았다. 그럴 생각은 없었는데, 미안하다'라구요."

세이지는 곁눈질로 교도관을 살폈다. 손목시계를 응시하고 있었다. 앞으로 몇 초밖에 안 남았다는 걸까.

"가메이도 씨한테서 마키라는 여자의 이름이 나온 적은 없었습니까?"

"아, 마키 씨였어요."

이요는 고개를 끄덕였다.

"취하면 가끔 입에 올리곤 했어요. '첫사랑 상대'였다면서. 제가 '지금이라두 고백하러 가봐야지 않겠냐'라고 말했더니 '그럴 수는 없다. 영원히 이뤄질 수 없는 상대다'라구 했어요. 그래서 죽었나보구나, 싶었는데."

"아뇨, 꼭 그러리란 법은—"

세이지가 입을 뗀 직후,

"시간 다 됐습니다. 종료!"

교도관이 딱딱하게 목소리를 높였다.

구치소를 나오자마자 세이지는 가타기리 변호사에게 전화를 걸었다.

가메이도에게 알리바이가 있을 것 같다고 전하자 그는 할 말을 잃었다.

"31년 전에 해당 구내에서 응급 환자를 다뤘던 병원이겠군요. 바로 알아보겠습니다. 문진표를 쓰지 않은 채 가진 돈을 모두 두고 사라진 일사병 환자—. 간호사나 의사가 기억하고 있을지도 모르겠네요."

"부탁드리겠습니다."

세이지는 전화를 끊은 뒤 역으로 향했다.

만약 이로써 가메이도의 알리바이가 증명된다면 통산 여섯 번째의 재심 청구에서 비로소 비원이 이뤄지게 된다. 진범은 찾아내지 못하더라도 재심이 열릴 확률은 크게 높아진다. 그렇다면 나머지는 가타기리 변호사의 분야였다.

—일단 당초의 목적은 이뤘다고 할 수 있으려나.

세이지의 본래 목적은 남겨진 이요를 사형 집행에서 구해내는 것이었다. 이제 충분하다. 나머지는 아사히나 오노데라에게 맡기고 그는 손을 떼도 될지 모른다.

—하지만, 어렵겠지.

세이지는 쓴웃음을 지었다.

표를 끊고 개찰구를 지났다.

플랫폼으로 이어지는 계단을 오르며 세이지는 '호랑이'를 자처하는 남자를 떠올렸다.

장난으로 몸값을 요구해 경찰을 농락하고, 슬픔에 잠긴 어머니에게 장난전화를 걸고, 신문사 앞으로 도전적인 문서를 보내오는 남자. 리쓰코의 가족 행세를 하며 아무렇지도 않게 세이지 일행에게 접촉해오는 남자.

자신감이 넘치는 인간이다. 아니, 자만에 빠졌다고 형용하는 편이 옳으리라.

바보는 아니지만 정신적으로는 유치한 면이 있다. 일반 사회에서는 패배자. 스트레스에 약하다. 스스로가 생각하는 만큼 영리하지도, 냉정하지도 않다—.

—그 낯짝, 한 번 더 봐야겠다.

플랫폼에 서서 다가오는 열차를 바라보며 세이지는 스스로에게 되뇌었다.

여기까지 온 이상 녀석의 얼굴을 똑똑히 보지 않고서는 물러설 수 없다.

리쓰코의 집 앞에서는 구석구석 살펴볼 여유가 없었다. 추남은 아니었던 것으로 기억하나 스며나는 냉정함이나 오만함까지는 관찰하지 못했다.

—기필코 카메라 앞에 세워서 세간의 주목을 받게 해주마.

"지금 2번 선에 일반, 우에노 행 열차가 들어오고 있습니다. 위험하오니 노란 선까지 물러나주십시오……."

눈앞에서 열차가 멈췄다.

*

그는 어슴푸레한 방에 있었다.

다만 전기스탠드는 켜져 있었다. 그의 손에는 미니어처 의자가 들려 있었다. 흔히 1/12 스케일이라 불리는 크기로, 실바니아 패밀리의 가구보다도 한 치수 크다.

그의 보물이었다. 어린이용이라기에는 아까울 만큼 정교한 만듦새로, 우아하게 굽이진 다리, 등받이에 새겨진 조각 등, 치펜데일 풍의 고딕 스타일이 멋지게 재현되어 있다. 대량생산된 싸구려 플라스틱과는 달리 진짜 나무로 만든 제품이다.

—그렇기 때문에 소녀들에게 보여줄 가치가 있다.

30년 전, 그는 이 가구들을 아크릴 상자에 넣어서 아끼는 차의 대시보드에 장식해두었다.

그는 이 가구를 마음에 들어 한 여자아이 외에는 차에 태우지 않았다.

미의식에 관한 문제다. 어린 여자아이면 다 좋은 것은 아니었다. 물건의 가치를 모르는 교양 없는 아이는 필요치 않다.

그는 지금까지 세 명을 죽였다.

소녀를 차에 태우고 납치해서 지독한 짓을 저지른 적은 그 외에도 많았다. 하지만 죽여도 좋을 만큼 흥분한 것은 그 시기뿐이었다. 1987년부터 88년. 2006년.

—그리고, 바로 지금.

두 번째 아이는 그에게 특별했다. 애당초 그 아이가 그의 살의를 부추긴 탓이었다.

살인과 성추행은 전혀 다르다. 성추행이라면 대부분의 아이들이 마지못해 단념하겠지만 살인은 그렇지 않다. 텔레비전 뉴스에 나오고, 수사본부가 설치되고, 전국이 주목하는 가운데 수사관들이 핏발 선 눈으로 범인을 추적한다. 위험도 면에서 격이 다르다.

하지만 그때는 그 사실을 알면서도 그 아이가 탐이 났다.

그의 잘못이 아니었다. 그 아이의 잘못이었다.

그를 그렇게 쳐다보았으니까. 무방비한 사지를 내보였으니까. 애처로운 척하며 그를 유혹했으니까.

그 아이는 누구보다 특별했다.

—무엇보다, 내게 이름을 주었다.

호랑이라는, 딱 맞는 이름을.

그 아이는 그의 앞에서 춤추고 노래했다. 호랑이의 노래였다. 스커트가 나부꼈다. 하얀 다리가 허벅지까지 드러났다. 그 순간, 그는 자각한 것이다. 자신이 '호랑이'임을. 그러니 그 아이는 자업자득이었다. 모두 그 아이가 자초한 일이었다.

첫 번째 아이는 단순한 예행연습이었다.

하지만 그 아이도 너무 좋은 아이였다. 그의 취향에 딱 맞았다. 그래서 그만 놓아주지 못하고 죽여버렸다. 그 또한 그 아이가 자초한 일이었다.

소녀들은 모두 어린 창부였다. 그를 꼬드기고, 눈을 멀게 하고, 몸을 비비 꼬며 유혹해놓고선 막상 손을 대면 질질 눈물을 흘린다. 작고 못된 거짓말쟁이 악마였다.

그는 의자에 정성껏 니스를 칠했다.

작은 거스러미에는 손톱 손질용 유리 줄을 사용했다. 사포를 썼다간 지나치게 깎여버린다. 마감도 거칠어지고 만다.

30년 동안, 그는 이 의자나 작은 옷장, 소파나 캐비닛 등을 소중히 다뤄왔다. 구하기 힘든 물건으로, 다른 대용품이 없었다.

대략 10분을 더 뜯어본 후에야 비로소 자신의 마무리에 만족할 수 있었다.

그는 깨끗한 것을 좋아했으며 더럽고 천한 것은 싫어했다.

그래서 작은 여자아이를 좋아했다. 더러운 늙은이는 싫었다.

그는 그 영상의 제작자로 보이는 청년들을 도이 리쓰코의 집 앞에서 확인했다. 리쓰코의 집은 몇 년 전부터 파악해둔 상태였다. 그들이 찾아올 시기 역시 SNS의 동향을 통해 얼추 예상할 수 있었다.

결과적으로 청년 둘은 모두 합격점이었다. 요즘 젊은이답게 청결했고, 호리호리한 데다 맵시가 좋았다. 용모도 단정했다.

하지만 늙은이는 예상대로 영 꽝이었다.

자신을 몰아붙일 중요한 역할이 저렇게 궁상맞은 늙은이라니 실망스러웠다. 이는 그가 감독과 총연출을 맡은 작품이었다. 그런데 원치 않았던 배우가 멋대로 무대에 난입하고 말았다.

주도권을 되찾아야만 한다.

더 이상 그런 늙은이가 멋대로 설치게 놔둘 수는 없다.

그렇지 않아도 그는 스트레스 때문에 안에서부터 폭발할 지경이었다. 그때부터 줄곧 그랬다. 아무 생각 없이 밤에 텔레비전을 켜고 그 뉴스를 보고 만 그날부터.

그는 니스가 마르기를 기다리며 전시용 아크릴 상자에 의자를 고정시켰다.

대시보드에 장식하기 위한 상자였다. 상자에는 자외선 차단용 스프레이를 잔뜩 뿌렸다.

이어서 그는 거울 앞에서 꼼꼼하게 몸단장을 했다. 머리카락을 빗어 넘기고, 티끌 하나 없이 잘 닦인 구두와, 한 점의 얼룩 없는 하얀 삼각 붕대를 준비했다.

—역시 이게 가장 마음에 든다니까.

이 방식이 좋았다. 이 수법에 걸려드는 순진무구한, 선의로 똘똘 뭉친 여자아이가 좋았다. 그런 아이를 유린하지 못한다면 무슨 의미가 있을까.

30년 전, 그는 자신의 모방범이 있다는 사실을 알고 있었다. 똑같이 삼각 붕대로 팔을 묶고 여자아이에게 말을 걸던 남자가 자신 외에 최소한 한 명이 더 있었다. 하지만 그 정체를 알아낸 것은 바로 얼마 전이었다.

그는 말끔히 수염을 깎았다. 입 냄새 방지용 알약을 깨물고, 감귤 향이 나는 바디스프레이를 피부에 뿌렸다.

그는 호남자였다. 하지만 아무리 그래도 30년 전에 비한다면 용모는 시들었다. 여자아이들의 눈은 엄격하다. '불결하고 못생긴 아저씨'여서야 아이들은 따라 와주지 않는다.

30년 전과 다른 점은 하나가 더 있었다.

그 때만큼 시간적으로 여유롭지 못하다는 점이다.

그러니 지금은 움직일 때가 아니다. 이성적으로는 알고 있었다.

너무 위험하다. 그 늙은이와 청년들의 수사 때문에 지나치게 이목이 쏠렸다. 사건이 재평가되었다는 사실은 반가웠지만 늙은이들의 활동, 그리고 이쪽의 움직임까지 불편해졌다는 사실에는 부아가 치밀 따름이었다.

—하지만, 멈출 수는 없시.

충동을 억누를 수 없었다.

그의 잘못은 아니었다. 그를 부당하게 다룬 사회와 그의 가치를 이해하지 못하는 상사, 전처, 그를 슬프게 하는 운명의 잘못이다. 그의 탓은 아니었다.

그는 신발을 신고 밖으로 나섰다.

햇살이 눈부셨다.

그는 어린 여자아이를 좋아하고 꾀죄죄한 늙은이가 싫었다. 하지만 늙은이를 이용한다는 것은 결코 싫지 않았다.

그는 어떤 늙은이와의 거래를 통해 이번 은신처를 준비했다.

수사 중인 그 늙은이보다 훨씬 나이를 먹은 추한 노인이었다. 온 얼굴이 주름투성이였고 턱 밑에는 쪼그라든 살이 축 늘어져 있었다. 쳐다보기도 싫을 만큼 추했지만 이용할 가치는 있었다.

애차에 올라탄 그는 상자를 대시보드에 테이프로 고정했다.

시동을 걸었다. 「TIGER」가 오디오에서 흘러나왔다.

룸미러의 각도를 조절한다. 순간적으로 거울 속 자신과 눈이 마주쳤다. 그는 눈을 가늘게 뜨며 미소를 지었다. 청바지의 고간이 꽉 낀다. 벌써부터 발기하기 시작했다.

자동차가 미끄러지듯 출발했다.

제 6 장

1

수도권 방송국에서 「르포 · 기타미노베군 여아 연쇄살인사건」이 방영되기 시작하자 주간 정보 채널에서 언급되는 빈도 역시 높아졌다.

가타기리 변호사가 이요의 여섯 번째 재심 청구를 위해 움직였다는 뉴스도 함께 방송을 탔다.

세간의 관심은 수그러들 줄 몰랐다.

특히 일반 주간지의 반응은 무척이나 뜨거웠다.

잡지는 설 자리를 잃었다는 말이 나온 지 오래다. 하지만 『주간 니치에이』의 전자판은 사상 최고의 정기구독자 수를 기록했고, 세 번째인 『르포 · 기타미노베군 여아 연쇄살인사건 특집호』는 이례적으로 중쇄되었다.

세이지는 『주간 니치에이』 이외의 취재는 거절했다. 하지만 물론 타 잡지사에게 기사를 쓰지 말라고 막지는 않았다.

각 잡지사는 너나 할 것 없이 '르포 · 기타미노베군 여아 연쇄살인사건'이라는 표제를 특대 사이즈로 실었고, 사건 관계자들 뿐 아니라 호시노 세이지와 오노데라 기자의 경력까지 들춰내며 소란을 떨었다.

"얼마든지 들춰보라지. 어차피 내 인생의 오점이라 해봐야 이혼 두 번하고 말레이시아의 금연구역에서 담배를 물었다가 벌금을 문 정도밖에 없으니까."

호시노 집안을 찾아온 오노데라는 그렇게 큰소리치고는 "뭐, 시노 씨는 어떤지 모르겠지만. 꼭 이렇게 꼬장꼬장한 노인네들이 젊었을 때는 몹쓸 짓을 저질렀더란 말이지. 행여 다른 잡지에 특종으로 실리기라도 했다간 나도 무마해주기 힘들어. 미리 각오해둬."라며 농담을 던졌다.

"미안하지만 자네가 반길 만한 사태는 없을 거야."

세이지는 쓴웃음을 짓고는 다다미에 깔아놓은 주간지 여섯 권을 내려다보며 팔짱을 꼈다. 아사히가 여러 편의점에서 사들인 최신호였다.

내용은 진범에 대해 추리하는 기사, 세이지와 오노데라의 과거를 다룬 기사, 경찰에 대한 비판, 세간의 반응에 초점을 맞춘 기사 등 다양했다. 하지만 하나같이 톱 기사는 기타미노베 사건이었다.

"이것 봐, 오노데라."

세이지는 말했다.

"그날 밤에 말했었지. '재수사와 병행해서 여론을 움직인다. 거기에 성공한다면 기타미노베 사건을 재심까지 이끄는 것도 가능할지 모른다'라고. 그리고 이런 말도 했어. '의혹의 총탄 급 기사를 쓰게 해준다면— 그 정도로 여론을 움직일 가망이 있다면, 시노 씨의 손을 들어줄 수도 있다'라고 말이야. 어때? 지금은 전국의 주간지, 정보 방송이 다시금 기타미노베 사건을 추적하고 있다고. 자네 희망대로 여론은 움직였어. 이제 밥상은 충분히 차려진 셈이지?"

"충분하고도 남지."

오노데라는 미지근한 차를 홀짝이며,

"시노 씨는 약속을 지켜줬어. 그러니 이제는 내가 기사를 쓸 차례지. — 우선 이게 첫 번째야."

하고 세이지의 무릎에 파일을 던졌다.

"'녀석을 좀 더 화나게 해라, 도발해라'라고 주문했잖아. 최대한 기대에 부응해봤어. 변태 롤리콤 녀석. 인정욕구에 목마른 자존심만 강한 무능력자. 어린애만 노리는 녀석은 성인 여성에게는 눈길조차 받지 못하는 F급 인간일 게 뻔하다. 현실 사회에서는 여자의 눈에도 들지 못하는 비참한 패배자가 분명하다—라고, 내가 보기에도 저질스러울 만큼 도발해뒀지."

세이지는 파일을 넘겼다.

내일모레 발매될 『주간 니치에이』의 기사가 철해져 있었다. 오노데라가 책임을 맡은 기사였다.

본인의 말마따나 고상함과는 거리가 먼 필치였다. '낙오자', '인간 폐기물', '사회적 패배자', '인간 말종' 등, 자극적인 단어들로 가득했다.

신문사에 보내온 성명문에 대해서도 '비대하게 발효된 자존심이 코를 찌르는 걸작이다', '정신의학에 대해 문외한인 필자조차 정신 연령이 낮다는 것을 한눈에 알 수 있었다', '이렇게 유치해서야 당연히 성인 여성이 상대해 줄 리 없다'라고 마구 헐뜯었다.

"좀 지나쳤나?"

"아니, 이 정도면 충분해. 진범이 대대적으로 모욕당했다는 걸 누가 보더라도 알 수 있어야지. 녀석은 타인의 평가를 무시할 수 있는 타입이 아닐 테니까."

세이지는 웃었다.

"……시노 씨, 이건 다른 얘기인데."

오노데라의 한쪽 눈썹이 처졌다.

"데쓰는 요즘 어때. 그, 뭐야— 그 애, 이요 준이치한테 공감하고 있었잖아. 편지를 주고받는 사이였는데, 이요가 마냥 착한 사람은 아니라는 걸 알고 충격을 받지는 않았을까."

"아니, 의외로 아무렇지 않아 하던걸."

세이지는 대답했다.

"나도 그 아이가 무슨 반응을 보일지 마음이 걸렸거든. 그런데 오히려 '안심했다'더군. '그가 순진무구한 선인이 아니라는 건 알고 있었다. 그 사실을 들춰내줘서 마음이 놓였다. 나는 이미 이요 씨에게 편지로 이런저런 사실을 털어놓았다. 신부에게 참회하는 것처럼 일방적인 관계여선 너무 허무하지 않느냐'라면서 말이지."

"그랬구먼."

책상다리에서 다리 위치를 바꾸며 오노데라가 말했다.

"데쓰도 변했어. 이제는 제법 말에서도 인간미가 느껴지잖아. 처음 만났을 때는 종이 인형처럼 존재감이 희미한 아이였는데 말이지. 그나마도 예전보다는 나아진 편이었다며?"

"맞아."

세이지는 고개를 끄덕였다.

"예전보다는 나아진 편이었다며?"와 "변했어"라는 말 모두에 대한 긍정이었다.

2

특별 요양원인 '세류원'은 국도를 벗어나 도보로 20분 정도 거리인 공업단지 터에 지어져 있었다.

정원은 50명으로, 요양등급 3 이상의 노인만이 입소할 수 있다고 한다.

외벽은 부드러운 핑크베이지색이었으며 내부 역시 같은 계열의 색으로 통일되어 있었다. 햇빛이 잘 들고 깔끔한 2층 건물이었다.

세이지 일행은 '요양등급 4. 식사나 배설 등 일상생활 전반에 도움이 필요함'을 인정받아 '세류원'에 입소한 노인을 만나러 왔다.

그는 직원에게 "마쓰시마 씨"라고 불렸다. 69세일 텐데 80세처럼 늙어 보일 정도로 주름이 가득했다.

마쓰시마는 가메이도 겐과 소가베 도시오의 몇 안 되는 공통된 지인이었다. 그들과 같은 시기에 똑같이 불량소년으로서 번화가를 어슬렁거렸다.

또한 소가베 도시오가 폭행으로 복역 중일 당시 마쓰시마 역시 같은 구로바네 교도소에 수감되어 있었다. 죄목은 아동 강제 추행, 아동 성매매 등이었다.

그렇다 해서 마쓰시마를 진범으로 의심하는 것은 아니었다. 그는 1987년부터 89년에 걸쳐 '쇼핑센터 남자 화장실에서 복수의 사내아이에게 외설적인 행위를 저지른' 죄로 복역 중이었다.

"면회라니, 이게 얼마 만인지."

휠체어에 몸을 기댄 마쓰시마는 거의 치아가 남지 않은 입을 움직이며 말했다.

세이지의 뒤에서는 데쓰가 소형 카메라를 들고 있었다. 제시한 3만 엔의 사례금을 대가로 마쓰시마는 촬영을 포함한 취재를 승낙했다.

“그야, 옛날에는 나쁜 짓도 저지르고 다녔지. 하지만 이 꼴을 보라고. 이 몸으로 무슨 짓을 하겠어. 아직 일흔도 안 됐는데 이 모양인 걸 보면 벌을 받은 건지도 모르겠구만. 몸이 이 지경이면 머릿속까지 시들어버린다니까.”

하지만 그의 시선은 세이지와 아사히를 지나쳐 등 뒤를 향하고 있었다.

홀 안에서는 다른 입소자들이 면회를 찾아온 가족과 미소를 나누고 있었다. 마쓰시마의 끈적끈적한 시선은 부산스럽게 돌아다니는 어린 손자를 훑고 있었다.

세이지는 그 사실을 모른 체하며 “가메이도 겐 씨가 돌아가셨다는 사실은 알고 계십니까.”하고 물었다.

“뭐? 가메이도라면, 사형수가 된 그 녀석 말인가. 호오, 언제 죽었길래. 병으로 죽어? 신문도 안 읽는데다 여기 텔레비전은 시시껄렁한 코미디나 드라마만 틀어주거든. 몰랐어.”

거짓은 아닌 듯했다.

마쓰시마는 입을 오물거리며,

“가메이도가 ‘우리 과’였다니, 어찌나 놀랐던지. 그쪽 관련해서는 어린애한테 관심이 없는 줄 알았거든. 꼭 그런 녀석이 일을 내면 갈 데까지 가버리곤 한다니까. 점잖은 척하는 놈들이 더 밝힌다잖아, 헤헤헤.”

하고 천박하게 웃었다.

“가메이도 씨와 소가베 도시오 씨 모두와 친구였다고 들었습니다.”

“친구라고 할 정도까지는 아니었어. 젊었을 때 나란히 그 주변을 얼쩡거렸을 뿐이지. 가메이도 녀석은 성질도 급하고 걸핏하면 시비를 걸어대는 주제에 엉뚱한 데서 바른 사람인 척하는 녀석이었어. 함께 어울리기에는 단순하고 무식한 소가베가 더 편했지."

마쓰시마가 고개를 움츠렸다.

"그런데 그 가메이도가 소가베의 자식새끼를 죽일 줄 누가 예상이나 했겠어. 뉴스를 보고 알았을 때는 식겁했지. 소가베의 딸이라는 걸 알고선 덮친 걸까."

세이지는 대답 대신 목소리를 낮췄다.

"소가베 씨는 자신이 가메이도 씨와 아는 사이라고 경찰에 증언하지 않았습니다. 증언하지 않은 채 그대로 실종되고 말았죠. 이유가 뭘까요."

"허어, 소가베까지 사라져버렸다니. 쓸쓸하네, 이 나이쯤 되니 지인들이 하나 둘 줄어드는구만."

마쓰시마는 잠시 착잡하다는 표정을 지었지만 이내 옅은 미소를 띠었다.

"왜 증언하지 않았느냐, 그야 괜한 소리를 털어놨다간 경찰이 무슨 냄새를 맡을지도 모르잖아. 경찰 앞에서 쓸데없는 소리를 하는 건 긁어 부스럼일 뿐이야. 소가베도 털어보면 먼지가 한 가득인 녀석이니까."

"하지만 살해당한 건 자기 딸이었어요. 무차별적 범행이 아니라 지인의 가족을 대상으로 한 범행이라면 수사의 방향도 달라질 텐데. 소가베는 왜 잠자코 있었을까요."

세이지는 마쓰시마의 반응을 살폈다.

소가베와 가메이도는 같은 지역 출신도, 같은 학교 출신도 아니었다. 불량소년으로서 사건이 벌어지기 20년이나 전에 번화가에서 함께 어울렸을 뿐이었다.

이후로 재회한 듯하지만 소가베의 소지품에서 가메이도와의 접점을 나타내는 물건은 없었다. 고작 그 정도 사이였다. 소가베 자신이 진술하지 않는다면 좀처럼 떠오르지 않았을 가느다란 실이었다.

소가베는 사건 이후로 단골 술집에서 울기만 했다고 한다.

—전에 가게로 데려왔던 '옛 친구'하고도 이제는 못 만나게 됐다면서 풀이 죽어 있었지.

전 주인의 늙은 아내가 한 말이다.

만약 소가베가 경찰의 발표대로 가메이도를 범인이라 믿고 있었다면 그런 식으로 말했을 리 없다.

그는 헤어진 처자식에게 집착하고 있었다. 이혼 후에도 처자식을 제 소유물처럼 다뤘으며 '내게서 도망친 여자 잘못이다'라고 생각했다. 남 탓이 천성이었다. 제 딸이 끔찍하게 살해당했음에도 가메이도를 질타하기는커녕 "내 탓이다", "나는 글러먹은 놈이다"라고 한탄하다니, 본래의 소가베 도시오와는 어울리지 않는다.

—소가베 도시오를 수사선상에서 일찌감치 배제시켜서는 안 됐다.

세이지는 늦게나마 후회했다.

물론 소가베의 알리바이가 입증된 뒤로도 그의 신변은 샅샅이 조사했다. 하지만 그에게 원한을 품었거나 적대하는 이들만이 주목을 받았다. 그리고 리카 사건과 동일범이 저지른 연쇄살인이라고 단정된 후로는 완전히 수사대상에서 벗어났다.

내심 분해하는 세이지를 눈치채지 못한 채 마쓰시마는 고개를 갸웃거렸다.

“왜 잠자코 있었는지, 그걸 내가 어찌 알겠어. 가메이도 녀석은 아무 말 없었나.”

“가메이도 씨는 당시 정확하게 진술할 만한 정신 상태가 아니었던 듯합니다.”

세이지는 절제된 표현으로 매조지며, “당신이 보기에 가메이도 씨와 소가베 씨는 어떤 관계였나요.”라고 물었다.

마쓰시마는 흐릿해진 눈동자를 이리저리 굴렸다.

“가메이도는 딱히 별 생각 없지 않았을까. 하지만 소가베는 잘 따랐던 것 같아. 싸움박질을 하다 위험해졌을 때 힘을 보태줬다고 했지. 제 주제에 의리는 무슨 의리.”

“당신과 가메이도 씨는 어땠나요.”

“나 말이야? 나하고 가메이도는 그냥 안면이나 트고 사는 사이였지. 나는 녀석에게 빚도 없거니와 지킬 의리도 없었어. 마을을 떠나면서 완전히 연이 끊겼지. 뭐, 빵에서 다시 만나기 전까지는 소가베도 마찬가지였지만.”

“소가베 씨와는 출소 후에도 친분을 유지하셨습니까.”

“그걸 친분이라 해야 하나, 녀석이 몇 번 숨겨준 적은 있었어. 그 녀석은 언제나 돈에 쪼들렸으니까 돈만 주면 군말 없었거든. 그 후로는 끽해야 네다섯 번—”

마쓰시마는 머뭇거렸다.

“왜 그러십니까.”

“아—, 그게……. 에이, 됐다, 옛날 일이니까. 일찌감치 시효도 지났고.”

교활한 눈으로 마쓰시마는 세이지를 올려다보았다.

"그 녀석한테 부탁을 받았어. 사진을 몇 번 구해다준 적이 있었지."

"사진?"

"왜, 그거 있잖아. 그쪽 말이야. 알면서 왜 이러시나."

마쓰시마는 히죽 웃었다. 상스러운 웃음이었다.

세이지는 고개를 끄덕이며 "어린아이의 사진— 말입니까" 하고 목소리를 내리깔았다.

마쓰시마가 입이 한층 크게 찢어졌다.

"그야 보통 야한 사진이라면 굳이 나한테 부탁하지 않아도 구할 수 있을 테니까."

"소가베 씨는 그런 취향이었습니까."

"아니, 녀석은 그쪽 취향이 아니었어. 빵에서는 다들 야한 것에 굶주려 있으니까 나 같은 사람들이 대접을 받는데, 그 녀석은 어린애한테 관심이 없었지. 그때는 '부탁받았다'고 했어."

"부탁이요? 누구한테 말입니까."

"몰라. 나도 안 물어봤고."

마쓰시마는 어깨를 으쓱거렸다.

"설마 가메이도를 위해서였으려나. 허허, 야한 사진을 구해다줬더니 딸이 그 꼴을 당하다니, 소가베도 제정신이 아니었겠구만."

이빨 빠진 입으로 웃는 마쓰시마를 무시한 채 세이지는 물었다.

"소가베 씨에게 어떤 사진을 넘겼는지 기억하고 계십니까. 소가베 씨는 그— 사진의 종류나 내용에 대해 당신에게 무엇을 요구했나요."

"피가 나오는 게 좋다고 그러더군."

마쓰시마는 태연하게 말했다.

"찔리거나 베인 게 아니라, 얻어맞아 피를 흘리는 걸 원했어. 그때는 비디오카메라는 비싸서 살 수가 없었으니 오로지 사진이었지. ……이봐, 형사님, 지금은 아무리 위험한 영상도 인터넷으로 쉽게 볼 수 있다지? 휴우, 이 시설도 인터넷이 되면 좋을 텐데 말이야."

마쓰시마는 탄식했다.

세이지는 뒤를 돌아보았다.

찍었어요, 하며 데쓰는 손가락으로 작게 오케이 사인을 그려보였다.

세 사람이 '세류원'을 나서기 직전, 직원 두 명이 쫓아왔다.

세이지는 촬영을 문제 삼으려는 건가 싶어 마음의 준비를 했다.

"저기…… 힘내세요."

그들은 머쓱한 목소리로 말했다.

두 사람 모두 아직 마흔 전으로 보이는 남녀였다.

"저희는 기타미노베 사건의 피해자들과 동년배거든요. 그때 일이 똑똑히 기억나요. 부모님이나 선생님들도 신경이 곤두서 있었고, 온 동네에 검은 구름이 낀 것 같았는데—"

지금은 저희가 부모 세대가 됐네요, 하며 그는 목소리를 낮추더니 "이런 말씀밖에 못 드려서 죄송합니다. 그래도 힘내세요" 하고 다시 한 번 덧붙였다.

세이지는 감사를 표했다. 그리고 작은 목소리로 말했다.

마쓰시마가 다른 입소자의 손자를 엉큼한 눈초리로 바라보고 있었다는 사실. 아직 욕망은 수그러들지 않은 듯하다는 사실을.

"그 몸으로는 마음대로 움직이지 못할 겁니다. 하지만 되도록 눈을 떼지 마십시오."

그렇게 주의를 주자 직원은 고개를 끄덕였다.

3

"아까 마쓰시마의 말마따나 정말로 인터넷만 있으면 '위험한 영상'인지 뭔지를 누구나 볼 수 있는 거냐? 그러니까, 말하자면 폭력적인 것도."

"대형 동영상 사이트에서는 불가능해요. 아동 포르노는 불법이니까 행여 업로드된다 해도 통보 없이 바로 삭제되죠. 하지만 우회로는 있다고 해요."

세이지의 물음에 데쓰는 진지한 얼굴로 대답했다.

요양소 '세류원'을 나온 세 사람은 국도변의 메밀국숫집에서 쉬고 있었다.

"맥도널드나 패밀리레스토랑이 더 싸"라고 말하는 아사히에게, "좀 봐다오. 지금 그런 가게에 들어갔다간 커피 향에 쓰러질 거야. 내가 얼마나 힘들게 카페인을 참고 있는데."라고 세이지가 우겨서 들어간 메밀국숫집이었다.

다행히 차 메뉴가 있어서 세이지는 호지차와 미쓰마메(한천 위에 완두콩이나 과일 따위를 올린 디저트-옮긴이)를 주문했다.

"세계적으로 아동 성착취나 학대에 대해서는 엄벌로 다스리는 추세예요.

그래서 일본도 착착 엄격해지고 있죠. 하지만 현실적으로 아직 일본의 아동 포르노 금지법은 다른 외국에 비해 약하고 기준도 애매모호해요."

데쓰는 크림 안미쓰(팥소를 올린 미쓰마메–옮긴이)에 흑당을 듬뿍 끼얹으며 말했다.

"폭력적인 포르노만 하더라도 일본은 대체로 관용적인 듯하고요. 예를 들어 10년쯤 전의 일인데, 리얼한 '폭행계' 영상을 찍기로 유명한 AV 제작사가 여배우를 속이고 약물로 혼절시킨 뒤, 삽입한 기구를 일부러 몸 안에서 파열시킨 일이 있어요. 여배우는 평생 인공 항문을 달고 살아야 할 정도로 큰 상처를 입었죠. 제작사 사장은 징역형을 받았지만 관계자 대부분은 가벼운 처벌로 끝났어요. 그 인간들은 반성의 기미도 없이 '잔당'으로서 아직까지도 당시의 영상을 인터넷에서 매매하고 있다고 해요."

"그, 그래—. 설명해줘서 고맙다만 목소리는 조금만 낮춰다오."

세이지는 헛기침을 했다.

아사히는 숟가락으로 말차 아이스크림을 먹으며 남은 손으로는 스마트폰을 만지작거리고 있었다.

"그 제작사의 AV를 보고 실제 범행까지 저지른 고등학생도 있었을 텐데. 아니, 전문학교 학생이었나? 범인이 바로 자살한 사건 있잖아."

"야마구치 전문학교 여학생 살인사건 말이지." 데쓰가 즉답했다.

"같은 연구실에 소속된 여학생을 비닐 끈으로 목 졸라 살해한 뒤, 숲속에서 목을 매고 자살한 사건. 범인인 남학생은 흔히 말하는 성폭행물을 즐겨 봤다고 하는데, 방금 말한 제작사의 AV 작품을 모두 소유하고 있었어. 명백히 포르노의 영향을 받은 범행이었지."

설명이 술술 흘러나온다. 하지만 꽤나 자제된 목소리였다.

"일설에 따르면 '폭력적인 포르노는 일반 여성에 대한 성적인 가해 욕구를 증폭시킨다'라고 해요. 그리고 '여성이 최종적으로 성폭력을 받아들이는 유형의 픽션을 섭취함에 따라 성폭력을 긍정하는 가치관이나 여성도 강제로 당하기를 원한다는 착각에 빠지는 케이스가 있다'라는 설을 논문에서 읽은 적이 있어요. 즉, 허구를 진실로 받아들이는 머저리들이 있다는 뜻이죠.

같은 남자로서 불명예스러운 일이지만 세상에 이런 녀석들이 존재한다는 건 부정할 수 없어요. 21세기로 접어들었음에도 드라마에서 악당을 연기한 배우에게 욕설을 퍼붓거나, 만화나 소설의 전개가 마음에 들지 않는다는 이유로 작가에게 집요한 테러를 하는 녀석들이 있을 정도니까요. 허구와 현실을 구별하지 못하는 녀석은 어느 시대에나 있기 마련이죠."

데쓰는 불쾌하다는 듯 웨하스를 깨물어 먹었다.

세이지는 곰곰이 생각하며 말했다.

"지금은 어떤지 모르겠다만, 내가 현역이었을 때는 '범죄의 폭력성은 심화되어간다'가 정설이었다. 심화되고, 범행 간격도 촘촘해지는 법이라고 했지. 인간은 자극에 익숙해지기 마련이다. 점점 더 강한 것을 원하게 된다. 그러다 범행은 타성화되고, 언젠가는 자만심에 빠져 방심하게 된다. 바로 그때가 우리 수사관이 노려야 할 때다—라고 말이지."

세이지는 호지차를 홀짝였다.

"포르노에 대해서는 잘 모르지만 근본적으로는 비슷할 거다. 아무리 자극적이라 해도 인간은 언젠가 익숙해지지. 그리고 한 번 강렬한 자극을 맛본 이상 좀처럼 되돌릴 수 없어. 폭력적인 포르노에 익숙해진 녀석은 시중에 나도는 일반적인 작품으로는 만족할 수 없어질 거다."

"응. 할아버지가 무슨 말을 하려는 건지는 알겠어."

아사히가 스마트폰을 만지작거리며 말했다.

"소가베 도시오를 통해 마쓰시마에게 '얻어맞아 피를 흘리는 여자아이 사진'을 부탁한 녀석은 그 뒤로도 비슷하거나 그 이상의 아동 포르노를 요청했을 거야. 흔히 스너프라 불리는, 실제 폭행이나 살인 행위를 담은 영상으로까지 치달았을 가능성이 높아."

"그래, 내가 하려던 말이 그거다."

세이지는 무릎을 때렸다.

"그런 걸 인터넷에서 볼 수 있는 곳이 어디에 있는지 알아볼 방법은 없겠니."

"뭐, 우리끼리만 찾으려면 시간이 꽤 걸리겠지."

아사히는 그렇게 말하더니 스마트폰 화면을 두 사람에게 보여주었다.

"그래서 외부에 협력을 요청해봤어. 우리의 취지에 찬동해준 '리에이트'의 창작자들하고 트위터의 다이렉트 메시지 기능으로 그룹을 만들어뒀거든. 외부로 정보를 유출하거나 장난 삼아 들어온 녀석들은 차례차례 쳐냈어. 지금은 믿을 만한 멤버들만 남았다고 장담할 수 있지."

아사히는 빙긋 웃으며 말했다.

"세간에서 말하는 롤리콤 스타일의 미소녀 일러스트를 그리는 사람도 많긴 하지만. 그래도 현실에서는 '3차원 소녀에게 손을 대는 녀석은 적이다', '현실 속 아동을 보호하자', '3차원 소녀의 성착취 반대'라는 모토를 엄수하는 사람들이야"

세이지는 숟가락을 내려놓으며 손자를 향해 얼굴을 내밀었다.

"지금 부른 거냐? 뭘 어떻게 부탁한 거니."

"이 사람들의 네트워크를 풀 가동해서 3차원 아동 포르노, 그것도 폭력적인 포르노를 매매하는 녀석들에 대한 정보를 모아 달라고 의뢰했어. 전에 할아버지가 그랬잖아. '이 범인은 일시적으로는 타인과 관계를 맺는다 하더라도 절대 오래 이어가지는 않을 거다. 정보원으로 이용해먹는 경우는 있어도'라고. 내 생각도 같아. 영상이든 그림이든, 범인과 뭔가를 교환한 사람은 분명 녀석을 기억하고 있을 거야. 이 녀석은 타인을 돌멩이 정도로밖에는 생각하지 않을 테니까. 틀림없이 뭔가 나쁜 인상을 심어줘서 누군가의 기억에 남았을걸."

"과연."

세이지는 납득했다.

"녀석의 성격으로 보아 목적이었던 포르노를 '소유'하고 싶어 할 거다. 그러니 언제 삭제될지 모르는 인터넷상의 동영상이나 누구나 볼 수 있는 수준의 영상으로는 성이 차지 않겠지. 그렇다면 누군가에게 매매나 뒷거래를 요청할 수밖에. —아사히, 그것까지 내다보고 있었던 거니?"

"대충은. 하지만 내 공적은 아냐. 그룹을 만들어놓은 게 나만의 아이디어는 아니거든."

아사히는 쓴웃음을 지으며 바로 옆의 파트너를 가리켰다.

하지만 문제의 데쓰는 무표정하게 스마트폰을 보고 있었다.

"저는 새로운 정보가 들어올 때까지 찍어놓은 영상을 편집해놓을게요. 신기하게도 영상이 유명해지면 유명해질수록 악질 댓글이 줄어드네요. 응원이 폭발적으로 늘어난 덕분에 눈에 띄지 않게 된 것뿐일지도 모르지만—"

그리고는 이렇게 말했다.

"기분이 묘하네요. 그렇게나 별의별 욕을 먹었는데 지금은 불평도, 야유도 거의 없어요. 오히려 일본의 모든 사람들한테 응원을 받는 느낌이 들어요. ……이런 느낌은 처음이에요."

4

아사히가 협력을 요청한 사람들은 아사히의 말에 따르면 "다들 나름 유명한 일러스트레이터"로, 모두가 5천 명 이상의 팔로워를 거느리고 있었다.

"체감상 팔로워가 2천 명을 넘었을 무렵부터 이상한 녀석들이 꼬이기 시작해요. 트윗이 대량으로 확산되는 걸 흔히 '떡상했다'라고 하는데, 이렇게 떡상한 트윗에 악플이 달리기 시작하는 경계도 대개는 리트윗 2천을 전후해서예요. 시시껄렁한 악플에 섞여서 '너나 나나 똑같은 롤리콤 아니냐'라는 식으로 동족의식을 강요하는, 2차원과 현실을 구별하지 못하는 녀석들이 툭툭 튀어나오기 시작하는 거죠. 참 성가시다니까요. 이쪽은 실재하지 않는 미소녀의 일러스트를 그리는 것뿐인데."

일러스트레이터 중 하나는 스카이프를 통해 세이지에게 그리 설명했다.

"기본적으로 그런 녀석은 무시해요. 긍정도 부정도 않고 내버려두는 거죠. 웬만큼 성가시게 굴지 않는 이상 뮤트해놓고 그냥 내버려둬요. 하지만 여전히 팔로워이기는 하니까 이쪽에서 먼저 접촉하는 건 간단해요."

"요는 접촉을 해줬다는 말이군. 고맙네."

세이지는 모니터를 향해 고개를 숙였다.

"그래서, 위험한 영상인지 뭔지를 소지한 녀석은 찾아냈나."

"부끄럽지만 단순히 소지한 녀석 정도는 얼마든지 금방 찾아낼 수 있어요. 다만 '그쪽 애호가 중에서도 요주의 리스트에 오른 성가신 인물'을 추려내는 데에는 시간이 좀 걸렸죠. ……흔히 오타쿠는 협조성이 없다고들 하는데 요즘은 그렇지만도 않아요. 가볍게 즐기는 젊은 층이 늘어나는 중이기도 하고요. 하지만 역시 찐한 롤리콤들은 죄다 폐쇄적인 별종들뿐이라서—"

그는 그렇게 서두를 늘어놓은 후 말했다.

"그래도 어찌어찌 열여섯 명까지 좁혔어요. 다만 본명을 아는 건 한 사람밖에 없어요. 나머지 열다섯 명은 계정명이나 닉네임밖에 밝혀지지 않았죠. 모두 현실 속 소녀를 촬영한 포르노를 여러 번 구입했고, 거래 중에 어떤 문제를 일으켰어요."

"알겠네. 고마워. 자세한 자료는 아사히에게 보내주겠나."

"보냈습니다. 다음 영상 업로드, 기다리고 있을게요."

스카이프 통신이 끊어졌다.

세이지는 컴퓨터 앞에서 물러나 손자에게 자리를 양보했다.

아사히가 노트북의 터치패드를 조작해 데이터를 열었다.

"본명이 발각된 녀석은 제외해도 되겠지. 이 범인은 썩 영리하지는 않지만 그렇게까지 무방비하지도, 부주의하지도 않으니까."

"흥미 본위로 14, 15세 소녀의 영상을 구입한 녀석도 제외해도 될 거다.

대상은 10세 이하의 소녀, 폭력적인 내용의 포르노'만'을 구입한 남자로 추려 보거라."

"그러면…… 여덟 명 남네."

"교환이나 판매 이력이 남아 있는 녀석도 제외해주겠니. 범인은 자신의 컬렉션을 누군가와 공유하려할 타입이 아냐. 오로지 구입하기만 할 거다."

"좁혀봤어. 아직도 다섯 명이야."

"마쓰시마는 '찔리거나 베인 게 아니라 얻어맞아 피를 흘리는 사진'을 요구했다고 했지. 날붙이나 총을 사용한 포르노를 구입한 녀석도 제외하자."

"둘 남았네. —앗."

"왜 그러냐."

"여기까지 좁혀보니까 판매자 쪽도 중복되는데. 마지막으로 남은 두 사람, 계정명 '보일'하고 '모즈'는 모두 'PPC'라는 녀석한테서 여러 번 구입했어. 마니악한 내용이라 공급이 많지 않겠지."

"그럼 그 'PPC'란 녀석은 두 명의 취향이나 거래 당시의 태도에 대해 알고 있다는 말이겠군. 그 녀석한테서 꼭 이야기를 들어봐야겠는데, 과연 취재에 응해줄지……."

세이지는 팔짱을 꼈다.

"방금 전 일러스트레이터한테 접촉 방법을 물어볼게."

아사히가 말했다.

"위험한 영상을 매매하는 이유가 돈 때문인지, 아니면 인정욕구 때문인지에 따라 섭외 방식도 달라질 테니까."

"만약 사례금이 필요하다면 어느 정도는 『주간 니치에이』에서 내줄 거다.

하지만 인정욕구 때문이었으면 좋겠구나. 실리적인 녀석은 되도록 위험요소를 피하려 할 테니까. 취재에 응하지 않을 가능성이 높지."

"아무튼 확인해볼게."

아사히는 컴퓨터를 향했다.

다행히 'PPC'는 인정욕구를 채우기 위해 움직이는 유형의 남자였다.

요구받은 사례금도 터무니없는 액수는 아니었다. 송금은 인터넷 계좌이체가 아닌 우체국 현금배달 방식을 사용한다는 점에서 의외로 옛날 사람 느낌이 들었다.

"역탐지 같은 건 소용없어요. 뭐, 위치 정보는 꺼뒀지만."

트위터의 일회용 계정을 취득한 'PPC'는 세이지의 다이렉트 메시지에 화답했다.

예상한 것 이상으로 'PPC'는 말이 많았다.

"인터넷은 익명이니 안전하다는 말은 다 헛소리예요."

PPC는 입을 열자마자 그렇게 큰소리치며 "지금 인터넷을 통해 떠들고 있으면서 이런 말하긴 뭣하지만, 경찰이 마음만 먹으면 IP를 추적해서 프로바이더에 조회해보면 한 방에 걸리죠. 프록시를 쓰면 안전하다고 하던 시대도 있었지만 죄다 헛소리라고요. 아무리 프록시를 경유해봐야 조금 더 수고스럽기만 하지 다 걸린다니까요. 원격 조작 바이러스 사건(2012년에 일본에서 발생했던 사이버 범죄로, 해커가 대형 커뮤니티 사이트를 통해 여러 사람의 컴퓨터를 원격으로 조작해 살인, 테러 등의 범죄 예고에 사용한 사건-옮긴이)의 범인도 잘 빠져나가나 했지만 결국 잡혔으니까요.

외국 서버를 쓴다 해도 요즘은 어느 나라나 아동 포르노에 엄격하다 보니 대부분 일본보다 형량도 세요. 그래서 물건을 주고받을 때는 예전부터 이용해온 아날로그 방식을 쓰는 게 가장 안전하죠. 방범 카메라가 어디 있고 몇 대나 있는지만 파악해두면 껌이에요."하고 의기양양하게 말했다.

"아하, '보일' 씨하고 '모즈' 씨. 네, 몇 번 DVD를 팔았어요. 둘 다 귀찮은 사람이었는데."

"어떤 점에서 귀찮았습니까?"

"'보일' 씨는 클레임이 심해요. 내용에 조금이라도 불만스러운 점이 있으면 반품해달라고 난리를 치죠. 한 번이라도 시청한 물건은 반품이 불가하다고 했는데도 말이에요. 하지만 제 생각에 진심으로 반품해달라는 건 아닌 것 같아요. 불만이 있다, 만족스럽지 않다는 걸 이쪽에 어필하려는 것뿐이죠."

"'모즈'는?"

"이쪽은 쩨쩨한 인간이에요. 일단 후려치고 보죠. 거절하면 징징대고요. '물건을 받으러 가봤는데 DVD가 없었다'라면서 되도 않는 거짓말로 떼먹으려 한다니까요. 이쪽은 뒤에서 가져가는 모습을 다 보고 있었는데 말이야."

"아니, 본인을 목격했다는 겁니까."

세이지는 저도 모르게 목소리를 높였다.

하지만 'PPC'는 대수롭지 않다는 듯,

"아까도 말했지만 데이터를 인터넷상에서 다운로드하게 하는 것보다 방범 카메라의 위치를 파악해두고 현장에서 건네주는 게 제일 안전하거든요. 저는 역에 있는 코인로커만 이용하죠."

라고 대답했다.

"DVD를 코인로커에 넣어두고 지정된 일시에 열쇠를 남자 화장실에 숨겨두는 거예요. 그리고 저는 보이지 않는 곳에서 로커를 감시하면서 열쇠를 든 녀석이 DVD를 가지러 가는 걸 지켜보는 거죠. 관음증 기질인 건 부정하지 않겠지만, 행여 가져가지 않고 그대로 방치했다간 난리가 날 테니까요. 당연히 지켜보고 있어야죠."

"그럼 당신은 '보일', '모즈' 모두 직접 봤다는 거군요."

세이지는 다짐을 받듯이 물었다.

"네. 둘 다 얼핏 보기에는 평범한 아저씨였어요. '보일' 씨는 40대에서 50대쯤 됐으려나. 키가 크고 호리호리한 체격에 수염이 중후했어요. 한여름이었는데도 지문이 남을까 봐 장갑을 끼고 있었죠. '모즈' 씨는 30대 후반의 통통한 대머리였는데, 얼굴을 마스크로 가리고 있었어요. 이때는 겨울이라 마스크를 쓰고 있어도 부자연스럽지는 않았지만."

인정욕구와 현시욕이 강한 'PPC'의 바람대로 그와의 대화는 전혀 생략되지 않고 데쓰의 영상과 오노데라의 기사에 사용되었다.

또한 그의 일회용 계정은 취재를 마치고 5분 뒤에 삭제되었지만 아사히가 그 과정을 처음부터 끝까지 스크린샷으로 남겨두었기 때문에 영상 제작에는 지장이 없었다.

"현재 30대라면 기타미노베 사건의 피해자들과 동년배야. '모즈'는 제외해도 되겠어. 값을 깎는 행위도 범인상에 걸맞지 않고."

세이지는 말했다.

호시노 집안을 찾아온 오노데라가 턱을 매만졌다.

"그렇다면 '보일'이 수상하군. 40대에서 50대란 건 처음 예상한 것보다 젊지만 시노 씨가 도이 리쓰코의 집 앞에서 본 남자와도 일치하고. ……지문을 염두에 두고 있었다면 전과가 있다는 말일까."

"그럴지도 모르지."

경찰에게서 정보를 얻을 수 있었다면, 하고 세이지는 생각했다.

지난번에는 밀고하는 듯한 전화가 걸려왔지만 그렇다고 매번 기대할 수는 없는 노릇이었다. 조직으로서 경찰은 세이지에게 호의적이지 않다. 그의 처지를 고려하면 네기시에게 계속 부탁하기도 어려웠다.

오노데라는 직접 챙겨온 캔 커피를 마시며 세이지에게 파일을 넘겼다.

"그건 그렇다 치고, 이쪽은 시노 씨가 부탁한 대로 '마키' 씨에 대해 조사해봤어. 가메이도 겐의 초등학교, 중학교 동창, 고향집 주변, 같은 시기에 번화가를 어슬렁거렸던 불량소녀들 중에 성이나 이름에 '마키'가 붙는 여자를 추려봤지."

목록은 가메이도 겐이 알고 지냈으리라 생각되는 연도순으로 정리되어 있었다.

초등학교 동창 중에서 성에 '마키(牧)'가 붙는 사람이 한 명. 이름이 '마키(真紀)'인 사람이 두 명. '마키(麻紀)'가 한 명. 마찬가지로 초등학교 교사 중에 '마키코(満季子)'가 한 명. 중학교 동창 중에는 '마키(真希)'와 '고마키(小巻)'가 있었다. 같은 시기에 경찰에게 주의를 받은 적이 있는 불량소녀 중에서는 '마키무라(槙村)', '마키(摩季)', '마키(麻貴)'가—

"하지만 성인이 된 후로 가메이도와 접촉한 '마키'는 없었어. 호스티스의 예명은 아닐까 생각해봤지만 가메이도는 고지식한 친구였던 모양이니까.

그리고 '마키'라는 여자가 구치소로 면회를 온 이력도 발견되지 않았지."

"이요 준이치는 '마키'가 이미 고인일 것이라 생각했던 모양이야. 하지만 가메이도는 '마키 씨네를 내버려둘 수 없다'면서 도이 리쓰코 씨와의 결혼을 단념했지. 그 점을 생각해보면 역시나 살아 있다고 보는 편이 타당할 거야."

"'마키 씨네'라고 복수형을 사용한 것도 마음에 걸리고 말이지. 내버려둘 수 없다는 말은 관계가 이어지고 있었다는 뜻일 텐데, 체포된 후 가메이도에게 접촉을 시도한 낌새는 없다—. 가메이도의 짝사랑이었던 걸까?"

"그럴지도. '첫사랑이다', '영원히 이루어질 수 없는 상대'라는 말도 했다는군. 가메이도가 그 여자를 생각했던 것만큼 그 여자도 가메이도를 생각했던 건 아니었나 봐."

"이렇게 가정해보면 어때?"

오노데라가 몸을 앞으로 내밀며 말했다.

"'마키' 본인은 이미 죽었지만 알고 보니 가메이도와의 사이에 아이가 있었던 거야. 사실은 그 아이가 범인이었고, 가메이도가 자기 자식을 감싼 거라면—"

"이보라고."

세이지는 쓴웃음을 지었다.

"사건 당시 가메이도는 아직 34세였어. 범인은 사나에가 '어른 친구'라고 표현했을 정도의 나이였고. 하한선을 18세로 잡아도 가메이도가 16세 때 낳은 아이라는 말이 되잖아."

"16세라도 여자를 임신시킬 능력은 있잖아. 애당초 7, 8세 여자아이 눈에는 고등학생 정도의 남자도 충분히 어른처럼 보이지 않을까."

"아니, '삼각 붕대를 한 남자'는 여러 명이었던 듯하지만 '소년'이라고 표현한 사례는 없었어. 고작해야 '젊은 남자'였지. 여자아이를 납치할 때 자동차 내지는 오토바이를 사용한 듯하고 말이야. 고등학생이 저지를 수 있는 범죄가 아냐."

세이지는 오노데라의 캔 커피를 노려보며 "이봐, 다 마셨으면 빨리 치우지 그래. 아까부터 자꾸 거슬리는데."하고 입술을 구부렸다.

"뭐야, 시노 씨. 기분이 언짢아 보이는데."

"언짢을 만하지. 제기랄, 머릿속이 정리가 되지를 않아. 진하고 뜨거운 커피를 벌컥벌컥 들이켜고 싶은 기분이라고."

혀를 차는 세이지에게 오노데라는 쓴웃음을 지으며 몸을 일으켰다.

"나 참, 노인네가 히스테리를 부리니 무섭구만. 그럼 나는 이쯤 해서 물러나지. 또 무슨 일 있거든 연락할게."

5

아사히는 이시바시 데쓰의 방에 있었다.

벽 쪽에 작업용 책상이 놓여 있다. 컴퓨터 본체는 세 대, 모니터는 여섯 대로 늘어났다. 프리앰프, 파워앰프, 오디오 인터페이스. 휴대용 비디오카메라. SLR 카메라. 좌우에는 커다란 스피커. 20여 개의 케이블이 징그러운 문어발처럼 얽히고설켜 있었다.

방의 주인인 데쓰는 오늘도 작업용 책상 앞에 앉아 있었다.

방 안의 상태는 거의 달라진 점이 없다.

하지만 데쓰 본인은 몇 개월 전에 찾아왔을 때와는 딴판이었다.

뒤로 묶었던 머리는 깎았고, 촌스러운 안경은 유행하는 테로 바꾸었다. 전체적으로 우중충했던 분위기는 온데간데없고 말쑥해졌다.

애당초 본바탕은 나쁘지 않았다. 이 정도면 여자친구도 금방 만들 수 있을 것 같은데— 하고 아사히는 생각했다.

"뭔데. 뭘 그렇게 쳐다봐."

"아니, 아냐."

아사히는 손을 내저었다.

"본체하고 모니터를 늘렸네. 너희 집이 부자인 건 알고 있지만 자금은 괜찮을까 싶어서."

"용돈의 범위에서 하고 있으니까 괜찮아. 여태껏 받은 용돈하고 세뱃돈은 쭉 통장에 모아두고 있었거든. 필요한 기기를 산 거니까 올바른 소비지."

"그러냐, 그럼 됐고—"

아사히의 목소리가 도중에 끊겼다.

별안간 방 문이 열린 탓이었다.

서늘한 바깥 공기가 들이쳤다. 하지만 방으로 들어온 여성의 얼굴은 공기보다 한층 단단하게 얼어붙어 있었다.

—하쓰카 씨.

하쓰카는 아사히에게 눈길도 주지 않았다.

성큼성큼 방 안으로 들어와 곧장 데쓰에게로 향했다.

요란한 소리가 났다.

아사히의 눈이 휘둥그레졌다. 하쓰카가 혼신의 힘으로 데쓰의 따귀를 친 것이었다.

데쓰의 안경이 날아가 바닥에 떨어졌다.

친구의 뺨이 순식간에 빨갛게 부어오르는 모습을 아사히는 멍하니 지켜보았다.

하지만 데쓰는 소리 하나 내지 않았다. 몸을 숙여서 안경을 줍고는 안경테가 휘지는 않았는지 확인한 뒤, 태연하게 다시 걸쳤다.

오히려 따귀를 날린 하쓰카 씨가 작게 몸을 들썩거리고 있었다. 핏기가 사라진 뺨은 창백함을 넘어서서 새하얗게 질려 있었다. 입술이 파르르 떨렸다.

—아, 들켰구나.

아사히는 직감했다.

하쓰카는 알아버린 것이다. 아끼는 조카가 위험한 짓을 하고 있음을.

허가를 받기는커녕 줄곧 비밀리에 움직이고 있었음을. 그리고 하쓰카의 보살핌에서 벗어나려 하고 있음을.

하쓰카는 부들거리며 아사히에게로 고개를 돌렸다. 핏기 없는 입술이 열렸다.

욕설이 급류처럼 터져 나왔다.

끔찍한 쇳소리였다. 대부분 알아듣지 못했지만 "가난뱅이 새끼", "은혜도 모르는 놈", "역병 같은 놈", "집에 들이는 게 아니었다"라는 말의 단편은 귓가로 날아들었다.

어린아이처럼 발을 동동 구르며 외치는 그녀를 아사히는 아연실색한 채 바라보았다. 그렇게 점잖고 차분했던 하쓰카 씨와 눈앞의 여자는 완전히 다른 사람이었다.

"네가 문제야."

하쓰카는 아사히에게 삿대질을 하며 소리쳤다.

데쓰가 밖으로 나돌기 시작했다. 더 이상 집에 붙어 있지 않는다. 내가 모르는 미용실에서 머리를 깎고, 내가 모르는 옷을 입기 시작했다. 더 이상 내 말을 듣지 않고, 같이 식사를 하지 않고, 무슨 생각을 하는지 알 수 없는 생물이 되고 말았다—라고.

조금 전까지 새하얬던 하쓰카의 얼굴이 지금은 새빨갛게 물들어 있었다. 목 위로는 평상시보다 배로 부풀어 오른 것 같았다.

하쓰카는 소리를 지르고 머리카락을 쥐어뜯다 아사히에게 달려들었다.

어안이 벙벙해진 아사히는 움직일 수가 없었다.

옆에서 손을 뻗어 말린 이는 데쓰였다.

"그만해."

쉰 목소리였다.

"아사히 잘못이 아냐. 고모가 화내야 할 사람은 나 아니었어? 화풀이는 나한테 해. —이제는 지긋지긋하다고."

데쓰가 하쓰카를 '고모'라고 부른 것을 아사히는 처음 들었다.

하쓰카의 팔을 붙든 채, 데쓰는 아사히를 쳐다보았다.

"미안. 오늘은 돌아가 줘."

"하지만……."

"괜찮아. 고모하고 둘이서만 이야기를 하고 싶어. 해야 할 말이— 줄곧 담아두고 있던 말이 산더미 같거든."

피로에 찌든 목소리였다. 하지만 말투는 결연했다.

하쓰카는 얼굴에 홍조를 띤 채 헐떡이듯 어깨를 들썩거리고 있었다.

아사히는 말없이 데쓰에게 고개를 끄덕인 후 방을 나섰다.

문을 닫은 순간, 또다시 따귀를 때리는 소리가 들린 것 같았다.

하지만 아사히는 돌아보지 않고 계단을 내려갔다.

그날 밤, 호시노 집안의 설거지 담당은 아사히였다.

송어와 드레싱의 찐득한 기름기를 닦아내고 접시를 차례대로 건조대에 세워놓은 후 다시 손을 씻었다.

거실을 살펴보니 할아버지의 모습은 보이지 않았다.

"어, 할아버지는?"

아버지에게 물었다. 아버지는 신문을 펼친 채 말했다.

"머릿속이 복잡하다면서 주무시러 가셨어. 그보다 아사히, 데쓰한테 전화 왔다. 네가 스마트폰을 안 받는다면서 집 전화로 걸었더라."

"어, 진짜?"

아사히는 저지 주머니를 뒤지려다 자신의 방에서 충전 중임을 떠올렸다.

"뭔가 급해 보이던데. 빨리 다시 걸어보렴."

"응, 고마워."

아사히는 걸음을 되돌렸다. 뒤에서 "아사히" 하는 아버지의 목소리가 들려왔다.

"왜?"

"아니, 그— 있잖니……."

아버지는 낯간지럽다는 듯 머리를 긁었다. 그리고는 눈가에 주름을 모아 웃으며 "열심히 하는 것 같더구나. —지금은 어렵겠지만, 다 끝나면 자세히 설명해줘야 한다. 아빠도 회사에서 자랑 좀 하게."라고 말했다.

항상 표표한 아버지에게서는 보기 드문 멋쩍은 미소였다.

"알았어."

아사히는 고개를 끄덕였다.

가볍게 오른손을 들어 올리며 거실을 나섰다.

종종걸음으로 계단을 뛰어 내려갔다. 방 안으로 들어가 문을 잠그기 전에 스마트폰을 먼저 들었다.

이력을 확인했다. 데쓰로부터 두 번 전화가 걸려온 듯하다.

곧장 다시 걸자 데쓰는 한 번에 전화를 받았다.

"야, 데쓰, 괜찮냐!?"

저도 모르게 소리를 지르려다 아사히는 황급히 볼륨을 줄였다.

하지만 데쓰는 여느 때와 다름없는 냉철한 목소리로 대답했다.

"얼굴은 엉망진창이야. 하지만 다행이 내용물은 멀쩡해."

"뭔 소리야, 하나도 안 웃겨. 하쓰카 씨는□"

"내 얘긴 그만 하고, 영상 봤어?"

"영상? 벌써 업로드한 거야?"

"내 영상 말고. 보아 하니 못 본 것 같네. 인터넷에서도 소란을 피우는 건 극히 소수인 것 같아."

"잠깐만, 대체 무슨 소린데?"

"내가 어설프게 설명하는 것보다 직접 보는 편이 빠를 거야. 저장한 영상을 보낼게."

데쓰가 컴퓨터를 조작하는 소리가 들렸다. 아사히도 다급히 노트북을 잡아끌었다. 절전모드를 해제하고 메일 프로그램을 켰다.

"받았으면 재생해봐."

데쓰의 말대로 첨부된 영상 데이터를 재생했다.

몹시 떨리는 영상이었다. 카메라가 아니라 스마트폰으로 찍은 영상인 듯했다. 게다가 화면이 전체적으로 어두웠다. 아사히는 눈을 게슴츠레하게 떴다.

"이게 뭐야?"

"됐고 일단 봐. 총 3분이 채 안 되는 영상이지만 1분 40초 언저리부터 느낌이 올 거야."

친구의 재촉에 아사히는 모니터를 바라보았다.

역시나 어두워서 잘 보이지 않았다. 표시된 재생 시간이 '0:01:42'로 접어들었다. 아사히는 몸이 굳어버렸다.

어스레한 배경에 하얀 다리가 떠올랐다.

무릎보다 짧은 2단 프릴 스커트에서 스타킹을 신지 않은 두 다리가 뻗어 나와 있었다.

성인의 다리는 아니었다. 홀쭉한 살집을 보면 알 수 있다. 초등학교 저학년 소녀의 다리가 분명했다.

화면은 역시나 어둡다. 하지만 다리를 단서로 주변의 윤곽을 훑어보니 비로소 전체적인 모습이 드러났다.

차 안이다. 소녀는 구속당한 채 자동차 뒷좌석에 눕혀져 있었다.

머리가 좌석 시트에 묻힌 상태로 다리 위치에서 찍혔기 때문에 얼굴은 보이지 않았다. 바닥 매트에 책가방이 떨어져 있었다.

귓가에서 데쓰가 말했다.

“사이트에서는 이미 삭제됐어. 신고당한 게 아니라 올린 본인이 지운 모양이야. 영상의 계정명은 ‘TIGER’였고. 소리는 꽤 줄여놨지만 차 안에서 흘러나오는 노래, 들리지?”

“그래.”

아사히는 어금니를 악물었다. 일찌감치 귀에 익어버린 곡이었다. 바로 「TIGER」였다.

1분 56초에서 영상이 전환되었다. 소녀의 모습이 사라진다.

문이 비춰졌다. 검은 스테인리스제 문이다. 순간적으로 비친 밤하늘 덕분에 어느 집의 현관문이었음을 알 수 있었다. 잡음이 심하다. 화면이 너무 흔들려서 응시하고 있으려니 멀미가 났다.

자연석이 깔린 진입로가 비춰지더니 화면이 다시 바뀌며 소녀의 다리가 비춰졌다. 문이 열린다.

소녀는 짐짝처럼 바닥에 던져졌다.

힘없이 버둥거리는 하얀 다리를 마지막으로 영상은 뚝 끝이 났다.

“—데쓰.”

아사히는 멍하니 친구를 불렀다. 심장이 경종을 치고 있었다.

“뭐야, 이 영상. ……설마, 리카나 사나에의.”

"아냐." 데쓰가 말을 끊었다.

"일시정지해서 책가방을 확대해 봐. 열쇠고리인지 스트랩인지 모르겠지만 아무튼 캐릭터 굿즈가 달려 있었어. 올봄에 개봉한 애니메이션 영화의 캐릭터야."

"올해라니."

아사히는 경악했다.

"맞아."

데쓰는 무거운 목소리로 말했다.

"이건 현재 진행형인, 아마도 어제나 오늘 촬영된 영상이야. 부모가 이미 실종 신고서를 제출했는지, 자력으로 찾는 중인지는 모르지만 어딘가에서 소녀 하나가 사라진 건 분명해."

아사히는 침을 삼켰다.

"……할아버지를 깨워올게. 오노데라 씨하고 후쿠나가 씨한테도 연락하고."

"그래, 부탁해."

데쓰는 그리 대답한 후 목소리를 낮췄다.

"이 사태는 오노데라 씨의 도발이 상당히 잘 먹힌 결과라고 봐야 할까. ……범인 녀석, 바로 지웠다고는 하지만 결국 보신보다 현시욕을 우선시했어."

그 무렵, 호시노 세이지는 꿈을 꾸고 있었다.

다다미가 깔린 방에 이불을 깔고 베갯머리에 휴대폰과 물 컵, 두통약을 늘어놓은 채 잠을 자고 있었다. 수면유도 작용이 있는 두통약이 그를 깊은 잠으로 스르륵 이끌었다.

꿈속에서 그는 툇마루에 앉아 있었다.

따스한 햇볕이 내리쬔다. 푸르른 정원에 눈이 편안해진다.

포렴의 구슬이 흔들리는 소리에 세이지는 고개를 돌렸다.

부엌에서 모습을 드러낸 것은 아내 교코였다.

아직 30대였을 때의 교코였다. 하지만 꿈속의 세이지는 딱히 위화감을 느끼지 못했다.

교코는 오른손에 세이지가 애용하는 머그컵을 들고 있었다. 미카코가 구석에 처박아버렸는지 오랫동안 못 본 컵이었다. 하얀 바탕에 남색으로 덩굴이 그려진, 오래된 도자기점에서 구입한 물건이었다.

머그컵에는 진하고 검은 액체가 찰랑거리고 있었다.

뭐야, 내가 끓이면 되는데, 하고 세이지는 말했다. 쉬는 날 정도는 편히 있어요, 하고 교코가 대답했다.

예전의 세이지는 커피에 푹 빠져 있었다. 20만 엔이 넘는 전기 로스터를 사서 오리지널 블렌드까지 만들곤 했다. 산미가 적은 만델링을 베이스로 컬럼비아, 과테말라 등을 배합한, 세이지가 선호하는 맛이었다.

세이지는 커피를 한 모금 마셨다.

꿈인데도 그는 구수한 향기를 맡았다. 맡은 듯한 느낌이었다.

세이지는 산미가 적고 쓴맛이 진한, 그러면서도 감미를 머금은 맛을 좋아했다. 그윽한 향이 콧속까지 스며들었다. 별 너머에서 교코가 미소를 짓고 있었다.

맛있어. 그는 말했다.

교코의 입술이 열렸다.

늘 그랬듯 "인사는 됐어요"라는 말이 돌아오기를 기다렸다. 그가 "맛있어", "고마워"라고 말할 때마다 교코는 그렇게 대답하고는 했다. 인사는 됐어요— 하고.

하지만 교코의 입술에서 흘러나온 말은 교코 본인의 목소리가 아니었다.

교코가 한 말도 아니었다.

마치 녹음기를 재생한 것처럼, 타인의 목소리와 말이 흘러나왔다.

—중년 남자가 어슬렁거렸던 날도 있는데, 그쪽은 턱수염에 장갑을 끼고는 탐정이라도 된 것처럼 수첩까지 보여줬다고 했어요.

야나세 구미코의 목소리였다.

전에 들은 말이었다. 그래, 맞아, 구미코 씨 주변을 캐고 다닌다던 구경꾼의 풍모를 나타낸 말이었지.

수첩을 본 사람은 왜 탐정이라고 생각했을까?

세이지는 꿈속에서 생각했다.

보통 검은 가죽수첩을 보여주는 사람은 경찰이다. 경찰이라 판단하지 않은 이유는 뭐지? 녀석이 먼저 탐정이라고 밝힌 걸까. 그랬다면 보여준 수첩은 뭘까?

의문으로 가득 찬 머릿속에서 이번에는 'PPC'의 말이 떠올랐다.

—40대에서 50대쯤 됐으려나. 키가 크고 호리호리한 체격에 수염이 중후했어요. 한여름이었는데도 지문이 남을까 봐 장갑을 끼고 있었죠.

그래, 장갑. 세이지는 생각했다.

손발톱에 대한 범인의 집착. 수첩. 노래. 줄로 깎아냈다던 피해자들의 손발톱. 손가락과 손톱. 장갑—

"할아버지."

누군가가 부르고 있다. 교코의 미소가 흔들린다.

커피 향기가 옅어져간다. 교코가 멀어진다.

"—할아버지!"

세이지는 번쩍 눈을 떴다.

눈앞을 손자의 얼굴이 가득 채우고 있었다. 그 너머로 천장의 나뭇결이 보인다.

손자인 아사히는 기묘하게 경직된 얼굴로 말했다.

"깨워서 미안해. 하지만 할아버지, 비상사태야. 지금 당장 오노데라 씨한테 전원 소집해달라고 해줘."

6

세이지는 곧장 오노데라에게 연락했다. 후쿠나가는 전화를 받지 않았기 때문에 부재중 전화를 남겼다. 다음으로 전화를 건 것은 전 부하인 네기시였다.

"미안하다, 네기시, 더 이상 기밀유지다 뭐다 따질 상황이 아니야. 무슨 뜻인지 이해했나?"

"뭐, 뭐라고요? 뭔데 그래요?"

네기시는 당황한 기색이 역력했다. 전혀 이해하지 못했다.

세이지는 빠르게, 하지만 최대한 알기 쉽게 영상에 대해 설명했다. 설명하며 벽에 걸린 시계를 올려다보았다.

시각은 오후 10시 42분이었다.

"어쩌면 아직 부모들만 찾고 있거나 파출소 정도에서 머물러 있을지도 몰라. 도치기현이 아니라 사이타마나 이바라키 같은 인근 현에서 납치됐을 가능성도 있어. 아무튼 조속히 확인 부탁하네."

네기시는 비로소 상황을 이해한 듯, "아— 알겠습니다." 하고 대답했다.

"그리고 손자 친구가 그 영상을 저장해뒀다는군. 그쪽으로 자료를 보내라 하지. 영상 사이트에서는 이미 삭제된 모양인데 사이트 대표에게 당장 협력을 요청해. 어느 컴퓨터에서 업…… 업로드인지 뭔지를 했는지 알아보라고."

세이지는 전화를 끊었다.

지체 없이 휴대폰이 울렸다. 후쿠나가 프로듀서였다.

"부재중 전화 들었습니다. 현재 진행형으로 여자아이가 납치당했을지도 모른다고요. 영상은 데쓰 군이 저장했다면서요?"

"맞아. 영상 자료는 그쪽 컴퓨터로 보내라 했으니 확인해봐. 이것만으로는 동일범의 소행인지 단언할 수는 없지만 말이야. 모방범일지도 모르고, 납치사건을 가장한 악질적인 장난일지도 모르지. 하지만 무시할 수 없는 사태인 건 분명해."

"물론이죠."

후쿠나가는 결연히 말했다.

"이쪽은 11시 방송을 끊고 뉴스 속보급으로 집어넣겠습니다. 위쪽의 허가를 기다릴 상황이 아니에요. 모든 책임은 제가 지죠."

"이봐."

세이지는 놀랐다.

"아직 확인된 건 아무것도 없어. 텔레비전으로 발표하기는 아무리 그래도 너무 이르지 않나. 나중에 오보라는 게 밝혀졌다간 얼마나 지탄을 받을지—"

"상관없습니다."

후쿠나가의 목소리는 흥분에 떨리고 있었다.

"저는 남자다움과는 거리가 먼 사람입니다. 남자라면 이래야 한다는 둥 거만 떠는 건 저와 어울리지 않아요. 하지만 말입니다, 평생에 한 번쯤은 남자다운 일을 해보고 싶었습니다. 스폰서 비위를 맞추거나 방송국 내 파벌과는 무관한, 남자가 인생을 걸어야 할 일 말입니다. —아무래도 지금이 그때인 것 같습니다."

"그렇군."

세이지는 고개를 끄덕였다.

"어차피 나는 문외한이야. 자네한테 맡기지."

말을 마치자마자 아사히가 방으로 뛰어 들어왔다. 집 전화를 들고 있었다.

"할아버지, 통화중이라서 이쪽으로 전화가 왔어. 네기시 씨야."

"그래."

세이지는 전화기를 받아들었다.

귀에 대자 네기시의 상기된 목소리가 울려 퍼졌다.

“시노 씨, 제 동기 하나하고 부하 넷이 협력하겠답니다. 다들 통신 쪽으로는 저보다 빠삭한 녀석들이에요. 앞으로 이 녀석들도 연락하게 할 테니 휴대폰 번호를 알려주겠습니다.”

“괜찮겠나. 와시오 형사국장한테 들켰다간 큰일일 텐데.”

“알 게 뭡니까. 상부의 지시를 기다리는 사이에 만일 아이가 죽기라도 했다간 돌이킬 수 없어요. 조직의 체면이 먼저인 높으신 분들한테는 피해자의 얼굴 따위 보이지도 않겠지만 현장의 우리한테 피해자는 살아 있는 인간이라고요. 손 놓고 구경만 하다 아이의 시체를 검사하는 것도, 해부대로 보내는 것도 사양할랍니다.”

뉴스 속보는 후쿠나가의 말대로 11시대 방송을 모두 중단하는 형태로 방영되었다.

데쓰가 저장해놓은 계정명 ‘TIGER’의 영상이 무삭제로 흘러나왔다.

아나운서가 당황한 눈빛으로 원고를 읽어나갔다.

“……보이십니까. 납치된 것으로 보이는 소녀의 책가방 일부를 확대했습니다. 이 캐릭터 스트랩을 본 적이 있으신 분은 바로 경찰 혹은 당국에 전화해주시기 바랍니다. ……또한 내부 구조로 보아 범행에 사용된 차량은 T사의 미니밴으로 추정됩니다. 이 차량을 보신 분 역시…….”

뉴스 속보로부터 20분 후, 네기시가 다시 전화를 걸었다.

납치된 것으로 추정되는 소녀의 부모가 속보를 보고 전화했다는 소식이었다.

“도치기현 와고시에 거주하는 와카쓰키 메이, 7세라고 합니다. 어머니, 남동생과 함께 셋이서 시영주택에 거주 중입니다. 8시에 회사에서 돌아온 어머니는 지금까지 공원이나 편의점, 쇼핑몰 등을 찾아다니고 있었답니다. 집에서 속보를 보고 있던 남동생이 어머니에게 전화를 걸면서 그제야 신고가 된 듯합니다."

"오늘은 화요일이니 학교에 갔었을 테지. 귀가한 흔적은?"

"동생의 증언에 따르면 없습니다. 아마도 하교 도중에 납치된 것으로 보입니다. 그리고 문제의 영상은 이바라키의 인터넷카페에서 업로드된 모양입니다. 프로바이더가 빠르게 대응해줘서 다행이었죠. 지금 부하를 해당 넷카페로 보냈습니다."

"좋아. 계속 부탁하네."

이어서 오노데라의 전화가 걸려왔다.

"시노 씨, 그쪽이 시킨 대로 야나세 구미코의 이웃들한테 탐정 행세를 했다던 녀석에 대해 물어보고 왔어. 아홉 명 째에서 걸려들었지. 주부 본인은 기억하지 못했지만 함께 있던 초등학생 아들이 녀석이 보여준 수첩의 마크를 기억하고 있었어."

현관 초인종이 울렸다. 아사히가 방에서 뛰쳐나갔다.

손자의 발소리를 등진 채 세이지는 메모장을 펼치고 펜을 쥐었다.

"좋아, 말해봐."

"아쉽지만 자세한 부분까지는 몰라. 하지만 '은행잎 모양에 G라는 마크가 붙어 있었다'라는군. 아들은 흔히 말하는 철도 마니아라서 마크만 보면 일단 기억해두는 버릇이 있었대."

"그랬군, 고마워."

전화를 끊은 뒤, 세이지는 뒤를 돌아보았다.

이시바시 데쓰가 아사히와 나란히 서 있었다. 두 뺨이 심하게 부어 있었다. 집을 나설 때에도 하쓰카와 다투었는지 셔츠는 구겨져 있었고, 머리카락도 헝클어진 상태였다.

세이지는 개의치 않고 데쓰에게 메모를 건넸다.

"은행잎 모양에 G라는 마크가 붙어 있었다고 하는구나. 해당하는 기업 혹은 사무소가 없는지 당장 검색해서 알아봐다오."

납치 영상은 인터넷카페의 흡연 부스에서 오후 8시 24분에 업로드되었고, 9시 12분에 발신자 본인의 손으로 삭제되었다.

"여기서 정신을 차렸다고 봐야 할까요."

네기시는 핸즈프리 모드로 해놓은 휴대폰 너머로 그렇게 말했다.

"범인은 시노 씨의 활동에 무슨 대항의식이라도 생겨난 것 같아요. 원래대로라면 숨을 죽인 채 몸을 숨겨야 할 상황인데, 이 자식, 제정신이 아니에요."

"사건을 제 손으로 되찾고 싶은 거야."

세이지는 말했다.

"녀석은 범행을 과시하고 있어. 패배자로 살아온 인생에서 유일하게 '해냈다'라고 말할 수 있는 업적이 살인이었을지도 모르지. 기타미노베 사건이 녀석의 자의식을 지탱해온 거야. 그 영광을 빼앗기는 바람에 미쳐 날뛰고 있어. —그건 그렇고, 인터넷카페에서 영상을 올린 녀석은 누구인지 알아냈나."

"네, 넷카페에는 각각의 컴퓨터마다 IP가 할당되어 있어서 어느 컴퓨터에서 업로드했는지는 알아낼 수 있었습니다. 하지만, 업소의 이력을 살펴보니 그 시간대에 해당 컴퓨터를 이용한 손님이 없었어요."

"뭐야?"

"죄송합니다. 저도 잘은 모르지만 넷카페란 곳은 원칙상 1인 1실로, 접수대에서 어느 부스를 사용하게 할지 지정해서 관리하는 스타일인 모양입니다. 소규모 비즈니스호텔 같은 느낌으로요. 손님은 그 방에서 만화를 보거나, 인터넷을 하거나, 룸서비스 비슷하게 식사를 주문하기도 하는 거죠."

"그런데 8시 24분부터 9시 12분 사이에 해당 부스를 사용한 손님은 없었다…… 그 말이군."

"그렇습니다."

동의하려던 네기시에게, "잠깐만요" 하고 아사히가 끼어들었다.

"저는 가끔 넷카페를 이용해서 알아요. 그런 업소는 부스에 문이 잠겨 있지 않아요. 아무도 없는 부스는 문이 열려 있어서 안에 사람이 없으면 한눈에 알아볼 수 있는 구조죠. 다시 말해, 잠깐이라면 다른 부스의 이용자라 하더라도 멋대로 들어가서 컴퓨터 정도는 만질 수 있다는 거예요."

"하지만 주변에 보는 눈이 있잖아? 직원도 있고."

네기시가 말했다.

"시스템상 주변 손님은 어디가 정확히 빈 부스인지 알 방법이 없어요. 문이 닫혀 있고 누가 쓰고 있는 것 같으면 사용 중인가보다 하고 넘어갈 수밖에 없죠. 점원도 식사를 가져올 때 빼고는 거의 돌아다니지 않고요. 독서나 게임에 방해가 되니까요."

"흐음……."

네기시는 생각에 잠겼다.

"그래, 그 시간에 넷카페를 이용한 녀석이라면 추려낼 수 있겠어. 어느 넷카페나 회원 가입을 하려면 면허증이든 보험증이든 신분증을 제시해야 하니까. 그 시간에 가게 안에 있었던 손님은 열여덟 명이었어. 그중에 여성이 네 명이니 나머지 열네 명 중에서—"

목소리가 끊어졌다. 뒤에 있던 부하와 뭔가 이야기를 나누고 있다.

다시 수화기로 돌아온 네기시의 목소리는 침울했다.

"죄송합니다. 소용없겠어요, ……8시 25분부터 9시 12분 사이에 가게 안에 있었던 남자 회원의 나이는 가장 어린 쪽이 고등학생, 많은 쪽이 39세였답니다. 30년 전에 9세였다면—"

"범행은 어렵겠군."

세이지의 목소리에서 힘이 빠졌다.

"누군가에게 업로드를 의뢰했다고 봐야 할까요."

"아니, 그런 위험을 무릅쓸 리 없어. 공범과 함께 움직일 성격 같지도 않고 말이지. 상대를 완전히 자기 아래로 보고 이용하는 관계라면 또 모를까……."

생각에 잠긴 두 사람에게 아사히가 말했다.

"아니, 만화만 보러 온 손님일지도 몰라."

"뭐?"

"넷카페에는 컴퓨터가 없는 자리도 있거든. 만화만 읽을 수 있는 오픈 스페이스라면 신분증 없이도 이용할 수 있어. 아마 범인은 '만화만 보겠다'라며 들어와서 화장실이라도 가는 척 자리를 뜬 후, 빈 부스의 컴퓨터를 이용해 영상 사이트에 접속한 걸 거야. 데이터는 USB 메모리로 옮겼는지 클라우드에 저장되어 있었는지 모르겠지만 단순 업로드라면 얼마 안 걸리고."

네기시는 한동안 말이 없었다.

잠시 후, "고맙다, 아사히"라고 말하더니, "직원이 만화책 이용객을 기억하고 있는지 부하한테 알아보게 하마. 그럼 시노 씨, 뭔가 진전이 있거든 연락하겠습니다. 일단 끊겠습니다."하며 다급히 전화를 끊었다.

아사히의 뒤에 있던 데쓰가 곧바로 손을 들었다.

"할아버지, '은행잎 모양에 G 마크'를 쓰는 회사를 찾아냈어요. 이미 문을 닫았지만 다른 기업의 링크 페이지에 배너만 남아 있었어요."

"좋아, 잘했다. 회사 이름이 뭐냐?"

"'가모 탐정 사무소'였어요. 소장은 가모 마사히로, 주소는 이바라키현 지노시 야노초 5초메 2-13."

"탐정 사무소라고? 이바라키현 지노시—"

세이지는 속으로 같은 말을 되뇌었다.

들은 적이 있는 지명이다. 맞아, 그건 분명.

"2006년에 실종된 요시카와 하루카. 그 아이가 이바라키현 지노시에 살고 있었어."

세이지는 소리쳤다.

그리고는 컴퓨터를 조작하는 데쓰의 어깨에 손을 얹었다.

"그 탐정 사무소의 정보를 좀 더 알아봐다오. 인터넷에 뭔가 남아 있지는 않은지. 법무국이나 상공회의소를 느긋하게 찾아다닐 시간은 없다."

"인터넷 아카이브를 찾아볼게요."

데쓰는 배너에서 URL을 복사해 과거의 데이터를 검색하기 시작했다.

화면이 전환되었다.

"찾았어요. '가모 탐정 사무소'의 공식 사이트예요. 페이지가 많은데. 보자,

조사 항목 일람, 요금표, 공안위원회 신고번호, 회사 개요, 오시는 길…….”

데쓰의 손이 멈췄다. 시선이 모니터의 한 곳에 못 박혔다.

자연스럽게 세이지 역시 시선이 가리킨 곳을 따라갔다.

가장 먼저 입을 연 것은 아사히였다.

“할아버지, 이 자식, 이 얼굴…….”

사무소 안의 풍경을 찍은 것인지, 모니터에는 직원들이 사무용 책상에 앉아 있는 사진이 표시되어 있었다. 아주 작은 사진이었으며 모두 옆얼굴이었다. 하지만 틀림없다.

도이 리쓰코의 사위를 가장했던 남자가, 그 사진에 뚜렷하게 찍혀 있었다.

7

오전 1시가 지나면서 비로소 타 방송국의 뉴스에서도 소녀 실종사건이 다뤄지기 시작했다.

하지만 속보로 방영된 곳이 ‘도치기 종합 텔레비전’뿐이라는 사실은 변함없었고, 뉴스 방송 외에는 여전히 편성표대로 방송되고 있었다.

한편 인터넷에서는 이미 맹렬한 기세로 퍼져나가고 있었다.

“도치기 종합 텔레비전만 속보가 한 시간 이상 빨랐던 모양이다.”

“그렇다면 ‘팀 호시노’와 관련된 일이다. 만약 정보가 있다면 ‘아사히’의 트위터에 DM을 보내라. 절대로 공공연하게 떠들어대지 마라.”

하지만 인터넷 상에서는 과거 이들의 활동을 ‘이름 팔아먹기’, ‘위선자’, ‘영웅 행세’라며 비방해온 사람들도 많았다. 한때는 여론에 따라 잠자코 있었던 그들도 사태가 이 지경에 이르자 다시금 고개를 내밀었고,

“자작극이다.”

“신자들의 지지도가 떨어질까 두려워서 가짜 납치 영상을 찍고 방송국에 팔아먹은 거다.”

“진지하게 받아들인 방송국이 바보다. 이러니까 ‘기레기’ 소리를 듣지.”

라고 SNS에서 떠들어댔다.

훼예포폄이 뒤섞인 채 마침내 ‘여론’은 폭발 직전까지 끓어오르고 있었다.

그 무렵, 세이지는 오노데라가 운전하는 스카이라인 350GT의 조수석에 앉아 있었다.

지금까지의 수사 자료를 아사히의 태블릿을 사용해 재차 훑어본다. 뒷좌석에서는 아사히와 카메라를 든 데쓰가 앉아 있었다.

“……연쇄살인범이 탐정 사무소에서 근무했을 줄이야. 빌어먹을, 시건방진 놈 같으니.”

핸들을 꽉 움켜쥐며 오노데라가 이를 깨물었다.

“게다가 전 근무지의 마크를 잠깐이라고는 해도 주민들한테 대놓고 보여줬을 줄은 몰랐어. 상상 이상의 나르시시스트야. 제 딴에는 블랙 코미디라고 생각하는 건가.”

"스릴을 즐기는 거겠지."

태블릿에서 시선을 거두지 않은 채 세이지는 말했다.

"'가노 탐정 사무소' 전 소장의 딸에게 듣자하니 사무소의 공식 사이트를 제작한 것도 녀석이었다는군. 범행을 중단한 동안, 녀석은 온갖 수단을 동원해서 일그러진 현시욕을 충족하고 있었던 거겠지."

"아가사 크리스티의 『비뚤어진 집』이 떠오르네요."

데쓰가 읊조리듯 말했다.

"작중에 이런 대목이 있어요, '살인자에게 빼놓을 수 없는 조건은 허영심, 그칠 줄 모르는 자기주장, 수다스러움, 자신이 얼마나 똑똑하고 경찰은 얼마나 멍청한지 주변에 어필하려 하는 것…….'"

"내가 기사에 쓴 그대로군. 다시 말해 애새끼란 뜻이야. 높게 쌓은 나무토막을 무너뜨리고는 '이것 봐, 내가 한 거야, 대단하지!' 하고 떠들어대는 애새끼 말이지."

오노데라가 거칠게 내뱉었다.

세이지는 "딱 맞는 표현이로군" 하며 동의했다.

"모두 엉뚱한 범인이 체포되고 이미 사형 판결이 내려졌기 때문에 부릴 수 있는 여유겠지. —녀석은 아직도 사태를 만만하게 보고 있어. 경찰은 무능하고, 이요 준이치의 사형은 뒤집힐 리 없고, 자신은 결코 붙잡히지 않을 거라 생각하고 있어. 30년 동안 붙잡히지 않았다는 실적이 녀석의 기를 세워줬지. 세상물정을 모를 나이가 아닐 텐데, 유치한 전능감에 완전히 지배당한 거야."

오노데라가 애차로 마중을 나올 때까지 세이지는 두 통의 전화를 걸었다.

한 통은 전화번호부에서 발견한 '가모 마사히로'의 번호였다. 전직 소장인 가모 본인은 입원 중이었기에 전화를 받은 사람은 딸이었다.

딸은 「르포 · 기타미노베군 여아 연쇄살인사건」을 알고 있었다.

"네? 장난전화죠? 아니면 몰래 카메라예요?"

세이지가 이름을 밝히자 그렇게 수상쩍다는 반응을 보였지만 그 자리에서 아사히가 트위터를 갱신하자 비로소 납득했다.

"—맞아요, 그 사람은 우리 사원이었어요. 경리인 하스카와 다이키 씨."

딸은 정확히 그렇게 대답했다.

"내근직이라 조사 업무를 맡지는 않았어요. 아뇨, 딱히 이상한 구석은 없는 평범한 분이었어요. 사교성은 별로 없어 보였지만 일만 잘 해주면 저희로서는 딱히. 맞아요, 아버지의 병 때문에 사무소를 접게 돼서 죄송한 마음이었죠."

"혹시, 사무소는 몇 년에 문을 닫으셨습니까."

"2005년 11월이요."

—실제 살인범이 범행 전에 느끼는 스트레스의 원인은 가족 간의 분쟁, 이성과의 이별이나 다툼, 부상이나 질병, 실직, 빚 등이에요.

—말하자면 범인은 2006년 혹은 5년에 어떤 심각한 스트레스를 받았을 가능성이 있다는 말이로군.

예전에 데쓰와 오노데라가 나눈 대화가 머릿속에 되살아났다.

범인은 2006년에 범행을 재개했다. 요시카와 하루카 실종 사건. 계기가 된 스트레스의 원인은 실직이었다.

"저기, 무슨 일인데요? 설마 하스카와 씨가……."

"죄송합니다. 지금은 아무런 말씀도 드릴 수 없습니다. 나중에 다시 연락드릴 테니 다른 사람한테는 지금 통화에 대해 말씀하지 말아주십시오."

세이지는 전화를 끊은 뒤, 통화 이력에서 번호를 불러내 다시 전화를 걸었다.

이전에 인터뷰에 응해준 가메이도 겐의 사촌형의 번호였다.

"여보세요?"

사촌형은 기다렸다는 듯이 전화를 받았다.

"뉴스 속보 봤습니다. 어떻게 된 겁니까. 설마 이것도, 기타미노베 사건과 관계가 있는 건가요? 도대체—"

"진정하세요."

세이지가 말을 끊었다.

"이번 사건을 해결하기 위해서라도 알려주셨으면 하는 일이 있습니다. 우선 심호흡부터 하세요. 어린아이의 생명이 달려 있어요."

그렇게 진정시킨 뒤 물었다.

"선생님은 예전에 이렇게 말씀하셨죠. '놀다가 가메이도 겐이 조카에게 상처를 입히고 말았다'라고요. 어떤 사고였습니까. 조카 분은 얼마나 큰 상처를 입었죠?"

수화기 너머에서 사촌형이 숨을 죽이는 기척이 느껴졌다.

그는 말했다.

"캠핑 중……이었다더군요. 겐 녀석은 솜씨도 좋고 힘도 셌으니 캠핑에는 꼭 필요한 인재였겠죠. 소카는…… 고의 아들은 초등학교 2학년이었는데, 외부 활동을 즐길 수 있는 나이였다 보니 가족과 함께……."

불행한 사고였다.

가메이도 겐의 형인 고의 아들은 삼촌인 가메이도를 잘 따랐다. 그는 리쓰코의 말대로 교묘하게 '어린이의 호감을 사는 데에는 천재'였다.

하지만 조카가 그와 장난을 칠 때 문제의 발작이 일어났다.

근육의 불수의운동 때문에 가메이도는 별안간 벌떡 일어났다. 그때 팔이 조카에게 맞은 것이었다. 튕겨나간 조카는 강물에 빠졌고— 급류에 떠내려간 곳은 바위 밭이었다.

"목숨에 지장은 없었어요. 하지만…… 그 아이는 왼손 중지와 약지를 잃었죠."

사촌형은 씁쓸하게 말했다.

세이지는 눈을 감았다.

—가족은 격분했고, 그 후로는 완전히 연이 끊어졌죠. 겐이 아무리 사과를 해도 숙모님은 용서하지 않았어요. 그 일을 계기로 겐의 난폭한 말투도 다시 도져버렸고…….

당연하다. 사고라고는 하지만 첫 손주가 손가락 두 개를 잃어버리는 부상을 입었으니 가메이도의 부모는 길길이 날뛰었으리라.

심지어 상대는 갓난아기 시절에 떨어져 지냈기에 부모와 자식이라는 의식이 희박했던 아들이었다. 그런 감각은 형인 고 역시 다르지 않았으리라.

"당시 초등학교 2학년이라면 일고여덟 살이었겠군요."

"네. 일곱 살이었죠."

기타미노베군을 중심으로 인근 일대에 벌어진 여아 성추행 사건은 초등학교 1학년부터 4학년에 집중되어 있었다. 즉, 6세부터 9세 사이였다.

—피해자는 대략 7세로 보이는 아이에게 집중되어 있지 않았던가.

이른바 트라우마의 근원이다. 나약했던 어린 자신에 대한, 자기혐오가 표출된 것이었다.

세이지는 물었다.

"조카의 이름이 다이키 맞습니까? 당시의 성은 가메이도였죠. 그리고 기타미노베 사건 이후로는 어머니의 성으로 바꾸어서 하스카와 다이키—"

맞아요, 하고 사촌형은 대답했다.

세이지는 다시 한 번 눈을 질끈 감았다.

가메이도 겐의 형인 고가 성을 하스카와로 바꾸었다는 사실은 일찌감치 조사를 마친 상태였다.

하스카와 고, 현재 73세. 일찌감치 정년퇴직해 도치기현 오네시에 있는 자신의 집에 거주 중. 아내는 현재 68세. 마찬가지로 도치기현 오네시 거주 중. 이름은 다마키(環希).

—그녀가 바로 '마키'였다.

감사를 표한 뒤 세이지는 전화를 끊었다.

오노데라가 세이지의 집에 도착한 것은 약 7분 후였다.

"리카의 유기 현장에서 채취한 정액의 DNA형 감정 결과가 드디어 나왔어. 하지만 표정을 보아하니 새삼 알려줄 필요도 없어 보이는군."

오노데라는 세이지를 보자마자 뺨을 실룩였다.

"지금의 주류인 STR형 검사법뿐 아니라 T118형 검사법으로도 알아보게 하느라 시간이 오래 걸렸어. 설득하는 데에도 시간이 걸렸고. 하지만 99퍼센트 이상의 확률로 가메이도 겐과는 3등친 관계라더군. 삼촌과 조카 사이라는 말이지.”

“설득해? 가메이도의 DNA 비교 샘플은 어떻게 손에 넣었나.”

“탯줄이야. 쌍둥이 누나인 게이코가 자기 것과 함께 보관하고 있었어. 어디 사는지는 바로 알아냈지만 협력을 꺼리더라고.”

“과연, 그쪽을 설득했다는 뜻이군.”

그리고 그들은 현재 오노데라의 스카이라인 350GT를 타고 국도를 내달리고 있었다.

행선지는 당연히 하스카와의 집이었다.

“할아버지, 네기시 씨한테서 메일이 왔어.”

뒷좌석에서 아사히가 말했다.

“넷카페 직원이 증언한 ‘만화책 이용객’의 인상착의야. ‘장신에 호리호리한 체구. 40대 후반에서 50대 초반. 가죽장갑 착용.’ 포르노 DVD를 코인로커로 찾으러 온 남자의 외모와 일치해. 하스카와 다이키의 외모와도.”

“제 계정으로는 후쿠나가 씨한테서 메일이 왔어요. 도치기 종합 텔레비전 보도팀에서도 하스카와에 대해 급하게 조사해줬어요.”

데쓰가 메일을 읽었다.

“하스카와 다이키가 ‘가노 탐정 사무소’에 취직한 건 26세 때였어요. 그 전까지는 이런저런 직업을 전전하고 있었죠. 산재해 있는 당시의 근무지들이 전에 제가 만든 ‘소녀를 상대로 한 강제 추행 사건 목록’의 분포도와 대강 일치해요. 현재 50세. 왼손 중지와 약지가 첫 번째 관절부터 결손되어 있다네요.”

“장갑은 손가락이 없는 걸 감추기 위해서였구나.”

"그러고 보니 도이 리쓰코의 임대주택 앞에서 만났을 때, 녀석은 주머니에서 손을 빼지 않았었는데."

세이지는 눈살을 찌푸렸다.

"주먹을 휘두를 듯한 기세였는데 어깨만 부딪치고 말았었지. ……제기랄, 서두르느라 수상하게 여기지 못했어."

"녀석은 2005년에 실직하고 거의 동시에 이혼했어요. 이 스트레스가 요시카와 하루카 사건의 방아쇠가 된 게 분명해요. 현재 이렇다 할 직장은 없어요. 작년에 재혼한 여성이 벌어다주는 돈으로 먹고 사는 듯해요."

"재혼했다고?"

세이지는 크게 놀랐다. 데쓰는 담담하게 대답했다.

"상대는 26세 연하의 싱글맘으로 세 살 난 딸이 있다고 해요. 세 살이면 아직 하스카와의 목표물은 아니겠지만…… 훗날을 노리고 있을 가능성은 부정할 수 없겠네요. 4월에 시영주택에서 쫓겨난 뒤로 소재지는 불명. 유흥업소에서 일하던 아내도 비슷한 시기에 가게를 옮겼고 현재 근무지는 밝혀지지 않았어요."

"이봐 오노데라, 서둘러."

세이지는 운전석의 시트를 움켜쥐었다.

"어떻게 해서든 하스카와의 어머니에게서— '마키'에게서 녀석의 위치를 알아내야만 해. 그 사람은 분명 뭔가를 알고 있을 거야."

8

"소란은 일으키지 말아주세요."

초인종 소리에 문을 연 하스카와 다마키는 창백한 얼굴로 말했다.

"여기서 살 수 없게 되리란 건 일찌감치 각오하고 있었어요. 하지만 괜한 소란은 삼가주세요. 집 외관도 찍지 말아주시고요. 영상에 나갔다가 주소가 밝혀지기라도 했다간 이웃에게 폐가 될 거예요. 미움 받는 정도로 끝나지는 않을 테니까."

마키는 막대기처럼 야위어 있었다.

눈가와 입가, 목의 주름과 늘어진 살갗에는 속앓이의 증거가 가차 없이 새겨져 있었다.

밤색으로 물들인 머리칼에도 흰 터럭이 수북이 섞여 있었다. 소매에서 드러난 손목은 뼈에 창호지를 발라놓은 듯했다.

아마 잘 찌지 않는 체질이 아니라 찔 수가 없었던 거겠지, 하고 세이지는 생각했다. 오랫동안 그녀를 괴롭히고, 노심초사하게 한 것은 다이키라는 외동아들의 존재가 분명했다.

"미안하지만 시간이 없습니다. 주절주절 떠들고 있을 상황이 아니에요."

세이지는 양해도 구하지 않은 채 집 안으로 발을 들였다.

아사히와 데쓰, 오노데라도 뒤따랐다. 뒤로 손을 뻗어 현관문을 꼭 닫았다.

"고 씨— 남편 분은? 주무시고 계신가요."

"……뉴스 속보를 보고 뛰쳐나갔어요. 어디 가는지는 말하지 않았지만 대충은 알아요."

"그럼 고 씨도 알고 계셨군요. 아들이 그 사건들의 진범이라는 걸."

—그리고 친동생인 가메이도 겐이 누명을 쓴 사형수였다는 사실을.

마키는 얼굴을 찌푸리며 고통스럽게 신음했다.

"최근 몇 년 동안은 그 아이도 안정적으로 지내고 있었어요. 일복은 없는 것 같았지만 이혼의 아픔을 딛고 일어나 재혼도 했고……."

"안정?"

세이지는 되물었다.

"진심으로 하시는 말씀입니까. 아들의 충동이 잦아들지 않았다는 건 당신도 알고 있었을 텐데요. 가메이도 겐이 죽은 후, 주변 일대에서는 어린 여자아이에게 접근하는 사건이나 유괴 미수, 무차별적인 단순 폭행 등이 급증했어요. 모두는 아닐지 몰라도 몇 할은 당신 아들의 소행이 분명합니다."

세이지는 다마키에게 한 발 다가갔다.

"가메이도가 옥사하면서 기타미노베 사건의 진실은 반쯤 어둠에 파묻혔어요. 이요 준이치가 아직 살아 있다고는 하지만 그의 증언은 미덥지 못하죠. 그래서 하스카와 다이키는 안심하고 다시 범행을 재개했습니다."

"아니에요." 다마키는 절규했다.

"아니라고요. 그 애는— 겐을 좋아했어요. 그건 사실이에요. 그 아이가 최근 들어 이상해진 것도 겐이 더는 이 세상 사람이 아니라는 사실에 충격을 받았기 때문이라고요. 목숨 걸고, 제 몸을 바쳐가며 지켜줄 사람이 사라져 버린 탓에—"

"스트레스 요인."

데쓰가 불쑥 입을 열었다.

“가메이도 씨의 죽음 역시 범행의 방아쇠로 작용하는 스트레스 요인이었던 건가.”

“가메이도 겐은 범인이 누구인지 짐작하고 있었어요. 조카가 걱정됐던 그는 몸값을 주고받을 현장으로 찾아가 조카를 막기 위해 일사병에 걸릴 정도로 오랫동안 밖을 돌아다녔어요. 체포당한 뒤로는 조카를 감싸느라 취조에서도 침묵을 지켰죠.”

세이지는 다마키에게 다가갔다.

“가메이도의 투렛 증후군은 조카에 대한 애증, 범행에 대한 충격, 막지 못했다는 회한 등의 심리적 압박으로 현저히 악화됐습니다. 가메이도는 이후로 두 번 다시 회복되지 못했죠. —용케도 30년 넘게 태연히 살아왔군요. 가메이도는 당신을 '첫사랑. 영원히 이루어질 수 없는 상대'라고 했어요. 당신은 그런 가메이도의 마음을 이용한 겁니까.”

“그만하세요.”

다마키는 쉰 목소리로 말했다.

“그런 게— 그런 게 아니라고요. 처음 만났을 때, 겐은 겨우 중학생이었어요. 남동생 같은 존재였죠. 남편과 겐은 친형제였지만 오랫동안 떨어져 지낸 탓에 서먹서먹한 사이였어서— 그래서 대신에, 제가, 누나처럼.”

다마키는 숨이 찬 듯 잠시 말을 끊었다.

“겐은 외모와 말투 때문에 오해를 받기 쉬운 애였어요. 하지만 착한 애였죠. 저를 마키라고 부른 것도 제가 그 이름을 싫어하는 이유를 알고 있었기 때문이에요. '다마키'는 어렸을 때 죽은 언니의 이름이었거든요. 저는 그 대역이었어요. 존재, 이름 모두 언니의 대용품. 그래서 겐은 저를 다마키라고 부르지 않으려고 배려를 해줬죠. ……그만큼 착한 애였어요."

"실례라는 건 압니다만, 아들이 가메이도 겐과의 사이에서 낳은 자식은 아니겠죠?"

세이지가 물었다.

다마키는 순간적으로 그를 험악한 눈으로 노려보았다. 하지만 이내 눈을 감으며, "그 아이도…… 다이키도 그 얘기를 했어요. 그리고 남편을 향해서 '그랬으면 좋았을 텐데, 겐 삼촌의 아이로 태어나고 싶었는데'라더군요."하고 입술을 깨물었다.

"물론 진심으로 한 말은 아니에요. 그러면 남편이 상처 받으리란 걸 아니까 다이키도 그런 말을 한 거예요. 그 애는 어렸을 때부터 그랬어요. 남에게 상처를 주는 방법을 알고 있었죠. 남에게 상처 입히기를 좋아했어요."

"아버지인 고 씨는 아들과 사이가 안 좋았습니까."

"사이가 어땠는지— 지금 돌이켜보면 남편이 겐에게 반감을 품게끔 부추겼던 건 다이키였어요. 남편은 도련님과 정반대로 엘리트 의식이 강한 사람이라 다이키의 성적에 땍땍거리는 경우가 많았죠. 그런 잔소리에 앙갚음하려는 마음도 있었을 거예요. 그 애는 어릴 때부터 워낙 버거운 애였으니까."

그런데도 내 자식이니 사랑으로 키웠는데—.

더 이상 말을 잇지 못하는 다마키의 목소리는 씁쓸했다.

"어디 있습니까."

세이지는 조용히 말했다.

"사랑하신다면 더 이상 범행을 저지르지 못하게 막으셔야 합니다. 어디에 있습니까."

다마키는 몸을 오들오들 떨고 있었다.

떨림이 점차 커져갔다. 팔이, 어깨가, 소리를 낼 정도로 후들후들 떨렸다. 호흡이 거칠어 당장이라도 과호흡 증세를 일으킬 것 같았다.

달려들려는 아사히를 세이지가 막아 세웠다.

마룻귀틀에 무릎을 꿇은 다마키가 하스카와 다이키의 집 주소를 입에 올린 것은 약 3분 후였다.

"아내가 임신 중이라고? 놀랍구만."

다시금 국도를 질주하며 오노데라는 혀를 찼다.

"하스카와 다이키는 올해로 쉰 살이잖아. 아내가 스물여섯 살 어리다면 어디 보자, 스물 네 살이군. 여자 쪽 나이를 생각해보면 말이 안 되는 건 아니지만……."

"아내의 배가 커져서 돈벌이를 못하게 된 것도 녀석의 '스트레스 요인' 중 하나였겠지."

세이지는 말했다.

"나도 들은 적이 있는데, 임신 중인 여성은 호르몬 문제로 감정의 변화가 심해져. 물장사를 쉴 수밖에 없으니 돈은 없지, 의붓딸은 나이로 보아 제1차 반항기지. 꽤나 울분이 누적돼 있었을 거야. 하스카와 다이키 본인은 전업주부였으니 금전적인 자유는 여자와의 관계에 달렸을 테고 말이지. ―바로 그 '전업주부'라는 점이 한 가닥 희망이야. 녀석이 오랫동안 집을 비울 수 있는 처지가 아니라면 와카쓰키 메이를 납치해서 은신처에 내팽개쳐놓은 뒤, 일단 집으로 돌아왔을지도 몰라."

"아버지가 뉴스 속보를 보고 집을 뛰쳐나갔다는 대목에서 그럴 가능성은 무시할 수 없을 것 같아."

아사히가 뒷좌석에서 몸을 내밀며 말했다.

"녀석은 먹잇감을 바로 죽이지는 않아. 걸레짝이 될 때까지 철저하게 농락하는 성벽의 소유자지. 시간 걱정 없이 작업하고 싶을 거야."

"그렇다면 메이는 납치만 당했을 뿐 아직은 무사할지도 모르겠군. …… 제길, 늦지 말아야 할 텐데."

세이지는 이를 악물었다.

스카이라인이 아무리 속도를 낸들 앞서 출발한 하스카와 고를 따라잡지 못하리란 사실은 알고 있었다. 그래서 그들은 곧장 전화로 후쿠나가에게 부탁했다.

보도팀 스태프들은 각지에 흩어져 있다. 하스카와 다이키의 집에서 가장 가까이에 있는 스태프에게 가보도록 요청한 것이다.

"시노 씨, 하스카와 고는 뭘 어떡하려고 아들한테 간 것 같아?"

오노데라가 차선을 변경하며 물었다.

"만약 친아들이 연쇄살인범이라는 걸 알았다면, 나는 무조건 자수를 권할 거야. 시노 씨라면 어때? 어떡하겠어?"

"나라면— 모르겠어."

세이지의 목소리는 쉬어 있었다.

"하지만 하스카와 고가 아들에게 자수를 권하러 갔을 것 같지는 않아. 내 생각에 삼각 붕대를 한 남자의 모방범…… 아니, 미끼는 고였어."

오노데라는 자동차와 자동차 사이를 누비며 연거푸 차선을 변경했다.

야간에 줄지어 늘어선 미등이 강물처럼 흘렀다.

"하스카와 다이키는 아버지인 고가 가메이도 겐과 으르렁대게끔 유도했지. 형제간의 사이가 삐걱거리고 있다는 걸 알고 있었으니까. 고는 자신이 동생보다 나은 아버지라는 걸 증명해야만 했어. 다이키를 더욱 사랑하고, 더욱 잘 보호해줄 수 있는 건 나다, 그걸 어필하기 위해 경찰의 눈을 흐려지게 만든 거야."

"가메이도 씨가 체포되고 범행이 잦아든 건 위기감을 느낀 아버지가 아들을 철저히 감시했기 때문이겠죠."

데쓰가 끼어들었다.

"나쁜 쪽으로 생각해보자면 동생이 다이키를 감싸고 있다는 걸 알고 있었던 하스카와 고는 동생이 체포되었다는 사실이 반갑지 않았을까요. 이제 아들의 신변은 안전해졌어요. 심지어 인생 최대의 경쟁자가 사라진 셈이었죠. 어쩌면 가메이도 씨가 다마키 씨를 사모했다는 사실도 알고 있었을지도 몰라요."

—겐은 죽을 때까지 아이는 갖지 않겠다고 했어요.

조금 전에 들었던 다마키의 목소리가 세이지의 귓가에 되살아났다.

—내 아이도 나처럼 태어난다면 너무 가엾다. 그러니 그 대신 다이키를 끔찍이 아껴주겠다, 라고요.

하스카와 다이키는 자신을 둘러싼 아버지와 삼촌의 애정을 농락했다.

가메이도가 집 주인의 손자를 귀여워했던 것은 그에게서 도이 리쓰코의 아이를 발견했기 때문이 아니었다. 조카인 다이키가 그리웠기 때문이다.

다마키는 "다이키는 정말로 겐을 잘 따랐다"라고 했다. 거짓은 아니리라. 다만 하스카와 다이키에게는 자기애가 월등히 앞섰을 뿐이다.

가메이도 겐은 조카를 믿고 싶었지만 한편으로는 의심하고 있었다. 그래서 몸값을 주고받을 현장으로 향할 수밖에 없었다. 그 모습을 인근의 주부에게 목격당했다.

체포당한 사람이 가메이도 한 사람이었다면 그도 심적인 균형만큼은 유지할 수 있었을지도 모른다. 깨끗하게 죄를 인정하고 유유히 형을 살았으리라.

하지만 경찰은 이요 준이치도 함께 체포했다.

이요를 끌어들이고 말았다는 회한과 피해자에 대한 죄책감. 그리고 조카를 향한 애증은 가메이도를 채찍질했다.

마음은 갈기갈기 찢겼고, 증상은 악화되었고, 이윽고 그의 정신을 파괴했다.

"할아버지, 후쿠나가 씨네 스태프한테서 전화 왔어. —여보세요?"

휴대폰을 맡고 있던 아사히가 목소리를 높였다.

전화를 핸즈프리 모드로 바꾸었다.

"죄송합니다, 너무 늦었어요."

스태프의 거친 숨소리가 여과 없이 울려 퍼졌다.

"부친이 하스카와 다이키를 도망치게 한 뒤였습니다. 녀석에게 지갑 째로 돈을 넘기고 차도 빌려준 것 같아요. 다이키의 미니밴은 주차장에 그대로 남아 있었습니다."

"어떻게 여기를……, 제길, 그 여자가 배신했군."

남자의 외침이 들려왔다. 하스카와 고이리라.

"빌어먹을, 그 여편네, 그게 애 어미가 할 짓이야?"

세이지는 운전석의 오노데라와 저도 모르게 얼굴을 마주보았다.

—우리는 자상한 아버지와는 거리가 먼 세대였으니까. 자식에게 어떻게 애정표현을 하면 좋은지, 그 방법을 몰랐어.

전에 오노데라가 했던 말이다.

그 말대로군, 하고 세이지는 생각했다. 우리 세대에는 자식을 올바르게 사랑하는 방법을 모르는 인간이 너무 많다.

—연쇄살인을 저지른 아들을 감싸고 놓아주는, 그런 그릇된 방식으로밖에 애정을 표현할 줄 모르는 인간이.

요시카와 하루카 사건 이후로 다이키는 다시 범행을 중단했다. 그 이면에는 아버지인 고의 노력이 있었으리라. 어쩌면 의사의 힘도 빌렸을지 모른다. 하지만 자수까지 시키지는 못했다.

—그리고 무죄임을 알면서도 고는 동생을 돕지 않고 계속 방치했다.

"하스카와 다이키의 컴퓨터를 확보했습니다."

스태프는 흥분을 감추지 않은 채 고함을 질렀다.

"USB에는 의붓딸의 알몸 사진이 잔뜩 저장되어 있었어요. 잠겨 있던 서랍을 억지로 열어보니 십여 벌의 낡은 여자아이 옷이 발견됐습니다. 예전 피해자들의 손발톱이나 치아도 방 어딘가에 있을 것 같습니다."

"하스카와의 행선지로 짐작 가는 곳은 있나?"

"부친은 입을 열지 않을 듯합니다. 임산부인 아내는 이성을 잃어서 대화가 안 통하고요. 녀석은 스마트폰을 두고 나간 것 같아 GPS 추적도 어렵습니다."

"알았네. 일단 네기시를 그쪽으로 보내지."

세이지도 덩달아 목소리를 높였다.

아사히는 황급히 통화이력을 통해 네기시의 번호를 호출했다.

오노데라는 정면을 응시한 채 뺨을 일그러뜨렸다.

"어떡할까. 우리도 그 집으로 갈까?"

"아니……."

세이지는 생각에 잠겼다.

고는 네기시에게 맡기면 된다. 우리까지 달려간들 고가 체념하고 입을 열 리 없다.

오노데라가 거칠게 혀를 찼다.

데쓰가 갈라진 목소리로 중얼거렸다.

"……와카쓰키 메이를 감금 장소에 방치한 채 하스카와가 혼자서 도망치는 중일 가능성도 부정할 수는 없어요. 건강한 성인이라면 먹지도 마시지도 않고 사흘에서 닷새는 버틸 수 있다고 해요. 재난 구조 상황에서는 흔히 '72시간의 벽'이라고 하는데, 72시간 안에 발견한다면 살아날 확률이 높다고 하죠. 하지만 어린아이는 그렇지 못해요."

"하다못해 물이라도 마셔야지. 물과 수면만 확보된다면 어린아이라도 한동안은 생존할 수 있어. 하지만 메이는 묶여 있을 테고……."

오노데라가 말을 끊었다.

과거에 들었던 아동의 아사 사건이 세이지의 뇌리를 스쳤다.

1975년에 발생한 세타가야 2세 여아 아사 사건. 2008년에 발생한 미사토 유아 아사 사건. 모두 열흘 이상 부모가 아이를 방치한 케이스였다. 며칠째에 죽었는지는 확실하지 않다. 물은 마실 수 있는 환경이었겠으나 그럼에도 열흘을 버티지 못했다.

"—아니, 방치하지는 않았을 거다."

고개를 저으며 세이지는 단언했다.

"하스카와 다이키가 그 아이를 두고 도망칠 리 없어. 녀석의 전능감은 아직 무너지지 않았을 거야. 위기의 순간에 아버지의 도움으로 살아났으니 오히려 증폭되었겠지. 아직 천운은 다하지 않았구나, 하면서 녀석은 의기양양하게 웃고 있을걸. 손에 넣은 먹잇감을 내버려두고, 모든 걸 내팽개치고 도망칠 만큼 절박하지 않아."

"일단 저쪽 편의점에 세울게."

오노데라가 말했다.

"이대로 계속 달려봐야 소용없어. 우선 행선지를 정하자고."

편의점 주차장은 국도변에 세워져 있는 만큼 넓었다. 대형 트럭 세 대는 너끈히 주차할 수 있을 정도였다.

오노데라는 주차장 구석에 스카이라인을 세웠다.

"다마키의 말에 따르면 고의 차는 H사의 SUV라더군. 색은 메탈릭 실버. ……제기랄, N시스템은 뭐하는 거야. 댁들 경찰이 자랑하던 자동차 번호 자동 판독장치는 어떻게 된 거냐고. 은색 SUV를 지명수배해. 긴급 검문을 실시하란 말이야."

"말이야 쉽지. 하스카와 고는 '11시 뉴스 속보를 보고 뛰쳐나갔다'라고 했어. 고의 집에서 다이키의 집까지는 약 30분. 2시간 이상 지났으니 SUV는 이미 목적지에 도착했을 거야. 설령 네기시가 상부를 설득해서 N시스템의 데이터를 추적했다 하더라도 시간이 너무 오래 걸려."

"염병할. 그럼 대체 어떡하란 건데."

"번호를 알고 있으니까 인터넷에 정보를 뿌려볼까?"

아사히가 스마트폰을 꺼냈다.

세이지는 "안 돼" 하고 말렸다.

"혼란을 불러일으키게 될 거다. 똑같은 외관에 비슷한 번호의 차가 린치를 당하면 어떡하려고. 그보다 데쓰, 저장한 납치 영상을 다시 한 번 보여다오. 뭔가 단서가 있을지도 몰라."

"나도 좀 보여줘."

오노데라가 몸을 내밀었다.

"그러고 보니 아직 못 봤다고. 아니지, 그전에 편의점에서 커피를……."

그렇게 말하려다 그만두었다.

아사히가 뒷좌석 문을 열었다.

"내가 마실 것 좀 사올게. 페트병 차로 통일한다?"

아사히가 편의점 봉투를 들고 돌아왔을 때, 일동은 세 번째 영상 판독에 들어갔다.

"어떠냐, 뭣 좀 알아냈니?"

세이지가 물었다. 데쓰가 대답했다.

"어두운 정도로 보아 이 영상은 아마도 7시 대에 찍은 것 같아요. 업로드 시각은 8시 24분. 납치 현장, 넷카페 모두 이바라키였고 그리 멀리까지 차를 몰았을 리는 없으니 감금 현장도 이바라키일 텐데…… 안 되겠어요, 이래서는 도통 좁힐 방도가 없겠는데요."

아사히가 세이지에게 디카페인 블렌드 차를 건네며 중얼거렸다.

"있잖아, 이 소리, 진짜로 노이즈일까?"

"무슨 뜻이냐."

세이지가 되물었다.

"계속 조용한 주차장을 걷다가 문을 연 순간에 이 소리가 귀에 들어왔어. 그런데 요전까지와는 전혀 다른 소리로 들리더라고. 당연히 노이즈일 거라 생각했는데, 이거, 파도 소리 아닐까."

"잠깐."

오노데라가 목소리를 높였다.

"잠깐만. 파도가 들린다면 바다 근처잖아? ……생각났어, 이 현관, 바다 근처에 지어진 저택—. 이 집, 가본 적이 있어."

세이지는 숨을 삼켰다.

"확실해?"

"틀림없어. 전에 시노 씨한테도 말했었지. 기삿거리를 몰래 거래하려고 별장까지 쫓아다녔던 적이 있다고. 그 집이야. 와시오 형사국장의 장인—당신네들 전 수사 1과장의 별장 말이야."

9

하토야마 다카후미 전 수사 1과장의 별장은 이바라키현의 바닷가에 지어져 있었다.

눈앞의 골목길에 스카이라인을 세워두고 네 사람은 달렸다.

엔진 소리 때문에 놓칠 수는 없는 노릇이다. 벌금 딱지를 신경 쓸 상황이 아니었다.

별장의 담장에는 불이 꺼져 있다. 창문도 모두 커튼에 꽁꽁 가려져 있었다.

세 대를 주차할 수 있는 차고에는 하얀 세단과 은색 SUV가 세워져 있었다.

세이지는 가벼운 절망감을 느꼈다.

여기에 도착할 때까지 설마, 아니겠지, 하고 생각했던 것이다.

설마 그 어르신만큼은 여아 살인사건의 범인에게 가담할 리 없다—라고.

고위 간부와 일선의 경찰관들을 조율하는 윤활유 같은 사람이었다. 얼핏 어수룩해 보이지만 말을 나눠보면 번뜩이는 지성이 느껴졌다. 온후하며 부하를 아끼는 남자이기도 했다. 형사 1과의 수사관들에게는 그야말로 아버지 같은 존재였다.

“번호가 일치했어요. 하스카와 고의 차예요.”

데쓰가 속삭였다.

별장은 낮은 담장으로 둘러쳐져 있었고 대문은 없었다. 바다를 향해 지어진 개방형 별장이었다.

현관문 위에 경비회사의 스티커가 붙어 있었지만 주변에 대한 경계도는 낮다. 보통은 소녀를 감금한 장소라고는 생각하기 힘든 저택이었다.

오노데라는 몸을 웅크리며 ‘나는 뒤로 돌아가지’라고 몸짓으로 말했다. 종종걸음으로 저택 뒤쪽으로 사라졌다.

아사히는 손가락으로 ‘뒷문으로 갈게’라는 뜻을 알리며 마찬가지로 달려갔다.

세이지는 데쓰를 향해 고개를 돌렸다. 카메라를 가리키며 '찍어라'라고 신호했다.

데쓰는 잠시 망설였다. 하지만 고개를 끄덕이며 카메라를 들었다.

세이지는 현관문에 귀를 갖다 댔다.

영상에도 찍혔던 스테인리스 강판 문이었다. 아마도 염해 방지용이리라. 채광창이 있었지만 불투명 유리여서 안은 보이지 않았다.

세이지는 허리춤에 꽂아놓은 손전등을 경찰봉처럼 움켜쥐었다.

하토야마 전 과장은 세이지보다 훨씬 연상이다. 세이지도 노쇠했지만 1대1이라면 기습을 당하지 않는 한 이길 자신은 있었다.

반면 하스카와 다이키는 미지수였다. 모두들 그가 마른 체격이라고 증언했다. 세이지와도 잠시나마 마주쳤다. 무술을 배운 경험은 없어 보였고, 손 역시 핸디캡이었다. 하지만 방심은 할 수 없었다.

—뭣보다 단 둘뿐이라는 보장은 없지.

설마 와시오 형사국장까지, 라고 생각하려다 세이지는 고개를 저었다.

문손잡이를 쥐었다. 슬쩍 당겼다

놀랍게도 잠겨 있지 않았다.

소리가 나지 않도록 세이지는 천천히 문을 열었다.

현관 안쪽은 불이 꺼져 있었다.

어둑어둑하다. 하지만 일찌감치 어둠에 익숙해진 눈에는 바닥에 놓인 남성용 샌들과 스니커즈가 똑똑히 보였다. 더러운 스니커즈는 발뒤축이 눌려 있었다.

긴 복도 끝에서 빛이 새나오고 있었다. 형광등 불빛이다. 바닥에 가늘고 하얀 선이 그려져 있다.

세이지는 데쓰에게 '들어간다'라고 신호를 보냈다. 손전등을 고쳐 쥐었다.

신발도 벗지 않은 채 마룻귀틀에 한쪽 발을 얹었다. 안쪽 방에 누가 있는지는 몰라도 들킨 것 같지는 않다. 자신의 심장박동이 이상하리만치 크게 들렸다.

한 걸음을 뗄 때마다 복도의 마룻바닥이 울리는 느낌이 들었다.

실제로는 삐걱거리는 소리조차 들리지 않았겠으나 들린 것만 같았다. 가슴이 쿵쾅거린다. 심장이 터질 것 같았다.

머릿속 한 편에서는 오노데라는 어떡하고 있을까, 아사히는? 하는 생각이 들었다.

하지만 긴장과 초조가 의문을 지워나갔다. 시야가 좁다. 손가락 끝이 차가웠다.

불투명 유리문이 안쪽 방과 복도를 나누고 있었다.

유일하게 불이 켜진 방이다. 아무런 소리도 들리지 않았다.

세이지는 오른손으로 손전등을 쥔 채 문손잡이를 향해 왼손을 뻗었다. 움켜쥐자마자 단숨에 열어젖히기로 마음을 굳혔다.

하지만 그전에 먼저 문이 열렸다.

세이지는 비명을 집어삼켰다.

순간적으로 세이지는 누구지, 하고 의아해했다. 머릿속이 혼란스러웠다.

눈앞에 서 있는 것은 전 상사— 하토야마 다카후미였다.

눈앞의 하토야마는 세이지조차 몇 초 동안 분간할 수 없을 정도로 달라져 있었다.

예전에는 풍채가 좋은 남자였다. 작지만 근육으로 다져진 체구였다. 하지만 세이지가 지금 내려다보고 있는 하토야마는 야위었고 피부가 늘어져 있었다. 두 눈 밑에도, 뺨에도 깊은 주름이 새겨진 살가죽이 축 늘어져 있었다.

무엇보다 달랐던 것은 그 표정이었다.

하토야마는 웃고 있었다.

만면에 히죽히죽 미소를 띠고 있었다. 미묘하게 눈의 초점이 맞지 않았다.

"아하."

하토야마가 눈을 가늘게 떴다.

"그래, 호시노, 였구만."

세이지의 온몸에 주뼛 소름이 돋았다.

하토야마의 눈이, 음성이 말하고 있었다.

그는 예전의 그가 아니다. 정상이 아니다.

이 눈동자를 오래 보고 있어서는 안 된다— 세이지는 그리 생각했다.

하지만 눈길을 피할 수 없었다. 하토야마의 눈동자는 어둡고 탁한, 바닥없는 구멍 같았다. 그곳에는 심연이 빼끔 입을 벌리고 있었다.

"어르, 신."

세이지는 힘겹게 입을 열었다.

등 뒤에서 카메라가 냉철하게 돌아가고 있음을 느꼈다.

세이지의 눈은 아주 자연스럽게 카메라가 가리킨 곳을 따라 내려갔다. 하토야마의 손과, 운동복 소매로.

문손잡이를 쥔 그 손은 선혈로 젖어 있었다.

운동복의 배 부분부터 아래쪽은 끈적끈적하고 진한 빨간색에 더럽혀져 있었다.

"—어르신."

세이지는 다시 한 번 말했다.

"메이는, ……여자아이는 어디 있습니까."

"벽장."

하토야마는 이완된 목소리로 말했다.

벌어진 입술에서 들쭉날쭉하고 누런 이가 고개를 내밀었다.

"다다미방, 벽장에, 넣어뒀지."

세이지는 저도 모르게 손으로 목을 눌렀다. 위에서 신물이 치밀어 올랐다. 토하지 마라, 라고 스스로에게 되뇌었다.

"벽장에— 이유가 뭡니까."

"들키면, 안 되니까."

"누구한테 말입니까."

"안 되니까. 숨겨—야, 지."

하토야마의 얼굴에서는 여전히 히죽거리는 미소가 떨어질 줄 몰랐다. 핏발 선 안구는 새빨갛게 부어올라 있었다.

그 왼쪽 눈에서 별안간 눈물이 흘러넘쳤다.

"—호시노, ……시노."

세이지는 쓰러지려 하는 하토야마를 반사적으로 부축했다.

밀쳐내려 했지만 그럴 수 없었다. 그리운 체취와 체온에 콧속이 시큰거렸다.

“……증거물 보관 창고에서 30년 전의 물증을 훔친 건 어르신이었군요.”

세이지는 하토야마의 귓가에 속삭였다.

“퇴직 전에 이미 빼돌렸던 겁니까? 아니면 설마, 퇴직한 다음에 누구한테 시켰나요?”

“멍청하긴.”

하토야마가 숨을 헐떡였다.

그 목소리에서 정신이 돌아오고 있음을 깨닫고 세이지는 흠칫 놀랐다. 그의 두 어깨를 움켜쥐고는 일으켜 세워서 흔들었다.

“알려주세요. 여자아이는, 와카쓰키 메이는 어떻게 한 겁니까. 그리고, 하스카와 다이키는.”

하토야마는 대답하지 않았다.

말없이 물러나 등으로 유리문을 밀었다.

문이 안으로 열리자 바닥의 선혈이 눈에 들어왔다.

하얀 형광등 불빛 아래서 빨간 피는 기묘하리만치 천박하게 비춰졌다.

세이지의 등 뒤로 여러 개의 발자국 소리가 들려왔다. 돌아보지 않더라도 아사히와 오노데라임을 알 수 있었다. 현관문이 열려 있음을 깨닫고 두 사람 모두 들어왔으리라.

세이지는 거실로 걸음을 내디뎠다.

쓰러져 있는 누군가에게로 몸을 웅크렸다.

하스카와 다이키였다. 배를 깊게 찔렸다. 하지만 손을 대볼 필요도 없이 호흡은 확실히 하고 있었다.

다행이다, 라고 세이지는 생각했다.

죽지 않아서, 신이 죽음을 내리지 않아서 다행이다. 이 녀석은 반드시 살아서 죗값을 치러야 한다. 평온한 찰나의 죽음은 선사하지 않겠다.

앞으로 있을 체포와 기나긴 심문. 기소. 지방재판소, 고등재판소, 최고재판소까지. 가능한 한 추하게, 끈질기게 발버둥치기를 바란다.

구치소 독방 앞에서 교도관의 발소리가 멈출 그날까지, 자신이 얼마나 어리석었는지, 얼마나 자만에 빠져 있었는지, 그리고 어설픈 존재였는지 마주하게 해주겠다.

이런 남자에게 죽음은 벌이 아니다. 어디까지 간들 이 녀석에게는 자신, 자신, 자신뿐이다. 뼛속 깊이 사무칠 때까지 자신의 추악함과 정면으로 마주해야 하리라. 사형이 집행되기까지의 기나긴 시간이야말로 녀석에게 내려질 최대의 형벌이 될 터였다.

"아사히, 다다미방으로 가 봐라."

하스카와를 내려다본 채 세이지는 말했다.

"데쓰하고 같이 가거라. 와카쓰키 메이는 다다미방 벽장에 감춰둔 모양이니까. ―잘 찍어둬라. 무사한 모습을 부모가 볼 수 있게 찍었으면 바로 인터넷에 올리고."

등 뒤로 날아드는 아사히와 데쓰의 발소리를 들으며 세이지는 무릎을 굽혔다.

바닥에 주저앉은 하토야마에게 말을 걸었다.

"메이는, 무사한 거죠?"

"그래, 무사하다. ……하지만 그 녀석이 없는 틈에 수면제가 든 주스를 먹였지."

하토야마가 낮은 목소리로 대답했다.

"울음소리 때문에 녀석한테 어디 있는지 들키면, 안 되니까……. 이 나이가 되면, 수면제 없이는 안 되거든. 많이 먹인 탓에 후유증이 남지 않으면, 좋으련만……."

"걱정 마세요. 의사한테 진찰을 받게 할 테니까."

세이지는 고개를 들었다.

"이봐, 오노데라, 멍하니 있지 말고 구급차를 부르라고."

"엇, 아— 그래, 그래야지, 미안."

오노데라는 스마트폰을 꺼내 119를 눌렀다.

세이지는 눈을 감았다.

늦은 감이 있지만 하스카와의 피 냄새가 났다.

며칠 분의 피로가 어깨를 무겁게 내리눌렀다. 하지만 불쾌하지는 않았다.

길고 가늘게 숨을 토해내며, 세이지는 비로소 손전등을 쥐고 있던 손가락에서 힘을 뺐다.

10

다음날, 각 방송국의 아침 정보 방송에서는 일제히 '팀 호시노'의 체포극을 톱뉴스로 보도했다.

해설자들은 이들의 단독 행동에 쓴소리를 늘어놓으면서도,

"뭐, 결과적으로 아이는 무사히 구출했으니까요."

"끝이 좋으면 다 좋다고 하잖습니까."

라며 어물쩍 마무리했다.

이들에 대한 주간지의 평가는 『주간 니치에이』를 제외하면 비판 일색이라 해도 무방했다. 신문 역시 마찬가지였다.

하지만 거대 언론사들의 의견이 비판으로 기울자 반대로 인터넷에서는 옹호의 목소리가 높아졌다.

"비판할 대상을 잘못 짚었다."

"규탄해야 할 쪽은 억울한 누명을 씌운 경찰과 검찰이 아닌가. 그런 주제에 반권력을 논하다니, 어처구니가 없다."

"경찰 관계자가 물증을 처분한 것도 모자라 범인에게 은신처를 제공했다는 문제 행위를 더 중시해야 한다."

"형사국장은 책임지고 설명해라. 기자회견을 열어서 해명해라."

파도 같은 민의는 거대 언론사를 잠재우기에 충분했다. 일부 주간지는 그저 침묵을 지켰지만 대처가 빠른 방송국에서는 손바닥 뒤집듯 인터넷의 민의에 따랐다.

때마침 여기에 맞먹을 대형 뉴스도 없었기에, "슬슬 잠잠해지면 좋으련만."하고 세이지가 투덜거릴 정도로 대중의 열광은 그칠 줄 몰랐다.

쉽게 질리는 일본인치고는 드물게도 1개월 가까이 모든 화제를 휩쓸었다.

하스카와 다이키는 세이지의 바람대로 목숨을 부지했다. 하토야마의 식

칼은 그의 간에 상처를 입혔지만 치명상에 이르지는 않았다.

어찌어찌 경고 처분으로 끝난 네기시는 "하스카와의 진술을 받기 시작했는데, 정말이지 역겨운 녀석입니다. 자기애성 성격장애의 견본 같은 자식이에요. 자기 말고 나머지는 모두 가치 없는 목각인형처럼 보일 겁니다."하고 탄식했다.

하스카와 다이키가 아동을 상대로 성추행을 시작한 것은 중학생 때부터였다고 한다.

그에게는 동년배 친구가 없었다. 당시 학우들의 평가는 이러했다.

"얌전하고 어두운 녀석."

"분위기 파악을 못하는 구석이 있고 유치했다."

졸업 앨범에서는 '장래에 이혼할 것 같은 사람' 2위, '10년 후에는 이 동네에 없을 것 같은 사람' 3위에 선정되었다.

학우들에게서 소외된 하스카와는 자신보다 어린 아이들하고만 어울렸다. 초등학생들 사이에서는 그조차 우두머리가 될 수 있었다. 하스카와는 그중에서도 고분고분한 아이를 골라서 몸을 더듬어댔고, 때로는 피가 날 정도로 문질렀다.

범행은 점차 심화되었다.

살인으로까지 격화된 이유 중 첫 번째는 운전면허를 취득한 것이었다. 그의 행동 범위는 단숨에 넓어졌다. 자동차는 그에게 '달리는 개인실'이자 '이동하는 감금 공간'이었다.

두 번째는 가메이도를 통해 소가베 도시오와 만나고 만 것이었다.

가메이도 겐에게 숨긴 채 하스카와는 소가베 도시오를 협박했다. 협박거리는 소가베가 별 생각 없이 입에 올렸던 학창시절의 폭력 사태였다. 하스카와는 얻어맞아 길거리에 방치된 소년이 사망했다는 기사를 찾아냈다.

옛 지인의 조카에게 협박을 당하자 소가베는 기함했다. 당시 하스카와 다이키는 18세, 소가베 도시오는 31세였다.

"싸움질을 벌였던 건 벌써 15년이나 지난 일이야. 행여 죽었다 해도 이미 시효는 지났다고."

소가베는 그렇게 우겼지만 "시효보다 헤어진 아내와 아이, 그리고 세간의 시선이 더 문제일걸. 당신이 살인자라는 게 알려진다면 아내는 두 번 다시 당신한테 돌아오지 않을 텐데. 직장은 어떨까. 당신 말처럼 '시효는 지났으니까'라고 모두들 용서해줄지, 시험해볼까."라며 하스카와는 비웃었다.

소가베는 이후로 하스카와에게 조종당하는 신세가 되었다. 하스카와의 바람대로 폭력적인 아동 포르노를 구해주었다. 포르노는 하스카와의 망상과 폭력 충동을 한층 더 증폭시켰다.

하스카와는 소가베 도시오를 계속해서 협박할 빌미를 손에 넣고자 몰래 야나세 모녀를 감시했고— 그러다 사나에와 만났다.

"그 애는 특별했어요."

하스카와는 수사관을 향해 떳떳하게 말했다.

"난 잘못이 없어요. 그 애 잘못이라고요. 나를 유혹하듯 쳐다보고, 스커트 밑으로 맨다리를 보여줬으니까."

"순진해 보이지만 그런 애는 남자를 유혹하는 걸 즐겨요. 나는 알고 있었죠."

"그 애는 특별해요. 그 증거로 내게 바른 이름까지 내려줬죠."

기노시타 리카는 예행연습이었노라고 그는 말했다.

"그 애도 좋았어요. 너무 좋았죠. 그건 그 애 잘못이지 내 탓이 아니에요. 죽은 건 자업자득이라고요."

하스카와가 하토야마 전 과장을 협박하기 시작한 것은 최고재판소에서 가메이도와 이요의 사형이 확정된 이듬해였다.

기타미노베군 여아 연쇄살인사건의 재판은 끝났다. 일사부재리의 원칙에 따라 하스카와 다이키가 이 사건으로 재판받을 일은 더 이상 없다.

신변의 안전이 확보되자 신경이 쓰이는 부분은, '수사 책임자는 사건의 결말에 아무런 의혹도 품지 않는 건가?'라는 점이었다.

피해자의 잘 다듬어진 손발톱이나 몸값을 요구하는 불필요한 전화. 경찰이 그린 범인상과는 어긋나는 점이 많을 터였다.

—저들은 정말로 위화감을 느끼지 못한 걸까?

하스카와는 속마음을 떠보기 위해 전화번호부에 실려 있던 하토야마 수사 1과장의 자택에 괴문서를 보냈다.

나는 그 사건의 진범이다. 가메이도 겐과 이요 준이치 같은 남자가 피해 소녀의 손발톱을 다듬을 거라고 생각하나? 돈에 쪼들렸던 그들이 두 번째 사건에서 몸값을 요구하지 않았다는 사실이 이상하게 느껴지지 않았는가? —라고.

예상대로 반응은 없었다. 괴문서는 묵살당했다.

필시 비슷한 편지가 경찰 앞으로 여러 통 날아들었으리라. 한바탕 사건이 벌어지면 엄청난 수의 장난전화나 문서가 날아들으리란 것은 당연한 이치였다.

하지만 하스카와는 계속해서 편지를 보냈다.

처음 몇 통은 하스카와도 주의를 기울였지만 몇 통을 보내든 반응이 없다는 사실에 되레 마음이 편해져 마구 써서 보냈다. 글씨를 쓸 때는 자를 사용하고, 미야자키 쓰토무의 수법을 모방해 여러 번 복사해서 필적을 숨겼다.

몇 통째인지 모를 편지를 보낸 후, 하스카와는 하토야마 과장의 사위가 고위 간부이며 기타미노베 사건에서는 관리관으로서 수사에 참여했다는 사실을 알아냈다.

—당신, 미래의 사위가 공을 세우게 해주려고 조바심이 난 거지?

—특별 수사본부가 그렇게나 가메이도와 이요의 범행이라 굳게 믿은 채 밀어붙인 이유는 뭐지? 당신 사위의 방침인가? 당신은 수사 중에 위화감을 느낀 적이 없었나? 불안감에 휩싸인 적은 없었나?

—하지만 어찌됐든 당신은 막지 않았다.

—미래의 사위님에게 원만한 사건 해결이라는 꽃길을 깔아주고 싶었기 때문이겠지. 부끄럽지도 않나? 피해 소녀들이나 유족들의 얼굴을 똑바로 쳐다볼 자신은 있나?

이런 편지를 20여 통 보낸 끝에 하스카와는 하토야마 다카후미를 협박했다.

“반쯤은 장난이었어요.”

그렇게 진술한 하스카와 다이키는 옅은 웃음을 띠었다고 한다.

“설마 반응이 올 줄은 몰랐죠. 놀랐어요. 그 아저씨, 정말로 지정한 장소에 돈을 두고 갔더라니까요. 대단한 액수는 아니었어요. 30만 정도였나. 그때는 딱히 돈이 목적도 아니었고.”

하지만 수사 1과장인 하토야마를 굴복시켰다는 사실은 하스카와의 전능감을 한층 더 증폭시켰다.

하스카와는 하토야마가 정년을 맞이하기 직전, 그에게 '증거 보관 창고에서 DNA가 묻은 물증을 훔쳐서 보내라'라는 명령을 내렸다. 보낼 곳은 사서함을 이용했다.

침이 묻은 속옷을 무사히 받아든 하스카와는 웃었다.

역시나 수사의 손길은 뻗치지 않았고, 가타기리 변호사의 활동은 난항을 겪고 있었다. 재심사 요청은 기각될 뿐이었기에 그의 안전은 바위처럼 견고했다.

하지만 좌절은 뜻하지 않은 곳에서 찾아왔다.

그가 근무하던 '가모 탐정 사무소'가 2005년에 폐업을 결정한 것이다.

그 정도라면 그나마 견딜 만했다. 가장 큰 충격은 실직과 거의 동시에 아내가 이혼 이야기를 꺼냈을 때였다.

"당신과는 더 이상 못 살겠고, 살고 싶지 않다고 지껄이더군요."

하스카와는 얼굴을 일그러뜨렸다.

"전부터 당신이 무서웠다, 당신한테는 인간의 마음이 없다면서요. 나 몰래 줄곧 피임약을 복용했던 것까지 자백했어요. 어쩐지 아이가 안 생긴다 했지. —빌어먹을, 그 더러운 년, 나를 가지고 놀다니."

하지만 분노는 전처가 아닌 아무런 상관없는 소녀에게로 향했다.

시립 지노 제1초등학교 2학년, 요시카와 하루카였다.

하루카가 다니는 초등학교는 '가모 탐정 사무소'에서 차로 10분이 채 안 걸리는 거리였다. 친구에게 남긴 "곤란해 하는 사람이 있으니 도와주고 오겠다"

라는 말을 마지막으로 하루카는 실종되었다.

"어찌 된 영문인지 아버지한테 바로 들켰어요."

하스카와는 웃었다.

"마침 이혼해서 홀몸이겠다, 다시 부모님 집으로 끌려가게 됐죠. 철저하게 감시하면서 카운슬링을 받게 하더군요."

이것이 요시카와 하루카가 실종된 후로 연이어 사건이 벌어지지 않았던 이유 중 하나였다.

하지만 가장 큰 요인은 다른 일로 자존심이 충족되었기 때문이다. 그는 하토야마 전 과장으로 하여금 하루카의 시신을 유기할 장소를 제공케 했다. 하루카는 하토야마 집안에서 소유하는 별장 부지 안에 조용히 매장되었다.

하스카와 다이키는 만족스러웠다.

기타미노베 사건 이후 "나는 경찰에게 승리했다. 속이는 데 성공했다"라며 만족스럽게 범행을 중단했듯이, 이때 역시 정신적인 만족감에 범행을 그만두었다.

또다시 충동이 고개를 내민 것은 12년 후였다.

계기는 가메이도 겐의 옥사였다. 또한 '팀 호시노'의 영상, 아내의 임신, 의붓딸의 반항기 등이 겹쳤다.

어째서 와카쓰키 메이를 노리고 납치했느냐고 묻자, "왜 당신들이 모르는 건지 이해가 안 되네요."라며 하스카와는 고개를 갸웃거렸다.

"당연하죠. 그 애가 좋은 아이면서, 동시에 나쁜 아이였기 때문이에요. 그 나이에 남자를 유혹하다니, 나쁜 애죠. 하지만 나는 그 애를 이해할 수 있어요. 그래서 더더욱 벌을 줘야만 했죠. 어린이에게는 아픔을 줘야 해요.

여자애는 아픔 없이는 제대로 반성할 줄 모르는 생물이거든요."

매스컴이 의견을 요청한 정신과 의사들은 입을 모아 "책임 능력 있음"이라고 단언했다.

"정서결핍, 피해망상, 비대해진 자기애가 엿보이지만 의식장애나 정신병적 증상은 없다. 지능은 평균 범위. 인격이상자라 해서 책임 능력이 감면되지는 않는다."

라고.

경찰은 물론 하토야마 전 수사 1과장도 심문했다.

"—녀석이 보낸 편지의 내용을 나는 부정할 수 없었네."

나이를 먹어 한 치는 쪼그라든 몸을 한층 움츠리며 하토야마는 신음하듯이 말했다.

"와시오 군과 딸아이는 중학생 시절 선후배 사이였어. 기타미노베 사건 당시는 이미 사귀고 있었지. 의도적이든 아니든, 수사 중에 떠오른 의문에 눈을 감은 건 사실이네. ……와시오 군에게 공적을 안겨주고 싶었어. 매스컴도 주목하는 사건이었으니 절대 미궁에 빠지게 내버려둘 수는 없었지."

그리고 하스카와가 쓴 괴문서가 날아들기 시작했을 당시, 와시오는 그야말로 출세가도를 달리고 있었다. 그 기반은 당연히 기타미노베 사건에서 세운 공이었다.

"사위의 경력에 이제 와서 흠집을 새기다니—. 그것만큼은 피해야 했어."

손으로 얼굴을 가리며 하토야마는 울먹였다.

"돈을 바치라니, 나를 바보 취급한 게지. 알고 있었네. 알고 있었지만 달리 방도가 없었어. 실낱같은 희망에 매달리고 싶었지. 돈만 바치면 지금의 평온을 유지할 수 있을지도 모른다, 미래는 망가지지 않을지도 모른다고—"

요시카와 하루카의 시체를 유기할 장소를 제공한 이야기로 접어들자 하토야마는 조개처럼 입을 다물었다.

하지만 기나긴 침묵 이후, "손주가, 고등학생이 됐네."하며 목소리를 떨궜다.

"장래희망은 경찰관이라고……, 아버지나 할아버지처럼 훌륭한 경찰관이 되고 싶다더군. 손주의 꿈을 망가뜨리지 않기 위해서라도 나는 와시오 군의 경력을 지키고 싶었지. 지켜야만 했어."

이후 네기시로부터 그 말을 전해들은 세이지는 그렇지 않아—라고 생각했다.

진심으로 손주를 생각했다면 하토야마는 하스카와 다이키의 명령을 거절해야만 했다. 은폐하는 대신 모든 사실을 밝히고 정의의 심판을 기다려야 했다.

하지만 이제 와서는 모두 부질없는 일이다.

하토야마는 그에게 소녀의 시체를 별장에 묻으라고 허락해버렸다. 이후로 오랫동안 소녀는 발견되지 않은 채 해안가 별장 뒤편에 잠들어 있었다.

그리고 12년 후에야 비로소 잠에서 깨어나게 된다.

하스카와 다이키가 또다시 하토야마를 필요로 했기 때문이다.

하지만 12년 전과는 결정적으로 다른 사실이 있었다.

당시 하토야마는 요시카와 하루카의 시체조차 직접 보지 못했다. 하지만 이번에 찾아온 하스카와는 납치한 지 얼마 안 된, 살아 있는 소녀를 데리고 나타났다.

소녀는 아직 살아 숨 쉬고 있었고, 눈물을 흘렸고, 몸을 뒤틀며 저항하고 있었다.

"납치당한 여자아이를 직접 보니까 그제야 정신이 들더군."

하토야마는 말했다.

"보신을 위해 멍청한 짓을 저질렀어. 정말로 어리석었지. 하지만— 하지만, 눈앞에 있는 그 아이를 상처 입혔다간, 나는 어리석은 데서 그치지 않고 다른 무언가로 타락해버릴 것 같았네. 그 사실을 그제야 깨달은 거야. 그래서 이번에는 녀석을 따르지 않았네. 그것만큼은 막아야만 했어……."

그 말을 남기고 하토야마는 눈물을 쏟아냈다.

이 이야기를 들은 세이지는 아무 말도 할 수 없었다.

가슴에 쓰디쓴 앙금이 겹겹이 쌓인 느낌이었다.

하지만 하토야마를 경멸하면서도 역시나 미워할 수는 없었다. 그 사실이 한층 더 씁쓸했다.

하토야마의 진술로부터 이틀 뒤, 별장 부지 안에서 요시카와 하루카의 시신이 발견되었다. 완전히 백골로 변해 있었지만 치아의 형태 등을 통해 본인으로 확인되었다.

와시오 형사국장은 그 다음 주에 책임지고 물러나겠다는 의사를 표명했다.

도쿄 고등재판소가 기타미노베 사건의 재심 개시를 인정하겠다고 발표한 것은 그로부터 보름 후의 일이었다.

11

아사히는 자신의 방에서 애용하는 컴퓨터 앞에 앉아 있었다.

일러스트 작업용 태블릿에 부속된 태블릿 펜을 휘갈긴다. 왼쪽 귀에는 와이어리스 이어폰이 꽂혀 있었다.

창밖은 완전히 겨울 풍경이었다.

크리스마스도 끝나고 세상은 온통 새해 분위기로 가득했다. 호시노 집안은 행사를 꼬박꼬박 챙기는 편이 아니었기에 새해 장식물이나 새해맞이용 떡 따위와는 인연이 없었다. 하지만 신단에 매어두는 금줄만큼은 해마다 새것으로 바꾸는 것이 관례였다.

창문 너머로 벌거벗은 나무가 몹시 추워 보인다.

아사히가 별 생각 없이 듣고 있던 음악은 변함없이 무료 동영상 공유 사이트에서 흘러나오는 음악이었다.

계속해서 자동으로 재생되므로 손대지 않아도 알아서 음악이 흘러나온다. 참고로 지금 귓가에서 울려 퍼지는 음악은 Nujabes의 「Feather」였다.

'아사히' 명의의 트위터 계정은 벌써 한 달 이상 방치되어 있었다.

댓글은 여전히 끊이지 않지만 답변은 하지 않고 있다.

지금은 트위터와 '리에이트' 모두 새 계정을 만들어서 조용히 일러스트를 업로드하고 있다. 미소녀가 아닌 기계 그림뿐이다.

—미소녀는 한동안 됐어.

리카(里佳)가 아닌 리카(梨香)의 만화를 통해 평생 그릴 소녀는 다 그린 느낌이었다.

잘게 나누어놓은 레이어에 색을 입힌다. 펜의 불투명도나 붓 크기를 조절해 광택과 입체감을 더한다.

본래 자동차나 오토바이, 로봇 등의 기계가 좋아서 일러스트를 그리기 시작했다. 단순히 기계만 그려서는 팔로워가 늘지 않고 조회 수도 늘어나지 않지만 상관없다. 앞으로는 좋아하는 그림만 마음껏 그릴 생각이었다.

문을 두드리는 소리가 났다.

이어폰을 끼지 않은 왼쪽 귀가 그 소리에 반응했다.

"어— 열려 있어."

레이어를 저장하고 창은 그대로 내버려두었다.

보나마나 엄마겠지, 또 대신 식사 당번을 해 달라는 걸까— 하고 각오를 굳히며 문을 열었다.

하지만 미카코는 아니었다.

눈앞에 서 있는 사람은 이시바시 데쓰였다.

"안녕. 들어가도 되냐."

"되는데, ……너, 왜 여기 있냐? 해마다 새해는 할머니가 계신 큰집에서 보내는 거 아니었어?"

"올해는 안 가기로 했어."

아사히는 "흐응" 하고 고개를 끄덕이며 친구를 안으로 들였다.

데쓰는 머리를 한층 더 짧게 깎았다. 날카로운 턱 선과 도드라진 이마가 훤히 드러났다. 키가 크고 다리도 긴만큼 얇은 니트 위에 걸친 체스터 코트가 잘 어울렸다.

아사히는 특등석인 가스히터 앞자리를 데쓰에게 양보하며 쿠션을 건넸다.

데쓰는 엉덩이에 쿠션을 깔며 "하쓰카 씨가 아버지한테 울고불고 매달리더라."아무렇지도 않게 말했다.

"'우리 데쓰가 이상해졌다. 그런 애가 아니었는데, 자꾸 숨기기만 하고, 나쁜 친구하고 어울린다'……라면서. 아, '나쁜 친구'라는 건 당연히 너야."

"그거 영광이네."

아사히는 쓴웃음을 지었다.

데쓰는 진지한 표정을 유지한 채 말했다.

"태어나서 처음으로 아버지와 마주보고 이야기를 나눴어. 놀랍게도 사과를 하더라. '바쁘다는 이유로 너를 하쓰카에게 모두 맡겨서 미안했다. 좀 더 빨리 손을 썼어야 했는데'라면서 고개까지 숙이더라고."

"와아."

아사히는 눈을 동그랗게 떴다.

"그래서 이번 설에는 본가에 내려가지 않기로 한 거야? 용케도 하쓰카 씨가 물러났네."

"아버지하고 하쓰카 씨 둘이 한바탕 했나 봐. 자세히는 물어보지 않았지만. 괜히 벌집 들쑤시면 안 되니까 일부러 그냥 놔뒀어. 두 사람은 어제 본가로 가버렸으니 나는 혼자 집이나 봐야지"

"그랬구나."

아사히는 소형 냉장고에서 콜라 캔 두 개를 꺼냈다. 하나를 데쓰에게 건넸다.

"괜찮겠어?"

"뭐가?"

"너, 탄산 싫어하잖아. 목이 따가워서 싫다고 한 것 같은데."

"그건 어렸을 때 얘기지. 지금은 즐겨 마시지는 않을 뿐이지 남들만큼은 마셔. 자, 건배."

캔을 맞부딪치고는 꿀꺽 들이켰다.

"그럼 너, 섣달그믐하고 설날 모두 할 일 없으면 나하고 신사에서 새해맞이나 할래? 밤중에 새해 참배는 해본 적 없을 테니까. 절도 괜찮아. 사카에마치의 센도쿠지라면 제야의 종도 쳐볼 수 있다고. 네가 가고 싶은 데로 가자."

아사히의 말에 데쓰는 희미하게 웃으며 고개를 끄덕였다.

"그래서, 너는 요즘 어떤데."

"나? 나는…… 음, 1학기 성적은 엉망이었고, 2학기에도 거의 수업을 안 나갔으니까. 주변 동기들이 필기를 보여주지 않았으면 꽤 위험했지. 하지만 쓸데없이 유명인이 된 덕택에 말도 안 섞어본 녀석들까지 노트 복사본이나 기출문제를 갖다 주더라고. 그래서 2학기는 어떻게든 될 것 같아."

"인기 많네."

"엄청나다니까. 몰려오는 녀석들 중 70퍼센트가 사내놈들이지만 말이야."

아사히는 웃었다.

데쓰는 콜라로 혀를 축이고는, "사실은 진로를 바꿀 생각이야"하고 시원스럽게 말했다.

"영상 쪽 전문학교에 보내달라고 아버지한테 부탁해보려고. ……2월부터는 후쿠나가 씨의 촬영팀에서 아르바이트를 하기로 했어. 장래에는 그쪽 분야로 진출하면 좋을 것 같아."

아사히는 맞장구를 치지 않았다.

콜라를 한 모금 마시고 탄산을 혀로 맛본 뒤, 입을 열었다.

"데쓰."

그 목소리에 데쓰는 고개를 들었다.

"그거 알아? 나는 어렸을 때 네가 세상에서 가장 똑똑한 아이라고 생각했어."

"하하하. 그거 단단히 오해했네."

데쓰가 웃었다.

"아니."

아사히는 고개를 저었다.

"오해가 아니었어. —그게 비로소 입증된 거야."

짧은 침묵이 이어졌다.

아사히는 엄지로 창밖을 가리켰다.

"그보다 저것 좀 봐, 벌써 겨울이라고. 무려 반 년 넘게 함께해줬는데 답례를 해야지. 데쓰, 뭐 갖고 싶냐?"

"답례는 무슨."

데쓰는 그렇게 대답하더니, "그래도, 여행은 가고 싶은걸" 하고 덧붙였다.

"아, 그거 좋지. 같이 가자."

"다음으로 운전면허를 따고 싶어. 따면 바로 드라이브도 가고 싶고."

"그건 더 좋네."

"그 다음에는 여자친구."

"최고지."

아사히는 엄지를 세운 뒤, 자신의 무릎을 때렸다.

"좋아, 일단은 여행부터. 이제 와서 여권은 너무 늦었으니까 국내도 상관없지? 나도 마침 여친이 없거든. 가나자와는 어때. 여자들한테 인기 많은 곳이라고. 일단은 만남의 기회부터 만들어야지."

"헌팅하려고? 헌팅에 넘어오는 애는 별론데."

아사히는 얼굴을 찌푸리는 데쓰를 "뭔 소리야" 하고 꾸짖었다.

"헌팅 운운하기 전에 만남을 가지려면 일단 여자가 많은 곳에 가야지. 너 같은 녀석은 우선 여자한테 익숙해지는 것부터 시작해야 해. 야, 데쓰, '가나자와, 여성, 관광지'로 검색해봐. 지금은 우리도 유명인이잖아. 꽤나 잘 먹힐지도 몰라."

12

"수고하셨습니다."

"아뇨, 그쪽에서 더 수고하셨죠."

"여러분, 힘써주셔서 감사합니다. 지금까지의 모든 활동에 감사드려요. 정말로 감사했습니다."

장소는 체인점이 아닌 고풍스러운 카페였다. 세이지는 기노시타 가즈키, 그리고 야나세 구미코와 마주보며 고개를 숙였다.

그들은 카운터가 아니라 안쪽의 8인용 박스석에 앉아 있었다.

멤버는 세이지, 기노시타, 구미코에 오노데라, 후쿠나가, 그리고 미카코까지 와 있었다. 다함께 리카와 사나에의 묘 앞에서 보고를 마친 후 불쑥 들른 가게였다.

전체적인 인테리어는 앤티크한 느낌으로 통일되어 있었다. 차분한 분위기의 카페였다. 마스터로 보이는 남자는 L자형 카운터 안에서 커피콩을 갈고 있었다. 아직까지도 전동이 아닌 수동 그라인더를 사용하고 있었다.

"덕택에 리카에게 반가운 소식을 들려줄 수 있었습니다."

기노시타가 자리에서 일어나 재차 깊게 허리를 구부렸다.

이어서 구미코도 일어나 마찬가지로 고개를 숙였다.

"저도요. 이렇게 후련한 기분으로 사나에의 묘 앞에 설 수 있었던 건 처음이에요."

"아이고, 아닙니다. 그만들 하시고 앉으세요."

세이지는 황급히 손을 내저었다.

기노시타 집안과 야나세 집안의 위패를 모신 절은 꽤나 멀리 떨어져 있었다. 하지만 리카의 묘와 사나에의 묘는 모두 모르는 사람들이 놓아둔 꽃들로 가득했다.

꽃다발뿐 아니라 편지도 많았는지 맡고 있던 주지가 마지막으로 한꺼번에 건네주었다. 홋카이도에서 오키나와까지, 심지어 인터넷에서 기사를 읽었다는 외국인으로부터 온 편지도 있었다.

"어서 오세요. 뭘 주문하실지 정해지면 불러주세요."

물을 가져온 웨이트리스가 메뉴를 놓고 사라졌다.

"어떡하실래요, 전부 블렌드로?"

"아뇨, 저는……."

기노시타의 물음에 고개를 저으려던 세이지에게 "아빠도 커피 주문해" 하고 미카코가 말했다.

"그래도 되겠니."

"되겠니는 무슨, 누가 봐도 커피 전문점인데 이런 곳에서까지 참으라고 할 정도로 내가 못된 사람인 줄 알아? 봐, 아빠가 좋아하는 만델링도 있네. 나는 스페셜 블렌드하고 케이크 세트. 이런 가게는 무조건 케이크가 맛있을 거야. 야나세 씨도 어떠세요?"

"네, 저도 그걸로 할게요."

구미코가 웃으며 화답했다.

험상궂은 얼굴의 후쿠나가가 "그럼 저도 케이크를" 하며 손을 들자 옆자리의 오노데라가 웃음을 터뜨렸다.

결국 만델링 하나, 스페셜 블렌드 둘, 케이크 세트 세 개를 주문하기로 했다.

"가타기리 선생님은 바쁘다고 못 오셔서 아쉽네요."

기노시타가 말했다.

"그러시겠죠."

세이지는 고개를 끄덕였다.

"재심이 결정된 건 다행이지만 결정됐으면 이제부터는 온갖 서류가 끊이질 않을 테니까요. 한동안은 소처럼 일해야 할 겁니다."

"재심은 어떻게 흘러갈까요."

그렇게 묻는 후쿠나가에게 오노데라가 대답했다.

"그야 당연히 무죄 판결일걸. 진범이 이미 붙잡혔으니까. 그렇다 해서 간소하게 처리할 수는 없다는 게 재판의 성가신 점이지."

"그러고 보니 하스카와 다이키는 지금 어떡하고 있나요?"

구미코가 세이지에게 물었다.

"우선 기소 전에 정신감정을 받는다고 합니다. 형사 사건의 감정인치고는 베테랑 정신과 의사가 담당한다더군요. 하지만 책임능력이 있다는 결론에는 변함이 없으리라는 게 대부분의 견해입니다."

네기시의 말에 따르면 구치소에 있는 하스카와는 전혀 반성의 기미가 없다고 한다.

"콧노래까지 부르고 기분 나쁠 정도로 태연하다"라고 한다. 누가 부른 어떤 노래인지는 구태여 묻지 않았다.

"하스카와는 주로 요시카와 하루카 살인에 대해서 재판을 받게 되겠죠?"

"그렇죠. 일사부재리의 원칙에 따라 기타미노베 사건에 대해서는 더 이상 재판할 수 없으니까요. 하지만 하루카를 살해하고 시체를 유기한 죄, 그리고 와카쓰키 메이를 약취 및 유괴한 죄로 사형 구형은 거의 확실할 겁니다."

"그 외에도 여죄는 차고 넘칠 것 같지만 말이지."

오노데라가 얼굴을 찌푸렸다.

"확실히 여죄가 지천에 깔렸겠지만 전부 기소했다간 재판에 시간이 너무 걸려. 본의는 아니지만 옴 진리교 사건 때와 마찬가지로 나머지는 불문에 부칠 듯해. 분하지만 재판을 너무 오래 끌 수도 없는 노릇이고, 이래도 문제,

저래도 문제야."

세이지는 한숨을 내쉬었다.

"하스카와 다이키의 부모는 이혼했다더군요."

후쿠나가가 말했다.

"이미 이사를 마쳤고 집에는 매물이라는 간판이 내걸렸답니다. 남편인 고는 아내의 '배신 행위'를 용서할 수 없었다네요. 고 자신은 범인 은닉죄와 범인 도피죄로 기소될 몸이니까요. 그 사람 입장에서 보자면 하스카와 다마키는 아들을 경찰에 팔아넘긴 몹쓸 어머니겠죠."

"하토야마 다카후미는 어떻습니까?"

기노시타가 물었다.

세이지는 대답했다.

"죄상이 죄상이니까요. 집행유예로 끝날지 어떨지 아슬아슬하다더군요. 다만 나이도 많고 반성한다는 의지도 확실하다고 하니……. 이렇게 생각하면 안 되겠지만 개인적으로 징역은 살지 않았으면 하네요."

"시노 씨의 마음은 모르는 바가 아니지만 『주간 니치에이』에서는 대대적으로 하토야마를 비판할 거야."

오노데라가 잘라 말했다.

"전 수사 1과장이나 되는 인간이 하필이면 여아 살인사건에서 시체 유기에 가담하다니. 절대 용서 못하지. 이렇게 한탄스러울 일이 있느냐고. 경찰관 개인이 저지를 수 있는 비리 중에서는 최고 수준이야."

"비판 기사를 쓰는 데에는 반대하지 않아."

세이지는 씁쓸하게 웃었다.

"하토야마 어르신은 비판받아 마땅한 짓을 저질렀으니까. 죄 없는 가족만 딱하게 됐지. 하스카와 고도 그랬지만 애정이란 건 왜 이렇게나 때때로 사람의 눈을 흐려놓는지 모르겠어."

고개를 저었다.

"……하지만 좋은 소식도 있지. 데쓰는 아직까지 이요 준이치와 편지를 주고받고 있었거든. 얼마 전에 도이 리쓰코가 이요를 만나러 왔다더군."

이요 준이치는 사형 집행 정지 절차에 따라 현재는 석방된 상태다. 도이 리쓰코는 지원 단체에 문의해 해당 단체가 준비해준 이요의 임시 거처를 방문했다.

"'비로소 겐과의 추억을 나눌 수 있게 됐다'라며 이요 씨는 기뻐했다고 해. '이렇게 추억을 이야기할 수 있는 한 겐도 아주 떠난 건 아니다. 아직 누군가의 머릿속에 있으니 죽은 게 아니다'—라면서."

세이지가 그렇게 말을 마침과 동시에 테이블에는 웨이트리스의 그림자가 드리워졌다.

"오래 기다렸습니다. 만델링 주문하신 분."

"아, 네."

급히 손을 들었다.

"블렌드 주문하신 분, 케이크 세트 주문하신 분……."

테두리에 금박이 입혀진, 심플하지만 기품이 느껴지는 컵이었다.

케이크는 초콜릿 케이크인 듯했다. 민트 잎이 꽂혀 있었고 생크림이 곁들여져 있었으며 세이지는 잘 모르는 불그스름한 소스가 뿌려져 있었다. 미카코의 말에 따르면 "베리를 사용한 과일 소스"라고 한다.

모두의 앞에 주문한 음료와 케이크가 놓이고 웨이트리스가 자리를 뜨자, “그럼, 커피로 이러기는 뭣하지만 호시노 씨, 먼저 건배하시죠.”하며 기노시타가 말했다.

“네? 제가요?”

“호시노 씨 말고 누가 있겠습니까.”

“그렇지, 이의 없음.”

“저도요.”

“이의 없으니까 빨리 하라고, 시노 씨. 모처럼 맛보는 커피가 식어버리겠어.”

오노데라의 재촉에 세이지는 하는 수 없이 커피를 들었다.

술잔이나 맥주잔이면 모를까 컵으로 건배를 하는 모습은 다소 어색했다.

하지만 솔직히 말해 한 시라도 빨리 건배를 마치고 커피를 마시고픈 마음이었다. 그리운 구수한 향기에 참을 수 없이 군침이 돌았다. 아직 입에도 대지 않았건만 침샘이 얼얼했다.

“그럼 주제넘지만— 건배.”

건배, 하고 낮은 합창이 이어진 이후, 세이지를 제외한 전원이 커피를 그릇에 내려놓았다.

일동이 주목하는 가운데, 세이지는 몇 년 만인지 모를 커피를 머금었다.

혀로 맛보고, 향기를 콧구멍에서 목으로 넘긴 뒤, 꿀꺽 삼켰다.

“—맛있다.”

무의식적으로 새나온 말이었다.

목이 환희하고 있음을 알 수 있었다. 살짝 몸이 떨렸다.

뜨거운 액체가 식도에서 위까지 일직선으로 흘러내렸다. 산미가 적은 쓴맛이 구수한 향기와 함께 혀에 감돌아다.

—맛있어요? 다행이다. 인사는 됐어요.

교코의 목소리가 귓가에 들려온 듯했다.

"어머, 이 케이크 맛있다!"

그 여운을 날려버리듯 미카코가 목소리를 높였다.

"역시나. 그럴 줄 알았다니까. 이런 가게는 수제라면 푸딩이나 커피 젤리도 맛있을 거야. 저기, 야나세 씨, 다음에는 푸딩 먹으러 오지 않을래요? 우리 아사히한테 운전수를 시킬 테니까 꼭 같이 가요. 다행이다, 인터넷으로 알아보게 한 보람이 있었네. 으음, 이 과일 소스도 맛있어."

"알아보게 했다니…… 미카코?"

세이지는 미카코에게 말했다.

"무슨 소리냐, 성묘 마치고 돌아가는 길에 그냥 들어온 가게 아니었—응? 뭐야, 다들, 왜 웃어요? 아까부터 대체 무슨 소린지……."

"서프라이즈야."

미카코가 고개를 돌리며 웃었다.

그 눈동자가 희미하게 반짝인 것처럼 보인 것은 내리쬔 빛 때문이었을까.

가게 문이 열리며 도어 벨이 울렸다.

누군가가 들어왔다. 역광 때문에 잘 보이지 않는다.

하지만 세이지는 반사적으로 몸을 일으켰다.

테이블에 두 손을 짚는다. 목이 멨다.

"—, 히……."

오랫동안 소원했던 장남이 눈앞에 서 있었다.

"……히데히코."

멋쩍은 듯하면서도 씁쓸한 표정으로 그는 세이지를 바라보고 있었다. 그 눈에서 과거의 적의는 없었다. 반감도, 혐오도 찾아볼 수 없었다.

세이지의 입술이 떨렸다.

가슴 언저리에서 커다란 덩어리가 치밀어 올라, 답답하게 목을 가로막아 버렸다.

목소리가 나오지 않았다. 코 안쪽이 시큰거리고 눈앞이 뿌옇게 흐려졌다.

귓속에서 또다시 죽은 아내의 목소리가 들린 것 같았다. 익숙한, 웃음을 머금은 목소리였다.

—잘 됐네. 인사는 됐어요.

"……서프라이즈."

오노데라가 작은 목소리로 말하며 히죽 웃었다.

에필로그

소년은 자신의 방에 있었다.

방문은 잠겨 있지 않았다. 문을 잠그게 해 달라고 부모에게 부탁했지만,

"문을 잠가놓으면 무슨 짓을 할지 어떻게 아느냐."

"나이도 어린 게 건방지게."

라며 코웃음만 치고 끝이었다.

소년은 벽에 등을 붙인 채 언제 문이 열릴지 긴장하며 태블릿을 만지작거리고 있었다. 세뱃돈으로 구입한 태블릿이었다.

화면에는 얼굴 없는 여성의 몸 사진이 여러 장 비춰져 있었다. 모두 몰래카메라로 찍은 사진이었다.

타이트스커트로 감싸인 엉덩이에 드러난 속옷 라인. 손잡이를 쥔 하얀 팔뚝의 겨드랑이 밑.

여밈 사이로 엿보이는 레이스 브래지어. 스커트 안으로 몰래 집어넣은

카메라가 포착한 스타킹 너머의 팬티.

인터넷을 검색할 때마다 소년은 꼬박꼬박 기록을 지웠다.

다행히 부모는 IT 방면에 어둡다. 구입했을 때 가게에 부탁해 필터링을 설정한 후로는 완전히 마음을 놓아버렸다.

빠져나갈 구멍쯤은 얼마든지 있는데, 멍청하긴. 이른바 유해 사이트로 지정되지 않은 곳에도 성인 광고는 버젓이 올라오고, 섬네일 사진이라면 거의 자유롭게 볼 수 있다.

그중에서도 소년이 좋아하는 것은 SNS의 몰래카메라 계정이었다. 물론 잠겨 있었지만 별다른 심사 없이 맞팔을 허가해주었다.

그 계정에서는 전철이나 에스컬레이터에서 찍은 일반인 여성의 속옷 사진을 비롯해 지금은 판매하지 않는 과격한 AV의 표지, 매우 짧은 영상도 업로드되고 있었다. 하나같이 폭력적인 내용이었다. 창작물이라고는 생각되지 않을 정도로 박진감 넘쳤다.

폭력적인 음란 영상물은 소년의 망상에 거름이 되었다.

그는 머릿속에서 여성의 얼굴을 담임선생의 얼굴로 바꾸었다. 담임은 잔소리가 심한 중년 여성으로, 결코 좋아하지는 않았다. 솔직히 말해 싫어했다. 싫어하기 때문에 망상하는 것이다. 소년에게 성행위는 애정표현이 아니라 상대에게 상처를 입히고 모욕하는 수단이었다.

10분 정도 지나 화면을 바꾸었다.

무료 영상 공유 사이트로 이동했다. 즐겨찾기를 해놓은 영상을 재생했다.

「르포 · 기타미노베군 여아 연쇄살인사건」을 비롯한 기타미노베 사건의 영상이었다.

여름방학이 끝났을 때부터 반에서 화제가 된 영상이자 사건이었다. 유행은 금세 시들었고, 아이들은 현재 다른 유행에 빠졌지만 그는 여전히 이 영상들을 반복해서 시청하고 있었다.

—내 영웅이야.

동경하는 존재였다.

다만 수사에 나선 전직 형사나 그 손자는 아니었다. 소년의 영웅은 범인이었다.

30년이나 경찰을 속여 넘기다니 굉장하다. 철저히 도발적이면서 도전적인 태도 역시 멋졌다.

여자아이들을 죽였을 때, 대체 무슨 기분이었을까. 어떤 식으로 상처를 입히고, 어떤 식으로 울렸을까.

그는 허벅지를 마주 비볐다. 발기되고 있었다.

몰래카메라 영상을 보고 있을 때는 없었던 충동이 머릿속 일부를 빨갛게 태우고 있었다.

늘 이랬다. 그는 기타미노베 사건의 범행을 생각할 때만 발기할 수 있었다.

여자의 몸은 충동을 부추기는 도구에 불과했다. 그를 흥분케 하는 것은 죽음에까지 이르는 폭력뿐이었다.

오른손이 고간으로 스르륵 빨려 들어간 순간, 문이 열렸다.

소년은 몸을 움츠렸다.

성큼성큼 들어온 것은 아버지였다.

아버지의 손에 쥐어진 이번 학기 성적표를 확인한 소년은 각오했다. 이런 상황에서 몇 번이고 그래왔듯, 오늘도 의식의 절반을 밖으로 도피시키고,

해리시켰다.

아버지는 한 시간 넘게 그를 꾸짖었다. 큰 소리로 호통을 치고, 소년을 쥐고 흔들며 헐뜯었다.

"넌 글러먹은 놈이야."

"내 자식이 맞긴 한 거냐."

"모자란 놈"

소년은 꾸지람을 듣는 자신을 머리 위에서 내려다보고 있었다. 자신의 몸에서 의식이 부유하고 있었다. 현실감이 흐려졌다. 모든 소리가 멀리서 들려오는 듯했고, 귀를 스치고 지나갔다.

하지만 날카로운 아픔이 그를 육체로 되돌렸다.

불이 날 정도로 따귀를 맞은 것이다.

빰이 화끈거렸고 순식간에 부어올랐다. 입안에서 쇠 맛이 퍼져나갔다. 볼 안쪽 살이 치아에 부딪히며 찢어진 것이었다.

끈적끈적한 무언가가 입술을 타고 턱으로 흘러내렸다. 코피였다.

아버지는 여전히 고함을 내지르고 있었다. 소년이 피를 흘렸음에도 걱정하는 내색조차 없었다.

아버지의 어깨 너머로, 문 옆에서 상황을 살피는 어머니가 보였다. 눈썹을 내리깐 채 걱정스러운 표정을 짓고 있지만 연극이었다.

그 증거로 달려들려고도 하지 않는다. 모두 시늉이다, 좋은 엄마인 척하는 것뿐이다.

—기억해둬.

소년은 생각했다.

당신들, 기억해둬.

언젠가, 나를 낳았다는 걸 후회하게 해주겠어. 나를 때리기만 하고 살려둔 걸, 기필코 후회하게 해주겠어.

10년 후. 아니, 좀 더 빠를지도 모르겠다.

기타미노베 사건의 범인의 부모는 이혼한 뒤, 집을 내팽개치고 야반도주하듯 이사를 갔다고 한다. 매물이라는 간판이 내걸린 예전 집을 인터넷에서 보았다. 벽과 담장 모두 '살인자', '나가 죽어라', '꺼져'라고 스프레이로 써갈긴 낙서로 가득했다. 필시 두 번 다시 이곳으로는 돌아오지 않으리라. 죽을 때까지, 아니, 죽은 뒤에도.

—아버지, 어머니 모두 똑같은 기분을 맛보게 해주겠어.

똑같이 도망 다니게 해주겠다. 굴욕으로 범벅이 되게 해주겠다. 저 인간들은 살인자의 부모라고, 온 세상으로부터 손가락질을 받게 해주겠다.

잠깐이지만 문제의 전직 형사와 그 손자가 뇌리를 스쳤다.

아니야, 하고 소년은 생각했다.

나는 좀 더 빈틈없이 해낼 것이다. 나라면 그 녀석들을 앞지를 수 있다.

나는 어리다. 생각할 시간은 얼마든지 있다. 계획과 준비에 설령 몇 년, 몇 십 년이 걸리더라도 상관없다.

두고 봐라. 반드시 해낼 테니까.

—언젠가 반드시, 뼈저리게 느끼도록 해줄 테니.

창밖에서는 매미 소리가 이어지고 있었다.

참고문헌

『살인범은 그곳에 있다—은폐된 기타간토 여아 연쇄유괴살인사건』 시미즈 기요시, 신초분코

『아시카가 사건에서 경찰 수사의 문제점 등에 대해(개요)』 경찰청

『마의 시간—여섯 건의 누명 사건』 아오치 신, 지쿠마쇼보

『누명의 공포』 아오치 신, 마이니치신문사

『누명』 고토 쇼지로, 이와나미신쇼

『잘못된 재판—여덟 건의 형사 사건』 우에다 세이키치, 고토 쇼지로, 이와나미 신쇼

『다쿠마 마모루 정신감정서—정신의료와 형사 사법의 사이에서』 오카에 아키라, 아키쇼보

『속죄의 애너그램—미야자키 쓰토무의 세계』 하치스 아쓰시, 패롤샤

『흉악—어느 사형수의 고발』 신초 45 편집부 편집, 신초분코

『11년째의 '로스의혹' 사건—1심 유죄 판결에 대한 의문』 겐다이진분샤편집부 편집, 겐다이진분샤

『쇼와 · 헤이세이 일본의 흉악범죄 100』 별책 다카라지마편집부 편집, 다카라지마샤

『쇼와 27년판 범죄백서—성범죄자의 실태와 재범방지』 법무성 법무종합연구소 편집

『경시청 과학수사 최전선』 이마이 료, 신초신쇼

『'경찰조직' 완전독본』 올빼미BOOKS, 다카라지마샤

『아내를 모자로 착각한 남자』 올리버 색스, 알마

『뮤지코필리아—뇌와 음악에 관한 이야기』 올리버 색스, 알마

『범죄 핸드북』 후쿠시마 아키라 편집, 신쇼칸

『범죄자 프로파일링은 어떻게 범인을 궁지로 몰아넣는가—범행의 이면에 숨겨진 '마음속 어둠'을 추적한다』 기류 마사유키, KAWADE유메신쇼

『연쇄살인자』 TRUE CRIME 시리즈, 타임라이프 편집, 마쓰우라 마사유키 옮김, 도호샤출판

『속 연쇄살인자』 TRUE CRIME 시리즈, 타임라이프 편집, 스즈키 도시히코 옮김, 도호샤출판

『사악한 꿈—이상범죄의 심리학』 로버트 I. 사이먼, 가토 요코 옮김, 하라쇼보

『인류의 범죄사—인류의 시작부터 현대까지 방대한 범죄의 역사』 콜린 윌슨, 알마

『폭력적 포르노그라피: 여성에 대한 폭력, 강간 경향, 강간 신화 및 성적 반응과의 관계』 오부치 겐이치, 일본 사회심리학 협회 편집, 사회심리학 연구 1991년 2월

TIGER

초판 발행 2024년 6월 1일
1판 1쇄 2024년 5월 24일

지은이 구시키 리우
옮긴이 곽범신

펴낸이 황윤재
디자인 오아름
교정교열 혜로
표지그림 박민화
편집 · 제작 네오시스템

펴낸곳 허밍북스
출판등록 2022년 11월 23일 제2022-000030호
주소 (42699) 대구시 달서구 문화회관11길 31, 3층
전화 053-591-1010
팩스 053-591-1075
이메일 jaeo@hmbs.co.kr
인스타그램 @humming__books

ISBN 979-11-981830-9-5 03830
값 16,800원

*** 허밍북스는 네오시스템의 출판 브랜드입니다.**